LA CASA DE LOS AMORES IMPOSIBLES

LA CASA DE LOS AMORES IMPOSIBLES

CRISTINA LÓPEZ BARRIO

PLAZA JANÉS

Papel certificado por el Forest Stewardship Council®

Segunda edición, ampliada e ilustrada: junio de 2018

Printed in Spain – Impreso en España

ISBN: 978-84-01-02167-1
Depósito legal: B-6.461-2018

Compuesto en M. I. Maquetación, S. L.

Impreso en Unigraf
Móstoles (Madrid)

L 0 2 1 6 7 1

Penguin
Random House
Grupo Editorial

A mi hija Lucía,
porque los libros tienen corazón

... —yo tuve patria donde corre el Duero
por entre grises peñas,
y fantasmas de viejos encinares,
allá en Castilla, mística y guerrera,
Castilla la gentil, humilde y brava,
Castilla del desdén y de la fuerza— ...

ANTONIO MACHADO,
CXXV *Campos de Castilla*

No es el amor quien muere,
somos nosotros mismos.

LUIS CERNUDA,
XII *Donde habite el olvido*

Prólogo

Todo empezó una tarde de principios de verano, o quizá no, quizá solo es el primer recuerdo que he encontrado sobre el nacimiento de las mujeres Laguna: estoy en una terraza que se asoma a un Madrid ya tórrido, sentada en una butaca de tela; oigo las golondrinas, las veo con sus alas en punta, bebo té e imagino a una mujer muy bella, tanto que su belleza es una condena, un estigma. Una mujer a la que nadie es capaz de olvidar; ella misma está atrapada en una nostalgia dolorosa, estática, suicida y, sin embargo, se llama Olvido, Olvido Laguna. Olvido, desde que oí ese nombre, el de la cantante Alaska, de la que soy fan, supe que llamaría así a uno de mis personajes, solo necesitaba su historia. Y una vez plantada la semilla, no tardó en llegar. Se me ocurrió que ella perteneciera a una familia de mujeres sobre la que pesaba una maldición. Olvido Laguna, además de cargar con su belleza y los acontecimientos de su vida, debía hacerlo con el peso de su destino maldito. Con esta idea decidí construir la trama de la novela tomando como modelo la estructura de la tragedia griega. El concepto de una culpa trágica que se transmite de generación en generación, como en la estirpe de Edipo, la estirpe tebana, daría una progresión dramática a la saga de las Laguna. Todas ellas nacerían marcadas por la maldición que las condena: el mal de amores que se transmite de madres a hijas. Introducía así otro tema muy barroco que siempre me atrajo: el conflicto en el hombre entre su libre albedrío y el destino, el fatum que determina la vida de personajes como Segismundo, de una de mis obras de teatro favoritas: *La vida es sueño*, de Pedro Calderón de la Barca.

Las mujeres Laguna, como herederas de esa culpa trágica, estaban destinadas a sufrir la maldición familiar, pero iban a tener una oportunidad para rebelarse contra ella. Sería en ese momento de lucha cuando tendrían voz sobre su destino, cuando serían dueñas de su libre albedrío. Pero, al igual que en las tragedias, caerán en lo que los griegos llamaban *hybris*. La *hybris* es una desmesura en las pasiones, es darles rienda suelta, entregarse a ellas. La rabia, la ira, el odio, la soberbia, el orgullo, la lujuria, la venganza, etcétera. Se parece al pecado cristiano, al fin y al cabo versa sobre la misma materia: el alma humana y las contradicciones y conflictos que ésta padece. La destrucción física o moral es el fin que le espera a quien comete *hybris*.

Por otro lado, que el destino de un personaje estuviera decidido desde su nacimiento suponía la introducción en el texto del elemento fantástico. Sometía así a mi estirpe de mujeres a la influencia en su vida de lo maravilloso. Este hecho me permitió adentrarme en un territorio en el que me siento muy cómoda: la frontera entre la realidad y la fantasía. Esa línea divisoria donde hacer equilibrios y donde todo es posible. El lenguaje utilizado, exuberante, con profusión de metáforas y comparaciones, y un uso de la hipérbole al servicio de la trama, fueron herramientas. La influencia del realismo mágico en la obra es evidente. El poso que dejaron en mí como lectora apasionada las obras de Gabriel García Márquez o Juan Rulfo, entre otros, afloró en el momento de escribir. A los diecisiete años mi profesor de literatura me encargó un trabajo sobre *Cien años de soledad*. El estilo del Nobel colombiano me marcó. Encajaba a la perfección con mi sensibilidad, mi fantasía. Pocas veces hasta entonces me había embargado esa sensación de belleza que me dejaba su lectura, además del disfrute de una prosa musical que me arrastraba más allá del argumento.

En algunos medios se habló del estilo de *La casa de los amores imposibles* como «realismo mágico castellano», puesto que la acción transcurría en un pueblo que podríamos situar por la provincia de Soria. Un pueblo frío, duro, de serranías heladas, cazadores, bosques de hayas y encinares fantasmagóricos. Tampoco era casualidad la elección de este paisaje. En cada novela que he escrito, el lugar donde transcurre está ligado a mi historia personal. Así lo era Castilla, no solo porque siempre me he sentido castellana (cuando nací, Madrid pertenecía a Castilla la Nueva, y así lo estudié en el colegio, una tiene sus años); había otro motivo que se adentraba en mi niñez. Recuerdo que mi padre leía un librito de tapas verdes de cuero y hojas finas. Era *Campos de Castilla*, de Antonio Machado. No viajé a Soria hasta que fui adulta, pero pasé muchos años fantaseando con el paisaje de las poesías de Machado. Se metió dentro de mí. Soñaba con esa Castilla mística y guerrera, Castilla humilde y brava, con la tierra que albergaba la envidia cainita de Alvargonzález, el Duero, el cementerio del Alto Espino, la primavera que prende en las riberas. Por eso, cuando tuve que decidir dónde situaría la historia de las mujeres Laguna, no lo dudé. Tenía que sacar a la luz mi Castilla, la que me había acompañado en mi imaginación durante tantos años. El resultado del paisaje y del ambiente del pueblo descrito en la novela es la suma de esta fantasía junto con las vivencias que experimenté, ya cumplidos los treinta, cuando me documentaba para su escritura. No olvidaré nunca el día en que unos amigos me llevaron a cazar conejos para que me resultara más fácil meterme en la piel de un cazador como el hacendado andaluz. Fue la experiencia más atávica que he vivido. El amanecer, los ladridos de los perros, el olor de la pólvora de las escopetas, de la tierra húmeda, entraban a raudales por mis sentidos. Yo, que soy incapaz de cazar nada, y me produce una pena inmensa la sola visión de un conejo muerto, disfruté de una mañana más sensorial que racional (hasta disparé, sin acertar, por supuesto); había un instinto desconocido en mí que me arrastraba a la caza.

Ocho años han pasado desde que se publicó *La casa de los amores imposibles*. Muchos más desde su escritura. Ésta es la novela en la que más años he invertido. No sabría decir cuántos con exactitud, por lo menos otros ocho. Tengo, que recuerde, cinco versiones más de ella. La primera casi con el doble de extensión que el manuscrito final y se titulaba «Bajo el dosel púrpura». Comencé a escribirla con pluma, en unos cuadernos de tapa dura, tamaño folio, que compraba en una papelería de Madrid que ya ha cerrado, y me gustaba fecharlos. No sabía entonces si la novela se publicaría, sí que ése era mi deseo, aunque la historia acabó poseyéndome de tal manera que se convirtió en algo secundario. Las mujeres Laguna formaban parte de mí. Estaban vivas. Amé y odié con cada una de ellas, fueron mis compañeras y también mi consuelo, mi refugio, mi catarsis durante su última etapa, ligada a un tiempo difícil de mi vida.

Como escribir es reescribir, eso hice de una manera un tanto obsesiva. Aún trabajaba como abogada, así que escribía por las noches y los fines de semana. Las versiones se fueron sucediendo con nuevos títulos: «Bajo el susurro de las margaritas» o «Donde no volvió a amarse ningún gato» son algunos de los más rocambolescos que tuvo antes de *La casa de los amores imposibles*. Asistía además al taller de escritura de Clara Obligado. A ella, mi maestra y primera lectora de la novela, le estaré siempre agradecida por sus consejos, al igual que a mis compañeros de clase, que escucharon pacientemente algunos capítulos y sus distintas versiones.

Si en estos ocho años que han transcurrido de su vida pública he sacado alguna conclusión es que su lectura no suele dejar indiferente. Los lectores la aman o la aborrecen. Quizá porque ambos extremos son el alimento de la novela, el amor y el odio, como dos formas de conocimiento.

El día en que mi querido editor, Alberto Marcos, me llamó por teléfono para decirme que estaban interesados en publicarla en la editorial Plaza & Janés, me invadió una sensación de irrealidad a la vez que una alegría inmensa. De la mano de *La casa de los amores imposibles* entré en el mundo editorial y viví situaciones que ni siquiera sospeché que pudieran suceder, como la venta de sus derechos en la feria de Frankfurt a Alemania, Grecia y Polonia antes de su publicación en España. Desde que vio la luz en el mes de junio de 2010, es una novela que vive por sí misma, como hizo durante el proceso de su escritura. Ahora, esta edición, con las ilustraciones del artista de la primera portada, Olaf Hajek, ha supuesto otra sorpresa maravillosa. La imaginación de este diseñador gráfico y pintor, afincado en Berlín, plasma perfectamente el mundo sensual y pasional de las mujeres Laguna. Todo mi agradecimiento al equipo de Plaza & Janés, que también forma parte de la vida de la novela, por esta propuesta que me ha hecho de nuevo muy feliz. Éste es mi primer libro ilustrado. De nuevo las Laguna me abren camino.

Cristina López Barrio,
abril de 2018

LA CASA DE LOS AMORES IMPOSIBLES

CRISTINA
LÓPEZ
BARRIO

1

Olía a pólvora en el pueblo castellano, a sangre de perdiz y de conejo, a humo de chimenea. Los cazadores, envueltos por el otoño, lucían sus presas entre las primeras ráfagas de un viento dorado. En las puertas de las casas, las ancianas se sentaban formando hileras de toquillas de luto con las vecinas para murmurar acerca de los que pasaban junto a ellas. Sus voces, curtidas por una vida de sabañones, pucheros y misas, se confundían con el arrastrar de las hojas secas. En cambio, las mujeres más jóvenes se ocultaban tras los visillos de las ventanas para mirar a los cazadores sin que las vieran, para hablar de ellos sin sentir la cercanía de la muerte.

Con la última luz del atardecer y después de haberse desollado los hocicos rastreando los montes, las jaurías tomaban la plaza y orinaban contra el pilón de la fuente de piedra con tres caños. También, si se les antojaba, orinaban en los portones de la iglesia cuyo campanario ofrecía vistas del Duero, o en las casas que mostraban escudos de armas erguidos en sus fachadas. Los ladridos asustaban a los burros, a los niños de las casas nobles y a los gatos, que se escondían entre los haces de leña apilados en los patios. Pero los cazadores, ajenos al escándalo, se entregaban al calor de la taberna de la plaza, donde el vino tinto y el cabrito asado los ayudaban a desprenderse de las serranías. A la salida, ebrios, encontraban a los perros apuñalados por las estrellas.

Acudían al pueblo con la esperanza de cazar, además de perdices y conejos, un jabalí o un ciervo; y ese deseo fue el que, a finales de 1897, arrastró a un joven hacendado andaluz hasta el pueblo castellano. Llegó en la diligencia de la tarde acompañado de dos criados y un carro con la jauría de podencos canela que los había seguido a través de Despeñaperros y la meseta. Ocupó tres habitaciones de la mejor posada y un corral entero para los podencos canela. Sin embargo, las cuernas del ciervo que traía reflejadas en sus pupilas de aceituna se le borraron de golpe al amanecer del día siguiente, cuando salió a pasear y se chocó en una callejuela con unos ojos ámbar, los ojos de Clara Laguna.

—Parecen de oro, chica, qué hermosa eres. —La tomó de un brazo.

Ella intentó zafarse y derramó el cántaro que llevaba apoyado en la cintura. El agua resbaló como una culebra por las piedras de la callejuela.

—Yo te lo llenaré otra vez en la fuente.

—Puedo hacerlo sola. —Clara escapó hacia la plaza, pero él, riendo, la siguió.

En aquella época del año, una niebla metálica cubría de madrugada la plaza. El hacendado andaluz vio cómo la silueta de la muchacha se hundía en ella hasta desaparecer. Detuvo sus pasos. Un viento gélido le azotaba el rostro y le despeinaba los rizos aceitados de la nuca. El mundo se había espesado de repente, sumiéndolo en una ceguera que le impedía seguir a la muchacha. Quiso llamarla, pero la niebla era una mordaza de hielo. Le asaltó el recuerdo templado de su cortijo, de los naranjos reventando de azahar bajo la brisa, hasta que las campanas de la iglesia tocaron las ánimas y su recuerdo se desvaneció lentamente junto con la niebla. Tras aquel tañido de muerto, Clara Laguna apareció en la fuente llenando el cántaro.

—Está pálido —le dijo cuando él se le acercó atusándose los rizos—. Le está bien empleado por no dejarme en paz.

—La culpa es de este tiempo castellano; cuesta acostumbrarse a él.

—Si no le gusta, váyase por donde ha venido.

Él se apoyó en el borde del pilón, sonriéndole. En sus botas de montar estallaba el último resplandor del amanecer.

—Pero qué bonita eres, chica, y qué hosca.

—Usted debería interesarse por saber ciertas cosas, como por qué sólo aparece esa niebla espesa en la plaza cuando se acerca el día de los difuntos.

—Lo que quiero saber es tu nombre para adornar con él tus ojos.

—Disimule ahora con galanterías, pero hace unos minutos estaba blanco del susto que traía encima.

—Está bien, muchacha, reconozco que me asusté, pero no de la niebla, ni del repicar triste de las campanas. Me asusté al no verte de pronto, al creer que ya te había perdido, así, nada más encontrarte; me asusté de que hubieras desaparecido como desapareció después esa niebla del demonio, que no me importa de dónde viene ni adónde va, porque sólo me importa mirarte.

Clara contempló el brillo de sus ojos.

—Al amanecer de los últimos días de octubre, nadie debe aventurarse en la plaza hasta que toquen las campanas. Las almas de los caballeros enterrados en la iglesia salen de sus tumbas, atraviesan los portones y forman esa niebla y ese viento. Están condenadas a luchar entre ellas con sus armaduras y espadas fantasmales hasta que consigan purgar sus culpas. Pero tras el toque de ánimas, regresan a los sepulcros, y el pueblo reza por su descanso en paz. ¿Comprende lo que le digo? Mientras no toquen las campanas, la plaza es de los caballeros difuntos, y eso se les dice bien clarito a los cazadores nuevos, y si no respetan la tradición, tendrán que atenerse a lo que pueda pasarles.

—¿Y tú, muchacha? Tú te internaste en la plaza y desapareciste.

—En este pueblo, yo prefiero a los muertos que a los vivos. Me llevo mejor con ellos.

—Parece que eres lista.

—Y por eso le digo que me deje en paz y se vaya a cazar.

—Llegué aquí con la ilusión de cazar un ciervo, pero creo que me he encontrado con algo mucho más hermoso.

Clara se pasó una mano por su larga cabellera castaña.

—No soy un animal, señor.

—Está bien, déjame entonces que te lleve el cántaro hasta tu casa para que me perdones. No quiero que se te quiebre la linda cintura con el peso.

—Mi linda cintura viene todos los días a por agua a la

fuente y luego se dobla en mi huerta de tomates, así que no se preocupe por ella. Y no le conviene asomar la nariz por mi casa; sepa que mi madre es hechicera. Ella me ha hecho este amuleto para protegerme de hombres como usted. —Clara blandió un hueso de liebre emplumado, que llevaba en un cordel alrededor del cuello.

—Yo sólo soy un caballero que quiere ayudarte.

—Los únicos caballeros que quedan en este pueblo están bajo su sepultura en la iglesia… bueno, lo que queda de ellos.

—Yo no soy un caballero castellano, vengo de Andalucía.

—¿Y eso dónde está?

—Al sur, donde el sol se va tostando al atardecer y se parece a tus ojos.

—Mis ojos, entérese, son como las llanuras de un sitio que se llama La Mancha y se parecen a los de mi padre, que era de allí. Eso es lo que siempre me ha dicho mi madre.

Se ajustó el cántaro a una curva de su cintura y echó a andar hacia una de las calles estrechas que nacían en la plaza. En el cielo se acumulaban jirones de nubes grises. El amanecer se había agotado. Un aroma a tocino y a pan tierno recibió a la muchacha cuando se internó en la callejuela. Las puertas de los patios estaban abiertas y se podían ver los haces de leña brillantes de rocío, los burros con las alforjas ya cargadas de loza o vellones, los perros guardianes con las orejas alerta. Clara giró la cabeza y descubrió al joven a poca distancia. Caminaba muy erguido con los pantalones de montar.

—Dime tu nombre.

—Me llamo Clara, Clara Laguna. Y a mucha honra.

Al fondo de la callejuela, aparecieron dos mujeres de mediana edad con sus abrigos de paño grueso y cuello de pieles, y sus sombreritos de mañana coronados por una pluma de faisán. Clara entregó el cántaro al joven. Estiró su talle cuando las mujeres estuvieron más cerca y le dedicó, por primera vez, una sonrisa encantadora. Al contemplar aquello, una de las mujeres agarró el brazo de la otra y le murmuró algo al oído. El hacendado andaluz les cedió el paso mientras las señoras se lo agradecían con una ínfima inclinación de cabeza.

—Tienes una sonrisa preciosa, aunque se la hayas dedicado, en verdad, a aquellas damas y no a mí.

—Ya puede irse a cazar y dejarme tranquila. —Le arrebató el cántaro y se lo ajustó de nuevo en la cintura.

Pero permitió que el joven la acompañara hasta su casa a las afueras del pueblo, donde el empedrado de las calles se convertía en barro y la pobreza distanciaba unas viviendas de otras. Tenía las tejas descoloridas por la humedad y el abandono, y en la fachada se había instalado un musgo perpetuo. Alrededor deambulaban perros famélicos distrayendo sus rabos con los remolinos de hojas crujientes. La casa parecía despeñarse al borde de una torrentera seca en la que la muchacha había plantado una huerta de tomates. En la parte trasera había un corral con cuatro gallinas y una cabra. Más allá se extendía un pinar atravesado por la carretera de tierra que conducía hasta el pueblo vecino. La muchacha vivía con su madre, una mujer envejecida que inventaba hechizos para ahuyentar el mal de ojo o para curarlo, preparaba amuletos que proporcionaban buena caza, cosía virgos y leía el futuro en un esqueleto de gato que guardaba, como un tesoro, en un saco rígido tras untarlo con una mezcla de resina y savia de lirio.

Clara se detuvo ante la puerta. La envolvía el perfume de los pinos, blandos por el relente del otoño, y el de la tierra encharcada de setas. Del interior de la casa se escapaban los ronquidos de la madre, pues había pasado la noche leyendo el futuro en el esqueleto de gato a la mujer y a las hijas del boticario.

—Mañana, a esta hora, vendré a buscarte para dar un paseo.

—Haga usted lo que le venga en gana.

Cerró la puerta, pero se apresuró a asomarse por una de las ventanas. Lo vio alejarse con las manos resguardadas bajo la capa.

Quizá no vuelva, pensó Clara Laguna, mientras fregaba los pucheros de los hechizos de su madre; quizá no vuelva, pensó cuando fue al corral para dar de comer a las gallinas; quizá no vuelva, pensó mientras ordeñaba la cabra; quizá no vuelva, después de que despertara la madre al mediodía y almorzaran unas migas con chorizo; quizá no vuelva, a la tarde sembrando una nueva mata de tomates; quizá no vuelva, al descender el sol entre las copas rojas de los pinos; quizá no vuelva, mientras preparaba los hilos y las anestesias de flores para el remiendo del virgo de la hija de un cacique; quizá no vuelva, cenando un puchero de legumbres con ajo; quizá no vuelva, soñando con los ojos de él. Pero a la mañana siguiente, tras regresar de la plaza con el cántaro y el chal de los domingos, el hacendado andaluz, a lomos de un caballo tordo, la esperaba al pie de la torrentera seca.

—He venido por ti —le dijo desmontando.

—Pues se ha dado un paseo en balde.

La muchacha, con el corazón martilleando el barro del cántaro, se encerró en su casa.

Era una mañana brumosa, la última del mes de octubre. El joven se dirigió hacia una de las ventanas, apoyó un codo en el alféizar polvoriento y se puso a entonar una canción, pues, además de a la caza, era aficionado a la copla y tenía una voz muy bella.

—¿Es que quiere alborotarme las gallinas? —le preguntó Clara abriendo la puerta.

Tras la muchacha, el hacendado descubrió a una mujer con un moño de cabellos canosos y tuerta del ojo izquierdo.

—Le presento mis respetos, señora, y mis disculpas si la he despertado.

—Buenos días, joven —dijo la mujer con una garganta rocosa—. ¿Qué te trae tan temprano por aquí con esos cantos?

—¿Sería tan amable de decirme si es usted la madre de Clara? —preguntó esforzándose en no mirar la pupila grisácea y seca del ojo tuerto.

—Así es. Aunque te cueste creerlo, hubo un tiempo en que yo también fui hermosa como ella.

—Desearía, entonces, pedirle permiso a usted o al padre de Clara para dar un paseo con su hija.

La mujer soltó una carcajada.

—Muy lejos tendrías que irte para pedir permiso al padre. En esta casa los permisos siempre los he dado yo y sólo yo, y antes de mí, mi madre, que espero que la tierra se la esté tragando bien. —Le tembló la pupila negra del ojo derecho—. Eres cazador.

—Desde luego.

—Pues debes comprarme un amuleto.

La mujer desapareció dentro de la casa, pero regresó enseguida con un colmillo de jabalí recubierto de plumas de perdiz.

—Te lo aseguro, muchacho, con esto los animales saldrán a tu encuentro por los montes. No errarás el tiro.

El hacendado andaluz le entregó unas monedas.

—Puedes irte de paseo con Clara. Mi hija ya hace lo que le viene en gana, pero por el vestido y el chal que se ha puesto, creo que aceptará.

—No diga tonterías, madre, sólo me he arreglado para ir a la plaza.

El hacendado montó primero en el caballo tordo y después ayudó a Clara a subirse en la grupa.

—Hay un encinar no muy lejos de aquí, si quiere puedo enseñárselo.

Siguiendo las indicaciones de la muchacha, dirigió el caballo hacia el pinar e hizo que se internara en él, alejándose de la carretera de tierra por donde transitaban las carretas y la diligencia. Enredaba la mañana un viento helado que traía el rumor de los disparos de los cazadores ocultos en los montes.

—Hágale galopar, hágale galopar.

—Puede ser peligroso entre los pinos.

—No sea cobarde —insistió Clara con el rostro húmedo.

Él agitó las riendas y el caballo se puso al galope. Al mismo tiempo que latía el corazón de Clara, los cascos del animal golpeaban la tierra poblada de musgo y helechos amarillos. Abrazada a su cintura, sentía la espalda fuerte y el aroma a olivas de los rizos. Jamás había cabalgado como aquel día, y jamás podría olvidarlo: los brazos tensos manejando las riendas para esquivar los árboles y las rocas que surgían entre ellos; las águilas planeando en la bruma, el relincho del caballo cuando resbalaron sus cascos sobre un lecho de agujas y el hacendado comenzó a sudar una fragancia de naranjas. Una llovizna les atravesó, prietos los muslos del joven contra la carne del caballo y los de Clara prietos contra los de él, y cuando llegaron a los últimos pinos desperdigados al pie de una colina, estalló la tormenta.

—Este animal necesita descanso.

—El encinar ya está cerca.

Mientras el caballo ascendía la colina, Clara le soltó la cintura y sintió los brazos doloridos. En lo alto, surgió la silueta de un valle donde se hundían las copas de unas encinas gigantes. Llovía con fuerza, un relámpago alumbró la tierra que se había tornado rojiza y pastosa. Bajo la capa empapada, él se estremeció. Ella apretó el pecho contra su espalda para calentarle.

Cuando llegaron al encinar la bruma se disipó, cesaron también los truenos y los relámpagos; el cielo se abrió dejando paso a una lluvia diáfana. Antes de desmontar, Clara Laguna se arrancó su amuleto y lo metió en un bolsillo del vestido. El viento se hizo más débil.

El encinar estaba atravesado por un río, cuyas aguas corrían entre remolinos y pozas. Ella se resguardó bajo una encina que, desmelenada por los siglos, yacía junto a una de sus riberas; se apoyó en el tronco negruzco y esperó a que el joven se ocupara del caballo. El rumor de las aguas parecía susurrar leyendas. Él no tardó en recorrer con los dedos su garganta hasta llegar a aquel hueco suave donde antes reposaba el amuleto y ahora se acumulaba la lluvia. Estaba serio. Clara cogió su mano; la piel de la palma se había desgarrado al sujetar las riendas.

—Se ha herido.

No dijo nada. Elevó su barbilla y, antes de besarla, sintió los ojos ámbar y el olor a hechizos húmedos de su cabello.

A la hora de almorzar, el hacendado regresó a la posada. Salió a recibirlo un mozo que se llevó el caballo tordo a la cuadra, resollando. Uno de sus criados lo ayudó a quitarse las botas y la ropa mojada y encendió la chimenea. Tomó el almuerzo junto al fuego, una sopa castellana y perdices estofadas, con un vino tinto que le adormeció en un butacón hasta más de media tarde. Cuando despertó, bajó a los corrales para comprobar cómo se encontraban sus podencos canela. Lo recibieron con los hocicos nerviosos, pues permanecían encerrados desde que llegaron al pueblo.

—Pronto, muy pronto, iremos al monte.

Tras la tormenta de la mañana, el cielo se había despejado, pero el crepúsculo lo sumió poco a poco en una oscuridad inundada de estrellas. Las calles se fueron impregnando de la fragancia de los pucheros, y no quedó en ellas ni rastro de las ancianas que se sentaban a ver pasar a los cazadores. El hacendado andaluz se dirigió a la taberna de la plaza. El murmullo de la fuente de tres caños le trajo el recuerdo de Clara Laguna. Ni siquiera durante la siesta logró apaciguar el ansia que sentía por ella. Le había asegurado que iría a buscarla a la mañana siguiente para dar otro paseo, por eso deseaba que la noche transcurriera deprisa y llegara el alba.

La taberna rebosaba humo de cigarrillos y puros. De las paredes de cal rugosa colgaban cabezas disecadas de ciervos.

Al hacendado le impresionó una con unas cuernas enormes sobre la chimenea de piedra. Antes de que Clara Laguna se cruzara en su camino, había soñado con cazar un ejemplar como ése. Se acercó a la barra mientras esperaba una mesa libre. Dos hombres del pueblo apuraban chatos de vino y, al verlo, avisaron a la tabernera, una pelirroja de unos cuarenta y tantos que secaba vasos con un trapo. La mujer, a la que apodaban «la Colorá», escudriñó al hacendado con unos ojos claros, casi transparentes.

—¿Va a cenar, señor?

—Si es posible, un buen cabrito asado.

—La taberna está muy llena. Si le parece bien, puede sentarse con aquellos señores de Madrid. —La mujer señaló a tres jóvenes que conversaban en una mesa cerca de la chimenea—. También son cazadores y muy agradables.

—Si no les importa.

A lo largo de la cena, comprobó que la mujer estaba en lo cierto. Pasó una velada muy divertida junto a ellos, comieron cabrito asado, se bebieron cuatro botellas de tinto e intercambiaron anécdotas sobre la afición que compartían.

Cuando la taberna olía a hombres y montes, a colillas de cigarros y a eructos de vino, el hacendado se despidió de sus compañeros. La tabernera, que estaba limpiando las mesas, fue a su encuentro.

—¿Lo ha pasado usted bien?

—Estupendamente. Ha sido muy atenta conmigo, gracias.

—Permítame entonces que le advierta, señor, y no me tome por descarada sino por mujer de buenas entrañas que previene de los peligros. Parece ser que le han visto en varias ocasiones acompañando a la hija de la bruja. Ya sabe a quién me refiero, la chica de los ojos de trigo.

Él sintió que el deseo por la muchacha regresaba a su corazón como un veneno. La Colorá le dio un golpecito en el antebrazo.

—Sepa que la Clara está maldita, por muy hermosa que sea. Maldita y bien maldita, como todas las de su familia, se lo juro por éstas. —Se besó dos dedos con la pasión de las confidencias.

—No la comprendo. —El tinto le burbujeaba en la cabeza.

—¿Acaso en la tierra de usted no saben de ninguna maldición?

—En mi tierra, señora, tampoco nos privamos de supersticiones.

—Pues lo que usted llama supersticiones, aquí es una maldición grande como boñiga de vaca, y más aún cuando se trata de las mujeres Laguna, y de la Clara, que es la última de la estirpe. Sepa usted que, hasta donde le alcanza al pueblo la memoria, todas y cada una de las Laguna han sufrido la maldición.

—Así que los hombres de la familia quedan libres de ella.

—¡Hombres! —La Colorá se golpeó el muslo con gusto—. ¿Qué hombres? Jamás el vientre de una Laguna ha engendrado un varón, como tampoco ninguna de ellas ha contraído matrimonio. Están condenadas a la deshonra, y a parir sólo hembras solteras que correrán la misma suerte.

—¿Y ningún hombre…?

—Ninguno, señor —le interrumpió—, ninguno se ha atrevido a romper la maldición. Tenga en cuenta que sólo se presagian desgracias para el que se decida a hacerlo.

—¿Qué tipo de desgracias?

—No se sabe con certeza. Parece ser que la bruja Laguna, como se la conoce, hace años intentó hechizar a alguno con sus bebedizos, pero no le dio resultado, y luego se quedó tuerta.

A la mañana siguiente, nada más despertarse, el hacendado andaluz recordó al hombretón que lo acompañó hasta la posada porque había bebido demasiado, y le dijo:

—Si yo le entiendo a usted, yo y todo el personal masculino del pueblo. Si no estuviera tan maldita la Laguna de los ojos de trigo…

Era día de difuntos y el pueblo había amanecido exhalando un aliento a domingo. Tras el tañido de las campanas al alba, se disipó la niebla, y sus habitantes se echaron a las calles, vistiendo la lana de los festivos, para recordar a sus muertos. En cada esquina de la plaza se había colocado un puesto de flores. Mujeres ataviadas de luto vendían claveles rojos y blancos, margaritas, algunas rosas para los ricos. De un lateral de la iglesia ascendía una cuesta empedrada, que al dejar atrás las últimas casas del pueblo, se convertía en un camino de tierra y matorrales que iba a darse de bruces con el cementerio. Arrebujada en un portalón de esa cuesta, la bruja Laguna vendía lirios para los difuntos rociados con una pócima que aseguraba la permanencia del espíritu en la tumba. Pasaban por delante de ella decenas de enaguas susurrantes con sombreros velados y boinas con pantalones de pana. Esquivando las miradas de sus vecinos, muchas le compraban aquellos lirios que les librarían de una visita del ánima de algún pariente.

El camposanto estaba asediado por un torrente de cipreses. Una media docena de panteones ostentaba los mismos escudos que las fachadas de las casas nobles. El resto era un revoltijo de tumbas. Conforme penetraba la muchedumbre en el cementerio, las urracas daban la bienvenida con sus graznidos y alas brillantes. El adecentamiento de las lápidas era el ritual que precedía a los rezos y las flores. Las mujeres sacaban los estropajos y frotaban letras doradas de epitafios y retratos ovalados, los hombres arrancaban las malas hierbas de alrededor. Los que tenían sus muertos en los panteones, se llevaban a sus criados para que éstos se los adecentaran con sus manos rojas. Al mediodía, el camposanto apestaba a suelo recién fregado.

El hacendado pasó la mañana en su habitación bebiendo café para la resaca, y recordando la advertencia que le hizo la tabernera sobre la maldición de las Laguna. Mientras tanto, Clara lo estuvo esperando en su casa para dar otro paseo a caballo. Después del almuerzo, se marchó a los montes en compañía de los cazadores madrileños. Su jauría de podencos canela siguió en varias ocasiones el rastro de un ciervo, pero cuando lo divisaba, agazapado entre las matas, y el animal se le ponía a tiro, la escopeta le temblaba en las manos, el lomo castaño de la presa se convertía en la melena de la muchacha, y el ciervo se perdía en el monte. Tampoco consiguió ninguno de los conejos que rastrearon los podencos; le distraían las hojas amarillentas de las hayas tan parecidas a los ojos de Clara, y olvidaba para qué había subido al monte aquella tarde. Sentado sobre los helechos, mientras la humedad le mojaba los pantalones, la escopeta guardaba silencio. Los cazadores madrileños se preguntaban qué podría sucederle a aquel compañero que había atravesado media España para cazar en tierras castellanas, y ahora se arrastraba por ellas incapaz de disparar un tiro.

Cuando el monte ya se había tragado el sol, regresaron al pueblo. No aceptó la invitación de los cazadores madrileños para cenar en la taberna, se disculpó y pidió que le ensillaran el caballo tordo. Poco más tarde le clavaba los estribos en los flancos y partía al galope.

Una luna llena de difuntos alumbró su llegada a casa de Clara Laguna. La madre se encontraba en el pueblo entrando por las puertas traseras con el esqueleto de gato para leer en cocinas y saloncitos el porvenir de vivos y muertos. El hacendado la encontró sentada en la torrentera seca, junto a unos tomates como perlas gigantes. Bajó hasta aquel pedregal murmurando: «… y qué me importa a mí que esté maldita, y qué me importa a mí si ya no puedo hacer nada». Ella, en cuanto lo vio, se puso en pie. Tenía el rostro sucio de las lágrimas que había llorado mientras le esperaba. Él hincó las rodillas en la tierra y le cantó una copla. Aullaron los perros de la calle, quejosos de aquel jaleo andaluz que perturbaba sus sueños. Ulularon las lechuzas del pinar en la noche cálida para ser de difuntos. Clara le lanzó una piedra que le abrió una pequeña herida en la frente. El hacendado sintió el discurrir lento de un hilo de sangre, y se puso a cantar una saeta. Brilló la luna intensamente para alumbrar la pasión de Cristo, y la muchacha no tiró ninguna piedra más. Contempló el pelo azulado, la frente sangrienta, las aceitunas de sus ojos iluminadas como las de un mártir. Lo besó en los labios, le limpió con la falda la herida. Él la dejó hacer. Luego la tomó por el talle y la llevó en volandas hasta la grupa del caballo tordo.

Cabalgaron hasta el encinar. Las estrellas clavadas en las hojas tiesas; desmontaron besándose y, pisando las sombras de animales prehistóricos que dibujaban los árboles, llegaron hasta el río. Él se quitó la capa, que extendió sobre la tierra roja donde goteaba su herida, ella, el chal de lana y el amuleto que había vuelto a ponerse. El viento los ayudó a desnudarse de hechizos, de cananas enfiladas de cartuchos, de sayas y pantalones de caza. La piel se les hundió en un lecho de limo. Clara Laguna sintió los besos, las manos, el pecho de él bajo el susurro encarnado de las aguas, y el dolor de la primera vez le supo al musgo de la orilla.

2

El hacendado no se marchó a su cortijo hasta las primeras nieves de diciembre. Se reunía con Clara en el encinar, su sitio preferido para amarse; sólo cuando el viento les congeló los besos, buscaron refugio en casa de la muchacha. La madre partía al pueblo cargando con el esqueleto de gato, y ellos revolvían los pucheros de cocer los hechizos y los tarros de ingredientes mágicos, porque en la única habitación de aquella casa se cocinaba, se dormía y se amaba. Él regresaba a la posada con la piel resbaladiza de bálsamo contra el mal de ojo, y el pubis enredado con plumas de perdiz, pero no le importaba mientras que también se llevara el aroma a tierra húmeda escondido en el vientre de Clara. Alguna vez fueron a su habitación, pero ella no se sentía a gusto en aquel lecho de sábanas almidonadas que calentaba una chimenea inmensa, donde el crepitar de los troncos le recordaba a las bocas del pueblo.

De los amores de la Laguna de los ojos de trigo con aquel joven andaluz se hablaba en todas partes. Las viudas en la iglesia, entre cuenta y cuenta de rosario, o en las hileras de toquillas; las sirvientas en las cocinas de las casas blasonadas, y sus señoras merendando en los saloncitos de encaje y café con leche; las mujeres jóvenes en la fuente, con el cántaro indignado en la cintura, en el río mientras lavaban la ropa; los hombres en las cuadras, en los arados de los bueyes, y en la taberna apurando un anisete.

Una noche el hacendado fue a cenar a la taberna después de una jornada de caza en la que había matado un ciervo. La escopeta no le tembló, ni el lomo del animal le recordó la cabellera de ninguna muchacha, pues sabía que Clara Laguna lo estaba esperando y ella era un trofeo mucho más hermoso que el ciervo. Tras aguardar un rato en la barra, la Colorá le acomodó en una mesa. Los cazadores madrileños habían regresado a su tierra.

—Puedo ofrecerle unas orejas de cerdo muy sabrosas —le dijo escudriñándolo con sus pupilas claras.

—Tráigame también una botella de buen tinto. Tengo que celebrar que cacé un ciervo.

—Espero que no sea usted el cazador cazado. No quiso tener en cuenta mi consejo.

—Usted es una mujer hermosa y debe saber que hay veces en que los hombres no queremos renunciar a ciertas cosas. Y ahora tráigame las orejas de cerdo, que los montes dan hambre de lobo.

Saboreó las orejas de cerdo, el vino de la tierra, las miradas de los hombres del pueblo y de los cazadores. Había en sus ojos un velo de envidia. Aquel joven andaluz había conseguido lo que muchos, aunque lo desearan, no se atrevían a intentar, y a los que se habían atrevido, ella los había despreciado.

La tarde anterior a su partida, el hacendado se dirigió a casa de Clara, que lo esperaba al pie de la torrentera. Desde que comenzaron sus amores, ella le había enseñado los parajes más bellos de las afueras: los campos de trigo y cebada, los cerros cobalto con buitres leonados sobrevolando las cimas, las cañadas que serpenteaban pastos de ovejas y refugios de pastores. Pero la última tarde quiso enseñarle un lugar que aparecía furtivamente en sus sueños, un lugar que le empapaba la melena de un sudor de flores y, al amanecer, hacía que le brotaran margaritas en las hebras castañas. A unos tres kilómetros del pueblo, siguiendo la carretera de tierra que atravesaba el pinar, había una granja deshabitada. La vivienda constaba de dos plantas y un desván y, a pesar del moho y la suciedad, en sus fachadas sobrevivía un color rojizo. La rodeaba un jardín descomunal custodiado por una tapia de piedras. En la parte delantera, la maleza trepaba por las paredes del establo y se enroscaba en el abrevadero y las cercas de los corrales. También invadía las matas de hortensias y dondiegos alineadas en jardineras de granito, los troncos de perales y melocotoneros, y el de un castaño que daba sombra a un banco de piedra. En la parte trasera del jardín había un huerto de tomates y calabazas que crecían solas por pura costumbre. A continuación de éste, la vegetación se adensaba primero en una vorágine de madreselvas con un claro en el centro, y después en un bosquecillo de lilos y una rosaleda silvestre.

El caballo se detuvo frente a las altas puertas de barrotes de hierro por las que se entraba a la propiedad. Montada sobre la grupa, Clara abrazó a su amante mientras contemplaba el camino que se extendía desde las puertas hasta el umbral de la casa; era de piedras grandes y lo serpenteaban unas vetas de tierra.

—Es una granja magnífica, aunque hay algo en ella que me resulta inquietante, quizá porque tiene un aspecto triste —dijo él.

—Será por el abandono.

—¿Te gustaría vivir aquí algún día?

—Creo que sí. —Clara apretó una mejilla contra la capa del joven—. Conozco un sitio por donde podemos pasar al jardín. Quiero mostrarle algo.

Penetraron en la rosaleda a través de una brecha abierta en la tapia. Estaba formada por numerosas sendas circulares, donde los tallos se enganchaban en unas guías creando una pérgola de esqueletos. Desordenadas en el cielo, las nubes de tormenta descendían hasta las sendas y se filtraban por el entramado de tallos convirtiéndose en una niebla opalina. El viento del pinar rastrillaba los últimos pétalos que se pudrían sobre las hojas secas y los restos de nieve. Clara condujo al hacendado hasta la senda en la que una rosa amarilla despuntaba entre la niebla.

—Si ella ha sobrevivido a las primeras nieves, yo también podré hacerlo hasta que vuelva —susurró.

Él la tomó en sus brazos y la besó.

—Regresaré el próximo otoño, y si mis tierras me lo permiten, antes, al final del verano. Espérame, no ames a otro, no mires siquiera a otro. Eres mía.

—¿Me promete que volverá?

—Volveré, muchacha, volveré.

Cuando el hacendado regresó a la posada se acomodó en el butacón frente a la chimenea, y se dispuso a templar los huesos vapuleados por el frío castellano. Apuró una copa de vino y cerró los ojos. Añoraba la calidez de su cortijo, la tierra rebosando naranjos y olivos, el sol chorreando aceite, el pelo negro de los toros de sus ganaderías, los caballos enjaezados de cascabeles, las coplas de los mozos gitanos que la brisa robaba en los establos y desperdigaba por sus tierras. Debía recorrer de nuevo la meseta, ahora tomada por la nieve, y arrastrar a la jauría de podencos canela en aquel carro que acecharían los castillos encaramados en las lomas.

Unos golpes resonaron en la puerta de la habitación, y apareció frente al joven el ojo tuerto de la madre de Clara, acompañado de la pupila negra y la cabellera ceniza despeinada por el viento. La mujer sostenía en una mano el saco rígido con el esqueleto de gato, y en la otra, una hermosa uña de buitre atada a un cordel.

—Vine a traerte este amuleto —le dijo ofreciéndole la uña—, para que te proteja en el viaje de vuelta.

—Creo que me hará buena falta. El que le compré para la caza fue muy efectivo: me llevo en el equipaje las cuernas de un gran ciervo.

—Y algo más, joven, algo más. —Chasqueó la lengua.

—Déjeme que le dé unas monedas.

—No esperaba menos. Unas monedas le hacen mucha falta a una mujer como yo, que debe cuidar, además, de su única hija.

—Cuídela mucho hasta que yo regrese. —Le entregó el dinero y ella le colgó el amuleto del cuello.

La mujer olía a ratas de despensa y a la melancolía de los presagios.

—Así que piensas regresar.

—En cuanto me lo permitan mis tierras, vendré a ver a Clara, y a cazar otro ciervo, si es posible.

Intentó sonreír, pero aquella mujer le producía una terrible inquietud en las entrañas.

—Piénsatelo bien. Mi hija ya está perdida, nada puede salvarla. Pero tú aún estás a tiempo. ¿Supongo que en el pueblo te habrán hablado de la maldición? —le preguntó mientras se le iluminaba la pupila tuerta.

—Ya me vinieron con el cuento en la taberna, sí: que si estaban malditas, que si sólo tenían hijas, que si estaban condenadas a la deshonra. —Carraspeó, arrepentido de haber pronunciado la última palabra.

—Han olvidado contarte cuál es nuestra verdadera condena. Es cierto que sólo parimos hembras solteras y que a eso lo llaman deshonra, pero aún estamos condenadas a algo mucho peor, mi querido amigo: estamos condenadas al mal de amores. Estamos condenadas a sufrir por amor, por un único amor que se lleva nuestra alma. Por eso no hay hechizo que pueda romper nuestro sufrimiento o hacérnoslo olvidar. Donde no hay alma, ya no funciona ningún hechizo para males del alma.

—Le prometí a Clara que volvería al pueblo y mantendré mi promesa.

El hacendado sentía en las mejillas el fuego de la chimenea.

—Mi hija es un ejemplar de pura raza, como lo fue su padre. —Miró al techo y la pupila tuerta se le quedó en blanco—. Es muy bonita, y muy orgullosa y valiente, ya sabe cuidarse sola. Lo tuyo tarde o temprano tenía que pasar. Ese amuleto que le hice no sirve para nada. Sólo la protegía de los hombres hasta que llegó el que tenía que llegar. Pero de ellos ya sabía protegerse. Clara teme a la maldición; creo que es lo único que teme. Dame un poco de vino —señaló la botella de tinto que reposaba en una mesa—, hablar de maldiciones seca la boca.

Él sirvió un vaso que la bruja apuró de un solo trago.

—Y ahora dime si quieres que te lea el futuro en mi esqueleto de gato. La posición en que queden los huesos de la cola después de que los arrojes nos indicará si vas a tener hijos varones.

—Tengo que levantarme temprano para tomar la diligencia de la mañana, quizá a mi vuelta haya tiempo.

—Ya veo, muchacho. —Asomó su lengua por entre los labios, y él pudo contemplar la punta ennegrecida de catar los pucheros de los embrujos—. Dame entonces otro par de monedas por algo que te será más útil. —De un zurrón que llevaba colgado en bandolera, sacó un frasquito verdoso y se lo entregó—. Si te bebes esta pócima una noche de cuarto menguante, y luego te lavas la parte del pecho donde reside tu corazón con agua de tomillo y romero, te ayudará a olvidar, y así no tendrías que volver.

—No quiero olvidar.

—Tú quédatelo y págame; no he de entretenerte más.

La bruja Laguna cogió el saco rígido y las monedas y abandonó la habitación de la posada, mientras el hacendado, inmóvil con el frasquito entre las manos, sentía un latido diminuto tras el vidrio, y lo dejaba caer al suelo, y estallaba en cientos de cristales entre los que se escurría un líquido amarillento que olía a higos podridos, y donde braceaba un rabo de lagartija.

Apenas pudo conciliar el sueño durante la noche, y cuando lo hizo se le secó la boca y soñó con el aroma de la pócima para olvidar y con reptiles descuartizados. Se montó en la diligencia de primera hora de la mañana, con los ojos inyectados de insomnio, y emprendió el camino de regreso a Andalucía; tras él, el carro de los podencos ladrándole en las sienes.

Clara Laguna se dispuso a esperarlo. Continuó yendo al amanecer a la plaza para llenar su cántaro, y todo aquel con el que se cruzaba, ya fuera hombre o mujer, joven o viejo, le examinaba el vientre para comprobar si había crecido, para comprobar si se escondía en él otra mujer Laguna. Pero transcurrían los meses, Clara atendía su huerta de tomates, limpiaba el corral, daba de comer a las gallinas y la cabra, ayudaba a su madre a coser virgos y a remover pucheros, iba al encinar para que aquellos árboles le hablaran de amor y el río le susurrara leyendas, y a la granja para contemplar cómo la rosa amarilla resistía el tedio de las estaciones; y aquel vientre que todos esperaban descubrir hinchado, permanecía liso, mudo.

Recibía cartas del hacendado andaluz cada dos o tres meses con papeles empapados en aceite de oliva y secados al sol, flores de azahar y jazmines envueltos en papel de seda, en vez de párrafos de amor, porque Clara era analfabeta. Ella le contestaba con hojas duras de encina, corteza de sus troncos, pétalos de rosa amarilla, agujas de pino, mechones de pelo con aroma de hechizo, en unos sobres de color azul que había comprado, temblorosa, en el almacén del pueblo, y que rellenaba copiando el remite de su amante con una caligrafía de terremoto.

A mediados de primavera, cuando las margaritas y las amapolas estallaban en los campos, Clara Laguna enfermó de impaciencia y rogó a su madre que consultara en el esqueleto de gato si el regreso del hacendado estaba próximo. Volcó los huesos sobre el catre y después fue cogiéndolos y arrojándolos pensando en él.

—Volverá con el celo de los ciervos, lo veo claramente en la posición de las tibias.

La bruja Laguna no se equivocó. Comenzó a amarillear septiembre, y él llegó al pueblo de nuevo en la diligencia de la tarde, acompañado por sus dos criados, pero sin el menor rastro de los podencos canela. Bramaban los ciervos en los montes, en los pinares, en las llanuras, cuando se instaló en las habitaciones de la misma posada, bramaban desesperados por aparearse con las hembras, cuando clavó los estribos en los flancos de un caballo y se dirigió a casa de Clara; el eco de los bramidos de amor, que llegaba ronco y siniestro hasta las afueras del pueblo, envolvió los besos del encuentro. Partieron al galope hacia el encinar, donde se amaron bajo el clamor redondo de la luna, los choques de las cuernas de los ciervos que luchaban entre machos por el sabor de las hembras, y los gemidos de los victoriosos.

Él traía la tez morena, agitanada aún por la alegría de las noches del verano, y escondido en la piel un perfume a mar que Clara desconocía. Pero no fue el único que se presentó en el pueblo con rastros del océano. En la diligencia de la mañana llegó el hombre que estaba dispuesto a guiar las almas de los fieles desde el púlpito de la iglesia.

El último párroco había muerto un par de meses atrás blasfemando contra la vejez y contra su hígado, así que los feligreses habían tenido que desplazarse hasta el pueblo vecino para asistir a misa. Cuando el cura nuevo se enteró, creyó que ese pedazo de tierra inhóspita y sus habitantes habían quedado expuestos durante ese tiempo a los caprichos del maligno. Desde el seminario arrastraba un apasionamiento por el diablo, y estaba convencido de que era una simple cuestión de oportunidad que éste se presentara en el mundo. Esa obsesión se había agravado después de que solicitara servir como sacerdote de las tropas españolas que partían a luchar contra los independentistas cubanos. Se había pasado dos años dando la extremaunción precipitadamente a muchachos despedazados por las bayonetas, la pólvora o las fiebres, y escondido entre mosquitos, cañas de azúcar y plantas tabaqueras. Aunque se había prometido no regresar a España mientras las tropas no alcanzaran la victoria, lo trajeron de vuelta, contra su voluntad, después de que el batallón cayera en una emboscada, y él estuviese vagando por el corazón de la selva durante más de un mes, sin más compañía que el hambre. Lo encontraron febril en la choza de una santera, que le leyó en las líneas de una mano que su destino se hallaba unido al del maligno, y que adonde fuera él, allí intentaría desembarcar el otro. Era un hombre muy joven —no alcanzaba los treinta años—, pero tenía el rostro cubierto con los surcos que le había dejado el sol del Caribe y la visión de la muerte.

Aceptó resignado el deseo de sus superiores de enviarlo al pueblo, pues éstos creyeron que el lugar idóneo para librarse del muchacho y de su manía con el diablo era ese rincón de Castilla, olvidado entre montes y tierras rigurosas adonde apenas llegaban las noticias de las colonias, y que acabaría con su obsesión, si no era gracias a una vida tranquila de sermones agrícolas, partidas de mus y anisetes, sería gracias a las heladas.

Sin embargo, el primer domingo que el cura se subió al púlpito no dio un sermón sobre el porvenir de las cosechas de centenos y trigales; desplegó sus brazos y así, abiertos como las alas de un águila que planea entre los picos de las sierras, dedicó a los feligreses un sermón sobre la gloria del Imperio español y sobre cómo había sido testigo de las triquiñuelas del diablo, en una tierra rodeada de mares turquesa, para hundir lo que quedaba de él. La iglesia estaba a rebosar; hasta habían bajado de los refugios los pastores, pues despertaba una gran expectación el joven cura que traía el rostro color café con leche. A la salida de misa, unos feligreses llevaban los ojos anegados en lágrimas sin saber muy bien el porqué —no habían entendido una palabra del sermón y confundían al diablo con los mosquitos—, mientras que otros se preguntaban contra quién combatían las tropas españolas y quién, en verdad, quería robarles el Imperio. Aquel sermón enfebrecido se repitió los domingos siguientes con la misma asistencia de público. Se apretujaban los fieles en los bancos. Un incensario se balanceaba de lado a lado de la iglesia para aplacar el olor a oveja de algunos pastores, y otros aromas que expulsaban los fieles debido al acaloramiento al que los sometía el cura, con sus batallas en parajes infectados de cocodrilos donde el sol hacía

ra entre los labios el picor de la muerte. A Clara, que creía a duras penas en un Dios rescatado del analfabetismo y las supersticiones, no le importaba. Si le apretaban las ganas de rezar la única oración que sabía, se la rezaba en pleno monte a Dios o a santa Pantolomina de las Flores, la patrona del pueblo, una mártir con lirios en los cabellos rubios que fue descuartizada hasta la extenuación.

Sus amores la mantenían muy ocupada. Paseaban a caballo por los pinares salvajes y las majadas, entre cacería y cacería de él, y se amaban donde les venía en gana. A ella le gustaba sentir las manos de su amante y aquel olor salado, que se resistía a irse, en el jardín de la granja bajo la pérgola con las últimas rosas. Un atardecer, después del gozo, él le preguntó por qué no acudía a la iglesia a escuchar los sermones del cura, que si bien eran algo confusos en el significado, resultaban fascinantes.

—Si quiere le acompañaré este domingo —respondió imaginándose cómo entraba en el templo luciendo el vestido de las fiestas, con su brazo maldito enlazando el brazo del hacendado. Se imaginó también que su vestido era blanco y que avanzaban hacia el altar donde les esperaban unos anillos y unas bendiciones, porque la maldición de su familia se había quedado en el umbral de la iglesia temblando de rabia.

Él, que a excepción de la boda se había imaginado lo mismo, supo que acababa de precipitarse. Una cosa era que le hubieran visto con ella paseando por las calles o a caballo por los montes y las sierras, y otra muy distinta que le vieran llevándola de su brazo a la iglesia.

—Creo que con quien deberías ir es con tu madre.

—Sí, o lo mejor es que no vaya, o que lo haga con quien me apetezca.

Clara se alejó de su amante. Un frío líquido le recorría los huesos, lloraba lágrimas como cuchillos, y en la boca sentía una náusea de sangre. Reconoció esos síntomas que le había descrito su madre en muchas ocasiones: eran los síntomas de la maldición, era el primer dolor que le infligía, y el que anunciaba la podredumbre de otros venideros.

El domingo siguiente ni Clara ni su madre asistieron a la iglesia. Sin embargo, al mediodía, fue el padre Imperio quien se presentó en su casa. Lo recibieron con las rebanadas de pan duro tostándose en el fuego junto con un pedazo de sebo, una raíz de mandrágora y una marmita en la que se cocían sapos para el mal de ojo. El cura sacó un pañuelo y se tapó la nariz y la boca.

—¡Alabado sea el Santísimo, en esta morada huele a brujería!

—A lo que huele es a desayuno y a hogar de pobre —respondió la madre de Clara.

Se apretó aún más el pañuelo contra el rostro. Estaba pálido dentro de la sotana negra, y en la frente y en las sienes se le acumulaba un sudor del trópico. Se le había dado la vuelta la memoria tras respirar el aroma de la marmita y, por un instante, creyó que estaba en la choza destartalada del corazón de la selva, donde la santera chupaba tabas de cordero mientras le molía la garganta con un emplasto amarillento.

—Siéntese, padre, que se le ha puesto color de cabra muerta —le dijo la bruja Laguna ofreciéndole un taburete que él rechazó con un movimiento de la mano.

—La información que me dieron parece cierta. En esta casa se practica la hechicería. Ahora, he de saber si en ella se invoca también al diablo. —Al pronunciar esta última palabra, miró hacia una esquina de la habitación y descubrió, agazapados, los ojos de Clara Laguna.

—El único diablo que conozco y con el que trato es el que llevan dentro muchos de mis clientes.

A la mujer le bizqueaba la pupila tuerta. El padre Imperio sintió la necesidad de santiguarse.

—Acuda usted a misa, señora, y lleve a su hija; con las cosas que dice puede estar en pecado mortal.

—Sepa que estamos malditas, y en esas condiciones una sólo debe ir a la iglesia a morirse. Al menos eso me decía mi madre.

—Ya me han hablado de la maldición que pesa sobre la familia, y también he venido a decirles que el único remedio para ella es la castidad. No deben reproducirse.

Los ojos de Clara Laguna cayeron sobre el padre Imperio. En el pecho del cura se encendió un huracán. Guardó el pañuelo en el bolsillo y se despidió apresuradamente. La mirada de aquella muchacha escondía la fiereza y la soledad de un felino.

Después de sufrir los primeros síntomas de la maldición, Clara creyó que podría seguir las indicaciones del padre y no entregarse al hacendado andaluz. Pero se equivocó. Cuanto más esquivaba sus besos, más prendía en él el deseo de la piel maldita: le compró una pulsera de perlas de río en el almacén, le enredó otra vez el corazón de coplas y saetas que entonaba arrodillado bajo una encina, mientras los rayos de la luna se le clavaban como lanzas en el pecho. Clara perdió el apetito, el oído y el habla hasta que volvió a entregarse a él en una senda de la rosaleda, sobre un lecho de hojas y pétalos crujientes. Cuando regresó a casa, su madre le dijo: «Has hecho bien, ya no tenía remedio»; le abrió la boca y le inspeccionó las encías como si fuera un caballo, después le hizo orinar en un caldero, echó unas raíces y lo puso a hervir. Cuando la habitación se impregnó de un aroma dulce a entrañas, la mujer entornó la pupila tuerta y dijo:

—Estás encinta. Te quedaste cuando las ciervas, hace más de un mes.

Era la época de la niebla de los caballeros difuntos. Azotaba la plaza el viento glacial de armaduras y espadas. Sin embargo, para Clara Laguna, sentada en el pilón de la fuente, el viento se tornaba cálido cuando le cruzaba el rostro, y los lamentos de los espíritus se unían al suyo. Amaba a un hombre al que conocía desde hacía tan sólo un año, les contaba, y ahora esperaba una criatura. Tañeron las campanas su aviso triste y la niebla empezó a disiparse. Entre las hebras que se desgajaban camino de los nichos, ella divisó una mancha negra. Era el padre Imperio desperdigando agua bendita con un hisopo. Él divisó en lo que quedaba de espesura los ojos ámbar y se santiguó. Por mucho que se hubiera esforzado el campanero de la iglesia en explicarle el origen de esos fenómenos, el padre Imperio se había empeñado en achacarlos al aliento del diablo.

—Muchacha, ¿qué haces aquí respirando estos signos demoniacos?

—Aquí no hay signos demoniacos, padre, sino mucho desconsuelo. Ya se acostumbrará.

La mañana del día de difuntos, mientras el pueblo peregrinaba con flores y estropajos hacia el camposanto, Clara se encontró con su amante en el encinar. Había amanecido un cielo tormentoso que, justo cuando ella le dijo que estaba encinta, descargó sobre casas y montes una tromba de agua, truenos y relámpagos dorados. Los que aún quedaban en el cementerio se refugiaron en las criptas de los panteones, pero con tanta saya y sombrerito de luto se quedaron pequeñas, y se inició una estampida de parientes de muertos por la cuesta hasta alcanzar los primeros portalones. Mientras tanto, los amantes se abrazaban abrigados por la sombra de una encina fabulosa. Clara lloraba y sus lágrimas se confundían con la lluvia. El hacendado sentía que se ahogaba bajo la opresión de las nubes borrascosas, de las ramas iluminadas por los relámpagos. Intentaba susurrarle consuelo, pero no el que ella quería oír. Recordaba las palabras de la Colorá advirtiéndole que ningún hombre se había atrevido a romper la maldición de las Laguna, recordaba las desgracias misteriosas que se presagiaban para el que intentara hacerlo.

Cuando a Clara se le acabaron las lágrimas, escampó. Aun así, el cielo continuó amenazando con otra tormenta hasta que cayó la noche y ella pudo dormirse en su catre de huesos fríos.

Al día siguiente, el joven andaluz, tras hacer unas averiguaciones en el pueblo, tomó la diligencia de la tarde en dirección a la capital de la provincia, a unas cinco horas de viaje. Se llevó a sus dos criados y dejó en la posada varios baúles con ropa y escopetas. Regresó cuatro días después, con algunos rastros de insomnio pegados en el rostro, y partió a pie hacia la casa de Clara cargando con una cartera. La encontró quitando malas hierbas en la huerta de tomates. Ella lo había estado esperando, y cuando lo vio aparecer sintió que en el pecho le quemaba el orgullo, pero también la esperanza.

—Creí que se había marchado a su Andalucía sin despedirse —le dijo con desdén.

—Me marcho pasado mañana, mis tierras requieren a su dueño. Pero antes quiero que me acompañes a la granja.

—¿Para qué?

—Cuando lleguemos allí, te lo diré.

Caminaron silenciosos por la carretera de tierra que atravesaba el pinar hasta que divisaron las altas puertas con barrotes de hierro. El frío de las agujas les enrojecía las mejillas.

—Esta vez entraremos por donde se debe entrar.

El hacendado sacó una llave y abrió las puertas. La herrumbre chilló en los goznes de hierro. Clara Laguna pisó el camino de piedras que conducía hasta el umbral de la casa, y supo que lo había atravesado en sus sueños mientras en los cabellos le brotaban margaritas.

—Te ganarás la vida como granjera —le anunció él, y le brillaron las pupilas aceituna.

—Yo sólo quiero estar con usted.

—Te he comprado la propiedad. Es para ti y el bebé.

—Entonces será una hembra.

El hacendado le entregó la cartera que llevaba bajo el brazo.

—¿Qué es esto?

—Los títulos. Todo está a tu nombre. Y también un poco de dinero para que puedas salir adelante al principio. Me fui a la ciudad para arreglar la compra. Partiré pasado mañana, como te he dicho, pero regresaré cuando nazca la criatura.

—Yo soñaba con vivir en esta granja, pero sólo si era con usted.

—Te aseguro que regresaré para conocer lo que nos mande Dios, hembra o varón, y ver cómo te has convertido en toda una granjera.

—¿Y se casará conmigo?

—Clara, nunca me casaré contigo, nunca ha sido ése mi deseo. Eres una muchacha muy bella, pero no puedo amarte como a una mujer de mi clase y posición. Tu madre se dedica a los hechizos y a leer huesos de gato, y tú no sabes ni escribir tu nombre, pequeña. ¿Cómo podría presentarte en sociedad? Acabaría aburriéndome de ti, y me odiarías. Eres como esa preciosa rosa amarilla del jardín de la que ya es tu granja: tardó en marchitarse, pero al final lo hizo, y ya no queda nada. No sé si puedes comprender lo que intento decirte.

—Lo comprendo, no soy tan ignorante como cree. Pero ¿me promete que regresará al pueblo?

—Sí, muchacha.

—Estaré esperándole.

Antes de que el hacendado tomara la diligencia de la tarde con sus criados y sus baúles de hombre rico, se despidieron en el encinar. Se hundían los últimos rayos de sol en las aguas del río, cuando ella, que lo esperaba sentada sobre el musgo, escuchó los cascos del caballo golpeando la tierra. Le retumbó en el vientre aquel galope duro, y los huesos se le convirtieron en nieve. Desmontó él, gallardo, y con una navaja de campo grabó un corazón atravesado con una flecha y los nombres de ellos en un tronco hueco, mientras repetía su promesa de volver al pueblo. Luego la besó en los labios, se subió al animal y, con su pelo de tumba, se fue alejando de ella lentamente, por la ribera del río, entonando una copla.

El viento trajo el tañido de las campanas que llamaban a misa de siete. Enredada en la sombra de una encina, Clara Laguna supo que su amor olería siempre como ese árbol de hojas duras y maldijo a Dios. A lo lejos, aún se divisaba la silueta de su amante serpenteando el río. Él se casaría con una mujer que no era ella, una mujer envuelta en lunares y volantes tiesos, una mujer capaz de escribir no sólo su nombre y apellidos sino hasta cartas de amor; y lloró tanto imaginándose aquella rival, que cuando se le secaron los ojos, le empezó a llorar el vientre y después la vagina, que le había regalado una pasión enorme y ahora se la arrebataba. Pasó la noche a la intemperie, sucia de encinas, de escarcha y de recuerdos. Al amanecer regresó a casa, despertó a su madre y le rogó que le leyera en el esqueleto de gato si él cumpliría esta vez su promesa.

—Ese hombre jamás volverá —predijo ella con la voz embarrada de sueño—. Lo veo claramente en las costillas.

—¿Por qué me miente, madre, por qué me miente?

Clara propinó un puñetazo en la mesa donde había echado los huesos, y salió despedida una costilla y el hilo de coser los virgos.

—¿Qué esperabas, y más de un caballero rico? Apuntaste muy alto, y yo quizá no te aleccioné tan bien como creía. Llevas una hembra en tus entrañas, y tu amante te ha abandonado. Estás maldita, Clara.

—Reniego de la maldición. No sufriré por él. Volverá, me lo ha prometido, y siempre ha cumplido sus promesas. Y cuando vuelva, será él quien sufra.

—Muchacha cabezota, no se puede renegar del destino que nos está dado.

—Sí se puede. Además, usted tiene un ojo seco y del otro se está quedando ciega, así que ya no me fío de lo que pueda ver en ese esqueleto podrido y cagado de moscas. Entérese, me ha regalado la granja roja para mí sola y me ha dado dinero.

—¡Ah! Desde el principio me pareció un buen muchacho y muy guapo. Elegiste requetebién.

—¡No pisará usted esa granja que le causa tanta alegría, ni tocará ese dinero!

—Hija, comprendo lo que estás sufriendo, yo también lo sufrí: te muerde con fuerza el mal de amores. Escucha, tu padre me abandonó y sólo me dejó lágrimas, más miseria y una hembra con los ojos amarillos en el vientre. A ti, al menos, te ha dejado una granja de ricos. Para una mujer maldita y pobre como tú, no se puede pedir más. Y cuando aprendas a aplacar el hambre del mal de amores, te darás cuenta de que si tu amante ya te compró una casa no es necesario que vuelva.

—Se equivoca, sí necesito que regrese.

—¿Con qué fin, muchacha tonta, con qué fin? ¿Para sufrir más?

—No, madre, para vengarme.

3

Nunca se supo por qué sucedió aquel milagro primaveral, pero, en cuanto Clara Laguna pisó el camino de piedras que conducía hasta el umbral de la granja roja, brotaron entre las vetas de tierra unas margaritas como las que le brotaban en la melena durante los sueños. Ella no se dio cuenta, confundió el crujir de su nacimiento con el de las hojas secas de los frutales; y siguió avanzando hacia la puerta, obstinada como la maleza que oprimía el establo, los corrales y el abrevadero. Por la brecha de la tapia, se habían colado perros vagabundos huyendo de los palos de los campesinos, y sus ladridos rompían la calma del jardín abandonado al otoño.

La planta baja tenía un recibidor de losetas de barro, un salón con un hogar muy espacioso, una cocina con una puerta trasera que daba al huerto de tomates y calabazas, una despensa con estantes encalados y un dormitorio en el que se filtraba el perfume de especias, legumbres y hortalizas. En el recibidor de losetas de barro se hallaba la escalera, roída por la carcoma y la tristeza de las telarañas, que llevaba a la primera planta y al desván. Mientras ascendía por ella, la muchacha contempló las polillas atrapadas en esa arquitectura de seda, todavía vivas y a la espera del apetito de la araña. La primera planta constaba de cuatro dormitorios y un baño, distribuidos en un pasillo con balcones que se asomaban al jardín y por donde la luz entraba a chorreones de madreselva. En una esquina del dormitorio más grande había un aguamanil de loza con arabescos azules olvidado sobre una estructura de hierro. El resto de las habitaciones estaban vacías y se podía escuchar el eco de la respiración.

En un extremo del pasillo, la escalera se estrechaba de subida al desván. Los peldaños se mostraban débiles y quejumbrosos conforme Clara avanzaba. Al final de la escalera, entró una bocanada de luz por un ventanuco con forma de luna llena desde el que podía verse la soledad del mundo. Había varias camas cubiertas por unas sábanas que olían a lavanda putrefacta, una cómoda de estilo francés en ruinas y, apoyada en ella, una escopeta de caza supurando pólvora. En los pulmones de Clara se acumulaba el olvido. Regresó a la primera planta. Había decidido ocupar el dormitorio más grande. Se echó sobre el suelo de madera y recostó la cabeza en el hatillo donde había guardado algunas de sus pertenencias. Aunque no era más que mediodía, se dispuso a dormir. Necesitaba reponer fuerzas para llevar a cabo su venganza. A la mañana siguiente esperaría un carro que la condujera hasta la capital de la provincia. Allí compraría todo lo necesario para convertir la casa roja, en vez de en una granja próspera, como su amante deseaba, en un burdel magnífico.

Lo primero que adquirió fueron cuatro candelabros de velas de muerto para cada una de las esquinas del salón. Se los cambió a un chatarrero por un rato de amor bajo los pinos. Aquel hombre con acento de menta se convirtió en su primer cliente, y se llevó la bondad de Clara balanceándose en el carro tirado por dos mulas para no devolvérsela jamás.

En la ciudad, completó el mobiliario del salón con unos canapés de raso escarlata, unos cuadros de odaliscas rebozadas en tules malvas, una alfombra con una escena de la caza del zorro y unas cortinas verdes de seda de damasco. La tienda donde adquirió estas mercancías se ocupaba de vender mobiliario, decorados y atrezo utilizados en representaciones de ópera y que ya no interesaban a los teatros por viejos o por pasados de moda. El dueño, un barítono caído en desgracia, se prendó de la belleza campesina de Clara Laguna nada más verla con el vestido marrón de lana de domingo, la saya con remiendos y el chal basto como lomo de burro. En principio, creyó que sólo pretendía curiosear, atraída por la grandilocuencia del escaparate, porque llevaba también prendida en las mejillas y en los ojos de oro el aturdimiento del que ve por vez primera una ciudad, con su plaza Mayor atestada de gentes y tabernas, sus edificios señoriales e iglesias y sus calles con las tiendas y cochecitos de caballos que el campo desconoce. Pero al explicarle ella lo que buscaba con la determinación de la venganza, el barítono le dio unos consejos muy útiles para que su granja se convirtiera en un lupanar de postín; y así no sólo atraería la masculinidad acostumbrada a las yuntas, la hoz y la azada, sino también la de burgueses, viajeros y cazadores de mundo. Además del mobiliario y los enseres para el salón, adquirió los *negligés* y los trajes morunos de una representación de *El rapto del serrallo*, cuyas formas y suavidad inverosímil la cautivaron, pues aunque esas prendas nada tenían que ver con moscas y gusanos para pescar truchas, sí eran buenos cebos para pescar el deseo de los hombres. Cuando ya se le había acabado el presupuesto, se encaprichó de la cama donde Otelo dio muerte a Desdémona. Tenía unos barrotes de hierro negro lamidos por un dosel púrpura y un tamaño colosal para montarla y desmontarla en los teatros, así que sólo se había usado en unas cuantas representaciones. Tanto insistió en llevársela a costa de lo que fuera, que el barítono se la cambió por sus favores campesinos. Sobre un baúl del almacén, aturdida por un aria de *Rigoletto*, conoció a su segundo cliente. El tercero, un abogado que le presentó el barítono, lo necesitó para costearse los gastos de la pensión donde pasó la noche llorando el recuerdo del hacendado andaluz. A la mañana siguiente partió hacia la granja en el carro que transportaba sus compras, y no le fue difícil convencer a uno de los mozos para que, tras descargar la mercancía, le quitara la maleza y le limpiara las hojas del jardín en varias jornadas de amor, rastrillo y potaje de garbanzos; convirtiéndose el mozo en su cuarto cliente. El herrero, que le fabricó en tres días prolíficos un lazo parecido al que abraza las coronas de difuntos, y grabó en él BIENVENIDO A LA CASONA ROJA, en letras doradas, fue el quinto y el definitivo para dar a conocer el burdel.

—La Laguna de los ojos de trigo se vende por unas buenas perras o por un sartal de conejos en la granja que le regaló su amante —le decía a todo el que se acercaba por la herrería, o a todo el que encontraba en la taberna jugando al mus y apurando un chato.

Clara lo consideró inaugurado con la colocación del lazo sobre el copete en que terminaban las puertas de hierro; así, aunque la mayoría de los hombres no pudieran leerlo porque no sabían leer nada, los pájaros podrían cagarse en él como en las lápidas y las cruces de las tumbas.

Ataviada con los *negligés* o los pantalones morunos de *El rapto del serrallo*, recibía a los hombres del pueblo que habían deseado su belleza y su juventud, y que acudían al burdel sin ningún temor, pues ya no estaba en juego ninguna maldición sino un negocio de carnes. El halo exótico que desprendía con aquellas ropas, y la sala donde los hacía esperar, con sus odaliscas malvas en las paredes, su alfombra de caza y sus canapés de ópera, los dejaba sin pensamientos. Ellos estaban acostumbrados a consumir ese tipo de negocios en un establo, un granero o contra un pino del monte. También sucumbieron los cazadores. El burdel donde una prostituta con los ojos de oro recibía embutida en tules y bombachos se convirtió, junto a los ciervos, jabalíes y liebres, en un aliciente más para regresar al pueblo castellano al otoño siguiente.

A principios de diciembre de aquel año de 1898, el inicio de las faenas amatorias de Clara restó protagonismo a los sermones del padre Imperio. En las hileras de toquillas de luto dejó de hablarse de los cocodrilos tropicales, las ciénagas y las selvas infectadas de rebeldes cubanos. El lupanar instalado por la Laguna de los ojos de trigo en aquella granja que desde entonces fue conocida como «la casona roja», se convirtió en el centro de las conversaciones.

Cuando el padre Imperio se enteró de la existencia del burdel unos días después de la apertura, se le apareció la santera cubana advirtiéndole que su destino estaba unido a la llegada terrestre del maligno. Se enfundó en una sotana que previamente roció con escarapelas de agua bendita y se puso en camino hacia la casona roja. A lomos de la mula que utilizaba para desplazarse a dar la extremaunción a los fieles cuyos oficios los dispersaban por las serranías, fue testigo de cómo las hayas salían desnudas al encuentro del viajero. Las hojas entregadas a la tierra amarilla. Las ramas contoneándose en el viento.

Encontró abierta la puerta del jardín, ató a un barrote la mula, y atravesó el camino de piedras grandes hasta el umbral de la casona roja. Aplastó con sus botas eclesiásticas una mata de margaritas. Se santiguó antes de llamar con la aldaba. Tuvo que golpear varias veces hasta que Clara le abrió. La muchacha bostezaba envuelta en un chal de lana.

—Pase, padre.

—Aquí me quedo.

—Como guste.

Del interior se escapaba un hedor a humedad y a polvo, que a él le pareció el del azufre. Escondido en los ojos de la muchacha, descubrió el abandono de las hayas a los vaivenes del otoño. Se estremeció. Llegaba dispuesto a enterarse de si en esa casa convertida en vergüenza se escondía el diablo.

—Aquí no se esconde nadie, ni siquiera mi venganza —contestó ella.

Llegaba con la valentía prendida en el alzacuello, dispuesto a marchar a la iglesia a por los cachivaches de los exorcismos si era necesario, dispuesto a enfrentarse al rostro humano del maligno si es que se había instalado en la granja con Clara y le había llenado el corazón de malas ideas.

—Padre, no me traiga cosas de exorcismos, tráigame una hogaza para desayunar porque no me quieren vender el pan y yo no tuve tiempo de hacerlo.

—Sepa que a pesar de sus ojos de gato, de la mala costumbre que, según dicen, tiene de hablar con los muertos, y del oficio que, con su voluntad o sin ella, ha escogido, estoy dispuesto a salvarla a toda costa, de usted o del diablo —le dijo él con la terquedad aprendida en el trópico.

Echó a andar por el camino de piedras hasta que abandonó el jardín, se montó en la mula y partió hacia el pueblo; los ojos negros ruborizados por su juventud, por la luz de la mañana, por la visión impúdica de las hayas.

Clara Laguna no quiso que su madre se fuera a vivir con ella hasta que el peso de las obligaciones, la mugre y la soledad le hicieron cambiar de opinión. No podía complacer a los clientes en la gran cama con dosel y atender a los que llegaban mientras tanto. Si dejaba la puerta cerrada, los hombres se apelotonaban bajo la escarcha de la noche; si la dejaba abierta, se perdían por la casa, y se colaban en el dormitorio para espiar las embestidas de sus vecinos, o en la despensa y se comían las pocas provisiones que lograba almacenar. Tampoco tenía tiempo para cuidar el huerto de lechugas que plantó junto al de tomates y calabazas, limpiar el salón y su dormitorio del barro de las botas de los clientes, de sus escupitajos y de los pelos de mula, preparar las comidas, acercarse a por víveres, y barrer las hojas secas del camino de piedras que se infectaba lentamente de margaritas.

Un atardecer, asomada a uno de los balcones de la primera planta, supo que nunca podría vivir sola en aquel burdel donde escondía sus recuerdos. Le atormentaba hasta la soledad de las polillas que esperaban la muerte en las telas de araña. Echaba de menos el tufo de los hechizos de su madre, ayudarla a descuartizar animalitos y coser virgos. Echaba de menos el chasquido de los huesos de gato revueltos en el saco, incluso echaba de menos la cabra que ordeñaba cada mañana. Sin embargo, consideraba a la bruja Laguna responsable de su desgracia por haberle transmitido la herencia maldita.

Aquel atardecer, Clara quiso acabar con toda la ternura que podía sentir hacia su madre y hacia la criatura que le crecía en las entrañas y continuaría la estirpe. Y lloró, mientras la luna se desgajaba de las nubes, por el amor perdido, por el azahar y por las aceitunas, por las coplas y las saetas de Cristo, por el sabor a otros hombres que tenía su venganza. Y no encontró consuelo en el relente del monte, en la quietud helada que le molía los huesos. Sólo cuando descubrió que, en vez de estrellas, en la noche brillaban unos ojos negros, sintió que el dolor cedía. Sorbió los mocos, cerró el balcón; aquellos ojos eran los del padre Imperio.

A la mañana siguiente, se dirigió a casa de su madre. El cielo estaba blanco, como si en él se apiñara toda la nieve que ese otoño aún no había caído sobre el pueblo. Era mediados de diciembre, mes de refugios, de arroyos congelados. Encontró a su madre postrada en el catre. No la veía desde que le contó que se disponía a abrir un burdel a su regreso de la ciudad. Al oírla llegar, la mujer se incorporó. Tenía la pupila tuerta cerrada y la negra vigilante. Clara la encontró más delgada y vieja.

—¿Dejó de comer?

—Dentro de poco no me quedará más remedio. Fíjate en tu pobre madre, ayer tuve que matar una gallina. Pero tú no te preocupes y disfruta de tu mansión.

Desde que su hija comenzó a recibir hombres, el negocio se había resentido. Los huesos del esqueleto de gato llevaban días sin salir del saco. Las mujeres del pueblo, que eran las que más requerían los servicios adivinatorios, se vengaban así de que sus maridos, hermanos o hijos anduvieran desfogándose con Clara en una granja con muebles de palacio. Los encargos para coser virgos o preparar brebajes contra el mal de ojo también se habían acabado. Tan sólo algún cazador, ajeno a las venganzas, se había atrevido a comprarle un amuleto. Si seguía así, a finales de mes era muy posible que no pudiera pagar la renta de la casa.

—Coja los animales que le queden y véngase conmigo.

—Ya era hora de que recapacitases. Con tu cabezonería de hacerte puta me estás arruinando el negocio.

—Venga a ayudarme con el mío, que parece que va a dar buenas perras.

—Y más que puede dar si dejas que tu madre te aconseje. Necesitas más chicas que te ayuden con los hombres; yo me encargaré de buscártelas. Además, dentro de unos meses, cuando tu embarazo se te note, no podrás atenderlos.

Recogieron las marmitas y los pucheros, los tarros con los ingredientes mágicos, los cacharros de la cocina, las tres gallinas que quedaban y la cabra. Lo montaron todo en una carretilla desvencijada y partieron hacia la casona roja.

A los pocos días de instalarse la bruja Laguna en el burdel, llegó al pueblo la noticia de la derrota de España en la guerra contra los rebeldes cubanos y los Estados Unidos, y con ella la de la pérdida de los pocos territorios que quedaban del imperio. Cuba, Filipinas y Puerto Rico pasarían al dominio de los americanos. El domingo, el joven cura, temblando aún ante tanta desgracia, se subió al púlpito y con sus brazos de águila pronunció un sermón sobre las maldades del azúcar, que procedía principalmente de Cuba, y prohibió su consumo en cafés y dulces, llamando a los fieles a apostar por el amargor de la derrota. A la salida de misa, se precipitó sobre el pueblo la primera nevada del otoño que se había convertido en invierno de tanto esperar. Las calles, la plaza, la iglesia, la fuente, la cuesta del cementerio, los campos de los alrededores, los pinares, las montañas, las orillas del Duero, se cubrieron con una capa de nieve blanda que se desmigaba en granos inmaculados. El padre Imperio identificó aquel fenómeno tardío con una nueva jugarreta del diablo, pues éste le lanzaba, con el fin de humillarlo, una nevada de azúcar cubano. Se encerró en la sacristía de la iglesia, atormentado por la visión de las costras blancas que suavizaban los picos de las sierras, y por la del pueblo sumido de golpe en la eternidad del invierno, y se negó a salir de ella hasta que las heladas de las noches dejaron la nieve dura, y hombres y bestias la ensuciaron con el trajín de sus quehaceres. La nieve volvió a ser nieve, y el padre Imperio salió a pasear por ella para enfriar las muertes de soldados que se le acumulaban en la memoria caribeña. Quiso que dejaran de llamarlo padre Imperio, pero nadie se acordó nunca de llamarlo Juan Antonio, y la costumbre acabó por imponerse a su deseo.

La noticia de la derrota española y las prohibiciones del cura mitigaron entre las gentes del pueblo el escándalo de la llegada de dos prostitutas a la casona roja. En las partidas de mus de la taberna, los hombres compaginaban los órdagos a la política del país, con los órdagos a los encantos de las chicas. No se vio a nadie murmurando en las puertas de las casas; apaciguó las lenguas el frío de nieve, los postres amargos, los cafés tristes.

La bruja Laguna siempre se consideró una mujer práctica que sabía sacar provecho de las causas perdidas, como lo era la maldición que atormentaba a la familia; por eso, cuando se dio cuenta de que no podría convencer a su hija para que renunciara a esa venganza descabellada, decidió aprovecharse de ella. Reclutó a dos muchachas en el pueblo vecino. Se llamaban Tomasa y Ludovica. Eran pobres pero hermosas, y estaban dispuestas a trabajar por una cama caliente, comida y unas cuantas perras para salir los domingos. Sus servicios pronto fueron muy apreciados por la clientela cada vez más numerosa, aunque no tanto como los de la prostituta de los ojos de oro. A diario, transitaban diligencias y carros por la carretera de tierra que comunicaba entre sí los pueblos de la comarca y éstos con la capital de la provincia, y eran muchos los viajeros que se detenían en el burdel por casualidad, o atraídos por su fama, que se había extendido con rapidez, y relajaban los cansancios del viaje con una jornada de pasión bajo el dosel púrpura, o en las camas que Clara había rescatado del desván para las prostitutas nuevas.

La madrugada del último día del año, llegó hasta la cocina del burdel, sin que nadie la viera, una muchacha con la nariz deforme. En el salón, adornado con tiras de papelillos brillantes para celebrar las fiestas navideñas, la bruja atendía a los clientes que esperaban en los canapés el turno para subir a las habitaciones. Servía vino caliente, y a los que se lo solicitaban, les echaba los huesos para ver la suerte que correrían sus cosechas o sus negocios en el nuevo año. El perfume de la leña que ardía en el hogar gigante caldeaba la espera y las predicciones. De vez en cuando, se escapaba un largo gemido de victoria de la primera planta o un cloqueo de cama vieja a punto de desvencijarse de placer. La muchacha de la nariz deforme se coló en la casa por la puerta de la cocina que alguien había dejado sin pasar el pestillo. Traía hambre. Quiso comerse un tomate del huerto, pero la nieve los había congelado y casi se rompió un diente al morderlo. También traía frío, por eso se metió en la cocina sin pensar en más consecuencias que en el bienestar de su cuerpo con olor a yegua. La habitación se debatía en la penumbra de un par de candiles. Sobre una mesa, en el centro de la cocina, encontró una jarra de vino humeante y unos vasos. Dio varios tragos hasta que le escoció la garganta, y los pedazos de escarcha empedrados en las cejas, el bigote y la barbilla se derritieron. Escuchó las voces que llegaban del salón, pero no le importó; acababa de descubrir los conejos que uno de los clientes había llevado para pagar los servicios del burdel, y se dispuso a cocinárselos al ajillo. Encontró los ingredientes necesarios en la despensa y, tras morder apasionadamente una cebolla, un par de ajos y una hogaza de pan, arrancó la piel de los animales, los descuartizó, chupándose la sangre de los dedos, encendió el fuego de la cocina de hierro, colocó una marmita y comenzó a preparar el guiso. Nadie se dio cuenta de su presencia hasta que un aroma sabroso penetró en el salón y enmudeció la espera, el vino y las predicciones. La bruja Laguna se dirigió a la cocina seguida de un par de clientes a los que ese olor magnífico había abierto el apetito. Descubrieron a la muchacha envuelta entre las sombras que proyectaban los candiles y dieron un respingo. Sin embargo, ella continuó removiendo el guiso como si no pasara nada. Aparte de la nariz deforme, tenía el rostro amoratado de golpes, los ojos como grillos, el pelo corto y oscuro con patillas anchas que terminaban en una modesta barbita. No pertenecía al pueblo, y cuando la mujer le preguntó quién era y qué estaba haciendo en su cocina, emitió un torrente de gruñidos y palabras entrecortadas de los que sólo pudo entenderse que se llamaba Bernarda y que estaba cocinando un conejo al ajillo. Llevaba un vestido de terciopelo miserable y unas botas con agujeros atascados de nieve. Cuando la bruja se acercó a ella, se puso en cuclillas y se cubrió la cabeza con los brazos.

—¿Quién te dio esos golpes? —le preguntó uno de los clientes.

La muchacha, aún en cuclillas, gesticuló con las manos, agigantadas por haber trabajado desde la infancia, y balbució unos gruñidos que esta vez nadie pudo entender.

—Te escapaste de tu casa porque te zurraban, ¿eh? —le preguntó el otro cliente.

Se acentuó el tufo a yegua que exhalaba su carne, y guardó silencio.

—Vengas de donde vengas, cocinas muy bien. Cuando esté listo ese conejo, yo me como un plato —dijo uno de los clientes.

—Y yo —aseguró el otro.

—Levántate y termina ese conejo, entonces —le ordenó la madre de Clara.

Bernarda, llevada por una alegría que nadie entendió, se anudó un trapo de la cocina cubriendo los ojos e hizo malabares con la cuchara de madera que había utilizado para remover el guiso. Después la cambió por un cuchillo y, ante el espanto de la bruja y los clientes, picó un ajo diminuto sin que el filo le rozara siquiera un dedo. Cuando se disponía a echarlo en la marmita, encorvó la espalda, se detuvo unos instantes a escuchar y lanzó el cuchillo contra un ratón que huía hacia la despensa, atravesándole el vientre.

—¿Quién diablos es esta mujer? —Clara Laguna, harta de esperar, había seguido el rastro del conejo al ajillo.

La muchacha se retiró el trapo de los ojos y la imagen de aquella prostituta de pupilas de oro ataviada con un *negligé* naranja, el cabello suelto hasta más abajo de la cintura y los pechos de embarazada estallando los tules se le atravesó en el estómago para siempre. Cogió unas cebollas de encima de la mesa y, mientras emitía sus gruñidos incomprensibles, se puso a hacer malabares hasta que Clara le exigió que se detuviera. Bernarda balbució «aquí me quedo» y devoró las cebollas con un apetito enfebrecido.

Hicieron falta más de dos años, que Bernarda pasó trabajando como cocinera en el burdel —porque esa noche dijo «aquí me quedo» y se quedó hasta su muerte—, para ordenar los gruñidos y las palabras que balbucía y enterarse de que su padre la había vendido a un circo aprovechándose de la pelambrera que lucía en el rostro. Entonces se supo dónde había aprendido sus habilidades y su gusto por los malabarismos, que era capaz de realizar con todo tipo de utensilios, hortalizas o frutas. Aunque las habilidades de Bernarda no acababan ahí: tenía una sensibilidad innata para cocinar, y sus guisos acabaron haciéndose tan famosos y atrayendo tanto a los clientes, que se metían un buen plato antes o después del amor, como los placeres de Clara bajo el dosel púrpura. Además, se comunicaba con el mundo a través de sus guisos, mejor que a través de los gruñidos y palabras balbucientes.

También poseía una capacidad prodigiosa para cuidar a los animales, que se amansaban cuando los tocaba con sus manos de coloso. Por eso se ocupó, aparte de la cocina, de los corrales y del establo del burdel que, conforme prosperaba éste, fueron llenándose de gallinas, ovejas y cabras, e incluso de un par de caballos que relinchaban de satisfacción al olisquear el perfume a yegua que desprendía, como un chorro invisible, el cuerpo de Bernarda.

Pasados unos cuantos años más, se enteraron de que era natural de Soria y huérfana de madre desde la niñez. Que había huido del circo porque alguien la pegaba, ya se sabía, pero en aquella época se consiguió descifrar que era el domador de fieras quien se emborrachaba, la molía a palos y le tiraba de la barba para divertirse.

Sin embargo, lo que se averiguó a los pocos días de su llegada fue que aquella simpleza de carácter que demostraba Bernarda —y que demostraría siempre— no era un problema de timidez o un trauma por los palos borrachos del domador; la muchacha, desde su nacimiento, tenía la cabeza aletargada en algún rincón del cielo.

La instalaron en el dormitorio situado junto a la despensa, en un jergón de paja sobre el suelo. Se deshizo del vestido, y su olor fluyó por las habitaciones, ascendió la escalera y avanzó sigiloso hasta Clara Laguna. Ella lo percibió en sueños, y la criatura se le revolvió en el vientre.

4

El jardín de la casona roja reventaba de flores, abejas y saltamontes. Pero fue al invierno siguiente cuando empezó a murmurarse en el pueblo sobre la desobediencia que acabaría mostrando a la climatología y a las estaciones. El primer indicio de aquel presagio fueron las margaritas que brotaron entre las piedras del camino tras instalarse Clara en la casa, y desde entonces no habían parado de crecer con sus corolas robustas, ni siquiera durante los fríos del invierno; se habían reproducido minuciosamente a través de la nieve y las hojas secas, apoderándose de la tierra y una vez más de sus sueños. A los seis meses de embarazo, dejó de recibir clientes y mandó a su madre a reclutar a una chica para sustituirla mientras se resignaba a la espera del nacimiento de la niña. Colocó la cama bajo la ventana de su dormitorio, quedando ésta enmarcada entre los barrotes de hierro. Con el vientre hinchado, se sentaba en ella y se entretenía contemplando el camino de piedras. Fantaseaba con la llegada del otoño, y el hacendado andaluz aplastando con sus botas las matas de margaritas; las piernas firmes, la canana repleta de cartuchos abrazándole la cintura, los ojos como dos aceitunas de hielo, la capa a la espalda, el cabello ensortijado en vapores de aceite. Avanzaba por el camino cantándole una copla para anunciarle su llegada, y después una saeta para rogarle su perdón. Aquel camino acabó siendo lo primero que Clara contemplaba al despertarse, y lo último, antes de dormirse. Pero su visión continuaba en sueños. Amanecía con la melena oliéndole a flores, como en la época en que llevó al hacendado a conocer la casona roja, sin embargo, las margaritas ya no brotaban en sus hebras castañas, sino en la tierra que serpenteaba el camino.

Una mañana, embarazada de siete meses y con los ojos aún velados por la niebla del sueño, creyó distinguir la figura de un hombre que se dirigía hacia el umbral de la casa. Se restregó los párpados; ninguna legaña debía interponerse en sus esperanzas: él regresaba al pueblo, y antes de lo que le había prometido, cuando la primavera apuntaba con su pistola de flores. Pero aquel hombre no vestía botas y pantalones de montar, ni capa ni aceite en el pelo. Sus pantalones eran negros y burdos, sus botas gruesas y de caña, su chaquetón un par de tallas más grandes de lo necesario y, sobresaliendo por encima del cuello, la gargantilla de nieve que atestiguaba la consagración a Cristo; aquel hombre era el padre Imperio. Clara rompió a llorar. El padre Imperio llamó con la aldaba y abrió la bruja Laguna. Por un instante, se preguntó si el diablo podría esconderse en la pupila tuerta de aquella mujer que continuaba apestando a brujería, y se santiguó en su conciencia.

—Qué sorpresa, pase usted.

—Aquí me quedo.

El padre Imperio tenía la intención de no traspasar jamás aquel umbral.

—Pero al menos me dirá qué le trae por aquí…

—Quisiera ver a Clara.

—Está descansando, padre. Lo necesita porque está encinta.

—Eso he oído decir en el pueblo. Puedo esperar. Dígale que me gustaría entregarle algo.

—Pero es que aún no se ha despertado, y es posible que tarde horas en hacerlo; cosa de mujeres embarazadas, se duerme mucho.

—Ya me levanté, madre, métase en casa, yo me ocupo de él. —Clara Laguna surgió en el recibidor de losetas de barro. Traía los ojos enrojecidos de llanto, la melena revuelta, y su embarazo abombaba una bata de muselina de *El rapto del serrallo*.

La bruja Laguna se fue a desayunar a la cocina.

—Dígame qué desea y márchese. No quiero tratos con Dios hasta que me llegue la muerte.

El cura sujetaba una Biblia con tapas color violeta, y en ellas tenía fijos los ojos.

—Vine a traerle esto. —Le tendió la Biblia—. No debe esperar tanto.

—¿Tengo yo cara de saber leer, padre? Qué manía tienen los hombres con que las mujeres sean instruidas. ¿Acaso cree que no me habrían abandonado si fuera capaz de entender ese libro?

—Si no puede leerlo se lo leeré yo. Mañana regresaré a esta misma hora. La esperaré en el jardín, y salga vestida. —Le contestó con la determinación que lo mantuvo vivo en la selva durante más de un mes.

Los ojos del padre Imperio, aquellos ojos negros donde Clara encontró consuelo una noche de invierno, se clavaron en los de la muchacha. Ella no dijo nada; sintió la primavera colándose por la puerta con una brisa de brotes tiernos, de gusanos transformados en mariposas.

Pasó la tarde paseando entre las lechugas, los tomates y las calabazas del huerto; entre los frutales, las hortensias y los dondiegos cuyas flores aumentaban la tortura que padecía su corazón. Éste deseaba la rigidez desnuda del invierno y la soledad del águila. En cambio, la criatura que esperaba se revolvía, traicionándola, en el vientre nutrido de primavera. Hasta las entrañas de Clara Laguna llegaba el zumbido crujiente de la naturaleza, el verdor explotando en las ramas que hacía poco no eran más que lanzas en combate contra el viento. Pero lo más doloroso, lo que jamás podría perdonar a la tierra fértil de la casona roja, era la efervescencia de capullos multicolores que se amontonaban en la rosaleda. No había vuelto a pasear por las sendas donde antes había amado, donde había sido feliz, donde una rosa amarilla, también traidora, se marchitaría igual que ella, donde sus compañeras blancas, azules y rojas habían crecido tanto que los pétalos parecían lenguas burlándose de su desgracia. Odiaba aquel lugar que le dio esperanza para luego quitársela. Prohibió a Bernarda, a su madre y a las prostitutas que lo cuidaran, ordenó que cerraran la brecha de la tapia por donde entraba con el hacendado andaluz, construyó una barricada con carretillas en el arco que dominaba su entrada, condenando a una muerte fragante a los perros vagabundos que se escondían dentro, o a descarnarse el lomo para escapar por las sendas de espinas; la rosaleda debía morirse de amargura, de sequedad, de abandono.

Por la noche, vomitó polen y durmió atormentada por pesadillas que olían a jabones, a colonias y a ungüentos, hasta que sus desvelos se apaciguaron bajo un manto negro como una sotana y encontró un sueño sin sueños.

Montado en la mula, puntual, y con el alzacuello honrando la tez surcada por arrugas del trópico, llegó el padre Imperio a la casona roja. Desde la ventana del dormitorio, Clara espió sus andares toscos entre las margaritas, y encargó a su madre que lo despidiera con la excusa de que estaba indispuesta. No tengo tiempo para salvaciones, pensó, sólo para venganzas. Se puso a cepillarse el pelo mientras veía cómo la vieja daba el recado al cura, y cómo él, en vez de marcharse, tomaba asiento en el banco de piedra que había bajo el castaño, y acariciaba las tapas violeta de un libro que Clara intuía sagrado.

—Dice que no se marcha. Este hombre es terco como la mula que monta.

—Ya lo veo.

Bajó al jardín ataviada con un vestido de su madre porque en los suyos apenas le entraban los pechos y el vientre. Los pájaros trinaban demasiado para la muchacha, el cielo era demasiado azul, la brisa demasiado blanda. Él se levantó del banco cuando la vio acercarse.

—Sepa que está usted en el jardín de un prostíbulo.

—Estoy en un jardín bendecido por la naturaleza, y si es así, bendecido también por la generosidad de Dios. —Como siempre que se enfrentaba a los ojos de Clara, el padre Imperio sintió un estremecimiento que le hizo preguntarse si no estarían detrás de ellos los fuegos del infierno.

Ella se sentó en un extremo del banco, y él en el otro; quedó entre ellos un lecho de piedra que les impedía rozarse.

—Me gustaría leerle un pasaje de la Biblia y así entenderá por qué estoy aquí y lo que quiero decirle. —Las tapas violeta se le pegaban al sudor de las manos.

—Una vez alguien me habló de los sermones que usted daba en la iglesia, y me dijo que fuera a escucharlos. Tengo curiosidad por saber qué contaba en ellos.

El padre Imperio dejó la Biblia sobre el banco. Respiró la mañana que parecía recostarse en el jardín, también dispuesta a escucharlo, y comenzó a hablarle de una isla lejana cuyo nombre era Cuba, y de unos soldados que llegaron hasta ella para defender la gloria de un imperio. Clara miró primero la tierra, las flores silvestres que se arremolinaban a sus pies; luego, conforme él avanzaba en la historia, lo fue mirando de reojo, hasta que giró el cuerpo y lo miró de frente. Jamás se había fijado en sus labios hasta ese momento: delgados y con una cicatriz en forma de estrella sobre una de las comisuras, se hallaban sumidos en sus recuerdos. El padre Imperio, ropas de soldado sobre la piel, en la garganta mugre y un alzacuello, en el corazón sólo fe, caminaba con un batallón de hombres por ciénagas donde se escondían los rebeldes; había ceibas y palmeras repletas de enemigos y, a lo lejos, la playa. Los ojos del cura ya no eran negros, los teñía el azul que muele el mar Caribe. Se escucharon disparos y muerte; por el jardín de la casona roja cayeron los primeros soldados, la sangre cubrió el camino de piedras y margaritas, la pólvora chocó contra los granos de polen, los cocodrilos salieron de detrás del castaño, el agua bendita, en cantimplora de campaña, mojó las botas del cura, los pies de Clara, la frente de un soldado caído. Era una emboscada. El mediodía se abalanzaba sobre la casona roja; él se aflojó el alzacuello y la muchacha descubrió la cicatriz que le recorría el gaznate de parte a parte.

—Vendré otro día a leerle unas parábolas de la Biblia.

Cogió el libro sagrado, se levantó del banco; tenía la boca seca. La mula se impacientaba atada a la puerta.

—Vuelva hasta que le dejen.

—O hasta que recapacite y venga a escuchar mis sermones donde debe escucharlos, en la iglesia.

—Usted se debe a Dios, yo a mi venganza.

—Aún es muy joven y espera una criatura.

—Pero ya no tengo alma, padre, me la robó el amor, me la robó la maldición de mi familia.

—Eso no es verdad, su alma pertenece a Dios.

Quiso decirle que él encontraría el alma que creía perdida, pero calló. No se dieron la mano, no se rozaron; se despidieron con la mirada, y el cura se encaminó hacia la mula arrastrando la misma soledad que la envolvía a ella.

Tardó en regresar a la casona roja. Clara procuró recordarlo sólo cuando los dolores de la maldición se le hacían insoportables, como un bálsamo, como una medicina de ojos negros. Se buscó otras ocupaciones para entretener el embarazo. Le cogió gusto a ir al pueblo, pero no a por agua a la fuente, como antes de mudarse, con su cántaro y sus recuerdos de un hombre que, seguramente, ya sería de otra; había, además, junto al huerto, un pozo de agua fresca que no se acababa nunca.

Le gustaba ir al pueblo a pasear el embarazo por la plaza y por las callejuelas donde se alineaban las comadres de luto. Quería que murmuraran de ella, de la raza maldita de las Laguna que, en vez de extinguirse, se reproducía con abandonos, deshonras y hembras. Pero si la maldición se había llevado su alma, ella se llevaría a los hombres del pueblo.

Cuando pasaba cerca de los portones de la iglesia, a veces olvidaba su nombre, su estirpe, su desgracia, durante sólo un instante, y deseaba entrar en ese recinto sagrado que recordaba de la niñez con un Cristo crucificado en el altar, las lápidas de los caballeros castellanos tendidas en el suelo, y los ataúdes en piedra de los más nobles, sombríos en las capillas laterales; deseaba sentarse en un banco y admirar al padre Imperio alado en el púlpito con los mantos de misa, los labios saboreando los sermones, y en sus ojos los amarillos de ella.

Tuvo que espaciar cada vez más aquellos paseos. A mediados de mayo su vientre estaba tan abultado que no podía caminar las distancias que separaban la casona roja del pueblo. Su madre, interesada en que dejara de exhibirse entre sus clientas, la convenció para que la ayudara de nuevo en el oficio de la brujería. Éste, aunque aún se resentía por la apertura del burdel, había ido resurgiendo poco a poco gracias a los hombres que, mientras esperaban un regocijo de la carne, sentían curiosidad por su futuro. Las mujeres echaban de menos las predicciones y las pócimas contra el mal de ojo que lanzaban las envidias rurales, así que, aprovechando que Clara había empezado a ocuparse también de los clientes en el salón, la bruja Laguna partía algunas noches al pueblo cargando con el esqueleto de gato.

A Bernarda no le gustaba que aquella mujer tuerta se encerrara en la cocina y ocupara todos los fuegos para preparar pócimas y bálsamos en sus marmitas renegridas. Se quejaba con unos gruñidos de que no tenía espacio para cocinar los guisos y se rascaba la nariz deforme, y se tiraba de los pelos de la barba con rabia.

—Cállate la boca, muchacha, que pareces un jabalí herido. Aquí hay sitio para las dos, la cocina es bien grande.

Bernarda, enfurruñada, iba a tumbarse en el jergón de paja, pero cuando Clara comenzó a ayudar a su madre, mostró un interés repentino por la hechicería, los hilos y las agujas para virgos rotos.

—Ama, ama buena —gruñía mientras se ocupaba de afilar y abrillantar los cuchillos que Clara utilizaría para el desmembramiento de lagartijas, ranas o roedores de campo.

Permanecía junto a ella en todo momento, atenta a cómo los troceaba para guardarlos en conserva o para hervirlos en la marmita, y en cuanto que su ama se distraía, aprovechaba para comerse cualquier pedazo de animalito o cualquier víscera que hubiera tocado, porque para aquella muchacha el amor era una cuestión de estómago.

—Madre, ¿has cogido tú la cola de lagartija? —preguntaba Clara.

—Qué voy a coger yo. Anda y no me distraigas, no quiero confundir las hierbas.

—¿Y tú, Bernarda?

Con la boca abierta y los dientes y encías embarrados de sangre, ella reía saboreando el tacto que adoraba.

—¿Es que no te damos bastante de comer? Estos animales

son para los hechizos, bestia, más que bestia. —Y le propinaba un cachete en la cabeza.

Bernarda, aún sonriendo, corría a encerrarse en el dormitorio con una mano puesta en el lugar exacto donde su ama le había arreado.

—¡Sal de tu guarida y calma esos malos humos! —le gritaba Clara.

Pero ella se escondía para cortarse con una navaja el mechón de la cabellera que le había golpeado el cachete, y lo deglutía ansiosamente acompañado con alguna hortaliza o fruta de la despensa.

Cualquier otro estómago hubiera sufrido de unos ardores espantosos, sin embargo, el de Bernarda era capaz de digerir todo aquello que requiriese el amor de su dueña y no sentir la menor punzada de indigestión.

—Ponte a preparar los guisos para los señores de la noche —le ordenaba Clara cuando aparecía en la cocina con su pasión saciada— y no andes más detrás de mí.

Asentía con un gruñido. Y desplumaba una gallina o destripaba un conejo lo más cerca posible de ella para no perder de vista los ingredientes que tocaba.

El aroma mágico de las marmitas que removía la bruja Laguna se extendía por la encimera de yeso donde trabajaba Clara, por la mesa, situada en el centro, donde destripaba almuerzos y cenas Bernarda y serpenteaba, unido al tufo de la sangre, entre las ristras de ajos y cebollas colgadas de las paredes, las alacenas de la vajilla y la mesa de comedor en la que servían las cenas a los clientes.

Cuando Bernarda se quedaba sola, metía la mano en las

marmitas, se apoderaba de los ingredientes que había tocado su ama y los guardaba celosamente con la intención de guisarlos más tarde. Algunas veces se molestaba en reemplazarlos por otros sólo iguales en apariencia —no conservaban oculto el tacto de Clara—, pero lo más habitual era que se dedicara a darse su festín sin más preocupaciones. Así, las pócimas para curar el mal de ojo se transformaban, de repente, en remedios para la migraña o un amor de adolescencia. La credibilidad de la bruja Laguna se resintió por estos deslices que ella no lograba comprender, hasta que un día, sospechando de la voracidad de la cocinera, se quedó espiándola y la sorprendió robando unas ancas de rana. Le propinó tal cantidad de azotes con un vergajo que no volvió a meter una mano en las marmitas, y tuvo que conformarse con cubrir de tomate o gachas los utensilios de cocina que usaba Clara, y lamerlos con fruición, pues su estómago no habría podido resistir la pesadez de un rodillo o un mortero.

Otro de los entretenimientos que encontró Clara fue ocuparse de la belleza de las tres prostitutas que ya trabajaban para ella. La última, una muchacha de un pueblo cercano, hija de un pastor, llegó al burdel con la costumbre de incrustarse lanas de los vellones detrás de las orejas, y recibía a los clientes oliendo a majada y con unos soplillos que si no fuera por sus pechos de nodriza contorsionándose en las batas, pocos se habrían mostrado dispuestos a yacer con ella. Clara le revisaba las orejas antes de mandarla al salón, y la vestía con los *negligés* y los pantalones morunos que más resaltaban el color de su pelo y su piel. Si la muchacha la desobedecía, le quitaba unas perras del jornal de los domingos, o le azotaba las orejas con el vergajo.

Aunque las chicas eran más o menos de su misma edad, apenas hablaba con ellas de asuntos que no se refirieran a la organización del burdel, al reparto de tareas domésticas o a las triquiñuelas para satisfacer más a los clientes. Aquél era su negocio y su venganza, y no había sitio para amistades ni charlas; para eso se reunía una vez al año con los caballeros muertos, que la entendían mejor que nadie. Aun así, a veces sentía celos de las confidencias que se hacían a todas horas Ludovica y Tomasa, y se preguntaba cómo sería tener un amigo vivo con quien compartir las alegrías, los anhelos y las tristezas.

Un día se le ocurrió afeitarle a Bernarda las patillas y la barbita circense. Aunque no tenía que satisfacer a los clientes, éstos, al meterse en la cocina para saborear sus guisos, se sobresaltaban al encontrarla mesándose los pelos entre las luces y las sombras de los candiles. Bernarda chilló y se revolvió como un cerdo durante la matanza, la mañana en que Ludovica y Tomasa la condujeron hasta una sillita en el porche que se abría en la parte trasera de la casona roja, y la bruja Laguna se acercó a ella con una navaja, un bol de agua y una pastilla de jabón.

—¡Quieta, ni que te fuéramos a degollar! —le gritaba entornando el ojo tuerto.

Sin embargo, en cuanto apareció Clara, se amansó y dejó que ella le colocara una toalla caliente en el rostro, se lo enjabonara y la rasurara mientras disfrutaba, al sol de primavera, de la cercanía, el aliento y el tacto de su ama.

A partir de aquel día, Bernarda empezó a pasarse las manos por el rostro a todas horas, buscándose un pelo que le devolviera la suavidad y la fragancia a cereales de la piel que adoraba.

—Ama, ama, ama —le decía señalando el vello que le proporcionaría otra ración de amor.

—Todavía no, Bernarda, cuando tengas más.

—Pica, pica —se quejaba rascándose los mofletes y frunciendo los labios.

—Pues te rascas, como si fuera otra pulga de las muchas que tienes.

En una de aquellas jornadas de afeitado en el porche, Clara percibió la soledad de yegua de la cocinera. La había olido muchas veces, pero aquella mañana fue la primera que le recordó los paseos a caballo con el hacendado andaluz. Sintió una nostalgia demoledora y la navaja le tembló en la mano. Sin darse cuenta, comenzó a relatar a Bernarda aquella galopada entre pinos, rocas y hayas que terminó en el fondo de un valle, a la sombra de las encinas, con un beso empapado. La cocinera, entretanto, se estremecía de tanta dicha: de la voz de Clara habían desaparecido las órdenes y las regañinas, y manaba confidencial y cercana. Aunque no supo cómo deglutir esos sonidos deliciosos que no se veían ni se podían agarrar, jamás habría imaginado que algo que no pudiera comerse le proporcionaría semejantes sensaciones de gloria.

Fue así como Clara Laguna encontró con quien compartir sus desvelos y recuerdos: Bernarda la escuchaba con veneración durante el afeitado, porque sólo entonces Clara se sentía a gusto para hacerle confidencias; jamás la interrumpía; si su ama lloraba, ella lloraba; si su ama reía, ella reía; si su ama se enfadaba, ella también.

—Ni una palabra a nadie de lo que te he contado o te azotaré con el vergajo, ¿me entiendes? —le advertía Clara.

—¡Chis! —La cocinera se ponía un dedo en los labios y sonreía.

A comienzos del mes de junio de 1899, en la cama con dosel, vino al mundo la hija de Clara. Bernarda, acostumbrada a ayudar a parir a las ovejas, sacó la criatura de las entrañas de su ama mientras ésta se desgañitaba de dolor y renovaba, entre apretones y jadeos, su juramento de venganza. La niña comenzó a chuparse los deditos manchados de sangre y placenta, mostrando, desde su nacimiento, el apetito primitivo que la dominaría a lo largo de su vida. Clara le puso el nombre de Manuela.

La llegada al mundo de otra mujer Laguna se consideró en el pueblo como un acontecimiento que afianzaba la maldición de la estirpe. En las hileras negras, las ancianas, que habían cambiado las toquillas por un luto más fresco, se regodeaban del estigma que arrastraría la criatura por haberla alumbrado su madre en un burdel. Y se atrevían a augurarle deshonras aún mayores que la de aquel nacimiento. En cambio, las jóvenes se preguntaban si regresaría el padre a conocer a la bastarda, si volverían a verlo con el pelo negro ensortijado de aceite y la escopeta al hombro. En la taberna, los hombres celebraban la noticia con unas copitas de anisete y unos cigarros sin filtro; la Laguna de los ojos de trigo había parido la hembra que le tocaba, y muy pronto volvería a recibirlos ataviada con pantalones y batas de otros mundos.

El padre Imperio se presentó en la casona roja con el ardor de julio. Si pretendía la salvación de la madre a toda costa, también debía velar por la de la hija, y ésta comenzaba por darle un bautismo cristiano. Ató la mula a los barrotes. Clara, desde su ventana, lo vio avanzar por las piedras del camino, melancólico entre las margaritas. El calor que asolaba la comarca le traía a la memoria los días en que luchaba junto a su batallón; la fe, los mosquitos y la pólvora le traían a la memoria la derrota y su destierro en ese pueblo de almas rudas. En la última visita a la muchacha, unos días antes del parto, le había hablado de la santera que lo recogió en la selva y lo curó con emplastos que —no se lo dijo— se parecían a sus ojos. También aprovechó la buena disposición que mostraba ella aquel día para leerle unas parábolas de la Biblia de tapas violeta, y regalarle una estampa de santa Pantolomina de las Flores que Clara se guardó en el sostén, cerca del corazón.

El cura, febril por los rigores de la sotana, se había aflojado el alzacuello y la cicatriz quedaba al descubierto. Cantaban las chicharras, el sol cegaba, y no había más viento que el que surgía de sus palabras en el banco de piedra bajo el castaño.

—Bautizaré a mi hija cuando regrese su padre —respondió Clara.

Los ojos negros del cura se tornaron fieros.

—¿Y cuándo será eso, si es que usted lo sabe?

—En otoño; no quedan más que un par de meses.

—¿Y si no vuelve? Porque ¿quién le asegura que lo hará?

—Una promesa.

—Las promesas que hacen los hombres de su calaña no tienen valor. Su amante no volverá, Clara.

—¿Cómo se atreve a decir eso? Tal vez el que no debería volver es usted, con sus sermones y sus parábolas, porque lo único que va a salvarme es contemplar mi venganza en los ojos del hombre que aún amo.

Él se levantó del banco ardiente, la cicatriz era una horca roja. Las chicharras cantaban más fuerte.

—Váyase, sí. No quiero que me distraiga de mis propósitos con más salvaciones. —Las lágrimas y los reproches se le atascaron en la garganta.

El padre Imperio avanzó por el camino hasta la mula y se montó en ella llevándose en sus alforjas el oro de los ojos de la muchacha.

—¡Bernarda! ¡Bernarda! —gritó Clara.

La cocinera desplumaba una gallina cuando oyó las voces de su ama. Abandonó el ave y salió al jardín.

—¡Ama! ¡Ama!

Por la carretera de tierra se alejaba la silueta del padre Imperio. El sol la convertía en un espejismo atravesado por una bandada de golondrinas.

La cocinera se secaba las manos rojizas en el delantal, se chupaba los labios y sonreía.

—¡Bernarda, a afeitarse!

Ella se pasó la mano por el rostro y no encontró en las patillas o bajo el mentón un solo pelo que rasurar.

—Me da lo mismo que todavía no tengas. Trae la navaja y el jabón.

Alumbraba el mediodía, los gorriones se amontonaban en las sombras de las ramas, y las hortensias y los dondiegos eran el refugio de las chicharras.

Bernarda regresó con los útiles de afeitado, tomó asiento en el banco, en el sitio donde antes había estado el cura. Su ama se puso en pie y le rasuró el rostro limpio hasta que él desapareció en el monte.

—Volverá —susurró Clara—, igual que el otro. —Y enjabonó de nuevo el rostro de la cocinera, hablándole de repente de la cicatriz del padre Imperio, encarnada como la serpiente de una isla.

Se echó encima el otoño. Dejaba atrás un verano de pechos desbordados de leche materna, jabón de afeitar y paseos por el huerto de tomates. El cura regresó a la casona roja, una tarde de octubre, y entregó a la bruja Laguna la Biblia de tapas violeta que había envuelto en papel de estraza. No le pidió ver a Clara, ni le dio ningún recado para ella; con esa Biblia, que nadie podía leer en la casa, entregaba sus disculpas y sus deseos de bautismo y reconciliación. Quien no regresó fue el hacendado andaluz. Las hojas de las hayas se pusieron ocres y cayeron sobre la tierra enterrando poco a poco el corazón de Clara. Regresó la berrea de los ciervos, el amor en los montes, el ruido de las astas de los machos. Lo veré llegar ahora, pensaba ella, asomada al camino de piedras. Lo escucharé ahora con su voz andaluza, pero caían más hojas, los ciervos se cansaban de aparearse, las hembras se preñaban, los pechos de Clara se hinchaban y se deshinchaban alimentando a su hija, y el umbral de la casona roja permanecía vacío. Regresaron los paseos de los cazadores con las perdices y conejos apestando a pólvora, las jaurías orinándose en la plaza al atardecer y su muerte a mano de las constelaciones. Incluso Clara regresó al encinar donde se habían amado por primera vez, a la orilla encarnada, al olor de la lluvia sobre las hojas duras, y a sus nombres tallados en un tronco. Tanto lo visitó, que la piel acabó oliéndole como aquellos árboles. Regresó el humo de las chimeneas, su caricia de leña, la niebla de difuntos, el viento cortante y las campanas tristes, mientras continuaban cayendo las hojas. Sólo cuando las ramas se quedaron desnudas a la espera de la primera nevada, obligó a su madre a preparar un hechizo para hacerlo volver.

—No servirá —le advirtió ella.

—Usted inténtelo si quiere continuar viviendo en esta casa.

Humeó una marmita sobre el trípode al fuego, y en el vientre de aquel caldero negro, echaron una corola de nomeolvides, grasa de oveja, patas de araña, y las cartas que él le había enviado con jazmines secos y papelitos de aceite, entre otros ingredientes. Humeó un día entero, y necesitó otro para estar lo suficientemente frío para que se lo bebiera Clara. La muchacha lo llamó desde los intestinos, desde el hígado, desde el corazón, pero el hechizo se le pudrió dentro y él no volvió.

El pueblo sufrió la primera nevada. Clara Laguna se vistió con los *negligés* y los pantalones morunos, y el dosel de la cama danzó de nuevo al ritmo de una venganza que se agrandaba con la espera. Pero antes bajó a la cocina con su hija en busca de Bernarda. Vestía una bata de raso que dejaba al descubierto sus piernas de medias transparentes y ligas.

—¿Afeitar? —gruñó la cocinera al verla.

Ella negó con la cabeza y le entregó la niña.

—Aliméntala —le ordenó— y que no pase frío. Si muere, te mataré. ¿Comprendes lo que te digo?

Bernarda se la quedó mirando con los ojos de establo y no respondió. Por la bata de Clara se escapaba, de refilón, un pecho, y se lo estaba imaginando dentro de la boca cubierto con tomate y habas.

—Contesta —le exigió su ama.

Bernarda miró al bebé; se había puesto a llorar y le daba patadas en las costillas. Le metió en la boca un pulgar manchado con la sangre del gallo que acababa de destripar y Manuela Laguna saboreó, por primera vez, la dulzura de la muerte.

5

Los presagios que habían anunciado las margaritas se hicieron ciertos el invierno de 1900. El jardín de la casona roja dejó de obedecer a la climatología y a las estaciones y se instaló en una primavera eterna. No florecían sólo las margaritas; también las hortensias y dondiegos de alrededor del castaño, las madreselvas del claro y la rosaleda con sus capullos que se abrían multicolores como manos de hombre. Hasta el huerto se encontraba siempre invadido por ejércitos de tomates, lechugas y calabazas. Esa fecundidad prodigiosa, que se acentuó con el paso de los años, dio que hablar en el pueblo. Las ancianas en las sillas bajas y sus hijas frente a los pucheros y las costuras, sospechaban que se debía a un hecho tan húmedo como deshonroso: aquel jardín se abonaba con semen. Nadie en el pueblo deseaba olvidar que la casona roja se había convertido en el burdel más famoso y de más postín de toda la provincia. El barítono de la tienda donde Clara adquirió el mobiliario había contribuido a ello. Le enviaba clientes y conocidos que emprendían algún viaje por la provincia, incluso algunos tan elegantes como un diplomático que celebraba su regreso de destinos lejanos amando a la prostituta de los ojos de oro. Entre cliente y cliente, ella se asomaba por la ventana del dormitorio y contemplaba el camino de piedras.

El invierno acabó en primavera, pero a Clara y a su jardín les dio lo mismo. Las margaritas continuaron brotando y el hacendado andaluz no regresó. Quizá el próximo otoño, se decía Clara, estoy segura, y si no me lo trae el otoño, lo harán las nieves, pero lo veré antes de que me muera. Entonces comenzó a preocuparse por su salud. A veces recibía a los clientes con una camiseta de lana debajo de los *negligés* para no enfriarse con las corrientes de la casa y evitar una pulmonía.

—Como te pongas tan recatada a estas alturas se nos acabó el negocio —le advirtió su madre.

—Déjeme tirar los huesos de gato para ver si voy a morir pronto, no sea que cuando él llegue sólo encuentre mi tumba.

—Ya te dije hace años que había visto en las costillas que ese muchacho no iba a regresar, y no quisiste creerme. ¿Por qué ibas a hacerlo ahora?

—Esta vez se trata de mi muerte.

—Pero el esqueleto es del mismo gato, y la vista de la misma bruja.

—Léame los huesos y dígame si ve en ellos que voy a morir pronto. Luego, que me lo crea o no es asunto mío.

Por la ventana penetraba el sol de primavera. El dosel púrpura refulgía con el resplandor de una aurora boreal. La muchacha, que se había sentado en la cama con las piernas cruzadas, abrió el saco y desparramó los huesos sobre las sábanas pensando en el hacendado andaluz.

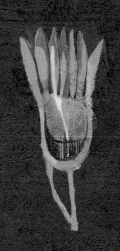

sueños

Pero la última tarde quiso enseñarle un lugar que aparecía furtivamente en sus sueños, un lugar que le empapaba la melena de un sudor de flores y, al amanecer, hacía que le brotaran margaritas en las hebras castañas.

—La calavera me dice que la muerte aún no va a venir por ti —le predijo su madre.

—Y ¿cuándo, cuándo vendrá?

—Aún te quedan muchos años de vida, pero no llegarás a vieja.

—Él volverá antes de que me salgan arrugas como a usted, y me ponga fea.

La mujer guardó los huesos en el saco y abandonó la habitación. Su hija se cepillaba el pelo mirando las margaritas.

Una madrugada de aquella primavera, a quien se llevó la muerte fue a la bruja Laguna. Había estado leyendo el futuro y cosiendo un virgo en una de las casas nobles. De regreso a la casona roja, se aventuró por la carretera oscura, por las cunetas vacías; del crujido de los grillos surgió, de pronto, un carro veloz que se le vino encima. La encontró un hombre que se dirigía a su granja después de un asalto amoroso y una cena de los pucheros de Bernarda. La subió a su carro, donde transportaba los útiles de labranza: la azada, la hoz, la zoqueta. La mujer tenía los dientes manchados de sangre, un hilo de baba rosa le corría por el cuello hacia el corazón; la pupila negra estaba cerrada, pero la tuerta refulgía como la canica de un niño; las manos con los huesos quebrados aferraban el saco. El carro olía a trigo y a mijo, sabía a tierra y a harina.

—Suelte el saco —le exigió el hombre.

Ella negó con la cabeza, se chupó los labios; intentaba hablar.

—No diga nada, avisaré a su hija.

El hombre volvió al burdel.

—¿Quiere repetir? —le preguntó Tomasa al verlo entrar.

—Avisa a la dueña, a la Clara. Tengo a su madre en mi carro, medio muerta.

Tomasa la encontró en la cocina, degustando unas patatas con conejo para reponerse de otra jornada de venganza.

—Creo que le mataron la madre —le dijo.

Ella se pasó una mano por los labios y se limpió los restos de salsa.

—Bicho malo nunca muere —murmuró.

En el recibidor de losetas de barro, se reunió con el hombre y lo siguió hasta el carro. Vestía una larga bata de raso y debajo unos pantalones morunos. La madrugada era fresca, aún cantaban los grillos, y se intuía en la brisa una mañana de sol y flores.

—Madre.

La mujer tenía la cabeza apoyada en un fardo de harina.

—A la iglesia, a la iglesia —gimió.

—Pero ¿qué le ha ocurrido?

—Esto es que la atropelló un carro —aseguró el hombre.

—A la iglesia —insistió ella.

—Yo las acerco.

Clara arrancó el saco de huesos de las manos de su madre.

—Todo el día de aquí para allá por los caminos con ese gato mugriento le va a costar la vida.

—No —se quejó ella.

El carro traqueteaba entre las piedras de la madrugada.

—¿Por qué quiere ir a la iglesia? Mejor la llevamos donde el médico o donde el boticario.

Rozándose los labios con la mano rota, la bruja balbució la palabra «maldita» y después la palabra «muerte».

—Las mujeres malditas sólo van a la iglesia cuando sienten que se van a morir, es eso lo que quiere decirme. —Los primeros rayos del alba atravesaban los ojos húmedos de Clara Laguna.

Su madre asintió, y un vómito encarnado chocó contra sus dientes.

—¡Dese prisa!

El hombre golpeó con las riendas el lomo del caballo. La harina de trigo voló en una nube pálida. El pueblo les recibió con su empedrado brillante. Se estrellaba el eco de los cascos contra las fachadas de moho, contra las fachadas de piedra. La plaza se abrió ante ellos, limpia de bruma, a estrenar. Se detuvo el carro frente a la iglesia. Clara se bajó y aporreó los portones. Llamaba al padre Imperio, lloraba al padre Imperio, se malograba los nudillos con las astillas frías.

Él se despertó en su dormitorio austero junto a la sacristía. Soñaba con Clara, con la salvación de los ojos de oro, y escuchó la voz de su sueño golpeando la puerta. Ataviado con un pijama gris de la época del seminario, con legañas y erguido en las pantuflas que le regaló un feligrés, el cabello y los ojos negros revueltos, la sotana abierta en vez de una bata, la garganta dominada por la cicatriz roja, abrió un portón por el que entró primero el alba como una espada. Luego Clara, con sus ropas de serrallo, y el hombre sosteniendo en los brazos el cuerpo maltrecho de la bruja Laguna.

—Se muere, padre, se muere. —La muchacha le puso las manos en el pecho; era la primera vez que lo tocaba. Las apartó enseguida y cerró los puños.

El cura enrojeció.

—Túmbela en un banco, cerca del altar.

Las corrientes de primavera se colaban por las rendijas de las vidrieras, y en las tumbas se oía dar vueltas a los caballeros castellanos.

—¿Qué le ha pasado?

—Yo creo que la arrolló un carro. La encontré al borde de la carretera, cuando salía de… —El hombre miró las baldosas del suelo—. Perdóneme, padre.

—Ahora no es momento. ¿La ha visto el médico?

—No quiere. Me pidió que la trajera a la iglesia —respondió Clara.

El padre Imperio se arrodilló junto a la moribunda y le pasó la mano por el cabello. La mujer abrió el ojo de la pupila negra, y susurró el nombre del cura. Él acercó un oído a los labios con comisuras de sangre y escuchó sus palabras débiles. Se cerró la sotana y se encaminó a la sacristía. Regresó al poco rato con una estola colgada del cuello y la bandeja de los santos óleos. Hizo la señal de la cruz sobre el rostro de la mujer y le dio la extremaunción. El aroma a hechicería que ella había introducido en la iglesia desapareció y dejó paso al olor bendito del aceite.

Clara nunca pudo olvidar las manos del padre Imperio dibujando en el aire la cruz de Cristo, la ternura en la unción de los santos óleos, la fe en el rostro tostado, la entrega en los labios que hablaban latín.

—Acérquese. Quiere decirle algo.

Cuando vio el rostro de su hija, cerró el ojo tuerto. Clara se aproximó a sus labios y la tomó de una mano. Ella bisbiseó unas palabras que se enredaban ya en el principio de su alma, le apretó la carne y murió.

A través de las vidrieras de la iglesia, el sol se desperezaba en tonos azules, naranjas y amarillos.

—Ya está —dijo Clara, apoyando una mejilla en su pecho.

El padre Imperio contempló la melena castaña abierta como un abanico sobre la espalda, lisa y hechizada bajo el sol. Pero no la tocó.

—No tema —dijo—. Se ha ido en paz.

—No temo por ella, sino por mí. —Levantó el rostro. Lloraba.

—Aún tiene a su hija. Manuela se llama, ¿no?

—Ella es la causa de mi desgracia. Si no existiera, su padre habría vuelto.

—Yo me marcho a la faena, que amaneció hace rato —les interrumpió el hombre.

—Lleve a Clara a casa, por favor.

—No me pida eso. Comprenda, padre, que no puedo, a plena luz del día, y por en medio del pueblo. Además vino así, ya me entiende —respondió señalando los pantalones morunos que se escapaban por debajo de la bata.

—Váyase, yo vuelvo a mi casa andando —repuso Clara.

El hombre abandonó la iglesia precipitadamente, montó en el carro con harina encarnada y partió a sus tierras.

En el banco donde yacía tumbada la muerta, la mañana se detuvo; se detuvo también en los ojos del padre Imperio, y en las lágrimas de Clara. Él se quitó la estola. Clara, temblorosa, se puso en pie.

—Gracias.

—No me las dé. Yo tan sólo soy un servidor de Cristo.
—Sonrió.

—Volveré por ella para velarla.

—Yo me ocuparé de todos los papeles.

—Sí, ya sabe que yo no puedo leer nada, ni la Biblia que me envió. Venga pronto a leérmela usted. Adiós, padre.

—Espere, no puede salir así. Le dejaré la ropa de la chica que viene a limpiar. No es muy elegante, pero al menos no saldrá a la calle en camisón.

La guió hasta el cuartito donde se guardaban las escobas, el jabón y otros útiles para la limpieza. Allí había una falda de tela áspera y una blusa blanca, colgadas en una percha.

—Vístase tranquila —le dijo cerrando la puerta.

Clara escuchó sus pasos alejándose.

Al cabo de un rato, lo encontró arrodillado en la capilla lateral donde se hallaba el oratorio a santa Pantolomina de las Flores. Había cubierto el cadáver con una manta y se había puesto el alzacuello.

—Ya me marcho. No quiero molestarle más.

Él se dio la vuelta para mirarla. Le quedaba grande la ropa; pero continuaba con su pelo suelto y sus ojos amarillos.

—Espere, llévese mi mula. Ya iré otro día a recogerla.

Montada en el animal del padre Imperio, Clara atravesó la plaza, las callejuelas, hasta llegar a la carretera de tierra. La bata de raso y los pantalones bajo el brazo, la melena suelta como la había visto el padre, como la vio el pueblo. No tardó en llegar a las bocas de las comadres de luto que la muchacha de mala vida había salido de la iglesia en la mula del cura y vestida con las ropas de la sirvienta, y que en la iglesia se había quedado muerta, tras aplastarla un carro, la bruja Laguna. Llegó también a sus bocas que ése no era el primer contacto del cura con aquella familia maldita: se había visto su mula atada a los barrotes de las puertas de la casona roja en varias ocasiones. El pueblo, que lo había adorado desde su llegada, comenzó a mirarlo con recelo. Al fin y al cabo, era un joven que acababa de alcanzar los treinta, y un hombre bajo la sotana. Los rumores se agravaron tras el entierro de la difunta. Se celebró en el cementerio del pueblo, una mañana de cipreses y urracas. Asistió Clara con las muchachas del burdel y el padre Imperio con su latín y su agua bendita, pero ni uno solo de los habitantes a los que aquella mujer había leído el porvenir en el esqueleto de gato, o a cuyas hijas había salvado el virgo, o a los que había curado el mal de ojo durante años. Se preguntaban por qué debía recibir sepultura cristiana aquella Laguna que vivió sin asistir a la iglesia hasta la hora de su muerte y que se había dedicado a las brujerías. Se preguntaban si se lo habría pedido la hija, y él no pudo negárselo. El padre Imperio, sin embargo, cumplía los últimos deseos de la difunta. «Deme la extremaunción —le dijo— y métame después en suelo cristiano para que me pudra en paz.»

Cuando la tierra cubrió el féretro, el cura dio el pésame a Clara. Le tomó una mano y se la estrechó. Ella sintió la piel cálida. Se ruborizaron.

—No vuelva a la casona roja, padre; en este pueblo la gente habla mucho. Yo le haré llegar la mula mañana mismo con la Bernarda.

—Cierre el negocio, entonces; traiga a su hija a bautizar y venga a la iglesia los domingos.

—Ya le dije una vez que me debo a mi venganza, a mi abandono.

—También le dije yo que me había empeñado en salvarla.

—Sálvese usted, padre; ahora lo necesita más que yo. Y déjeme en paz.

Echó a andar por las sendas de lápidas y cruces con la intención de alejarse del padre Imperio para siempre. Las lágrimas le corrían por las mejillas, y las codiciaban las urracas porque brillaban como piedras preciosas.

Bernarda subió al desván, por orden de su ama, las marmitas, los hilos de coser virgos, el saco con los huesos de gato y los botes de ingredientes mágicos. Conforme se cubrían de polvo, el pueblo y las muchachas del burdel se olvidaron de ellos. También se olvidaron de la investigación de la muerte de la bruja Laguna después de que los guardias trataran de averiguar durante semanas quién conducía el carro que la atropelló, sin obtener alguna pista. Pero Clara nunca pudo olvidarlos. Tampoco pudo olvidar la noche en que mataron a su madre. Desde entonces, vivió dedicada al burdel y a esperar al hacendado andaluz. Organizaba los encuentros amorosos de las chicas, las esperas de los clientes distinguidos en el salón, con vino tinto y partidas de tute, y las cenas de Bernarda. Ya sólo recibía bajo el dosel púrpura a los de postín que le enviaba el barítono, pues exigían los encantos de la prostituta de los ojos de oro; y a aquellos que le recordaban al hacendado por el pelo de tumba, el olor a aceite o la voz de copla.

Procuraba no pensar en el padre Imperio. Las murmuraciones sobre sus visitas a la casona roja y sobre lo sucedido el día de la muerte de la bruja Laguna se acallaron tras varios domingos en los que el cura, subido al púlpito, logró cautivar de nuevo los corazones de los feligreses. Las ancianas, apostadas en los bancos con los velos negros, continuaban sin comprender el significado de sus sermones, en los que pastores se echaban al monte en busca de ovejas para salvarlas de los lobos. Sin embargo, las lágrimas les anegaban los ojos de viudas ante aquella verborrea incendiada por la fe. La iglesia vibraba recorriendo majadas, comiendo hogazas y queso seco, enfrentándose a los rayos de las tormentas, a los fríos y a las argucias de las fieras, a la maleza que ardía en llamas infernales. El incensario se balanceaba de un lado a otro, domingo tras domingo, y a la salida de misa, cuando las ancianas se llevaban su aroma dulce pegado a los velos, y las ricas del pueblo a las mantillas de encaje, se decían unas a otras: «Si él hubiera estado haciendo algo malo, no habría dejado la mula a los ojos de todos, la habría escondido. Fue a exigirle que cerrara el burdel, pero ella no quiso; así es de fresca la Laguna maldita».

Clara se había comprado una carreta y un caballo tordo y se paseaba por el pueblo y sus alrededores. Cuando se cruzaba con el padre Imperio miraba hacia otro lado, y hería con las riendas el lomo del animal mientras la estampa de santa Pantolomina le palpitaba en el sostén. Le había encargado a Bernarda que se acercara a la iglesia a devolverle la Biblia de tapas violeta. Fue una mañana de principios de verano. Las palomas se torraban en el campanario de la iglesia, y las ancianas yacían resguardadas en sus casas de cal y piedra. La cocinera, con la pequeña Manuela sujeta a la cintura, se metió en la iglesia por la puerta que se abría en la cuesta del cementerio, y entregó la Biblia envuelta en papel de estraza. El padre Imperio le pidió que lo esperara en un banco mientras iba a la sacristía.

—¿«Paqué»? —preguntó ella encogiéndose de hombros.

—Ahora lo verás. Sé por qué has traído a esta criatura.

Regresó con los mantos de misa y un jarro de agua bendita.

—Déjame la niña un momento.

Bernarda se resistió con un gruñido.

—No la voy a hacer nada, mujer.

Tomó a Manuela en brazos, se dirigió a la pila bautismal y desparramó el agua bendita en la cabeza de la niña.

Cuando Bernarda regresó a la casona roja, su ama la esperaba en la cocina.

—¿Le echó agua a la niña? —le preguntó.

—Agua, agua —contestó la cocinera pasándose la mano por los cabellos oscuros.

—Bien, ya consiguió algo de lo que quería —murmuró Clara. —Ahora se acabaron las contemplaciones, y yo a lo mío.

Se sacó la estampa de santa Pantolomina del sostén y la abandonó detrás de unos tarros de melocotones en conserva apilados en la despensa. Luego miró a su hija. Ya había cumplido el año y sus ojos se habían oscurecido aún más.

Manuela Laguna se criaba fuerte. Cada amanecer, la cocinera repetía las palabras de su ama —«aliméntala y que no pase frío»— y cebaba a la niña como si fuera un cordero que iba a sacrificar. En las noches heladas, la apretaba contra su cuerpo con olor a yegua, y la dormía sin entregarle más cariño que el que manaba a horcajadas de su respiración. Cuando Manuela lloraba, la cocinera cogía unas naranjas o unos tomates y se ponía a hacer malabarismos. En cambio, no se ocupó de enseñarle a caminar; Manuela dio sus primeros pasos de la mano de un cliente habitual que solía meterse en la cocina para calentarse los sabañones en el fogón y cenar un puchero o un asado. Tampoco se ocupó de enseñarle a hablar. Bernarda apenas creía en las palabras y procuraba usarlas lo menos posible; a ella le gustaba comunicarse a través de sus guisos y de sus gruñidos. Tuvo que incorporarse al burdel otra prostituta, una muchacha de largas trenzas negras, recién llegada de Galicia con su corazón de eucalipto, para que Manuela pronunciara, con un acento del norte que no perdió jamás, sus primeras palabras. Acababa de comenzar el otoño de 1902. La niña tenía ya tres años y, quitando algunos balbuceos y gruñidos aprendidos de la cocinera, estaba tan muda como los insectos con los que había crecido. Durante toda su vida, Manuela Laguna conservó el gusto por acicalar cucarachas o escolopendras. Las bañaba con agua templada, las secaba con un paño y, a las que sobrevivían, les ataba un lazo con una paciencia de artesano.

Cuando la prostituta gallega vio por primera vez a la niña intentando sacar con un palo las cucarachas que se escondían bajo las alacenas, creyó que su madre era la mujer de nariz deforme que se reía a su lado mostrando las encías ennegre-

Al principio, ella aprendió su nombre, el de Bernarda, y el de las frutas y hortalizas. Después el de los utensilios de cocina y los animales muertos. Día a día, bajo el aroma del tazón de leche y la mantequilla, bajo la luz dorada de un otoño que se extendía más allá de la casona roja, Manuela aprendió a imitar los sonidos que salían de la boca de la prostituta, y si lo hacía bien, recibía un chasquido de labios contra los mofletes que nadie le había dado antes, pues Bernarda la chupaba como la vaca a los terneros. Pronto supo que lo llamaban «beso».

La cocinera observaba recelosa los avances de la niña con el lenguaje y con su cariño por la prostituta gallega, y le advertía:

—Ama a mí sólo pedir comida y no frío, no dijo palabras. —Acercaba su nariz deforme al rostro de la muchacha, la amenazaba con los ojos quietos, con la piel de yegua, con el pellejo de una gallina, pero permitía que la niña continuara aprendiendo.

—¿Es que el ama también te ordena lo que tienes que hacer con tu hija?

—Hija no mía, hija de ama.

Fue así como la prostituta gallega se enteró de que la madre de Manuela era esa mujer que parecía estar esperando siempre la llegada de alguien. Se pasaba el día y la noche vestida con vaporosos *negligés*, batas o pantalones morunos, poniéndose encarnados los labios y azules los párpados, peinándose la larga cabellera mientras los ojos se le hundían en el camino de piedras; además, cuando organizaba el burdel solía terminar sus órdenes con la misma frase: «Obedeced, porque en cualquier momento sus botas aplastan las margaritas». La prostituta no sabía de qué botas hablaba su madame, ni de qué margaritas, aunque imaginaba que se refería a las que serpenteaban el camino de entrada. A ella sólo le importaba cumplir con las jornadas de trabajo para ganarse el pan, y enseñar a aquella niña el mundo que existía más allá de la cocina y la despensa donde la había criado Bernarda.

Cuando la nieve cubrió la primavera de la casona roja, y las margaritas la rompieron como la cáscara de un huevo, la prostituta gallega aprovechó una epidemia de gripe que postró en la cama a los militantes del amor, incluida su madame, para llevar a la niña frente a la chimenea del salón, al calor del fuego, y contarle los cuentos de marineros y sirenas con los que había crecido. Así, Manuela Laguna supo de la existencia de una masa de agua distinta a la del caldero de sopa que preparaba la cocinera los domingos, donde flotaban unos migajones de pan y los huevos sobrantes de la semana. Aquélla era un revoltijo azul y verde que devoraba vidas a su antojo, y cuyo nombre, mar, repetiría por siempre Manuela durante sus largas noches, primero con olor a caballo y después con olor a sombra. También conoció las abruptas costas gallegas y las playas de arena blanca en las que la masa de agua se apareaba o dormía, y los rostros y el aroma de los hombres que pescaban en ella después de arrancarse sus lágrimas, pues éstas pertenecían al mar y siempre le informaban de la posición de los marineros para que él fuese a matarlos, si le apetecía, con un vómito de olas.

Ese mar no creció. Tampoco crecieron los marineros, pero sí lo hizo Manuela al calor de los cuentos, con la imaginación llena de espuma y de olas, de gaviotas y acantilados que los montes y encinares castellanos nunca supieron comprender.

Crecieron sus ojos abismales y el pelo negro se le rizó como las algas. A sus catorce años ya dominaba la lengua de la prostituta gallega, y retorcía el gaznate de los gallos, los desplumaba y los guisaba en salsa con la maestría de Bernarda. No podía sospechar que a esa edad aprendería también las enseñanzas de su madre.

Una mañana de octubre de 1913 Clara Laguna entró en la cocina con el propósito de incorporar a Manuela a la vida del burdel. Su corazón ya no era capaz de oír los disparos de los cazadores que arrojaban los montes, ni los bramidos de los ciervos, ni el entrechocar de sus astas, ni el viento arrancando las hojas de las hayas, ni las luchas en la niebla de los caballeros. Como el jardín de la casona roja se había estancado en la primavera, el corazón de Clara se había estancado en el camino de piedras y tan sólo podía oír el crujir del nacimiento y la muerte de las margaritas. Su cabellera mostraba algunas canas y en los ojos amarillos se dibujaban, como rayos de sol, las primeras arrugas. Se presentó en la cocina ataviada con un *negligé* morado y una bata de seda; sus carnes habían dejado de estar firmes, pero no su venganza. Empuñaba la curiosidad como un cuchillo, buscando el rostro de la hija. Lo encontró distraído en la sangre del gallo que Manuela acababa de destripar junto a Bernarda.

—¿Afeitar? —le preguntó la cocinera mientras se pasaba una mano por el rostro rasurado recientemente.

—No, no vengo a buscarte a ti, sino a ella.

Clara miró a su hija y le dijo:

—Ya sabrás que yo soy tu madre. Acércate para que pueda verte mejor.

Manuela tembló bajo su harapo y se quedó quieta. Había visto muchas veces a esa mujer volando por el salón o por la escalera que ascendía al primer piso, donde ella tenía prohibido subir; el cuerpo envuelto en una algarabía de telas transparentes, el cabello castaño precipitándose hacia su cintura y el rostro más bello que la estampa de la Virgen de los Remedios, que la prostituta gallega se enganchaba en la liga antes y después de cada asalto amoroso. La cocinera le dio un empujón y emitió un gruñido. Evitaba mirar directamente a su ama, pero buscaba con ansiedad un retazo de la carne blanca que luego rememoraría en soledad.

—Me da miedo —susurró Manuela al pecho de la cocinera—. Parece una meiga.

Ella, sin comprender lo que le decía, la empujó con más fuerza hacia su ama.

—Obedece —le ordenó Clara dejando escapar un muslo a través de la bata.

Manuela caminó hacia los ojos de oro que el odio, con el tiempo, había convertido en piedras.

—Tu mirada tiene la oscuridad de tu abuela, y tu cabello tiene los rizos de tu padre, que aprenderás a untarte de aceite. —Le sujetó la barbilla.

Su tacto helado hizo pensar a la muchacha que, en vez de una meiga, era una sirena.

—Por lo demás no te pareces a nadie, eres una Laguna de piel demasiado áspera y velluda. —Le pellizcó los brazos—. Me costará trabajo convertirte en la mejor de todas nosotras.

Clara se abrió la bata, extrajo un manojo de billetes de una bolsita de encaje sujeta al liguero y se lo entregó a la cocinera.

—Has hecho un buen trabajo. Ahora mi hija no es cosa tuya.

Ella agarró el dinero; ya tenía postre para la cena. Cocinaría los billetes con una salsa de chocolate y se los comería recordando aquel muslo sabroso que había logrado vislumbrar un momento antes.

—Vamos, apura el paso. —Clara condujo a su hija hacia el salón—. Hoy me han enviado unas ligas de la ciudad que hacen juego con tu color de pelo. Tu padre puede llegar en cualquier momento y quiero que te vea preparada.

La primera vez que Manuela Laguna probó un hombre, un mantequero de Burgos, se despellejó el cuerpo con el cepillo de los parásitos del caballo. Encerrada en la cuadra, frotó y frotó su piel hasta que dejó de oler a otro ser humano. Después se dirigió a la rosaleda y se perdió entre las sendas durante un día entero. Clara la buscó por todas las habitaciones, incluido el desván donde yacían polvorientos los recuerdos de su madre. Como no la encontró, las prostitutas del burdel la buscaron en el jardín, pero también resultó inútil. Manuela había cavado un agujero en una senda remota, y cuando escuchó sus pasos aplastando las hierbas crujientes por las heladas, se metió en él y echó encima ramas y hojas secas. Al caer la noche, la prostituta gallega fingió la indisposición mensual y se puso a rezar a la estampilla de la Virgen de los Remedios para que el frío del otoño no matara de un revés a la muchacha. Mientras tanto, Clara deseaba, por primera vez desde hacía quince años, que el hacendado andaluz no recorriera el camino de piedras y margaritas. Bien entrada la mañana del día siguiente, se sacudió el insomnio y se fue al pinar. La buscó detrás de cada una de las rocas de granito que, como lomos de dinosaurios, surgían entre las hayas y los helechos amarillentos; se desgañitó llamándola, pero la muchacha continuaba sin aparecer. Decidió probar suerte entre las encinas. Había hablado a su hija de ese paraje, de su padre tallando amor en los troncos cenicientos, de su padre cantando coplas a la orilla del río. De pronto, una mula gorda de alforjas a rayas descendió la colina y, montada en ella, Clara vislumbró aquel dibujo de sotana negra. Era el padre Imperio que iba a dar la extremaunción a algún feligrés del monte. No había vuelto a hablar con él desde el entierro de su madre. Lo había visto muchas veces a lo largo de aquellos años y lo había esquivado siempre. Pero la mañana de otoño era inmensa y el monte estaba desierto.

—Buenos días, padre.

Los surcos que el sol del Caribe le había dejado en el rostro el siglo anterior vivían ahora junto a las arrugas de su madurez castellana.

—Buenos días —repitió ella.

Una alforja de la mula rozó el vestido de Clara.

—Buenos días —respondió el padre Imperio.

En su cabello oscuro se habían enredado las canas.

—¿Hay alguien enfermo?

—Un pastor.

La mula no se había detenido, de las alforjas se escapaban los choques de vidrio de los santos óleos.

—Padre.

—¿Sí?

Planeaba un águila por el cielo azul. La lluvia estaba escondida en la tierra.

—¿Va a darle la extremaunción?

Se detuvo la mula. El padre Imperio se giró para mirar a Clara.

—Voy a ayudarlo a morir en paz.

Ella recordó la estampa de santa Pantolomina de las Flores abandonada, hacía demasiados años, detrás de unos tarros de melocotones.

—Espero que llegue a tiempo —le dijo contemplando sus ojos negros—. Adiós, padre.

Comenzó a andar la mula. Chasquearon en las alforjas los óleos de vidrio, la sotana balanceándose, el cabello disperso en la brisa de oro.

—Adiós, Clara.

Al padre Imperio se le encogió el estómago y sintió cómo le ahorcaba la cicatriz rojiza.

Cuando Clara regresó a la casona roja, se puso a afeitar a Bernarda en la cocina. Le rasuraba el vello del mentón y le hablaba atropelladamente palabras que la cocinera no entendía. En un puchero humeaba un guiso de lengua estofada.

—No triste ama, yo sé cómo vuelve hija.

—¿Sabes dónde está Manuela?

—Yo traigo.

Agarró el puchero de la lengua estofada con dos trapos para no chamuscarse las manos y se paseó con él en vilo por la casa y por el jardín. En la rosaleda, con el estómago dolorido de masticar pétalos, Manuela olió el aroma y pensó que Bernarda había ido a salvarle el hambre y a nada más. Sin embargo, cuando se dejó ver, descubrió también a su madre, que la agarró de una oreja y se la llevó hasta la casa a tirones y regañinas. Manuela Laguna juró no volver a confiar en Bernarda.

Fue la prostituta gallega quien le curó las heridas. Le aplicó paños fríos y antiséptico mientras le contaba la historia de unos marineros perdidos en la niebla.

Cuando Manuela estuvo recuperada, se incorporó a la vida del burdel. No volvió a despellejarse, pero después de yacer con los clientes se frotaba el cuerpo con lo primero que encontraba, un cepillo del pelo, una ristra de ajos o un *negligé*. Tampoco volvió a escaparse, pero ya todas sabían que cuando Manuela no estaba en la casa, ni en el pueblo haciendo los recados del almacén, estaba en la rosaleda enroscando su melancolía entre las sendas, hablando a las rosas como su madre había hablado a los muertos antes de encontrar la barbita de Bernarda. Acicalaba escolopendras en los charcos, las peinaba con los pétalos secos y las tumbaba en lechos de terciopelo. Soñaba cada día con marcharse al mar, con sentir el frío de las olas en vez de las manos templadas de los hombres.

Gracias a la falta de encantos, su carrera en el burdel no tuvo éxito. «La única gracia que tiene la última Laguna es la de su propia adolescencia», se comentaba en el pueblo. Cuando se acercaba al almacén montada, junto a Bernarda, en el pescante de la carreta, iba mirándose los zapatos o el chal, y en el almacén sólo hablaba con el tendero para recitarle los víveres que deseaba adquirir. Se murmuraba que su voz era ronca y su cutis tosco, y sus ojos de bruja, así que pronto comenzaron a llamarla «la Laguna fea».

El único atributo hermoso que lucía era el pelo andaluz de su padre, al que Clara le untaba aceite de oliva. Sin embargo, no era bastante para que los clientes la eligieran entre las otras dos chicas jóvenes y agraciadas que se habían incorporado al burdel, después de que Ludovica, Tomasa y la muchacha que escondía los pelos de vellón detrás de las orejas se marcharan a sus pueblos con las carnes fláccidas. Manuela Laguna se mostraba arisca con los clientes, y en cuanto alguno se le quedaba dormido tras la faena, le llenaba los bolsillos del abrigo o de los pantalones de cucarachas y arañas. Por eso los clientes preferían a la prostituta gallega, aunque fuera más mayor y de cadera ancha, pues ella los escuchaba y se entregaba a sus caprichos con ternura.

Algunas mañanas, Clara obligaba a su hija a sentarse bajo el dosel púrpura, y le hablaba de la maldición de la familia, de la desgracia helada que te licuaba los huesos, de las lágrimas como puñales, de las náuseas de un cuerpo vacío porque se le había ido el alma. También le transmitía las enseñanzas de la bruja Laguna: «Una mujer maldita ha de morir en una iglesia —le decía— para morir en paz, y cuando hables de maldiciones, procura tener siempre un trago de agua o de vino cerca de la boca porque se queda seca». Pero, sobre todo, le enseñaba a esperar la llegada del hacendado andaluz. Los ojos aceituna no habían envejecido en los labios de Clara, no los habían achicado las arrugas; las piernas continuaban tersas y altivas en los pantalones de montar, en las botas que atravesaban, en sus sueños, el umbral de la casona roja.

—Hay que saber esperar para vengarse —indicaba a su hija.

—Sí, esperar —repetía ésta.

—A esperar se aprende.

—Sí, yo espero.

Y Manuela Laguna aprendió a esperar, escabulléndose entre las sendas de las rosas, dibujando el mar en su cabeza, en la tierra de pétalos y escolopendras. Esperó diez años hasta que un invierno su madre no pudo levantarse de la cama, porque la sífilis que le había diagnosticado el doctor le devoraba las carnes y se las llenaba de pústulas.

El padre Imperio, al conocer la noticia de su enfermedad, le hizo llegar por correo la Biblia de tapas violeta que pertenecía al pasado. Bernarda le acercó el paquete al lecho, y ella lo abrió con dedos de cadáver.

—Vete a devolver esto al padre y entra en la iglesia por la puerta de atrás con cuidado de que nadie te vea —le ordenó.

Luego se recostó en la almohada y se dio cuenta de que ya no le quedaban lágrimas.

—Y cuando regreses vienes a la habitación a que te afeite.

—Sí, ama.

Unas semanas después, llegó por correo otro paquete. Venía envuelto en papel de colores y traía pegados más de cincuenta sellos. Esta vez fue su hija la que se encargó de abrirlo. Era un juego de tocador, cepillo, peine y espejo, con los mangos labrados en plata, que su cliente más distinguido, el diplomático, le enviaba desde alguna parte del mundo.

—Me servirán para atusarme en la tumba —dijo incorporándose en la cama—. Péiname tú, Manuela, a mí no me quedan fuerzas.

Se sentó mirando hacia la ventana y ofreció a su hija la melena canosa. Por los cristales se escurrían cataratas de nieve. De pronto, sintió un estertor en el pecho, como si alguien le hubiera arrojado un puñado de tierra. Se puso de rodillas en la cama, con los labios rígidos, y golpeó los cristales helados.

—Abre la ventana, ábrela —rogaba a la hija—, ábrela, tiene que llegar ya.

—Hace demasiado frío, se le van a congelar las pústulas —le contestó ella.

—Necesito verlo llegar —gimió—, ya esperé demasiado.

—Siempre se puede esperar más, madre. Hay que aprender a esperar, usted me lo enseñó. —Sonreía.

Clara Laguna se derrumbó sobre la almohada, pero aún estaba viva. Recordaba las palabras que su madre le susurró en la iglesia antes de morir: «No lo esperes más porque el muchacho no regresará, lo vi en las costillas». Recordaba aquel olor a aceite bendito, a incienso dormido. Recordaba la fe del padre Imperio y sus manos dibujando cruces. Por un momento, deseó rogar a su hija que buscara una estampa de santa Pantolomina entre los tarros de melocotones, y luego la llevara a la iglesia en la carreta para morir como una mujer maldita junto al padre Imperio. Una rabia titánica se lo impidió. Rabia contra el destino de las mujeres Laguna, rabia contra la espera de margaritas, rabia contra una vida malgastada en una venganza que, en su lecho de muerte, se le revelaba inútil, rabia contra el hacendado andaluz y contra la luna clavada en las encinas. Se aferró a los cristales y lo oyó llegar cantando una saeta con los rizos de olivas, joven y esbelto, con el pelo de tumba intacto y en las botas clavadas margaritas. La vida se le fue por los labios como un beso, y en el camino de piedras sólo quedó el viento rugiendo un atardecer de copos de nieve.

Conforme su cuerpo se enfriaba, desprendía un aroma a encinas que inundó el dormitorio y se quedó allí para siempre.

Se encargó de amortajarla la prostituta gallega. Ninguna otra quiso tocar ese cadáver comido por la enfermedad. Según había dispuesto la difunta, le puso el vestido con el que amó por primera vez al hacendado andaluz, mientras Manuela la espiaba detrás de la puerta. Su madre le había dejado en herencia un burdel próspero, una repulsión crónica a cualquier contacto físico con otro ser humano y el peso de su venganza. A los veinticuatro años, Manuela Laguna se convirtió en una muchacha adinerada y arisca.

El entierro de Clara se celebró en la intimidad de la casona roja, a pesar de los esfuerzos que hizo el padre Imperio para que la difunta reposara en el cementerio del pueblo. Manuela se negó porque su tiempo de esperar había terminado. El burdel y los restos de su madre le pertenecían y pensaba disponer de ellos como le diera la gana. Bernarda y las tres prostitutas que quedaban cargaron el féretro en sus hombros como si se tratase de una reina y, siguiendo las instrucciones de Manuela, lo transportaron hasta la rosaleda silvestre. En aquel lugar, ella había cavado una tumba; tenía tierra en las cejas, en las uñas, en la sonrisa. Hubo un silencio de ligas y flores antes de que las prostitutas precipitaran el féretro dentro del agujero, y el ruido de su caída espantase a los pájaros. Cuando la cocinera comenzó a echar paladas de tierra, Manuela buscó los ojos aceituna del hacendado andaluz que su madre le había enseñado a esperar desde los catorce años. Si no llegan mucho antes, el día en que me muera estate segura de que vendrán, le decía una y otra vez. Pero durante el entierro, lo único que vio de color aceituna fue la bufanda de la prostituta gallega que estaba con anginas. Ningún hombre llegó hasta aquella rosaleda remota que, con el paso de los años y los rencores, se había convertido en un laberinto de sendas espinosas a semejanza del alma de Manuela.

Mientras tanto, el padre Imperio, arrodillado en el oratorio de santa Pantolomina, rezaba llorando, mordiéndose los labios por el perdón de aquella alma que no había conseguido salvar. «No supe cómo —se lamentaba arrancándose los cabellos blancos de las sienes—, o sí, lo supe —se atormentaba—, y me dejé llevar por la soberbia, Dios me perdone, por el dolor que me causaba el comprobar que mis palabras y mi presencia ya le eran indiferentes.» Lloró en el oratorio de la santa del pueblo hasta que se puso el sol; las viejas de luto se apelotonaban en el confesionario cerrado, espiando sus lágrimas entre cuchicheos y rumores de rosario. Pero él continuó absorto en esa pena que consideraba un fracaso como su misión en el trópico. Le envejeció de golpe tanto desaliento, y aquella noche, en el dormitorio junto a la sacristía, unos ojos amarillos le asaltaron los sueños y se quedaron en ellos hasta su muerte.

Tras el sepelio, Manuela preparó la maleta. En su estómago se alborotaba la libertad. Dejaría el burdel en manos de la prostituta gallega —hacía unos años que Clara la había relegado a las tareas domésticas, pues ya sólo le quedaba firme el corazón de eucalipto— y ella se marcharía en busca del mar. Sin embargo, antes de emprender el viaje hacia la costa, Manuela, bajo la bruma de una mañana de invierno, se internó entre las rosas para visitar por última vez la tumba de su madre. Había prohibido que alguien se acercara hasta aquel montón de tierra donde clavó tan sólo una cruz de hierro sin el nombre de la muerta. Se la había comprado a un chatarrero que pasó cantando coplas junto a la verja el mismo día del fallecimiento. Deseaba que las espinas y el olvido se comieran la tumba de Clara Laguna.

Caminó aprisa por las sendas. Muy cerca de su destino, se rajó la bruma que asfixiaba el cielo dejando paso a un rayo de sol que cayó sobre la tumba, y alumbró a una mujer arrodillándose en ella. Manuela reconoció a Bernarda, iluminada por el rayo como una santa; en una mano tenía unos tomates frescos y en la otra un tarro de sal como si se dispusiera a desayunar. La cocinera la miró sonriéndole con sus ojos mansos.

6

Lo primero que le vino a la cabeza a Manuela Laguna cuando, desde la ventanilla del vagón del ferrocarril, divisó el mar liso en el horizonte, fue que se trataba de un prado de color azul a causa de las heladas.

—¿Y las vacas? —murmuró para sí—, será que el pasto se les quedó duro y marcharon en busca de otro.

Sin embargo, conforme el ferrocarril fue acercándose a él, Manuela pudo comprobar que se rizaba de olas. Los cuentos de su infancia le estallaron en el pecho. Pegó las manos y la nariz a la ventanilla, y permaneció así, empañando el cristal con el vaho de la boca, hasta que el ferrocarril entró en un túnel y el paisaje se volvió negro. A la salida, el mar había desaparecido; en su lugar se alineaban pazos rodeados de huertas y tierras de labranza. Manuela aprovechó para sentarse correctamente en el asiento de madera, se alisó las arrugas del vestido, puso la espalda recta y las manos en el regazo sujetando con discreción el bolso. En la ventanilla habían quedado las huellas de los dedos, de la nariz e incluso de un beso descuidado. Ella miraba de reojo aquellas marcas, apretaba el bolso contra el regazo, escudriñaba a la mujer que tenía sentada enfrente, una mujer mayor acompañada por su hija, y le sonreía a pesar de que en su rostro había una mueca de dureza.

El ferrocarril llegó a la estación de La Coruña. A Manuela le temblaron las manos cuando cargó con la maleta.

—Adiós, buen viaje —le dijo a la mujer y a su hija.

No le contestaron; ella continuó sonriendo.

Al bajar al andén, comenzaron a temblarle también las piernas. Caminaba frágil, como si las rodillas fueran a quebrársele bajo el vestido. La locomotora silbaba expulsando bocanadas de humo que impregnaban el andén de un olor a carbonilla.

—¿Va a tomar usted un coche, señorita? —le preguntó un mozo.

—Aún no, gracias.

Entre el olor a carbonilla, Manuela había descubierto un aroma denso, salado, que se le pegaba a la piel, y supo que él había ido a recibirla. Se sentó en un banco de la estación, un banco de láminas de madera, la maleta junto a sus botines, y permaneció un buen rato aspirando la brisa húmeda que él le enviaba. A su alrededor, los mozos cargaban las maletas de los pasajeros, las mujeres ayudaban a los niños a subir a los vagones, los hombres ayudaban a las mujeres, los parientes se abrazaban, los novios se miraban a los ojos, todos ellos ajenos, inútiles, ante la fragancia del mar.

Era mediodía y el cielo estaba gris. Las nubes parecían de espuma.

Manuela Laguna se instaló en un hotel cercano al puerto. Era pequeño y barato, pero estaba limpio, aunque a veces, en los pasillos, se notaba el tufo a brea de los marineros. Lo había elegido por la terraza, que tenía una balaustrada de piedra justo enfrente de la playa, y varias mesas y sillones donde los huéspedes podían leer el diario o jugar a las cartas incluso cuando llovía, pues estaba bajo una cubierta. Ella pasaba las tardes en la terraza a pesar de que comenzaba febrero. El clima le resultaba más templado que en su tierra y la humedad no le molestaba; todo lo contrario, la recibía gustosa en su carne y sus huesos como lo que era, el aliento del océano, gélido, penetrante. En la adolescencia, aprendió que amar no debía ser cómodo sino doloroso, y su destino, como el de toda mujer Laguna, le exigía sufrir por amor, romperse el alma aunque fuera de frío. Al principio, se quedaba contemplando el mar durante horas, diseccionando los tonos azules y verdes, escuchando el conversar de las olas. En la terraza había una escalera que conducía a la calle y cruzando ésta se alcanzaba la playa. Algunos días, aunque hubiera anochecido, se acercaba hasta ella y dejaba que sus botines se hundieran en la arena blanca, y que el viento de sal vapuleara su sonrisa; las gaviotas graznaban en el cielo y descendían hasta el agua para atrapar algún pescado. Manuela les tenía celos.

—Creéis que sois las únicas que podéis tocarlo —susurraba entre dientes.

Y se aventuraba a la orilla. Las olas chillaban y le mojaban los botines y el bajo de su vestido de lana, pero ella se agachaba, las acariciaba, las olía, se chupaba los dedos saboreándolas.

Durante las mañanas, solía pasear por el puerto entre los barcos de los pescadores. Le gustaba ver cómo las mujeres cosían las redes y cómo ellos descargaban el pescado, con su piel de espejo y su perfume a entrañas del mar. También los envidiaba, aunque ellos estaban muertos y con los ojos bobos, y ella viva para arrancarles las escamas, destriparlos y cocinarlos a su gusto. Lo que más echaba de menos era guisar al lado de Bernarda. Una tarde en que la oprimía demasiado la nostalgia, bajó a la cocina del hotel y encontró a la dueña atareada en preparar un besugo en salsa.

—¿Le echo una mano? —le preguntó mirando con ansia las viandas que se desparramaban sobre una mesa de mármol.

La dueña del hotel observó unos instantes a aquella muchacha que llevaba un mes viviendo en una de las habitaciones y que no hablaba con nadie. Aquella muchacha de ojos negros, sin gracia ni atractivo, que usaba vestidos pueblerinos, burdos y sombreritos de paño pasados de moda.

—Yo solía cocinar en casa, lejos de aquí, y… —se excusó Manuela con su acento del norte.

—Y tiene morriña —contestó la señora—. Pero usted es gallega, o sus padres, porque habla como de la tierra.

—No, no, sólo viví con alguien que era de Galicia. Si tiene usted una gallina se la puedo preparar encebollada.

—Tengo un ave, pero iba a echarla al cocido.

—Pues le hago el cocido en el puchero. Me sale riquísimo.

Manuela se puso un delantal. Desplumó el ave y la despedazó con una habilidad que dejó pasmada a la señora.

En primavera se aficionó a recoger conchas, caracolas y cualquier objeto que quisiera entregarle el mar. Los almacenaba en unas cajas dentro del armario de su dormitorio y por las noches, después de su paseo por la playa, se entretenía clasificándolos por colores, tamaños y sabores. También continuaba cultivando su afición a la belleza de los insectos. Atrapaba cucarachas en los pasillos del hotel y las sometía a un baño aromático.

Un día, paseando por las callejuelas cercanas al puerto, descubrió una tienda donde vendían lanas y útiles de costura. Se compró un *petit point* de una rosa encarnada y comenzó a bordarlo por las tardes, sentada en la terraza mientras escuchaba las novedades que le traía el mar. Cuando lo acabó, compró otro de un barco y después otro de diferente dibujo, hasta que incorporó el bordado de los *petit point* a la rutina de su vida, a la rutina de su amor.

Llegó el verano, y con él los bañistas de pantalones cortos, los niños jugando en la arena. Manuela tuvo celos de aquellos que se metían en el mar, que nadaban entre las aguas y saltaban las olas. Los vigilaba desde la terraza del hotel. Le molestaba su barullo, sus gritos, su alegría. Algunos jóvenes se le habían acercado mientras bordaba el *petit point* o mientras paseaba por el puerto. Tenían ganas de entablar conversación o de ligársela, pero ella los rechazaba sin ninguna amabilidad; se había saturado de hombres para siempre.

Una noche de agosto emprendió uno de sus paseos por la playa y llegó cerca del puerto. Su sombra menuda se reflejaba en la arena. Llevaba los botines en la mano y los pies desnudos para pisar la luna. La noche era húmeda. Escuchó los cánticos de unos hombres que parecían escaparse de alguna taberna. Eran cánticos en una lengua extranjera. Marineros, pensó. En el puerto atracaban muchos barcos de pesca que procedían de países lejanos, y la tripulación se emborrachaba antes de volver a embarcar. Los cánticos sonaron junto a Manuela y supo que los marineros estaban en la playa. Sobre la superficie del mar se reflejaba una serpiente de plata. Los cánticos se convirtieron en gritos, silbidos. Manuela distinguió algún rostro rubicundo, alguna boina impregnada de sebo reluciente. Se remangó el vestido y se metió en el mar para que él la protegiera.

Amaneció en la sala de un hospital, en una cama metálica puesta en fila, como las comadres de su pueblo, y con olor a medicina.

—¿Cómo se encuentra? —le preguntó una voz blanca—. ¿Tiene parientes?

Ella negó con la cabeza.

—Ya pasó todo, se recuperará.

Manuela aún tenía el mar en la boca y, entre los dientes, la arena de la playa.

La dueña del hotel fue a visitarla. Habían intimado algo mientras la ayudaba en la cocina. La verdad es que la muchacha guisa estupendamente, pensó. Debería proponerle que trabajara en el hotel, pero, después de lo que ha pasado, es probable que ya no se sienta segura y se marche por donde ha venido.

—¿Vas mejorciña, mujer? —le preguntó pasándole la mano

por la frente—. Dicen que eran noruegos de un barco atracado en el puerto.

—¿Quiénes?

Del vestido de la dueña del hotel se desprendía el aroma a brea que se pegaba en las esquinas de los pasillos. Manuela tuvo una arcada.

Otro día fueron a verla unos hombres que no conocía de nada. Le hicieron preguntas que no supo responder, y repetían sin cesar: «Tuvo usted mucha suerte, estuvo a punto de ahogarse».

Cuando le dieron el alta una semana más tarde, un médico de gafas le dijo sonriéndole:

—Debe aprender a nadar, ¿comprende? Y, si no lo hace, no vuelva a zambullirse en el mar. Prométamelo. —Y le tendió una mano.

Manuela se quedó mirando la piel de aquel hombre y le pidió que le trajera unos guantes.

—¿Para qué, muchacha?

—Para ponérmelos.

Salió del hospital con los guantes de plástico que utilizaban para atender las heridas de los quemados. En una tienda del centro compró unos de algodón blanco y los cambió por los de plástico. Después, en una galería de arte, compró un óleo con el océano en calma, barcos y gaviotas.

La dueña del hotel la recibió con afecto. Manuela tenía las ojeras y los labios de un tono azulado como si se escondiera en ellos la carne del mar; o como si éste se hubiera apoderado de la muchacha.

—¿Te gustaría quedarte a trabajar en la cocina? La habitación te saldría gratis y además te daría también unas perriñas. ¿Qué dices?

Manuela aceptó su ofrecimiento. Cocinaba con los guantes puestos; ya no se los quitaba nunca. Tuvo que comprarse cuatro o cinco pares porque se le manchaban muy a menudo. La dueña del hotel no se atrevía a decirle que se los quitara para destripar los gallos o los conejos, y la muchacha se paseaba por los pasillos con los guantes empapados de sangre. Volvió a sentarse en la terraza por las tardes para bordar los *petit point* mirando al mar, sin embargo, no volvió a aventurarse en la playa por la noche.

Una mañana de los últimos días del otoño, cuando los vestidos le quedaron chicos, se marchó silenciosa, tal y como había llegado, sin despedirse de nadie, ni siquiera de la brisa salada que la persiguió hasta la estación del ferrocarril.

Hermética como la soledad, regresó a la casona roja. Cargaba con dos novedades: unos guantes de algodón —éstos le acompañarían hasta la muerte— y una barriga ajustada en las caderas. Pasados varios meses, se tumbó sin saber por qué en la cama con dosel púrpura y, como hizo su madre años atrás, llamó a Bernarda, quien mostraba un aspecto más lozano.

—Métete entre mis muslos y sácame la criatura igual que si fuera un cordero—. La cocinera emitió un gruñido, se escupió en las manos y las frotó con fuerza.

Al anochecer, Manuela parió una niña de apariencia sobrenatural a la que llamó Olvido. En el pueblo, las comadres murmuraron acerca de la procedencia de aquel nombre, pero jamás se supo si ella lo había elegido llevada por el deseo de olvidar algún suceso de su pasado, o sólo por capricho.

Tras el nacimiento de Olvido, Manuela tomó la decisión de dedicar su vida y la de su hija a conseguir un único objetivo: convertir a las mujeres Laguna en mujeres decentes y obtener así lo que nunca habían conocido, el respeto del pueblo. El primer acto que acometió fue organizar una hoguera sacramental en el jardín de la casona roja. Quemó los canapés de ópera, las cortinas de seda de damasco, los cuadros de las odaliscas, las ligas, las batas de raso, los *negligés,* los pantalones morunos de *El rapto del serrallo,* quemó cuanto podría traer a la memoria que esa casa había sido un burdel fastuoso, y lo hizo ante la vista y el olfato del pueblo; sus habitantes debían entender que la época de las putas Laguna se extinguía con esas llamas purificadoras. Como no se atrevió a quemar a las muchachas que trabajaban para ella —aunque se relamió al pensar en ese sacrificio—, les dio un montón de perras a cada una, y les dijo que se fuesen a ejercer la profesión a otra parte del mundo.

La prostituta gallega, convertida en madame en el último año, creyó que aquella limpieza inquisitorial no la alcanzaría. Se equivocó. Una mañana temprano, cuando desayunaba en la cocina, Manuela le anunció con su acento del norte que también debía marcharse.

—No tengo adónde ir. No recuerdo el camino hasta el mar. A tu lado, ésta ya era mi casa...

—Te daré el dinero suficiente para que se te abra la memoria, pero vete; ahora mi hija y yo somos decentes.

Por la noche la prostituta gallega cogió una soga y se colgó del castaño; como su cuerpo estuvo balanceándose hasta la madrugada, acabó convirtiéndose en un botafumeiro que perfumó el pueblo con el olor a eucalipto que desprendía su corazón muerto. Manuela la enterró en el centro del laberinto que formaba la rosaleda. Sólo ella sabía a través de qué sendas retorcidas se llegaba hasta él y no deseaba compartir aquella tumba ni aquel lugar con nadie. Allí, las rosas de diferentes colores se alzaban unas sobre otras formando una torre, el sol se echaba sobre la tierra y Manuela se sentía en paz.

La cocinera fue la única que permaneció en la casona roja. Manuela tuvo miedo de echarla por si también se colgaba del castaño. Podrían haberla acusado de infectar las calles con olor a yegua.

Cuando el padre Imperio conoció la noticia de la destrucción del burdel, sufrió una crisis de llanto. Arrodillado, esta vez frente al Cristo del altar, daba gracias a Dios al tiempo que se lamentaba, entre lágrimas y mocos, de que aquella destrucción llegara demasiado tarde. Mientras se golpeaba con el puño el lado izquierdo del pecho para detener un corazón que le escocía de recuerdos, sintió a su espalda unos pasos que hacían cloquear las baldosas cojas del piso.

—Ya está hecho, padre, ya quemé «to» lo malo que había en la casona roja.

Él se dio la vuelta y encontró a Manuela. La observó con detenimiento —el cabello, los ojos, los labios, el cuerpo enjuto—, pero fue incapaz de encontrar parecido alguno con Clara Laguna.

—¿Qué me mira tanto? Soy la Manuela. ¿Se me puso un bicho o qué?

Ni siquiera la voz de la joven se asemejaba lo más mínimo a la de su madre. La de Clara, a pesar de que era grave, sonaba armoniosa y bella; en cambio, la de Manuela despedía una tosquedad aprendida de los primeros gruñidos de Bernarda.

—Has hecho lo que había que hacer, hija mía —respondió él.

—¿Ahora podré venir a la iglesia como las nobles y las decentes?

—La casa de Dios siempre está abierta, y sobre todo para los más necesitados —agregó el padre Imperio santiguándose.

Los actos de purificación terminaron con un encuentro entre Manuela Laguna y un hombre que acababa de instalarse en el pueblo, un abogado de Segovia que había abierto un gabinete en la calle principal, y que se dedicaba a las herencias y a la administración de fincas y patrimonios. Rondaba los cuarenta y había llevado un halo de modernidad conduciendo un automóvil negro que despertaba la admiración de todo el que se cruzaba con él. Para ese hombre, que conocía la comarca y había probado en más de una ocasión los placeres orientales de la casona roja, el dinero no casaba con la moralidad. Así que aceptó el encargo de Manuela: administrar la fortuna que había amasado su madre en el burdel, fortuna que invirtió en bonos y en inmuebles alejados de las bocas torcidas del pueblo. La riqueza de las Laguna y del abogado —que se quedaba con una parte generosa de las ganancias— se convirtió pronto en un animal de gran tamaño.

Fue entonces cuando Manuela decidió reformar la casona roja. Pensaba que la honradez debía sentirse a gusto en su hogar para quedarse definitivamente. Pintó las fachadas, enfermas por las huellas del humo, de un rojo apagado, y los postigos de cuarterones de las ventanas, de color blanco. También adornó los techos de los dormitorios y del salón con una cornisa de escayola salpicada de cadenetas de flores, y compró una bañera de porcelana con patas de fiera para el cuarto de baño, y un armario, que colocó en el recibidor, donde guardaba la ropa blanca. La única pieza que sobrevivió a la matanza del burdel fue la gran cama de hierro con su dosel púrpura, cuyo colchón de lana había sido testigo de las hazañas carnales de su madre, de su propio nacimiento y del de su hija Olvido. Aquella conservación acercó a Manuela, por primera vez, a la nostalgia.

7

Los domingos el pueblo castellano amanecía con el repicar de las campanas de la iglesia. Su voz verdosa le anunciaba el comienzo de una jornada que debía dedicarse a Dios y al descanso. Las palomas que se apelotonaban dentro del campanario emprendían el vuelo, desperezándose, en cuanto el hombre apodado «el Tolón» llamaba a misa sobre montañas de excrementos de ave. Comenzaba a fluir entre las calles y los campos un clamor a pan tostado, a jabón casero, a vestidos limpios. La misa comenzaba a las diez; el padre Imperio abría los portones de la iglesia a las nueve y media y éstos se iban tragando a los feligreses mansamente —los velos, las mantillas y la franela de los ricos, los remiendos y la pana de los pobres—. La plaza se quedaba vacía, desvalida sin chismes, sin mulas, sin gritos de niños, mientras la fuente de tres caños interpretaba una canción de agua que adormecía a los perros, dejándolos echados en los zaguanes con el hocico apuntando al cielo. Sin embargo, aquel domingo de finales de mayo, la bandera republicana ondeaba en la fachada del ayuntamiento, un caserón neoclásico situado frente a la iglesia, y la plaza no se quedó vacía cuando el párroco cerró los portones. Un grupo de campesinos y jornaleros se manifestaba con el traje de faena para exigir a los terratenientes mejoras en el salario y el reparto de las tierras.

Desde que quemó los lujos del burdel y obtuvo la bendición del padre Imperio, Manuela asistía los domingos a la iglesia, aunque Clara le había enseñado que una mujer maldita no debía acudir hasta el momento de su muerte. Llegaba hasta el pueblo conduciendo la carreta tirada por un caballo negro que no tenía nombre, sólo un olor profundo a infancia. Vestía ropas oscuras, blusas amordazándole el cuello, faldas amplias, toquillas elaboradas con la soledad de sus guantes y unas medias tupidas. Apenas había cumplido los treinta, pero el rostro se le había puesto viejo, los ojos sin luz, las mejillas pellejudas, los labios invadidos de surcos. Nadie comprendía cómo Manuela Laguna era tan fea, sobre todo los que habían conocido a la madre. Además, estaba perdiendo su único encanto, el pelo andaluz. Cuando viajaba en la carreta, unas madejas formadas por cabellos tiñosos se le caían con el vaivén y navegaban en el viento. Alguna vez apareció una de esas madejas —a la que nadie encontró explicación— encima de la santa Biblia granate que reinaba en el altar de la iglesia, o flotando en el tazón del desayuno del alcalde, o en las fórmulas magistrales preparadas por el boticario.

Aquel domingo Olvido Laguna acudió por primera vez a la iglesia. Acababa de cumplir seis años y había salido de la casona roja en muy pocas ocasiones. Manuela la mantenía oculta lavándole la cara con agua de insectos y frotándosela con un estropajo de raíces de madreselva y pelos de cerdo; pero aquellos remedios no servían de nada, ni ésos ni otros que Manuela inventaba. La belleza inexplicable de Olvido, que su madre pretendía arrancarle del cuerpo con aguas milagrosas, frotamientos y emplastos, era inmune a todo, e incluso aumentaba tras aplicarle los remedios. La niña amanecía aún más agraciada, la piel más suave por aquella exfoliación artesanal, los pómulos más luminosos, los labios más atractivos con sus curvas de sangre, los ojos, de color azul, más puros y brillantes; aquella belleza poseía una desobediencia prodigiosa. Manuela se encerraba en su dormitorio después de cada fracaso y lloraba con una rabia adolescente. Algunas veces, lloraba desde la mañana temprano hasta la hora de la siesta, y cuando su hija tocaba débilmente con los nudillos en la puerta, se sorprendía de que siguiese viva. Pensaba que Olvido acabaría muriéndose de repente; nadie era capaz de soportar sobre el rostro el peso de esa hermosura. La idea de perder a su hija la enfurecía; deseaba verla casada con un hombre rico y decente cuya descendencia no llevaría el apellido Laguna en primer lugar. Para Manuela ésa era la única forma de conquistar el respeto del pueblo, y hasta que ese momento llegara, Olvido debía vivir. Después, si su hija se moría, no le importaba; quién le mandaría ser aún más guapa que su abuela, la prostituta de los ojos de oro.

Olvido estrenaba un vestido. Era de paño denso con dibujos de espigas. La cubría desde el cuello hasta los tobillos, y a la niña le picaba la primavera por todo el cuerpo. Sin embargo, lo que más le molestaba no eran esas ronchas que le mordían la carne después de rascárselas, sino la ceguera impuesta por su madre. Durante el camino al pueblo no podía contemplar las jaras en flor, ni las ardillas saltando de una rama a otra, pues llevaba un sombrero con enormes alas de paja calado hasta los ojos.

Al llegar a la iglesia, Manuela ayudó a la niña a bajar de la carreta y le alisó las arrugas del vestido antes de entregarla a la penumbra de la puerta. Olvido entró en el templo y se colocó con su madre en uno de los últimos bancos —las miradas del pueblo olían a cirios y a desprecio—; ése era el lugar que todavía merecían los pecados de la familia. Quieta en la tabla dura y libre de la tiranía del sombrero —Manuela había tenido que quitárselo por respeto a Dios—, la niña observó cómo temblaban las llamas de las velas encendidas por el espíritu de los muertos, y quiso creer que aquellas lucecitas eran hadas. Les dedicó una sonrisa, esquivando el rictus amarillo de su madre, y se atrevió a pedirles unos cuantos deseos: queridas hadas luminosas, que algún niño juegue conmigo, que a mi mamá se le rompa la palmeta, que a mi papá se le mueran las pulgas. Tenía las manitas entrelazadas y después de cada deseo aguantaba la respiración.

A lo lejos, en medio del altar, el padre Imperio, con los brazos extendidos como el águila que fue, rescataba de la memoria los sermones sobre el Imperio español que le valieron su nombre, y que proclamara recién llegado de las colonias con el furor de la juventud. Volvieron a la iglesia los mares del Caribe, las emboscadas entre cocoteros y plantas tabaqueras, y la muerte en las ciénagas. Volvió a asomarse el diablo en forma de bayoneta, de mosquito, de sol hirviente, de fiebres. Volvieron a emocionarse los feligreses más ancianos, a pesar de que algunos seguían sin comprender el significado después de treinta años. En cambio, otros lloraban porque lo comprendían ahora. Los más jóvenes permanecían ajenos a la gloria y al miedo que refulgía en las pupilas negras del cura. No conocían la historia que se escondía tras su nombre, pero también se les saltaban las lágrimas. Algunas muchachas sospechaban que el padre podía ser pariente lejano de Imperio Argentina, la protagonista de *La hermana San Sulpicio*, película que habían visto en el cine de verano que llegaba al pueblo, desde hacía unos años, con los primeros calores.

El padre Imperio se secaba el sudor con un pañuelo de hilo, el sudor de la frente aureolada por el cabello blanco, y se santiguaba al comprobar que había algunos bancos vacíos, que el templo no reventaba de fe y de olor a oveja como en el siglo anterior. Bajó los brazos —ya no hacía falta que el incensario se balanceara de una pared a otra abriendo surcos perfumados en las oraciones de los fieles—, puso las manos sobre la Biblia granate y suspiró.

Cuando llegó el momento de cantar el Gloria, Manuela Laguna unió su voz a la de los feligreses, pero cuando éstos la escucharon, guardaron silencio y recorrió la iglesia un insulto de hielo. Pasados unos minutos, volvió el Gloria a las gargantas. Era un Gloria ártico que habría dejado a Cristo con los labios morados. Luego el padre Imperio se dispuso a dar la comunión. Manuela no se movió de su sitio: debía redimir muchos pecados antes de atreverse a comulgar.

A la salida, Olvido sintió de nuevo el peso del sombrero. Aprovechó, sin embargo, el revuelo que armaron los jornaleros y campesinos clamando por sus derechos y coreando vivas a la recién estrenada República, para echar hacia atrás las alas de paja y dedicar una sonrisa a algunos habitantes del pueblo. Sólo uno se la devolvió jugando entre los cuerpos de los otros; era el hijo menor del maestro. Tenía siete años, el pelo con un remolino castaño en la nuca, los ojos grises, un hoyo en la barbilla —donde años después se escondería la luna— y los labios gruesos. Los arqueó para que ella los viera y Olvido se los guardó para siempre entre los suyos de sangre.

—¿Qué haces? ¿Qué haces? —Manuela acababa de descubrir la sonrisa de su hija—. No se debe sonreír a las personas que no conoces, sinvergüenza. —Apretó un bracito de la niña—. Vamos a casa, yo te enseñaré a portarte con decencia.

Subieron a la carreta. El caballo negro, inquieto, relinchó. El maestro del pueblo, un hombre enjuto de ojos ceniza, se quedó mirándolas. Inclinó la cabeza Manuela, pero él no contestó al saludo. Todavía es pronto para que perdonen las deshonras carnales de las Laguna, pensó mientras asía las riendas; ya saludarán a Manuela más adelante. Azotó el lomo del animal; el olor a caballo siempre le producía ganas de comer gallina en pepitoria.

De regreso a la casona roja, sufrieron el acoso de la primavera. Las perseguían el zumbido de las abejas, los campos de amapolas y campanillas, la brisa preñada de polen. Olvido se entretenía jugando con el recuerdo de aquel niño de ojos grises, mientras su madre conducía velozmente la carreta. Cuando aparecieron ante ellas las puertas con el lazo de difunto, Manuela le quitó el sombrero a la niña.

—Baja a abrir.

Se oyeron los ladridos de un perro.

—No sonreiré nunca más a un desconocido. Se lo prometo, madre.

Manuela, los guantes tensos sobre las riendas y el aroma de la primavera enroscado en el cuello, le respondió:

—Cállate y espérame en casa.

La niña recorrió el camino desgastado por los ojos de su abuela Clara y esperó en el recibidor. Se apoyó en el armario donde guardaban la ropa blanca; por sus puertas de rejilla se escapaba el aroma de los saquitos de lavanda escondidos entre las toallas y las sábanas.

Cuando llegó Manuela, sacó del armario la palmeta de caña para sacudir las alfombras.

—Quítate el vestido nuevo, no quiero que se manche.

Olvido se desabrochó los botones y la cremallera de un costado. «Esta criatura va a limpiar la memoria de las Laguna —murmuró Manuela escudriñando la delgadez que se escapaba del vestido de su hija—, y si es necesario que la muela a palos para que esto se cumpla, pues es que así lo quiere Dios.» Lanzó la palmeta sobre la espalda de la niña. El sol estaba muy alto en el cielo, era más de mediodía, y su luz se mezcló con el sonido de los huesos tiernos.

Después de que la palmeta regresara a su lecho de ropa limpia y sacos de lavanda, llegó del pinar un olor a lluvia y Olvido se escapó al jardín. Escondido entre las hortensias y los dondiegos, vivía su padre. A la niña le gustaba imaginar que el hechizo de una bruja lo había convertido en un perro de lanas negras, flaco y pulgoso.

—¡Papi, papi, mira lo que te traigo! —Sacó de un zurroncito dos bollos de canela y unas rodajas de chorizo.

Los ojos del perro brillaron ante la visión de aquellos manjares, se humedeció el hocico y fue hacia la niña meneando un rabo lleno de mordiscos.

—Papi, te he echado de menos —le dijo abrazando el cuello del animal y dejando que le lamiese el rostro—. Me haces cosquillas. —Abrió las manitas y el perro masticó con ansiedad los bollos y el chorizo mientras ella le acariciaba la cabeza—. Está rico, ¿verdad, papi? Tienes que comer para curarte.

El perro se relamía con un amor desesperado.

—Ahora duerme un rato la siesta en tu camita de hojas, verás como pronto se te van las pulgas. Se lo he pedido a unas hadas que había en la iglesia. Adiós, papá, me voy a jugar con mi amiga.

Se alejó de los ojos africanos del perro. Caminó entre las calabazas, las lechugas y los tomates del huerto; le escocía la espalda. El sol se ocultaba entre las nubes cuando Olvido se adentró en el claro rodeado de madreselvas. Comenzaba a llover.

—Hola —saludó a la madreselva más frondosa—. ¿A qué quieres jugar? —continuó hablándole a la mata.

Hubo un rumor de tallos y hojas.

—Siempre quieres jugar a lo mismo.

Se puso a saltar a la comba con una rama muy larga. Llovía con más fuerza, el agua empapaba el escozor que se cernía sobre la espalda de la niña.

—En cuanto sea mayor aprenderé magia y desharé el hechizo que os ha embrujado a mi papá y a ti, así podrás tener otra vez piernas y manos y un pelo muy rubio donde te peinaré trenzas. —Le sudaba la frente con el trajín del salto. Sus zapatos se hincaban en la tierra humedecida por la lluvia.

Cuando un perfume a gallina en pepitoria invadió el jardín, volvió a la casa. Desde que murió Bernarda, unos meses atrás, Manuela cocinaba las recetas de su infancia. Falleció en un accidente en el establo. Una mañana, después de terminar sus tareas, se le ocurrió esconderse entre unos fardos de alfalfa para chupar su mayor tesoro, un trocito de la mortaja campesina de Clara Laguna. Pero el caballo negro sintió el aroma que despedía su carne y lo confundió con el de una yegua en celo. Golpeó la puerta de la cuadra hasta que consiguió abrirla y se lanzó, coceando de gusto, contra los fardos de alfalfa. El cráneo de Bernarda se abrió con el primer impacto. Desnudos quedaron los sesos sobre su escondite amarillo; y el trocito de mortaja entre los labios. La enterraron en el cementerio del pueblo. «Al fin y al cabo, ella nunca había ejercido la profesión y su idiotez la protegió del pecado», sentenció el padre Imperio. Era invierno, caía del cielo una menstruación de nieve, y todo el pinar y las colinas de alrededor del camposanto apestaron a yegua durante semanas.

Manuela se había mudado a la habitación de la cocinera, junto a la despensa, a la habitación donde se había criado; su olor a cal y a viandas frescas la reconfortaba. Había decidido conservar la navaja con la que su madre afeitaba a Bernarda, la misma con la que continuó afeitándose ella sola en memoria de su ama. Podía haber vivido más a mi lado, pensó mientras rehogaba las tajadas de gallina, pero la prefirió a ella, como siempre.

Tras el almuerzo, Olvido se echó la siesta en el dormitorio que ocupaba en la primera planta. Deseaba que las horas pasaran muy rápido para que llegara su momento favorito del día: después de la cena, se sentaba con su madre en el salón, frente a la chimenea, y ella le contaba cuentos. Su voz perdía rudeza hablando del mar, de las playas y los acantilados. Aunque, en ocasiones, se quedaba mirándola con severidad y le decía:

—Lo hice por ti.

—¿El qué, madre?

—El pedirle a ella que se fuera.

—¿A quién?

—Ella debió entender y no colgarse del castaño.

—¿Quién se colgó del castaño?

—Calla, tú me compensarás por su muerte.

La boca de Manuela se llenaba de leña y contaba otro cuento para avivar la llama.

Entre misas, cuentos, guisos de gallina, hechizos y palizas, creció Olvido Laguna. Manuela pensaba, complacida, que los planes que tenía preparados para su hija acabarían cumpliéndose. Sólo le atormentaba su analfabetismo. Llevaba varios años intentando que el maestro la admitiera en la escuela. Por el mes de septiembre se arreglaba con el vestido más sobrio y se dirigía a ella atravesando las callejuelas del pueblo. Las ancianas, que habían ocupado el puesto de sus madres, habían roto las hileras separándose en dos bandos. Sus murmuraciones se habían silenciado. Ahora vigilaban las traiciones que flotaban en el viento. Cuando Manuela pasaba junto a ellas, sólo la miraban de arriba abajo y apretaban los labios.

La escuela era una casa solariega de dos plantas con las paredes desconchadas de moho, y un tejado sucio de enredaderas y excrementos de gato, pues éstos solían amarse en él entre maullidos y atracones de luna.

—Su hija no necesita educarse porque dedicará su vida miserable a lo mismo que usted, y para esa profesión da igual si es analfabeta —le decía cada año el maestro a Manuela Laguna centelleándole sus ojos grises.

—Mi hija será decente y debe tener educación.

—Le digo que se marche y no vuelva más. Mientras yo mande en esta escuela es inútil que malgaste más saliva y suelas de zapatos.

Tras aquella respuesta, Manuela se dirigía al ayuntamiento a poner una reclamación.

—Mi hija tiene derecho a escuela —decía a un funcionario—, los tiempos han cambiado. Yo sé esas cosas aunque no pueda leerlas en los diarios.

—Firme usted con una equis en este papelito —el funcionario cincuentón sonreía— y ya se lo termino de rellenar yo. Recibirá pronto la respuesta.

Y aquella respuesta no llegaba nunca a la casona roja, ni a ninguna parte, como si las Laguna no existieran, o no quisiesen que existieran.

El verano en que Olvido había cumplido ya once años, unos hombres del pueblo se apoderaron de la bandera republicana que ondeaba en el ayuntamiento y la quemaron en la plaza, mientras en la taberna el vino se atascaba en el gaznate de otros, sólido como un coágulo de sangre, y el silencio y las miradas de reojo se embozaban con el humo de los cigarros sin filtro. Había estallado la guerra civil.

En el mes de septiembre no llegaron los cazadores como otros años, con sus jaurías y escopetas gallardas. El pueblo olía a una pólvora que no mataba ciervos, ni jabalíes, sino parientes y vecinos. Muchos hombres fueron a alistarse para luchar en el frente, entre ellos el maestro, y una señorita de rostro amable, que habían enviado desde la capital de la provincia, ocupó su puesto. En cuanto Manuela Laguna se enteró de la marcha del maestro, se presentó en la escuela. Esperó ante la puerta a que salieran los niños. Ellos se quedaron mirando los guantes blancos. Sin duda, esa mujer ocultaba unas garras de lobo.

—Buenas tardes, señorita. Quisiera rogarle que aceptase usted en su templo del saber a mi única hija; tiene once años y aún no sabe leer ni escribir.

—Once años y analfabeta, qué atrocidad. —La señorita se fijó en las garras de algodón—. No hay más que hablar. Tráigala mañana mismo y lo solucionaremos.

Desde que la niña cumplió los seis, su madre le tenía preparado todo lo necesario para el primer día de escuela. Los lápices de colores, las cuartillas crema, la carterita para los libros y, lo más importante, el gorro blanco de perlé que había ido agrandando según pasaban los años y crecía la cabeza de Olvido. Deseaba ocultar el rostro de la niña; la vida le había enseñado que nada atraía tanto la deshonra como una belleza ilimitada, y a la escuela acudían también chicos adolescentes.

La despertó con el alba y la condujo hasta su dormitorio. Armada con las tijeras de la costura, le cortó un flequillo por debajo de los ojos.

—Escúchame bien, si te apartas el pelo de la cara te azotaré con la palmeta. —La luz lila que desprendía el jardín inflamaba el dormitorio.

—Sí, madre.

Manuela encajó el gorro blanco en la cabeza de su hija; por el borde de perlé, que le oprimió la frente, sobresalían tiesos sus cabellos negros.

—Ahora ve a lavarte y vístete como te dije anoche.

—Sí, madre.

En el pinar se oyó el chillido de una urraca y un rumor de metralla que traía el aire limpio.

Olvido se puso un traje de lana marrón hasta los tobillos y metió los pies en unas botas que le quedaban un par de tallas grandes. Desayunó pan tostado con mantequilla y un tazón de leche y se fue al recibidor a esperar a su madre. Sobre las losetas de barro vio cómo se le acercaba con una cinta de cuero entre sus guantes y sintió un escalofrío. El aroma a pan tostado aún vigilaba la casa. Olvido dejó de pensar en una caricia, en un beso. Silenciosa, Manuela cosió los extremos de la cinta al gorro de perlé y ésta quedó rodeando la garganta de la niña.

—Cuando regreses a casa te la descoseré y podrás quitarte el gorro.

—Se parece al casco que llevan los soldados a la guerra.

—No digas tonterías.

Una niebla fresca permanecía acostada sobre la mañana de septiembre. Camino del establo, Manuela se adentró en ella. La niña contempló cómo ese aliento de fantasma la engullía y sintió miedo de que la mañana fuera sólo un sueño. Deseaba ir a la escuela para tener amigos. Se frotó los ojos enredándose los pelos del flequillo y repitió su nombre en voz alta. De entre la niebla surgió aquel trozo de carbón que era la cabeza del caballo, la mirada de cristal y las crines rizadas, después el pecho cuadrado entre las cinchas y las patas gruesas con los cascos de hierro imitando la lluvia. Enganchado a él venía la carreta y sobre el pescante la mueca sangrienta del chal de Manuela, y un rostro con ángulos secretos donde se escondía la amargura.

A la entrada del pueblo desapareció la niebla. Sobre las calles empedradas los cascos del caballo negro se convirtieron en granizo. La carreta atravesó la plaza; unas mujeres cargadas con cestos de ropa se quedaron mirando cómo descendía por la calle de la escuela.

Las voces de los niños se escapaban por las ventanas recitando los ríos de España.

—Entra, hija, todo irá bien. Leer y escribir es muy decente.

Olvido descendió de la carreta y su madre, azotando el lomo del animal, se alejó con un rumor de tormenta. Puso la mano en el picaporte y lo empujó al abismo. La puerta de la escuela se abrió lentamente. Avanzó por un pasillo hasta la clase de donde procedían las voces. Tenía mapas colgados en las paredes y una pizarra al frente. Sus compañeros, sentados a los pupitres, se la quedaron mirando. Ella les sonrió; sentía los ojos de todos ellos sobre la ropa, sobre la piel. Caminó hacia la mesa de la profesora, que acababa de anunciar la llegada de «la nueva», pero alguien le puso la zancadilla y cayó al suelo. Una marea de risas se extendió por la clase.

—¡Torpe! ¡Eres un monstruo torpe y analfabeto!

La señorita la ayudó a incorporarse y la guió, asiéndola por

148

un brazo, hasta la última fila de pupitres. Luego, incapaz de controlar a sus alumnos, escribió en la pizarra los sistemas montañosos.

Olvido Laguna se acurrucó sobre el pupitre y lloró en silencio. Las lágrimas cayeron en la madera mientras una lluvia repentina se estrellaba contra los cristales de las ventanas.

—¡Los monstruos no saben llorar, burra, que no te enteras de nada! —gritaban algunos niños.

Con los ojos cerrados, ella imaginó que se subía en el lomo maltrecho del caballo negro y, escondida entre las crines, se perdía en el monte.

—¿No tienes nada que decir, analfabeta? ¿Tampoco sabes hablar? Contesta, fea, monstruo.

Un niño alto de la primera fila se puso en pie y gritó:

—¡Callaos, dejadla en paz!

Sus compañeros lo miraron sorprendidos. Era el hijo menor del maestro. Aquel niño que, en los últimos años, había cogido por costumbre sonreír a Olvido a la salida de la iglesia. Se llamaba Esteban.

—¡Cállate tú! —le contestó ella limpiándose las lágrimas—. No necesito que nadie me defienda, puedo hacerlo yo sola.

Hasta la última fila de pupitres voló la mirada gris del niño; allí le esperaba la de Olvido, llena de rabia. Cuando se encontraron, la señorita de ciudad olvidó, por un instante, los sistemas montañosos, y los chicos de la escuela, el odio de sus padres.

Aquella noche Esteban no se acordó de las trincheras, de los fusiles disparando libertad, de las traiciones que dejaban a la muerte pudriéndose bajo los pinos; no se acordó de su padre, ni de la guerra que sobrevolaba el pueblo como un buitre. Sólo se acordó de los ojos de Olvido mirándolo a través de unas hebras de pelo oscuro y de lo que ocurrió a la salida de la escuela: sus compañeros se abalanzaron sobre el gorro blanco para arrancárselo mientras ella se comía un bollo de canela. Sólo se acordó de su miedo, el de él, al enfrentarse con los otros chicos gritándoles: «Cobardes, bestias, no se pega a una chica». Sólo se acordó de los reproches, las burlas, los dientes amenazándolo con la soledad. Sólo se acordó de esa angustia nacida en la puerta de una iglesia cuando la memoria no era más que un juguete, del cuerpo de ella oprimido contra los desconchones de moho de la pared como el de una presa agazapada en una cueva donde entra la lluvia; de los labios de la niña manchados de canela. Sólo se acordó de cómo quiso tocarlos y no se atrevió, de cómo quiso decirle: «No tengas miedo, yo te protegeré siempre y cuando sea más mayor me iré a la guerra de mi padre». Pero no le dijo nada, sólo pudo ofrecerle una mano para ayudarla. Ella no la aceptó, le arrojó el bollo de canela a la cara y salió corriendo. «No necesito que nadie me defienda, no necesito a nadie», le gritó.

Olvido regresó a la casona roja atravesando el pinar. Le habían descosido la cinta de cuero de uno de los lados del gorro, por eso cuando vio a su madre apoyada en las puertas de hierro, esperándola bajo el lazo de muerto, quiso recordar los ojos grises de aquel niño, grandes, valientes, y esa mano sin guante que le había ofrecido ayuda. Y no lloró mientras Manuela le pegaba con la palmeta; lo único que ya podía herirla era no ver de nuevo a Esteban.

La señorita de ciudad creyó que no regresaría a la escuela;

se equivocó. Ataviada con su gorro, continuó asistiendo a clase. Se sentaba a un pupitre de la última fila; rellenaba las cartillas, primero las de palotes, después las de frases inútiles como «mi mamá me mima». Los insultos de sus compañeros poco a poco dejaron de molestarla, porque cuando los escuchaba sentía junto a ella los ojos color tormenta de Esteban, su pelo de soldado, su barbilla alta desafiándolos a todos.

—¡Os he dicho que la dejéis en paz, gallinas!

—¡Déjame en paz tú, sé defenderme sola!

Al niño se le convertía la mirada en un naufragio y arrugaba los labios, pero no se rendía.

Una mañana del mes de mayo de 1937 encontraron muerto al padre de Esteban en un sendero del pinar que conducía hasta el pueblo. Regresaba a casa para disfrutar de unos días de permiso. Alguien se lo impidió reventándole el vientre con una escopeta. Durante un tiempo, se rumoreó que los del otro bando además de matarlo le habían arrancado las tripas.

Ruborizada por la muerte, la señorita de ciudad lo anunció en la escuela.

—Nuestro querido Esteban no asistirá hoy a clase. Recemos una oración por las tripas —tosió—, perdón, por su papá, que ha subido al cielo con un traje de guerrero.

Olvido Laguna, que acababa de cumplir doce años, tardó unos minutos en comprender lo que había sucedido. Luego abandonó la clase ante la sorpresa de la maestra y de sus compañeros.

Se dirigió a la plaza y ascendió por la cuesta hasta el cementerio. Ocultándose entre las lápidas y las cruces, se situó muy cerca de la tumba donde estaban metiendo el ataúd del maestro. El entierro era un racimo negro al borde de un agujero. La viuda apoyada en un hombro de la hija, que apuntalaba el dolor de su madre. Ésta, a su vez, con una mano desfigurada de zurcir medias, oprimía el brazo de su hijo menor. Tras la familia, numerosos habitantes del pueblo. El padre Imperio, a la cabeza de todos ellos, desperdigaba agua bendita con una maza de plata y escupía latín sobre el agujero. Golpeó el féretro la tierra y el racimo se deshizo. Sólo quedó unido el bloque que formaban la viuda y la hija; el hijo menor se alejó de ese lugar vencido por la primavera y por la muerte. Se alistaría, ocultando sus trece años en la venganza de un muchacho de dieciséis, y mataría a los traidores que habían asesinado a su padre. Olvido lo siguió; cantaban las chicharras, quemaba el sol, olía a orgasmo de amapolas y margaritas.

—Hola. —La niña apareció delante de una cruz.

A Esteban se le cayó el corazón sobre la lápida de Paquita Muñoz, fallecida a los seis años.

—En la escuela nos han dicho que tu padre se ha muerto.

—Lo han «matao» los traidores, que es diferente. Y tú ¿qué quieres?

Esteban vestía un traje de paño marrón con un brazalete de luto.

—Me he escapado de la escuela porque nunca había visto un entierro.

—Mentirosa. —Se metió una mano en el bolsillo del pantalón.

Olvido retiró su mirada de los ojos grises y la clavó en la madriguera que el muchacho tenía dibujada en la barbilla. Allí escondió su orgullo.

—También he venido a consolarte porque pensé que estarías triste.

—Muy pronto seré un soldado y los soldados no pueden ponerse tristes. Tienen que ser valientes para ir a luchar al frente.

—Yo creo que estás un poco triste.

—Pues si lo estuviera, no querría tu ayuda. Tú nunca me dejas que te defienda.

—Si quieres me voy.

—No. El cementerio es peligroso para una chica. Te acompañaré hasta tu casa. Los soldados debemos cuidar de las mujeres.

La brisa del pinar arrastraba el aliento de las jaras, el tomillo, los helechos, y lo elevaba hasta las copas de los árboles. Esteban caminaba cabizbajo mientras ella le hablaba sobre las madreselvas que vivían en su jardín y el caballo negro con las crines más largas y rizadas del mundo. De vez en cuando, él la miraba de reojo y siempre la descubría observando sus manos. Angustiado —la primavera cerca de Olvido le entraba a borbotones por la nariz y la boca—, se preguntó si tendría algún resto de suciedad prendido en una uña. De pronto, ella tropezó con una piedra y lo golpeó en un brazo.

—Perdona —le dijo apartándose el flequillo de los ojos.

—No me has hecho daño. ¿Quieres darme la mano?

Había imaginado muchas veces el tacto del muchacho, incluso había soñado con él.

—No tropezaré más.

La piel sin el algodón blanco de unos guantes.

—Tienes la cabeza muy dura.

—Y tú también.

—Yo me empeñé porque tú te empeñaste. Un soldado no debe permitir que se insulte a una mujer…Y tú eres tan diferente al resto de las niñas.

—Mira, allí está mi casa.

El tejado de la casona roja se convirtió en un horizonte. Caminaron en silencio hasta que apareció ante ellos la fachada principal con sus desconchones causados por la abundancia de la lluvia, y el vapor fértil que desprendía el jardín. Un escalofrío sacudió el cuerpo de Esteban. Sus padres le habían enseñado que en aquella casa, de apariencia infernal, vivían unas mujeres malvadas. También recordó a sus amigos y el juego que les empalaba el vello de los brazos: «Si no te acercas a la casa roja y tocas las puertas eres un gallina, cobarde, gallina».

Él emprendía una carrera con la boca seca, después probaba el tacto de herrumbre en las puertas de hierro y regresaba al pinar festejando su valentía con los compañeros.

—Es mejor que te marches. Si mi madre me ve contigo se va a enfadar; tiene muy mal genio.

Por una ventana de la casona roja se escapaba la fragancia del guiso que Manuela cocía a fuego lento.

—Qué bien huele.

—Mi madre está haciendo la comida; es una cocinera buenísima. Si no tuviese tan mal genio le preguntaría si puedes quedarte a almorzar.

—Tengo que volver a casa con mi madre y mi hermana, pero gracias.

Una urraca sobrevoló sus cabezas y, tras un graznido, escucharon una voz hueca:

—Olvido Laguna. —El cuerpo de Manuela apareció encarcelado tras las puertas—. ¿Qué estás haciendo con este niño?

—Madre, no la oí llegar. Él, él —tartamudeó— es el hijo del maestro. Se llama Esteban, he ido al entierro de su padre y…

—Así que eres el hijo pequeño del maestro —le interrumpió Manuela escudriñando al chico—. Sí, tienes sus mismos ojos grises.

—Yo ya me iba… mi madre me espera en casa. Hasta mañana, Olvido —se despidió retorciéndose las manos.

—Espera, muchacho, no tengas tanta prisa. ¿Te gustaría entrar un momento en la casa y probar lo que estoy cocinando? —Manuela sonreía—. Es un guiso muy especial.

—Muchas gracias, pero me esperan para comer. —Le temblaba la voz.

—Olvido, dile a tu amiguito que sea un niño educado y acepte mi invitación. —Le brillaban las pupilas negras.

—Entra, Esteban, por favor. Verás qué rica está la comida de mi madre.

Las puertas se abrieron con ayuda de las garras de algodón blanco que se aferraban a los barrotes.

—Pruebo una cucharadita y me voy a casa.

Esteban recorrió el camino de piedras y margaritas. No se atrevía a mirar a su alrededor; sentía que el jardín de hortensias, dondiegos y madreselvas lo acechaba como si fuera una presa donde hincar los dientes. Entró el último en el recibidor de losetas de barro; atufaba a hierbas y a ajo frito.

La cocina le pareció muy espaciosa. En el medio se alzaba una mesa ancha; allí, bajo la luz de la ventana, Manuela Laguna destripaba los gallos y las gallinas para sus recetas. Apoyadas en las paredes había alacenas con las repisas cubiertas por unos paños de cuadros azules. Sobre ellas reposaban cestos de paja llenos de hortalizas y frutas. Del techo colgaban pucheros, cacerolas y ristras de ajos y cebollas.

—Acércate al puchero, muchacho. Huele de maravilla, ¿verdad?

—Sí, señora. —Se sentía mareado.

Manuela cogió una cuchara y removió la comida con deleite.

—Son tripas de cerdo con hierbas y ajo. Sé un buen chico y pruébalo. —En la cuchara humeaba un pedazo de carne.

Manuela sopló varias veces y se lo ofreció sonriéndole. Esteban miró a Olvido mientras se lo metía en la boca. Lo masticó despacio; quemaba.

—¿Puedo comer un poco más?

—Claro, muchacho, come, come hasta saciarte —le contestó entregándole la cuchara.

Esteban engulló varios pedazos de carne.

—Tiene más hambre que una rata —murmuró Manuela.

Se oía el ruido que hacía el niño al sorber la salsa.

—Su hija tenía razón, es usted una cocinera excelente —dijo él con la boca llena—, pero tengo que irme, mi madre estará preocupada.

—Muchacho, escucha con atención lo que voy a decirte. Cuéntale a tu madre que has estado en la casona roja y lo que has comido. Ah, y no se te ocurra volver por aquí. No quiero verte cerca de mi hija. —Tenía la nariz afilada—. Ahora márchate si no quieres que te destripe como a un gallo.

—¡Madre!

Esteban se quedó mirando un instante los guantes de algodón blanco y escapó de la cocina sin despedirse; atravesó el salón, el pasillo, el recibidor de losetas de barro y salió al jardín. Oía en su interior la voz de su padre repitiéndole con una cadencia aromática: «Huye, hijo mío, huye y no vuelvas jamás a esa casa, corre, corre...». Abrió las puertas de hierro y se hundió en el pinar.

8

E steban vivía en una casa de muros de piedra y balcones negros, en una de las callejuelas próximas a la escuela.

—No tengo hambre, me duele la cabeza —le dijo a su madre y a su hermana, que lo esperaban en el comedor frente a una sopera de loza.

Se encerró en su dormitorio, dejando tras de sí una estela de hierbas y ajo. Durmió o quiso dormir el resto del día revolviendo las sábanas con el recuerdo de los ojos de Olvido. No se levantó a cenar. Pasó la noche sudando unas pesadillas en las que aparecía Manuela Laguna, hasta que llegó la aurora y el cielo se convirtió en una madeja de lana púrpura. Algún pastor vio en ese fenómeno un mal presagio, y pasado el mediodía, una bomba explotó en la escuela. Unos segundos antes se había escuchado en las calles el silbido de un moscardón gigante. Sobre las bocas abiertas de los habitantes del pueblo voló muy bajo un avión del color de la plata. Algunas campesinas, que lo divisaron primero en los sembrados, lo confundieron con un amasijo de juegos de café enviado por los de su bando, y hecho de ese metal que tanto usaban las ricas del pueblo y ellas envidiaban, pero el amasijo de juegos de café siguió volando hacia la plaza. Las mujeres que estaban reunidas en torno a la fuente discutieron con desgana sobre la procedencia de ese avión que brillaba más que ningún otro, y sobre la belleza de su piloto; éste tenía un fular de sangre y los cabellos entregados al viento, la cabeza rendida en un hombro y las gafas rotas. Al dejar atrás la plaza, el aparato perdió una bomba que llevaba sujeta en un costado repleto de metralla. Un estruendo reventó la brisa y la escuela desapareció. El avión, en cambio, continuó su trayectoria de fantasma hasta que se estrelló contra el horizonte, y sus llamas crearon el atardecer más hermoso y fugaz que nadie había visto.

Durante mucho tiempo los restos de la escuela acecharon al pueblo —los del avión se los tragó el monte—. Las mujeres encontraban enganchados en sus escobas pedacitos del tejado sucio de enredaderas y excrementos de gato, o de la pared escocida de moho; cogieron miedo a barrer porque les hacía pensar en la muerte. Una mañana de calor al padre Imperio le atropelló la sed, de camino a una extremaunción, y bebió de uno de los caños de la fuente de la plaza. Atormentado, de pronto, por los temores más puros de su juventud, corrió hacia la iglesia y se subió al púlpito para proclamar que el pueblo se hallaba bajo la vigilancia del diablo, pues su ojo sanguinolento les espiaba desde las profundidades del pilón. Cuando cayó la tarde, enredado en las novenas del padre Imperio, el boticario rescató del pilón lo que, tras examinarlo científicamente, denominó como un resto de guerra digno de los más altos honores. Se trataba, sin duda, del ojo de la maestra, con su pupila parda y brillante. La mujer había estallado junto con la escuela y su cuerpo se había esparcido por el pueblo como granizo bíblico.

—Hay que agradecer a Dios que al avión se le cayera la bomba después del mediodía, cuando ya no había niños en la escuela —sentenció el padre Imperio—. La muerte es sabia y decide, atendiendo a esta sabiduría, el momento de su ataque.

Sin embargo, nada pudo evitar que donde se alzaba la escuela se quedara pegado para siempre el olor de la bomba. El pueblo ya no quiso reconstruirla en ese trozo de tierra en el que no volvió a amarse ningún gato. Durante años padres y abuelos llevaron allí a sus hijos y nietos para que, desde muy jóvenes, aprendieran a reconocer el aroma de la guerra.

Olvido Laguna atravesaba el pinar de regreso a la casona roja cuando estalló la bomba. Sintió cómo temblaban las copas de los pinos y las ramas de las hayas. Se tiró al suelo y esperó a que la guerra llegara hasta ella para matarla. Pero la guerra era lenta y se retrasaba. Aburrida, se fijó en una piña que descansaba sobre las agujas amarillentas. Los nichos sin piñones, como un cementerio sin muertos. Entonces creyó escuchar su nombre, a lo lejos, y temió que alguien se lo hubiera chivado a la guerra, y ahora ésta la matara mientras lo pronunciaba con su faringe de fusil. «Olvido, Olvido». Su nombre se le acercaba cada vez más aprisa. Pensó en si le dolerían las balas al meterse en su cuerpo, y en si la guerra le arrancaría las tripas como al padre de Esteban. Recordó los gallos a los que su madre desplumaba y sacaba las entrañas, el tufo blando que quedaba rezagado en los rincones de la cocina, el color de la sangre sobre la mesa y sobre las baldosas del suelo; recordó la sonrisa de Manuela empuñando el cuchillo y hundiéndolo en la carne del ave. Tuvo una arcada y su nombre le cayó sobre la espalda. «Olvido». A través de la blusa, sintió una mano y supo que aquel tacto no pertenecía a la guerra sino al muchacho de los ojos grises. Unas gotas de sangre cayeron sobre la piña. Soplaba una brisa de gemidos.

—Ha explotado la bomba de un avión en la escuela —le dijo él tendiéndole la mano para ayudarla a levantarse—. La maestra estaba dentro y ha estallado con ella.

Olvido sintió el deseo de abrazarlo, de aplastar su vida contra la camisa sucia que vestía el muchacho.

—He venido a buscarte para comprobar que te encontrabas bien.

—Tu oído está sangrando.

—Ah, esto. —El chico se llevó una mano hasta la oreja derecha—. No te preocupes, les pasa a muchos soldados cuando las bombas les estallan muy cerca, me lo contó mi padre en una carta creyendo que así dejaría de pensar en alistarme. Lo malo es que de momento me he quedado un poco sordo, pero se pasa con el tiempo.

—¿Quieres que te cure? —le preguntó Olvido sacando un pañuelo del bolsillo de la falda.

—Bueno, cúrame un rato.

La brisa continuaba trayendo el lamento del pueblo y el perfume de la guerra, pero para Esteban, que aspiraba la cercanía de Olvido, aquella tragedia se había convertido en una delicia.

—¿Tú no estás herida? —le preguntó pensando en que él también podría tocarla.

—No. Sólo me asusté un poco —repuso ella alzando la

voz—. Me tiré al suelo por si caía alguna bomba en el pinar. Ya estás curado. —La niña se guardó en el bolsillo el pañuelo manchado—. Ahora tengo que irme a casa; mi madre estará preocupada. Adiós.

—Adiós.

Ella le dio la espalda y avanzó unos pasos. El muchacho no se movió; tenía las manos frías y un dolor en la garganta. De pronto, Olvido se giró para mirarlo y le dijo:

—Estaba pensando que si la escuela ha estallado y la maestra está muerta, ya no podremos vernos más porque mi madre solo me deja salir de casa para ir a la escuela.

—Quizá nos pongan a estudiar en otro sitio y traigan a una maestra nueva.

—¿Y si no lo hacen?

—Pues nos veremos en la iglesia, como la primera vez. —Esteban sonrió.

—Sí, aunque ya no aprenderé a leer y a escribir. Ahora, sin escuela y sin maestra y además en guerra, ¿quién me iba a enseñar? —Se apartó el flequillo de uno de sus ojos.

—Yo podría darte clases. De mayor, cuando regrese de la guerra, voy a ser maestro como mi padre. —Sus labios reflejaban la firmeza de los héroes.

—¿Lo harías?

—Tú serás mi primera alumna.

—¿Vendrías a mi casa a darme clases?

—¿A la casona roja?

Esteban escuchó en su interior las palabras sabrosas de su padre: «No vuelvas a esa casa, hijo mío, no vuelvas nunca».

—Pues claro, a la casona roja. ¿Dónde iba a ser si no?

—No creo que deba regresar allí después de la amenaza de tu madre.

—Estuvo muy grosera contigo el otro día y por eso no te apetece volver, lo entiendo. Pero no es necesario que ella se entere. Todos los jueves, a las cinco de la tarde, me encierra y se marcha al despacho del abogado del automóvil para hablar de negocios, luego se acerca al almacén y no regresa hasta lo menos las ocho. —La niña se retiró el flequillo de su otro ojo y el chico sintió alrededor del cuello una horca azul—. Tendríamos tiempo de sobra para dar clase y no te encontrarías con ella. ¿Qué te parece?

—¿Estás segura de que no se daría cuenta?

—Sí.

—¿Y si regresa antes a casa?

—Nunca lo hace. Confía en mí.

—Está bien.

Cuando se separaron, Olvido escuchó los pasos de Esteban sobre las agujas y los helechos hasta que alcanzó las puertas con el lazo de muerto. Él no pudo escuchar los de ella, pero los sintió en su vientre hasta la entrada del pueblo, donde lo engulló otra vez la desgracia. Los restos de la escuela yacían en las calles y una lluvia ceniza manchaba los cabellos.

El muchacho estuvo encerrado en su dormitorio hasta que llegó el jueves. Colgada de una de las paredes había una foto de su padre vestido con una chaqueta de pana y una corbata negra. Aparecía con semblante orgulloso ante la puerta de la escuela.

—He empeñado mi palabra, padre. —Le hablaba con una congoja que se le clavaba en el pecho como un puñal—. No puedo faltar, no sería de hombres. Te prometo que tendré cuidado.

Un retortijón de hierbas y ajo se agitaba en su estómago, y se le venía a la boca un vómito autoritario.

—No insistas, padre, he de ir.

Eructaba contra la foto y se entregaba, sobre una colcha de remiendos, a unas siestas enormes. En ellas se veía atrapado entre las hortensias, los dondiegos y las madreselvas del jardín de la casona roja y no podía encontrar a Olvido entre tanta vegetación, ni escapar de los abrazos que le propinaban aquellas plantas mientras buscaban su sexo para morderlo; ni morirse cuando, de una niebla repentina, surgía Manuela Laguna con los guantes manchados de la sangre de los gallos y le miraba fijamente su entrepierna con dentelladas de flores.

La madre de Esteban achacaba la nostalgia que padecía el muchacho al asesinato de su marido. Zurciendo medias junto a la hija mayor, pensó en si debía mandarlo a recoger el pedido del almacén o a reparar el tejado podrido de goteras para que el trabajo le entretuviera el alma. Finalmente, decidió no entrometerse en el ánimo de su hijo y continuó hilvanando su vida con unas puntadas prietas.

El jueves a las cinco de la tarde, vestido con la ropa de los domingos y provisto de una coquilla de cartón que se había fabricado para protegerse de los colmillos de las plantas, Esteban hizo todo lo que Olvido le había indicado. Trepó por la tapia de piedras que rodeaba el jardín, encontró la entrada de la rosaleda, pero siguió adelante sin aventurarse en ella, atravesó el claro de madreselvas, el huerto con calabazas, lechugas y tomates, y llegó, seguido por un cortejo de abejas, al porche situado en la parte trasera de la casa, donde antaño Clara Laguna afeitaba a Bernarda, y en esos días unos sofás y una mesita de junco se rendían al sopor de la siesta.

—Estás aquí. —La voz de Olvido sonó cerca de unas celosías que, cubiertas de hiedra, ascendían por la fachada—. Temí que cambiaras de opinión.

—Un soldado siempre cumple su palabra.

Esteban se llevó la mano a la coquilla de cartón; respiraba con dificultad. A pesar de que había alcanzado su destino sin que lo atacara la vegetación, y sin que Manuela Laguna le descubriera y le agarrara del cuello con los guantes sangrientos, aún no se sentía a salvo.

La niña no llevaba puesto el gorro de perlé, ni el sombrero de las alas de paja que solía lucir cuando iba a la iglesia. Con el flequillo retirado del rostro, sus ojos se incrustaron como metralla en los del chico.

—Treparemos por aquí hasta la ventana de mi cuarto —dijo señalando las celosías—. Es por donde me escapo al jardín cuando mi madre me encierra en casa.

Pero a él le costaba moverse. Olvido le tendió una mano. El chico la agarró congestionado por la belleza; ella sintió por vez primera el tacto fuerte y tostado, la textura de esa piel tan distinta al algodón blanco.

—¿Te gustan mis manos?

—Tienes los dedos muy largos…

El cielo alumbraba una primavera intensa. Ellos se miraban y no sabían qué decirse. La brisa, iluminada por el polen, cercaba sus cuerpos. De todos los rincones del jardín llegaban rumores de vida. Chicharras, mirlos, gatas en celo. Esteban la besó en un carrillo y ella le devolvió el beso en los labios. La coquilla del niño se estrelló contra los pantalones de domingo y Olvido pensó que los besos crujían como la piel de un pollo bien frito.

—Si alguna vez pongo en la ventana una maceta de crisantemos, significa que mi madre ha cambiado sus planes y tú debes huir —le advirtió ella mientras trepaban por las celosías.

—Espero que eso no ocurra nunca.

El dormitorio de Olvido era amplio y sencillo. Una alfombra azul sobre la madera del suelo, una cama de hierro plata apoyada en la pared opuesta a la de la ventana, a continuación un silloncito de muelles viejos tapizado con una tela de flores, y en una esquina el escritorio con una silla y un taburete que la niña había colocado aquella misma tarde para su maestro.

—¿No tienes ninguna foto de tu padre? —preguntó Esteban.

Encima de la cama estaba colgado el óleo que había comprado Manuela Laguna en Galicia. El mar en calma, barcos, gaviotas.

—No conocí a mi papá. —Le dio vergüenza contarle que el único padre que la había querido era un chucho de lanas negras, muerto hacía unos años de un ataque de pulgas.

Esteban le acarició el cabello. Ya no sabía leer, ni escribir, ni las tablas de multiplicar, ni los afluentes del Tajo que su padre le obligó a escribir cien veces en una cuartilla; cuando estaba junto a Olvido Laguna, lo único que el chico sabía era mirarla.

En el mes de septiembre se habilitó como escuela un salón del ayuntamiento con goteras en el techo y chinches en las alfombras. Mientras enviaban de la ciudad a otra maestra con más suerte, que nunca llegó, fue el padre Imperio el encargado de enseñar a leer y a escribir a los niños y de darles unas lecciones básicas de geografía y matemáticas. Olvido Laguna reanudó su asistencia a la escuela, pero Esteban continuó yendo a darle clases todos los jueves. El muchacho ya no dormía aquellas siestas descomunales, aunque durante las noches continuaba soñando con su sexo mordido por hortensias y dondiegos y con pescuezos de gallos chorreando sangre. Como él no asistía a la escuela improvisada en el ayuntamiento —a sus trece años sabía todo lo que enseñaba el padre Imperio—, se dedicaba a buscar balas perdidas y restos de bombas por el monte con los pocos amigos que le quedaron tras defender a Olvido. También cazaba con un tirachinas palomas y conejos que luego su madre guisaba entre zurcido y zurcido de medias. Había aprendido a vivir con el temor a que Manuela Laguna apareciera de improviso en el dormitorio de Olvido, y le retorciera el cuello con los guantes. La mujer continuaba reuniéndose con el abogado, uno de los pocos hombres que permanecían en el pueblo con menos de sesenta años o más de quince. Con su dinero e influencias había conseguido que lo inhabilitaran para luchar en el frente por una enfermedad crónica del hígado. Así que continuaba paseándose por las calles con su automóvil de cucaracha, y ya ni las comadres de luto murmuraban fascinadas al escuchar el runrún de esa máquina del futuro; permanecían encerradas en sus casas apretando los pañuelos o los rosarios, esperando a que sus hijos o nietos regresaran de la guerra. Algunas noches, camufladas por la oscuridad del cielo, cruzaban unas a casa de las otras para intercambiar lamentos, garbanzos por azúcar, o los rumores que alguien les había llevado sobre las trincheras o los fugitivos de los montes.

En la primavera de 1939, unos hombres vestidos con camisas azul marino invadieron el pueblo montados en camiones y coreando la palabra «victoria». La guerra civil había terminado. No quedó vivo en la taberna ni un chorizo de la última matanza, ni un litro de vino. Acabaron con todo aquello que les entraba en la boca y se quedaron dormidos sobre las mesas roncando su gloria.

Esteban había cumplido los quince y su madre le había conseguido trabajo de aprendiz en la carpintería para que se ganara un jornal. Él continuaba asegurando a Olvido que sería maestro como su padre. Pero aún le quedaba terminar sus estudios superiores, interrumpidos con la guerra y la destrucción de la escuela, e ir a la ciudad para sacarse el título con la ayuda de alguna beca, porque su madre no ganaba dinero suficiente por más medias que zurciera, junto a la hija mayor, ni él con su jornal de aprendiz.

El trabajo de Esteban en la carpintería era de lunes a sábado hasta las ocho de la tarde. Los jueves, cuando se acercaba la hora de su cita en la casona roja, el chico se clavaba astillas en los dedos mientras cortaba tablones y el serrín se le metía en la boca, y se le posaba sobre el corazón. A veces le parecía que el mar de la habitación de Olvido salpicaba las paredes de la carpintería, incluso se inventaba su olor y su sonido para distraerse y no romper a llorar.

—¿Qué te pasa, chico? —le preguntaba su jefe—. El jueves es tu día maldito, no das una. Me has lijado por el revés los tablones para el bodeguero. —Y le propinaba un pescozón.

—¿Puedo irme ya?

—Arregla los tablones y podrás marcharte.

Esteban se entregaba a la faena con un ímpetu desordenado. Le temblaban las manos ceñidas a la lija y en vez de la madera se lijaba los pulgares. Unas gotas de sangre le avisaban de su desgracia, pero él, consumido por el amor que lo esperaba juntando sílabas, se las chupaba y volvía a enfrascarse en el trabajo. Cuando terminaba se ponía una camisa limpia y corría por las calles del pueblo y por el pinar hasta que la casona roja le atravesaba los ojos. Saltaba la tapia de piedras y, entre los abrazos de la vegetación, divisaba la maceta de crisantemos blandiendo su victoria en el alféizar de la ventana. Abatido, se sentaba en el jardín y se tocaba entre las madreselvas que cada jueves lo rodeaban para multiplicarse con el calor de sus jugos adolescentes.

Otros días de la semana, desobedeciendo a su madre, se echaba al monte bien entrada la noche y le llevaba cigarrillos, vino y desinfectante para las heridas a un primo suyo que se escondía de la Guardia Civil con otros soldados del ejército republicano. La luna, como las fauces de un lobo, mordía a los fugitivos. Se oía el insomnio de las lechuzas y el viento blasfemando entre los pinos.

—Déjame coger tu fusil —le pidió una noche a su primo.

—Muchacho, no juegues con la muerte —le advirtió él entregándole el arma.

Era alta, fría y con un olor a pólvora y musgo podrido. Esteban se la echó al hombro e imaginó que desfilaba por la avenida de una gran ciudad en vez de por un monte donde hincaba sus colmillos la luna. De entre la multitud que coreaba a los valientes, sobresalía Olvido sin sombrero; él le lanzaba un beso y ella sonreía aplaudiéndole.

La escuela seguía instalada en el salón del ayuntamiento, pero habían comenzado las obras para la construcción de una nueva en un terreno a las afueras del pueblo —se había decidido en un pleno que no se construyera sobre los restos de la otra; los chicos no debían estudiar en un lugar donde todavía atufaba a bomba—. Como las arcas municipales estaban vacías después de la guerra, Manuela Laguna había puesto el dinero esperando que aquella generosidad ayudara a limpiar los pecados de la familia, mientras su hija se casaba con el hombre rico y decente que ella deseaba. Olvido ya había aprendido a leer y a escribir y dónde estaba el Tajo y Sevilla, así que Manuela decidió que esa sabiduría era suficiente para llevar una vida apacible de bordados y reuniones sociales. La sacó de la escuela y la encerró de nuevo en la casona roja. La belleza de la muchacha, a sus catorce años, requería la soledad del trabajo en el huerto, o la soledad de la cocina, donde Olvido elaboraba pastelería fina conforme a la nueva posición social que su madre soñaba alcanzar muy pronto a fuerza de donaciones.

Pero continuó llevándola a la iglesia los domingos cubierta con la pamela de paja o el sombrerito de paño. Hasta que su hija no estuviese en edad casadera, debía seguir tomando precauciones para alejar las deshonras. Lo que no podía imaginar era que Olvido, atormentada por la ausencia de Esteban, se sentaba en el último banco de la iglesia y, en vez de purgar en él la sangre maldita de las Laguna, se dedicaba a encender su amor por el muchacho. Buscaba entre las cabezas de los feligreses el remolino de pelo en la nuca mientras suplicaba al Cristo del altar que le devolviera la pasión de los jueves. En los primeros bancos, quieto junto al luto de su madre y su hermana, Esteban sentía cómo la nuca le supuraba una calentura azul; recitaba, en vez del Credo, los poemas de san Juan de la Cruz que había leído en los libros de su padre, y en la comunión engullía la hostia con un ansia sacrílega porque todo lo que penetraba en su boca le sabía a ella.

A la salida de misa el frescor del aire les aceleraba el pulso adormecido por el incienso. Atrás quedaron las sonrisas de la infancia; ahora procuraban pasar uno cerca del otro para rozarse un hombro, una mano, un muslo, sin que les descubrieran los ojos adultos. Y cuando sus miradas se encontraban, enfermas de tardes solitarias y besos atrasados, hacían sonar con su deseo las campanas verdes de la iglesia. El pueblo alzaba su ignorancia hacia el cielo y felicitaba al padre Imperio por la maestría reciente del Tolón pues, tras más de veinte años tocando las campanas sobre las cordilleras de caca de paloma, interpretaba de pronto una melodía de ángeles. El cura escuchaba esos elogios tartamudeando y santiguándose contra la sotana: sabía que el Tolón estaba enfermo de la próstata y arrastraba el vicio de mearse en la pared de la sacristía nada más terminar el servicio religioso.

Manuela Laguna, envuelta en ropas oscuras y con guantes relucientes, también se acercaba a felicitar al padre Imperio, e inclinaba la cabeza cada vez que alguien se dirigía a ella y emitía un arenoso «buenos días», tras convertirse en la benefactora de la escuela. Estaba tan absorta en su dicha que descuidaba la vigilancia de Olvido. No se daba cuenta de si miraba o sonreía a alguien, y cuando regresaban a la casona roja después de misa, en vez de pegarle con la palmeta de sacudir las alfombras, le preparaba sus bollos preferidos, los de canela.

Mientras Manuela disfrutaba de esta felicidad llegó el verano. En el jardín de la casona roja comenzaron a secarse las madreselvas. Olvido ya no las visitaba cada tarde como solía hacer desde que era una niña. Permanecía encerrada en su dormitorio leyendo poesías de san Juan de la Cruz en un libro que le prestó Esteban en la última visita, antes de que terminara la guerra. Manuela achacaba esa melancolía de la muchacha a la llegada de su primera menstruación. El cuerpo de Olvido eliminaba los restos de la infancia. Pero tampoco tenía tiempo para preocuparse por ella: estaba organizando una merienda en la casona roja con las señoras más distinguidas para consolidar su nueva posición social. La mujer del alcalde, la mujer del boticario, la mujer del abogado, la mujer del mayor terrateniente y la viuda de un notario de la ciudad, entre otras de menos abolengo, debían compensarla por haber entregado el dinero para la escuela nueva. Compró en el almacén unas tarjetitas azul celeste con aroma a imprenta y exigió a Olvido que escribiera la invitación a la merienda; luego las

guardó en unos sobres del mismo color y las echó en los buzones de las invitadas con la ilusión de una niña ante su primera fiesta de cumpleaños. La merienda, compuesta por las
especialidades de la casa —café de puchero y bollos de canela—, se serviría en bandejas de plata y tazas de porcelana fina.
Una semana antes del acontecimiento, Manuela comenzó a
planchar un mantel de Lagartera, que era uno de los muchos
regalos que aquel diplomático le había hecho a Clara en los
tiempos del burdel. La mañana del sábado en que iba a cele-
brarse la merienda lo extendió sobre la mesa del salón, colocó las bandejas de plata rebosantes de bollos y el juego de café
de porcelana fina, y se dispuso a hacer un ensayo general.

—Acomódense, por favor, señoras. Están en su casa. Usted
en esta silla que tiene respaldo, señora alcaldesa; le irá mejor
para la espalda. —Se bebía una taza de café de un trago—. Sí,
gracias, el jardín está precioso. —Se bebía otra—. No, eso fue
hace mucho tiempo. —Se comía tres bollos—. Nosotras ya no
ejercemos la profesión, somos señoras como ustedes. —Le
temblaban las manos, iba a la cocina a por más café y se servía
otra taza—. Puta fue mi madre por mal de amores. —Volvía a
bebérsela de un trago y limpiaba su boca con una serville-
tita—. Yo lo quemé todo para purificar este hogar cristiano.
—Se atusaba el pelo recogido en la nuca con un moño—. ¡Semen!, ¡semen en el jardín! —Trituraba un bollo con ansiedad—. ¡Jamás!, eso sólo son habladurías mal intencionadas.
—Bebía, comía—. Y mi hija será aristócrata, ya lo verán…

A las seis de la tarde, hora en que debía dar comienzo la
merienda, una descomposición negra condenó a Manuela al
retrete; fue Olvido quien recibió a las criadas que se agolpa-

ban en la puerta con el fin de entregar las notas de sus señoras excusándose por no asistir a ese acontecimiento social al padecer unos malestares repentinos: la mujer del alcalde, reuma; la mujer del abogado, dolor de muelas; la viuda, jaqueca; la mujer del boticario, cólico de helado de fresa; la mujer del terrateniente, sudores fríos, entre otros males míseros de las invitadas de menos abolengo.

Manuela asociaría siempre aquella afrenta con el olor en sus heces a los posos del café. Pensó en pedir al alcalde que le devolviera el dinero, pero en el último momento tuvo miedo de que aquella decisión le cerrara definitivamente las puertas de la vida social. Quizá me precipité, se dijo, los pecados de mi madre fueron muchos, y es necesario tiempo para purgarlos. Además no sería elegante exigir ahora el dinero; habrá otras formas de cobrarme este desprecio.

Dos días después la mujer del boticario fue encontrada muerta entre unas rocas del pinar. Sujetaba entre las manos ramilletes de tomillo —recogía aquella planta para las fórmulas magistrales de su marido—, tenía la garganta abierta por una sonrisa húmeda y roja, y parte de sus tripas achicharrándose bajo el sol.

Desde un principio la Guardia Civil sospechó que el asesino era uno de los soldados republicanos que andaban viviendo en los montes para evitar la cárcel o un pelotón de fusilamiento. Seguramente, alguno se había atrevido a aventurarse cerca del pueblo intentando conseguir comida o medicinas, la mujer del boticario le sorprendió y él le rebanó el cuello para que no lo delatara. Lo que ya no se explicaba la Guardia Civil era el ensañamiento con las tripas de la difunta.

—Ahora hay mucha hambre —murmuró uno de los guardias encargados de la investigación.

—Y más que habrá —le contestó su compañero.

Mandaron venir guardias de otras poblaciones vecinas y se organizó una batida por los montes que coronaban el pueblo. La operación duró dos días. La noche del último, los guardias entraron en la plaza con un prisionero esposado. Tenía una barba de musgo y líquenes, y en las arrugas de la frente, ajustada la robustez del campo. El prisionero negó haber cometido el asesinato de aquella mujer. Entonces los guardias intentaron que les indicara dónde se escondía el resto de sus compañeros; el hombre se pasó la mano por la barba y escupió en el suelo. Al día siguiente llegó la orden del cuartel general: si no los delataba había que fusilarlo. Con las primeras estrellas resonaron tres tiros al borde de la carretera. Esteban se había escondido entre los pinos y los helechos para saber si el prisionero al que iban a fusilar era su primo. Quiso avisarlo cuando se enteró de lo que pretendían los guardias, pero su madre lo encerró en el sótano de la casa gritando «a mí no me matan a nadie más». El hombre cayó con la barba sobre la tierra; era uno de los soldados que se escondían con su primo. Antes de morir abrió los ojos y lo último que vio, iluminado bajo un helecho, fue el rostro del muchacho que jugaba a desfilar con un fusil derrotado. El caso del asesinato de la mujer del boticario se cerró sin más.

El resto del verano no se vio en las callejuelas a ninguna de las ancianas de toquillas negras; ni siquiera cuando el sol se replegaba en el pinar sin hacer ruido. Si se murmuraba, se murmuraba ante el puchero cada vez más escuálido, y sólo para que lo escuchara el fuego y los parientes de confianza. En la taberna, los hombres bebían tinto aguado y jugaban al dominó y al mus con desgana. Eran muy pocos los que se paraban a hablar en la plaza; la mayoría la atravesaban apresurados como si les persiguiera el repiquetear de sus tacones sobre las piedras. Sólo los domingos, a la entrada y a la salida de misa, volvía a detenerse en ella el pueblo. Manuela Laguna, en cambio, se paseaba frente a los portones de la iglesia, ajena al temor y al hambre, y saludaba a los habitantes más distinguidos demostrándose a sí misma y a ellos que había olvidado los rencores.

Hubo que esperar a la llegada de la niebla de difuntos para que las ancianas abandonaran sus casas, y algunos soldados republicanos, el monte. La plaza se inundó de refajos, espadas y escarcha; la iglesia, de labios fríos. Amparadas por la niebla en la que no se veía más allá de un palmo, las ancianas y sus hijas se las apañaban para llegar a tientas o guiándose por la luz tenue de un candil hasta los portones de la iglesia, y se entregaban al estraperlo de lentejas, aceite o pan de trigo, hartas de comer algarrobas y pan duro de centeno. Unas veces cambiaban mercancías unas con otras, pero habitualmente las compraban, a precio de oro, o las cambiaban por algún conejo a un muchacho de otro pueblo que en aquellos tiempos hacía fortuna con el mercado negro.

—Lentejas, lentejas ricas, tengo hoy —susurraba el chico con su tenderete escondido entre los portones.

El viento se encargaba de propagar el mensaje por la niebla.

Pero las ancianas y sus hijas no fueron las únicas que se aprovecharon de los pecados de aquellas almas. Algunos fugitivos bajaban del monte ocultándose en la oscuridad de la noche, y esperaban aletargados en algún zaguán a que la niebla invadiera la plaza para lanzarse a abrazar al padre, la madre o la novia, que le proporcionaban, además de amor, algún embutido seco, una hogaza o calcetines para combatir las heladas de las sierras.

Enseguida se instauraron unas normas no escritas. Cuando uno se chocaba con otra persona, lo primero que debía hacer era echarle las manos a la cabeza y asegurarse de que allí no se alzaba un tricornio. Una vez que se tenía la certeza de que no era un guardia civil, se le preguntaba cuál era el propósito de su visita a la niebla de los muertos. Así se ayudaban unos a otros a orientarse hasta el puesto del mercado negro, o hasta el pariente al que querían encontrar. Nadie decía su verdadero nombre, todos se reconocían por motes. Aquella niebla que los habitantes del pueblo habían respetado durante siglos y muchos habían temido, se convirtió durante unos días en un aliado del hambre y las necesidades de amor. Los caballeros no podían purgar sus pecados en paz y a veces intentaban expulsar a los intrusos convirtiendo su viento de acero en empujones huracanados.

—¡Parad ya, cabrones! —se oía entre la espesura de las almas—, que aquí todos somos proscritos.

El padre Imperio, que no era ajeno a los tejemanejes que se producían en la niebla por las confesiones de viudas, esposas y madres, arrasado por la misericordia, ordenaba al Tolón que retrasara el toque de ánimas lo más posible. Así que, algunos días, la plaza empezaba a despejarse cuando el sol había perdido sus rayos rojos, y el párroco tenía que abrir los portones de la iglesia de par en par no sólo para que las ánimas volvieran a sus tumbas, sino también para esconder en los sótanos a los fugitivos y al chico del estraperlo hasta que llegara la noche, y la negrura de octubre y sus heladas les cobijaran la huida.

Esteban, durante un descuido de Manuela a la salida de la iglesia, propuso a Olvido que se encontraran en la niebla. Pero la muchacha tuvo miedo de que no le diera tiempo a regresar a casa una vez que hubiera amanecido y su madre la descubriera.

Siguiendo las costumbres en las que la crió Bernarda, se levantaba al alba y se entregaba a las labores del hogar. Cuidaba el huerto, los animales del corral y cocinaba asados y pucheros. El hambre no había hecho mella en la casona roja: Manuela tenía dinero para comprarlo casi todo. Además, el jardín continuaba desobedeciendo a la climatología. A pesar del otoño y los sabañones de hielo, tenía hortalizas y frutas suficientes para satisfacer de sobra sus necesidades tras haber entregado lo que le exigían los delegados de abastos.

—Ven el jueves por la noche a mi dormitorio —le propuso, a cambio, Olvido. —Espera a que sean las doce y trepa hasta la ventana.

El muchacho sintió que se le venía a la garganta un vómito blanquecino como los guantes de Manuela.

Pasada la medianoche del jueves siguiente, la luna atacaba los ojos grises de Esteban, la frente recta, los labios, y se escondía en el agujero de la barbilla.

Olvido lo esperaba con la ventana entreabierta. El muchacho saltó desde el alféizar y se abrazaron.

—Hueles a cedro —le dijo ella acariciando el serrín que se le quedaba rezagado detrás de las orejas.

—Hoy he hecho un armario con esa madera. Tú hueles a limón. —Su aliento era gélido.

—He hecho mermelada con mi madre.

—Has crecido. —Esteban tenía sus senos, más grandes y fuertes, apoyados en el pecho.

—Mi madre dice que ya soy una mujer.

—Lo eres.

Olvido sintió en la boca el sabor de la nieve. El pelo le caía por la espalda formando un precipicio negro donde él arrojó sus manos, que resbalaron hasta las nalgas.

—Debí haber venido antes —susurraba entre besos—. Jamás volveremos a estar tanto tiempo separados. Prefiero la muerte. —El muchacho recordó la sonrisa amarillenta de Manuela Laguna.

Su deseo se escurrió por el pinar hasta las campanas verdes, y como solía ocurrir a la salida de misa, se pusieron a tocar una melodía de ángeles. El padre Imperio se despertó atemorizado: ¿quién podía ser el autor de ese escándalo, sino el campanero del diablo decidido a anunciar la llegada de su amo? Varios habitantes del pueblo, envueltos en mantas y legañas, salieron a la calle pisando las estrellas y navegaron sonámbulos hasta la iglesia. Aporrearon los portones exigiendo que cesaran los Glorias y los Aleluyas, hasta que apareció una pareja de la Guardia Civil armada con fusiles por si de las cuerdas de las campanas tiraba algún fugitivo, y esa melodía era una señal alentando a la rebelión. El cura abrió los portones con tres escapularios colgando del pecho; había confundido a los guardias y a los feligreses con una avanzadilla de soldados satánicos.

—¿Quién tira de las campanas, padre, y por qué? —le preguntó un cabo de la Guardia Civil.

—Un enviado del mismísimo diablo —contestó.

—Subamos a comprobarlo.

Pero de las campanas sólo tiraba un amor nacido en la puerta de la iglesia.

—Será el viento, que es fuerte —dijo un guardia perplejo—, y las campanas, que están flojas y viejas. Mañana acabamos con ellas.

—De lo que hemos visto aquí no se dice ni una palabra —le ordenó el cabo al padre Imperio.

Un poco antes del alba, Esteban regresó a casa y el pueblo quedó en calma. Ni uno solo de los habitantes rindió en el trabajo esa mañana, y en un pleno extraordinario celebrado en el ayuntamiento se decidió fundir las campanas y hacer con ellas un busto del Caudillo.

Esteban volvió los jueves al dormitorio de Olvido, aunque durante la noche. Al muchacho nunca le había importado la maldición que pesaba sobre la familia Laguna y las desgracias que se presagiaban para el hombre que se decidiera a romperla; ni cuando era un niño y no podía comprenderla, ni ahora que era un joven a punto de cumplir los dieciséis. Ella nunca sufrirá mal de amores, se decía, porque yo no la abandonaré, y las deshonras de sus antepasadas me son indiferentes. Me casaré con ella, con la Laguna del sombrero, como la conocen en el pueblo, y ni siquiera los guantes de su madre podrán hacerme cambiar de idea. Cuando salía de trabajar en la carpintería, esperaba la medianoche acurrucado entre los pinos y las hayas. La impaciencia y el miedo le provocaban temblores y a veces escupía un líquido salado y espumoso parecido al mar. Con los aullidos de las primeras lechuzas, abandonaba su refugio, saltaba la tapia y trepaba por las celosías. A la luz de una vela, ella le esperaba para leer los versos de san Juan de la Cruz («...Oh noche que juntaste amado con amada, amada en el amado transformada...»). Las campanas nuevas de la iglesia, que el padre Imperio sometió a tres días de exorcismos y novenas antes de colgarlas, no volvieron a sonar cuando se besaban. Entretanto, en el dormitorio de la planta baja, Manuela Laguna roncaba. Padecía artritis, a pesar de su edad, y cada noche se echaba un chorreón de láudano en el vino de la cena para apaciguar el dolor de huesos y poder dormir. Esteban sentía su ronquido amenazante dentro del corazón. Olvido le había contado que, tras el fracaso de la merienda, aunque alardeaba de haber olvidado la afrenta, asesinaba más gallos que nunca para aplacar el rencor. Se metía en la cocina a media tarde y los desplumaba vivos. Los chillidos de las aves pululaban por las habitaciones como fantasmas, hasta que Manuela se decidía a retorcerles el cuello. Después ni siquiera los guisaba; permanecía a su lado saboreando la muerte.

Una tarde de principios de enero de 1941, huyendo de la agonía de los gallos, Olvido desobedeció las órdenes de su madre y entró en el dormitorio más hermoso de la casona roja. Nadie lo había ocupado desde que murió su dueña, esa mujer que ni Manuela ni el pueblo sabía o quería olvidar: Clara Laguna. La puerta chirrió al abrirse y Olvido contuvo la respiración. Enredada en la penumbra, se alzaba la gran cama de hierro negro. Sobre sus barrotes aún permanecía desmelenado el dosel de muselina púrpura que tanto danzó al ritmo de la venganza de su abuela. Pero no olía a sexo, ni a soledad, ni a telarañas, ni a naftalina. De todos los rincones de la habitación manaba un aroma que a Olvido le costó identificar al principio; sólo al cerrarse la puerta de golpe por un estornudo del jardín percibió que olía a encinas. Tras aquel descubrimiento, caminó sigilosa hasta el aguamanil de loza con arabescos azules. En él, Clara Laguna se lavaba las lágrimas por el hacendado andaluz. En él también había lavado la cocinera el cuerpo de Olvido nada más nacer. Trepó hasta la habitación el canto aterrorizado de un gallo. El atardecer se abalanzaba contra la ventana del dormitorio como la muerte contra el gaznate del ave. Olvido se acercó al tocador de su abuela. Sobre un paño de encaje amarillento se alineaban un espejo, un cepillo y un peine con mangos labrados en plata. El metal refulgía tentador. La muchacha cogió el cepillo y comenzó a pasárselo por la larga melena. Nadie le había descrito el rostro de Clara Laguna, pero ella lo vio reflejado en el espejo oval del tocador: el cabello castaño lleno de margaritas y los ojos convertidos en piedras de oro. Continuó peinándose. De las paredes del dormitorio se desprendió el murmullo de un río y

hacendado andaluz y Clara Laguna. Desde lo alto las encinas parecían hundirse en el valle. La noche tenía una voz de musgo y piedras húmedas. En el río se despeñaba la luna esparciendo su luz como un excremento de plata.

Esteban apoyó la espalda en el tronco de una encina que tenía grabado a navaja un corazón antiguo, abrazó a Olvido y le acarició el cuello con los labios. Sin saber por qué, tenía ganas de cantar una copla, y ella de enroscar sus dedos en el pelo del muchacho que desprendía un incomprensible rubor a aceite de oliva.

—Mañana iré a cazar perdices y te las regalaré para que las guises en escabeche —dijo él con las estrellas dentro de los ojos.

—Te las haré tan ricas que te chuparás los dedos.

Una brisa fría les acarició la frente, los labios, las mejillas; y la hierba crujió como si alguien caminara sobre ella.

—¿Nos estará espiando? —preguntó Esteban.

—¿Quién?

—Tu madre.

Olvido escudriñó la noche entre los troncos de las encinas.

—Por allí se mueve algo —dijo señalando una sombra—. Parece una mujer.

—Regresemos al pinar. —Al chico le tembló la barbilla y creyó ver en el río el reflejo de los guantes sangrientos.

—No, espera. —Olvido sintió un retortijón parecido al que le había asaltado el día anterior en el dormitorio de Clara. Los ojos se le pusieron amarillos y en la boca percibió el sabor de una tumba secreta—. Mañana subiré al desván y buscaré un arcón donde está grabado tu nombre.

—¿Qué desván? ¿Qué arcón? —Esteban la miraba espantado.

Ella no contestó. Se dirigió hacia la orilla del río quitándose la ropa; primero el abrigo, después el jersey, la blusa, hasta quedarse sólo con el sostén.

—¡Olvido, vuelve, cogerás una pulmonía!

Esteban vio la espalda desnuda de su novia; vio la carne blanca y las cicatrices dejadas por las zurras de la palmeta de caña. Alcanzó a Olvido en la orilla. Parecía desorientada, y le entregó sus ropas. Poco a poco regresó el azul a los ojos de la muchacha, temblaba mientras se vestía.

—¿Aún te pega? —le pregunto él, rompiendo el susurro del río.

—A veces, pero cuando lo hace pienso en ti y me duele menos.

Aquélla fue la primera vez que Esteban pensó en matar a Manuela Laguna. Le machacaría el cráneo con una piedra hasta que le escocieran las manos.

9

El desván era un lugar repleto de trastos cuyo orden sólo respondía al capricho de la nostalgia. Había una montaña de orinales de porcelana blanca haciendo equilibrios en una esquina. Pertenecieron a las prostitutas que poblaron la casona roja muchos años atrás, pero sólo Manuela Laguna sabía por qué aquellos utensilios, comidos por la felicidad de la urea, sobrevivieron a la matanza del burdel. A la derecha de los orinales apestaba siempre a pólvora. Apoyada en las ruinas de la cómoda de estilo francés, la escopeta de caza continuaba supurando sus victorias. Ya estaba allí cuando el hacendado regaló la granja a Clara Laguna, pero no se sabía a quién perteneció o de qué época databa, ni a cuántos había dado muerte. Frente a la cómoda, unas estanterías guardaban las marmitas donde la bruja Laguna preparaba los hechizos contra el mal de ojo. En el fondo de una de ellas permanecían momificadas las cartas que el hacendado escribiera a Clara, y que ésta utilizó años después para hacerlo volver. También sobrevivían al polvo de las estanterías el saco rígido con los huesos de gato, los hilos de coser virgos decimonónicos y unos frascos con ingredientes mágicos.

En otra de las esquinas del desván se erguía un objeto metálico. Era necesario contemplarlo de cerca para descubrir, bajo las cataratas de telarañas, las líneas eclesiásticas de uno de los candelabros de velas de muerto que custodiaban el salón de la casona roja cuando ésta derrochaba putas y lujos. Quizá Manuela pensó que, debido a su procedencia sagrada, no empañaría la honradez de su hogar quedarse con una de aquellas torrecitas cubiertas de ríos de cera. Ella solía arrancarlos con las uñas mientras esperaba, sin corazón y sin bragas, la llegada de un cliente. También conservó la cuna donde durmió su hija. Yacía entre varios muebles tapados con sábanas que desprendían un tufo a naftalina. En su colchoncito de lana con manchas de pis descansaba un costurero infantil convertido en asilo de polillas. Los días de lluvia el agua goteaba una nana sobre la cuna. Hacía más de un siglo que el techo del desván padecía humedades. Una vez un albañil de un pueblo vecino se acercó hasta la casona roja para acabar con ellas. Era un día de primavera y el sol refulgía en su espalda. Subió al tejado con la caja de herramientas, y se puso a cantar una copla mientras reparaba las tejas rotas que causaban las goteras. Clara Laguna, que estaba orinándose en las margaritas del camino, escuchó al albañil desgañitándose por soleares. Durante un momento creyó que el hechizo de su madre le había traído de vuelta al hacendado andaluz, aunque con la voz atrofiada por una rudeza que ella achacó al paso de los años. Cuando alzó los ojos al cielo para dar gracias a Dios, descubrió su error y sintió cómo el odio le mojaba las pantorrillas. Buscó una piedra, la lanzó contra la cabeza del albañil y éste se cayó del tejado. Tres prostitutas, por orden de su ama, enterraron el cuerpo de

apelotonaban en el ventanuco. Se dirigió hacia la montaña de orinales y fue depositándolos uno a uno en el suelo. Cada orinal tenía escrito en el asa el nombre de una prostituta: Tomasa, Ludovica, Petri, Sebastiana… Los ojos de Olvido estaban empañados por un reflejo amarillo. Al quitar de la montaña el orinal de Petri se le vinieron encima los que quedaban. Una algarabía de porcelana blanca sepultó sus pies, pero no se inmutó. Un pequeño arcón surgió ante ella y el nombre de Clara, grabado en bronce, refulgió sobre la tapa. Dentro de aquella reliquia se pudrían las únicas pertenencias de su abuela que lograron sobrevivir al terror de la decencia. Olvido levantó la tapa —una bocanada a tumba de mujer le acarició el rostro— y sacó del arcón los pantaloncillos que llevaba puestos Clara Laguna la tarde en que se entregó al hacendado andaluz. Estaban manchados de la primera vez. Después sacó una peineta de concha con incrustaciones de plata, la favorita de su abuela, y un libro encuadernado en piel. Notó un retortijón y supo que ese último objeto era su destino. Lo acarició y, en el ventanuco, entre las estrellas y el vapor de la luna, vislumbró el rostro de un cliente de Clara: un diplomático calvo con quevedos de oro. Abrió el libro por la primera página, de seda, y encontró escrita una dedicatoria: «Para el pubis más exótico del mundo, tuyo siempre esté donde esté, mi concubina, mi Clara». Las manos de Olvido lucían la blancura de la muerte. Hojeó unas cuantas páginas. Sentía como si le estuvieran creciendo margaritas entre los muslos. Hojeó más. En ese libro escrito en una lengua extranjera aparecían unos dibujos donde los cuerpos desnudos de un hombre y de una mujer, exquisitamente perfilados en tinta ocre, se unían una y otra vez en diferentes posturas. Hasta el desván llegaba la brisa del encinar, su olor a piedras húmedas, a recuerdos de plata. La llama de la vela temblaba. Olvido cerró el libro sonriendo y lo apretó contra el vientre. Colocó la montaña de orinales guiándose por los nombres de las prostitutas, y regresó al dormitorio con su descubrimiento oculto en los pliegues del camisón.

Durante las noches siguientes soñó con los dibujos. Y cuando llegó el día de la cita secreta, puso el libro en las manos de Esteban mientras le miraba de reojo los pantalones; ellos custodiaban un órgano de tinta.

—¿Es un regalo? —le preguntó él.

—No puedo regalártelo porque no es mío, es de mi abuela Clara.

—Pero ella está muerta, ¿no?

—A ratos.

El río traía el murmullo de un liguero de encaje.

—¿Cómo se puede estar muerto sólo a ratos? —insistió el chico.

—No lo sé. Tú echa un vistazo al libro.

—¿Va de muertos?

—No.

—¿Es de poesía?

—No.

—¿Es una novela?

—Tú sólo échale un vistazo.

Esteban leyó en voz alta el título escrito con letras góticas que aparecía en la segunda página.

—*Ka-ma-su-tra*. ¿Es de Shakespeare?

—No lo sé. Avanza unas cuantas páginas más.

Cuando el chico descubrió los dibujos, Olvido le besó en los labios.

Se acurrucaron en aquel lecho de limo, junto a la ribera del río. Él le acariciaba las cicatrices de la espalda por dentro de la blusa, ella el pecho robusto de carpintero, hasta que la pasión retó al invierno y se quedaron medio desnudos, temblando de frío y de amor, cobijados bajo el abrigo del muchacho. Cuando el alba asomó su velo de sangre, extenuados por la nieve y la inexperiencia, lograron encajar sus cuerpos en la primera postura. El gozo derritió la escarcha de la madrugada.

Practicaron nueve posturas desde enero hasta mediados de marzo. Encendían una fogata al resguardo de una encina gigante y se arropaban con una manta. Se olían, se besaban para fundir el hielo de los sexos. Había muerto la hierba y las leyendas del río se habían congelado. Su deseo se convirtió en un catarro infinito.

Una tarde, antes de que practicaran la postura número diez, Esteban tomó una decisión sin consultar a Olvido. La había meditado durante todo el día de trabajo en la carpintería, entre los estornudos y los escalofríos que le provocaba la fiebre. Al desplomarse el sol sobre los pinos, colgó el martillo y la sierra, se lavó la cara y los sobacos para deshacerse de cualquier resto de serrín que pudiera perjudicar su imagen, cambió las ropas sucias por una camisa heredada de su padre y un jersey recién tejido por su madre, y puso rumbo hacia la ca-

presagios

L os presagios que habían anunciado las margaritas se hicieron ciertos el invierno de 1900. El jardín de la casona roja dejó de obedecer a la climatología y a las estaciones y se instaló en una primavera eterna. No florecían sólo las margaritas; también las hortensias y dondiegos de alrededor del castaño, las madreselvas del claro y la rosaleda con sus capullos que se abrían multicolores como manos de hombre.

sona roja. Por el camino recordó el día en que Manuela Laguna le invitó a catar aquel guiso. Sintió de nuevo el sabor a hierbas que lo había torturado tras la visita, y la voz de su padre, aromática y grave, rogándole que se alejara lo más posible de aquella casa maldita y de las mujeres que la habitaban. Se apoderó de una piedra con punta y la guardó en el bolsillo del pantalón.

Manuela Laguna destripaba un gallo en la mesa de la cocina cuando Esteban llamó a la puerta.

—Buenas noches tenga usted, señora.

Los guantes de algodón goteaban sangre.

—¿Le conozco, joven? —Escudriñó el rostro del chico.

—Sí, señora. —La sangre de los guantes se estrellaba contra las losetas de barro—. Hace varios años me invitó a probar uno de sus guisos. Soy el hijo del maestro.

—Ya veo, cómo olvidar tus ojos, muchacho. Has crecido… Pero ¿qué es lo quieres?

—Verá… disculpe la hora… —Titubeó y se metió una mano en el bolsillo para agarrar la piedra—. Acabo de salir de trabajar y he decidido acercarme a su casa para pedirle la mano de su hija.

Manuela afiló sus ojos.

—¿Profesión? —Sobre las losetas de barro, un charco escarlata amenazaba al chico—. ¿Estás sordo?

—Yo… —sentía la piedra en la mano— tengo diecisiete años y soy aprendiz de carpintero, pero cuando me case con Olvido nos iremos a la ciudad y me haré maestro.

—Así que quieres seguir los pasos de tu padre para ser igual de miserable que él.

—Mi padre fue un hombre honorable y murió sirviendo a su patria. —El chico sentía que el sabor de aquel guiso de hierbas le estallaba en la boca.

—¡Qué sabrás tú de cómo murió! Entonces no eras más que un mocoso pobretón, y aún lo sigues siendo.

—Se equivoca, ya soy un hombre y quiero a su hija. —Apretó la piedra.

—Me río yo de que quieras a mi hija. Nunca le has visto el rostro sin el sombrero. Lo único que quieres es la fortuna que heredará algún día. —Se le cayó un mechón de pelo sobre el charco de sangre.

—Eso es mentira, la he visto sin nada muchas veces. Sepa usted que he practicado con ella las posturas esas que están dibujadas en el libro de su madre; fíjese si la conozco bien. —Soltó la piedra en el bolsillo de los pantalones mientras aquella confesión se le clavaba en la garganta.

—Mira, muchacho, si no te marchas ahora mismo por donde has venido, te voy a arrancar las tripas, que es lo que debí haber hecho el día que entraste en mi casa. —Los guantes de algodón brillaron iluminados por la luna.

Esteban escapó hacia el pinar degustando a su padre como la primera vez.

En la penumbra que cubría el recibidor, Manuela se apoderó de la palmeta de caña. Hasta el dormitorio de Olvido trepó el perfume a lavanda. La muchacha, adormilada por la fiebre del catarro, no había oído llamar a la puerta, ni la conversación entre su amante y su madre. Vio el rostro de la luna asomándose por la ventana. Manuela irrumpió en el dormitorio y le golpeó con la palmeta en la espalda. Luego le examinó el virgo con la lupa del escritorio como si fuese un entomólogo.

—Mandaré venir a una curandera para que te lo cosa. Si aún viviera la bruja Laguna, todo sería más fácil. Pero tú has nacido igual de puta que tu abuela. No saldrás de esta habitación hasta que cumplas los veinte, y en cuanto a ese joven sátiro que ha venido a pedirme tu mano y a restregarme las posturas que practicas con él, le arrancaré las entrañas.

Otro muchacho no habría vuelto, pero Esteban, enamorado, volvió. Aquélla se había convertido en una noche de acero sin apenas estrellas. Trepó por las celosías hasta alcanzar la ventana; no se dio cuenta de que la luna se estaba ahorcando con sus rayos blancos. En cuclillas sobre el alféizar, golpeó el cristal con los nudillos; tras él quedó el suicidio del astro. Ella lo oyó llamar y dudó. Soplaba el viento, los postigos de madera azotaban el cuerpo de Esteban. «Olvido, Olvido». La muchacha sintió que pronunciaba su nombre. Lo dejó entrar y lo abofeteó en el rostro.

—Lo siento. No sé qué me pasó, me volvió loco la fiebre, el frío y el besarte bajo la nieve sólo una vez a la semana. Lo siento —repitió—. ¿Te ha pegado?

Olvido entornó los párpados.

—La mataré. Si tú me lo pides, la mataré ahora mismo y nos iremos a la ciudad. —Sintió el tacto de la piedra en el bolsillo de los pantalones, luego un dedo de Olvido sobre los labios y un beso.

A lo lejos tañían por primera vez las campanas nuevas de

la iglesia en el aire helado; pero no era una melodía gloriosa, sino un tañido de difuntos. De pronto, inundó la habitación una nube de pólvora. Con los pechos colgándole hasta el vientre, Manuela Laguna sujetaba la escopeta del desván.

—Has vuelto para joder aún más la honradez de mi hogar, ¿eh, muchacho? Bien, si eso es lo que quieres, lo harás hasta las últimas consecuencias. —Se había puesto unos guantes limpios.

Olvido miró los rizos del pubis de su madre.

—Le prometo que si le deja marchar ahora, no volveré a verle —dijo colocándose delante de él.

El chico aferró la piedra que llevaba escondida y el filo le cortó un dedo.

—Cállate. Sin duda has heredado la sangre podrida de Clara Laguna y eso te va a costar caro.

Quitó el seguro de la escopeta y se la apoyó en el hombro.

—Apártate.

—Madre, por favor, deje que se vaya.

—Ni lo sueñes.

Manuela golpeó la frente de su hija con la culata de la escopeta. Llegó de los montes el aullido de un lobo y Olvido cayó sobre la alfombra. Sintió el murmullo de la sangre: era un torrente que le nublaba la visión y convertía el dormitorio en un fantasma. Todo es un sueño, pensó, estoy tumbada en el claro del jardín, junto a las madreselvas. La voz de Esteban se abalanzó sobre Manuela: «Te mataré, bruja, te mataré». Estalló un disparo, la pólvora abordó el cuadro marítimo de la pared. Quizá haya una batalla entre galeones piratas, se dijo Olvido, todo es un sueño, mañana nos besaremos en el encinar, sobre la nieve. Los muelles viejos del sillón del dormitorio crujieron. Su madre se había sentado en él con los muslos abiertos y proclamaba una sentencia: «A joder o mato a mi hija». El muchacho, herido en un brazo, se bajó los pantalones, hoy he hecho un pastel de limón y lo quemé pensando en ti, murmuró Olvido, mañana haré uno de manzana y te llevaré un pedazo a la carpintería, pero él se frotaba el sexo con una mano de náusea, lo probarás y yo me comeré las migas de tus labios. El muchacho se acercó a Manuela, temblaba, mañana lo olvidaremos todo, ven, bésame, mañana nos bañaremos en el río aunque esté helado, le rogó Olvido, una bala de la escopeta de caza entró en la recámara, su madre disparó y la bala se incrustó en el techo, he dicho que a joder, muchacho, él vomitó y se alejó de Manuela caminando de espaldas hacia la ventana. No te preocupes, amor mío, mañana tocarán una melodía de gozo las campanas de la iglesia, ven, te lameré el serrín que se te queda detrás de las orejas, te lameré las heridas que te hacen las astillas, él abrió la ventana y el último frío de marzo destruyó el tufo a pólvora, ven, te besaré el remolino de la nuca, te besaré el hoyuelo de tu barbilla, la piedra oculta en los pantalones del muchacho cayó al suelo, Manuela rió, ibas a golpearme con eso, yo te enseñaré a matar, otra bala entró en la recámara de la escopeta y lo disparó en el vientre, ven, ven, gritaba Olvido, Manuela se aproximó al muchacho apuntándole el pecho con la escopeta, cuando estuvo muy cerca la tiró sobre la alfombra y de un empujón arrojó a Esteban por la ventana, su cráneo estalló contra una piedra del jardín, mañana… gimió Olvido… en el encinar me mirarás con tus ojos grises…

10

Crujió el cielo atravesado por los truenos, las nubes se amontonaron unas sobre otras, la noche se cerró en las tinieblas. Olvido se asomó a la ventana. La lluvia le golpeó en el rostro y una ráfaga de viento le congeló las mejillas. Temblaba cuando vislumbró el cuerpo de su amante tirado en el jardín, inmóvil, y alrededor de la cabeza una aureola roja santificando su muerte. Frunció el ceño —quería partir en dos la rabia, el dolor—, y una arruga se instaló para siempre en el medio de sus cejas. Aquella arruga la convirtió en una belleza adulta. Se sentía mareada. Cerró la ventana y, a través de los cristales, contempló el cielo sin luna, el cadáver de Esteban sobre el que se escurría el luto de las estrellas. Le sangraba la herida de la frente, le goteaba en la barbilla, en el vestido. Se dejó caer de nuevo sobre la alfombra, y se desmayó después de que un trueno rasgara el horizonte.

Su madre había abandonado el dormitorio con un portazo de triunfo. Se acostaría en la habitación de la planta baja y dormiría tranquila, pues ya no quedaban en el pueblo más ojos grises que pudieran estropear sus planes para el futuro.

Terminó de acicalar una cucaracha, que había sumergido en un baño aromático antes de desnudarse y dirigirse con la escopeta a la habitación de Olvido para limpiar su honor, y anudó alrededor del cadáver hinchado del insecto un lacito carmesí. Luego echó las cortinas de la ventana y se metió entre las sábanas duras por el almidón; entonces lo sintió por primera vez, ascendiéndole por el estómago y por los pechos, ese olor a miedo, ese olor al sexo del muchacho.

Amaneció más temprano que otros días de aquel invierno que muy pronto se convertiría en primavera. Quizá el sol, tras el suicidio de la luna, no quería dejar más tiempo huérfano al mundo. Una luz anaranjada alumbró pausadamente el horizonte de montañas invernales, pero cuando alcanzó la casona roja, se tornó blanquecina y amortajó el cuerpo de Esteban que ya pertenecía al jardín. Enroscado sobre el vientre, un charco centelleaba, y en uno de sus labios había surgido un brote de amapola. La sangre del cráneo y la espesura de los sesos yacían congeladas sobre el musgo como el rocío de la mañana. Aún se reflejaba en los ojos abiertos del muchacho la tormenta que había azotado la noche.

Al despertarse, Olvido sintió un dolor intenso en la frente. Un río seco descendía por su rostro hasta el cuello. Le temblaban los labios al compás de los recuerdos, le castañeteaban los dientes. La luz de un nuevo día se asomaba a su corazón, funeraria, gélida. Se levantó tambaleándose y se asomó a la ventana. Por el camino de piedras, aplastando las margaritas de Clara Laguna, su madre conducía la carreta tirada por el caballo negro. Tras ella, avanzaba hacia la casa otra carreta más grande. Un rayo de sol señaló a los dos ocupantes. Eran flacos y vestían de oscuro. Aquella comitiva que rompía el amanecer se detuvo cerca del cadáver de Esteban. Manuela descendió de la carreta y mostró a los hombres los pantalones bajados del muchacho. Su boca gesticulaba con odio. Uno de ellos hizo unas anotaciones en un libro, el otro miró aquel cuerpo que el jardín se devoraba aprisa. En la entrepierna del joven amante crecía una margarita. Transcurrieron unos minutos antes de que aquellos hombres se atrevieran a envolver el cadáver en una manta del color de las mulas. Hoy haré un pastel de limón pensando en ti, Olvido lloraba, y lo llevaré al encinar para que lo pruebes, unos rayos de sol le acariciaban el cabello, yo me comeré las migas de tus labios, sintió en la boca el sabor de su amante, y tú me mirarás con tus ojos grises. Esteban abandonaba el jardín en un traqueteo de madera, pero sobre el musgo quedó durante mucho tiempo la pintura abstracta de su muerte.

La mañana continuó pálida. Olvido acercó una silla a la ventana y se quedó sentada encima de las piernas, velando la ausencia del muchacho mientras un río invernal le usurpaba los huesos. Escuchaba el carraspeo de los pinos, y recordaba el primer paseo que dio con Esteban bajo su manto de agujas. No sentía necesidad de comer ni de beber agua, sólo de orinar, y se lo hizo encima. El orín le mojó las nalgas y los muslos con un bienestar templado. Escuchó los graznidos de una urraca que acechaba sus lágrimas. En el jardín, el viento sacudía los frutales y las rosas silvestres.

Por la tarde empezó a tiritar; el camisón empapado se había fundido con su piel. Quiso bajarse de la silla para ponerse ropa seca, pero el cuerpo se le había entumecido de estar tanto tiempo en la misma postura y además triste. Cuando consiguió levantarse, decidió que iría al jardín y que nadie se lo impediría. Se deshizo del camisón y se cubrió el cuerpo con un vestido de lana y un abrigo. En el pasillo sintió el chisporroteo de la leña quemándose en la chimenea. Bajó los escalones con las botas en la mano y salió al jardín. Se arrodilló junto al musgo manchado con los restos de su amante. La tierra lloraba un duelo espeso. Sacó unas tijeras del abrigo y se cortó el flequillo y la melena que ya le llegaba a la cintura. Los mechones de pelo cayeron sobre el musgo helado y rojo. Regresó el aullido de un lobo y aquel frío de hierro. Era inútil buscar la luna, Olvido lo sabía. Las nubes se agolpaban contra las últimas luces del día y ella se rindió al cansancio. Puso el rostro sobre el musgo y la muerte le pinchó una mejilla. Jamás podré olvidarte, pensó apretando más la carne contra la hierba, jamás volveré a vivir.

Manuela Laguna le contó a la Guardia Civil que había escuchado ruidos y gritos en el dormitorio de su hija, por eso entró armada con la escopeta y descubrió al muchacho intentando forzarla. El muchacho era fuerte y la amenazó con una piedra. Ella le disparó dos veces para defender su vida y el honor de su hija. Entonces él abrió la ventana para escapar y se cayó al jardín. Para afianzar esa versión de los hechos y conseguir que los guardias no interrogaran a Olvido puesto que era menor de edad, tuvo que entregar un buen puñado de pesetas a las arcas del ayuntamiento. Pero Olvido, a pesar de que su madre la había encerrado, se escapó una madrugada y se dirigió al cuartel de la Guardia Civil, situado en una callejuela próxima a la plaza. No llevaba más que un camisón, una chaqueta de lana y unas botas con los cordones desatados.

—Mi madre lo mató —le dijo a un guardia—, lo mató porque él me quería y yo a él.

El guardia miró a la muchacha y pensó que era la más hermosa que había visto en su vida, aunque los ojos azules estaban desorientados y la tez pálida.

—¿No intentó, el muchacho, hacerla daño, ya me entiende, forzarla?

—Él era mi amante —contestó ella, y abandonó el cuartel arrastrando las botas.

Después de aquella declaración, Manuela tuvo que entregar más dinero a las arcas del ayuntamiento para que la muerte de Esteban quedara reducida a un accidente. En el informe de la Guardia Civil ella encontró al muchacho en el dormitorio de Olvido a altas horas de la noche con los pantalones bajados, y creyó que pretendía forzarla. Él la amenazó con la piedra en punta y tuvo que dispararle.

El pueblo se enteró de los amores secretos de la Laguna del sombrero con el hijo del maestro, pero el nombre del muchacho quedó limpio de infamias y fue enterrado en una sepultura cristiana cerca de la de su padre.

A finales de aquel invierno el cementerio agonizaba entre las lápidas de los caídos en la guerra y la nieve. Las urracas se posaban en los cipreses esperando las comitivas fúnebres; una leyenda de los alrededores decía que cuanto más dolor veían sus ojos, más les brillaban las plumas. Olvido, al igual que aquellos pájaros, llevaba dos días aguardando la llegada del último muerto del pueblo. A pesar de que su madre la había azotado con la palmeta de caña después de la visita a la Guardia Civil, después de que el pueblo se enterara de que aquella Laguna, preservada de la deshonra bajo un sombrero, escondía a un amante en el dormitorio, la muchacha se escapaba al camposanto al amanecer. Entre las lápidas, las cruces y los panteones, pasaba el día comiendo nieve y leyendo a san Juan de la Cruz. Regresaba a la casona roja con la luz de las estrellas, y se dormía acurrucada en la cama de Clara Laguna para que al menos le hiciera compañía el olor de las encinas. La mañana del tercer día de espera se dibujó en la entrada del cementerio la comitiva fúnebre. Olvido, desde el mismo lugar en el que espió el entierro del maestro, vio formarse el racimo negro alrededor de la tumba. De nuevo la madre y la hermana de Esteban formaban un bloque indestructible. Sin embargo, faltaba junto a ellas aquel muchacho aprisionado en un traje de paño con su brazalete de luto. Ahora él descansaba en la caja de madera que descendía hacia el agujero mientras el padre Imperio, con las manos temblorosas por la vejez, sacudía la maza de plata y escupía latín.

Cuando sólo quedaron las urracas, Olvido contempló los ramilletes de margaritas depositados sobre la tumba. En lo alto del cielo el sol alumbraba el final de un invierno de rostro blanco y lápidas mohosas. Esteban debía acostumbrarse a la humedad del infinito. Las urracas planeaban sobre los panteones con las alas convertidas en espejos. Olvido se echó sobre la tumba y permaneció quieta durante muchas horas sintiendo el latir de la tierra y el bisbiseo de los gusanos. Sólo cuando el sol se puso, llenó sus manos con unos ramilletes de margaritas y regresó a la casona roja.

Manuela Laguna bordaba un *petit point* frente a la chimenea. Oyó llegar a su hija. Los pasos congelados de la muchacha avanzaron sobre las losetas del recibidor y ascendieron hasta el dormitorio de Clara Laguna. Quiso coger la palmeta y expulsarla de aquel lugar prohibido. Un leño se desmoronó en el fuego. Manuela sintió en el pecho las trenzas negras de la prostituta gallega, el corazón de eucalipto, los cuentos, y se acurrucó en el sofá. Más tarde, pensó.

Mientras tanto Olvido depositó en la cama los ramilletes de margaritas y dijo:

—Abuela, le traigo flores de la tumba de Esteban.

En el jardín había comenzado a nevar. Olvido dejó caer las ropas húmedas al suelo. Se sentó bajo el dosel y abrió la ventana por la que Clara esperaba al hacendado andaluz.

—Hoy he venido a morirme con usted.

Un viento glacial embistió el cuerpo desnudo. Un viento glacial que arrastraba los copos de nieve. Olvido se tumbó sobre las margaritas, dócil. Esa última ventisca del invierno la devolvería a los brazos de su amante. Transcurrieron unos minutos, el dosel de muselina púrpura danzaba encabritado como en los tiempos del burdel y ella, con las margaritas clavadas en el pecho y en el vientre, tiritaba. Del tocador de Clara Laguna surgió el rumor de una bata de seda, dos ojos amarillos brillaron en el viento que azotaba el dormitorio y la ventana se cerró de golpe. Como una carcajada, manó de las paredes el sonido del río a su paso por el encinar. Olvido se incorporó, sentía en el estómago un retortijón muy fuerte. Hasta ese momento no se había dado cuenta de que llevaba dos meses sin tener la menstruación. «Esperas una hija de Esteban.» Reconoció la voz de su abuela arañándole las entrañas, y en el dormitorio de encinas estalló una palabra: venganza. El espejo de Clara Laguna, que reposaba sobre el tocador, se hizo pedazos. Olvido frunció la arruga que se había instalado en medio de sus cejas. Debía vivir por aquella criatura que esperaba; aquella criatura conseguiría que su madre no olvidara nunca lo que le hizo a Esteban. Se cubrió el cuerpo con la gruesa colcha de la cama. «Eso es, ponte a salvo para ejecutar tu venganza», le ordenó en su interior Clara Laguna. «Pasearás tu embarazo por las calles del pueblo, arriba y abajo, abajo y arriba, sin un sombrero que oculte la verdad de tus ojos, tus pómulos o tus labios, para que te vean bien las comadres de negro y sus hijas y murmuren que la maldición continúa viva, pues hay otra Laguna embarazada y penando de mal de amores.» Olvido se acurrucó en la almohada. «Tiene razón, abuela, las ilusiones que se ha hecho sobre mi futuro nunca se cumplirán. No habrá boda con un aristócrata, ni hijos sin el apellido Laguna. Será como usted quiere, la leyenda de la familia volverá a correr de boca en boca.»

—Otra mujer Laguna embarazada y soltera —le dirá una anciana a su hija ajustándose la toquilla en los sobacos.

—Seguro que lo que lleva ahí dentro también es una niña.

—Y el padre es el hijo del maestro.

—El muerto.

—Claro, muerto está el padre y el hijo.

—Puede que una vez que se aparean con ellos los maten.

—Pero se dice que están condenadas a sufrir mal de amores.

—Eso las pasa por putas.

—Sí, porque la Manuela mucho pasearse por el pueblo en

estos tiempos como una gran señora sonriendo y haciendo donaciones para tapar sus deshonras, pero hace veinte años se abría de piernas por unos duros.

—Bueno, siempre fueron caras.

—Eso dicen, y que la casa derrochaba lujos...

—Qué malas...

—Y digo yo, ¿quién será el padre de la Olvido?

—Seguro que ni la Manuela lo sabe.

Una carcajada de oro se perdió en la noche.

—Así hablarán las comadres y sus hijas —le decía Clara Laguna a las entrañas de su nieta.

—Sí —respondía ella con la piel erizada—, así hablarán.

Y así hablaron cuando terminó el invierno y la primavera, y el mes de julio se arremolinó en el vientre abultado que por entonces lucía Olvido Laguna, y se arremolinó también detrás de las ventanas de las casas de cal y piedra, y en las sillas bajas que salían a la calle de nuevo al caer el sol, y se agrupaban de dos en dos, de tres en tres como mucho, para no levantar sospechas de estraperlo o traiciones. La muchacha llevaba un vestido malva ceñido a las caderas, unos zapatos con algo de tacón que repiqueteaba en el empedrado, y el pelo suelto navegando en la brisa que se anudaba en la plaza y en las callejuelas de la tarde, y refrescaba las sienes.

Mientras, en el recibidor, armada con la palmeta, Manuela Laguna esperaba el regreso de su hija. Hacía meses que compartían la casona roja en un silencio de yunque. Una frontera separaba invisible las estancias para que sus sentimientos no se rozaran. Caía el crepúsculo sobre la bata de Manuela, sobre los guantes blancos, sobre la boca con sabor a insecto. Por el camino de piedras apareció Olvido. Los ojos y los pómulos henchidos de aquel verano reciente. Vio a su madre, incendiada por el atardecer, esperándola. «Dame tus manos, dame tus manos —canturreó sin ritmo—, qué fuertes, qué fuertes son —vio el arma que blandían los guantes—, no te atrevas, no te lo permitiré.» Caminaba despacio; sus zapatos se aferraban a las piedras, a las margaritas, a la mirada ámbar de Clara Laguna. Vio la sombra de la palmeta amenazando su cuerpo, vio los ojos de su madre, turbios, y los miró con desprecio. La palmeta se precipitó hacia la tripa, pero antes de que pudiera alcanzarla, Olvido se la arrancó de las manos, le escupió y la arrojó al jardín. Sobre la arena quedó el arma, color oeste. Manuela Laguna nunca se había sentido tan sola como en ese instante, ni siquiera cuando su vientre de catorce años agonizó bajo el pecho del mantequero de Burgos; había perdido el poder por culpa de unos ojos grises, y los maldijo.

Olvido se dirigió a la cocina. Desde que Manuela descubrió su embarazo, temía que intentara hacerla abortar echando alguna pócima en los pucheros que abandonaba sobre los fogones, para que ella se comiera los restos. Por eso, la muchacha decidió prepararse la comida siguiendo las recetas que le enseñó su madre. Según ella, un ama de casa honrada debía saber cocinar al marido no sólo bollos de canela y pasteles de limón, sino también los más sabrosos guisos. A sus dieciséis años, no le había dado tiempo a conocer toda la sabiduría culinaria de Bernarda, pero había aprendido suficiente para no morirse de hambre. Además, entre las paredes de la cocina, había hallado el lugar perfecto donde exhumar el cuerpo de Esteban. El deseo de alimentarse pronto cedió frente al deseo de recordar, al deseo de gozar. Los ajos y las cebollas prendidos en las trenzas de cuerda, las patatas, los tomates o los pimientos amontonados en los cestos de paja sobre las alacenas, el laurel, la menta, la salvia y otras hierbas, las carnes sangrientas de las gallinas, las truchas del río… cualquier ingrediente que Olvido utilizara en sus guisos lo sometía a una sesión de amor. Lo lavaba, a veces, lo besaba, siempre, lo olía, antes del beso, lo acariciaba, después, lo partía, llorando, y lo calentaba entre las manos o en la llama del fogón hasta que éste alcanzara el clímax.

Una tarde de principios de agosto se deleitaba cocinando un cordero cuando un líquido le encharcó las piernas. Su hija deseaba salir al mundo. Abandonó la cocina sujetándose el vientre y subió las escaleras con dificultad. Daría a luz en el dormitorio de Clara. Allí todo estaba preparado para ese momento. En el tocador esperaban unas toallas limpias y las tijeras que usó para cortarse el pelo el día siguiente a la muerte de Esteban. Además, el perfume que despedía la habitación había ido acentuándose conforme se acercaba el nacimiento de otra mujer Laguna. La primera bocanada de aire que entrara en los pulmones de la criatura poseería la fragancia de la familia.

Durante varias horas agosto se despeñó por la ventana y empapó los cabellos y el rostro de Olvido que, desnuda sobre la cama, sufría las contracciones del parto. En la planta baja, sentada en su sofá frente a la chimenea sin leña, Manuela bordaba un *petit point*. El horizonte se rindió a la oscuridad y Olvido se puso en cuclillas en el suelo. El dosel púrpura interpretaba una danza oriental en la brisa que arrastraba la noche.

Entre chorreones de orín y de sangre, gritó el nombre de su amante y se sacó de las entrañas una niña con los ojos grises. Cortó el cordón umbilical con las tijeras; en la planta baja Manuela utilizaba otras para cortar los hilos sobrantes. Caminó hasta el aguamanil, hundió a la criatura en la palangana y la lavó bajo la curiosidad de dos pupilas ámbar. En el pueblo tañeron una melodía de gozo las campanas de la iglesia. Desde la muerte del hijo del maestro únicamente sonaban los domingos antes de la misa o los días en que se celebraban las fiestas del pueblo o las bodas de los terratenientes. La niña comenzó a llorar. Sobre el suelo de madera había un charco escarlata. Olvido envolvió al bebé en una toalla. La llamaré Margarita, pensó. Margarita Laguna. Anduvo tambaleándose hasta la cama y se tumbó en ella. Su hija le colgaba de un pecho.

11

Cuando Margarita Laguna cumplió seis meses, la cocina de la casona roja comenzó a supurar fragancia de papilla. Nunca se supo si la sensualidad que mostró la niña desde los primeros pises se debió a los gozos y las penas con los que su madre cocinaba a fuego lento, o al influjo oriental del *Kamasutra* que ayudó a engendrarla. Margarita, a su corta edad, tenía los pezones de africana; el humo de los pucheros se los había tostado, y siempre andaba arrancándose la ropa: primero fueron los pañales y los faldones, luego las braguitas de perlé y los vestidos con lazo. Todo lo que no sea el viento le molesta sobre la carne, nunca siente frío, pensaba Olvido, la recubre una capa de amor.

Oculta en las esquinas de la casa o detrás de los postigos de las ventanas, si la niña se hallaba en el jardín, Manuela Laguna espiaba la desnudez de su nieta. La había odiado mucho antes de que viniera al mundo, pero cuando una tarde, aprovechando un descuido de Olvido, se asomó al capazo y descubrió esos ojos grises que creía haber aniquilado para siempre, improvisó una matanza de gallos para aplacar su rabia. A partir de entonces, cada vez que divisaba las pupilas grises se entregaba a una nueva barbarie. Armada con el cuchillo de destripar los gallos, guillotinaba las cabezas de las rosas gigantes y ahogaba a las cucarachas y a las escolopendras durante el baño aromático al que las sometía después de cazarlas. Sin embargo, sabía que lo único que podría aplacar su ira era azotar el cuerpecito de la nieta con la palmeta de caña hasta que desapareciera. Quizá, de esta forma, podría liberarse de aquel tufo torturador, aquel tufo que, desde la noche en que empujó al hijo del maestro por la ventana, yacía dentro de ella como una muerte. Aquel tufo a miedo y a los genitales del joven.

Olvido conocía los sentimientos y los deseos de su madre. Había aprendido a leer el odio en el brillo de los ojos o en las manos fruncidas sobre una palmeta de lavanda, antes que aquella cartilla que le proporcionó la difunta maestra. Pasaba los días y las noches velando a su hija: los juegos entre las madreselvas y las margaritas del jardín, las siestas en el dormitorio de las encinas. Y si, finalmente, se rendía al cansancio y se quedaba dormida, soñaba con ataúdes pequeños y blancos, y con fotos de niñitas en lápidas devoradas por el sol, mientras su piel desprendía el perfume de las hortalizas que cocinaba.

Un día de mediados de agosto de 1942, cuando Margarita había cumplido un año, Olvido salió a pasear con ella por el pinar. Tras una inmensa roca de granito, descubrió la mula del padre Imperio con las alforjas tintineantes por los frasquitos de vidrio de los santos óleos y, junto a ella, al cura tendido sobre unos macizos de helechos y con una herida que le chorreaba sangre por la frente. Olvido lo tomó de los hombros e hizo que apoyara la cabeza en su regazo. A los setenta y tantos años, el hombre había perdido la complexión atlética con la que llegó al pueblo, procedente de las colonias, y se había quedado reducido a un anciano de huesos de canario. Ella le limpió la herida con un pañuelo mientras la niña se distraía cogiendo agujas de pino. Comenzaba la tarde, el sol derretía la angustia del padre Imperio. El alzacuello lo ahogaba. Olvido se lo quitó y le desabrochó los primeros botones de la sotana; quedó al descubierto la cicatriz que le atravesaba el gaznate convertido en pellejo.

—Debemos resistir. Valor y fe en Dios. Estaban subidos a las palmeras, los muy cabrones. ¡Emboscada! ¡Emboscada! —deliraba el padre.

Había regresado a sus ojos el azul del mar Caribe.

—Voy a llevarlo al pueblo para que le atienda el doctor. —Olvido se rasgó una tira de la combinación y la anudó alrededor de la cabeza del anciano.

—Déjeme a merced de Dios, soldado, y póngase a salvo, también nos atacan las hormigas rojas.

Margarita Laguna le picoteaba una mano con las agujas de pino. Su madre la regañó y ella se tumbó, riendo, sobre un helecho. Entretanto el padre Imperio, extraviado en la selva de su delirio, se agarraba el gaznate, pues un cubano acababa de rebanárselo con un chasquido de machete, y se tanteaba en la sotana buscando la cantimplora que llevaba colgando del uniforme de soldado. La halló invisible y creyó que el agua bendita le lavaba la herida y detenía la hemorragia con la medicina de los milagros, tal y como sucedió más de cuarenta años atrás. Un bochorno dorado se escurría por las ramas de los pinos, por las rocas enormes, y el campo se incendiaba de cigarras y fragancia de tomillo.

—¿Puede pasarme un brazo por los hombros, padre?

Pero él se achicharraba de hambre en medio de lianas y tierras blandas, hasta que lo encontró la santera y lo alimentó con mermelada de yuca y le cubrió el cuello de emplastos amarillos. Aquel color se le clavó en el desorden de sus recuerdos. Cuando Olvido lo levantó para montarlo en la mula, él la miró por primera vez, pero no la vio a ella sino a su abuela. Del delirio, el cura viajó hasta los sueños que lo habían atormentado durante años: aquella muchacha ardiendo en el fuego ámbar de sus propios ojos. La llamó Clara con los labios resecos. Se levantó en el pinar una brisa secreta que les removió los cabellos y apaciguó el incendio de insectos. Olvido lo sentó a horcajadas en la mula. Él se mantuvo erguido un instante; olía a la intimidad de las tumbas. Ella, con unos dedos que no le pertenecían, le acarició la cicatriz rojiza; el padre Imperio se hundió aún más en el pasado, sintió los hombros anchos, el cabello oscuro y en los ojos el brillo de la determinación.

—No condene su vida por una venganza. Ayúdeme a salvarla —dijo antes de derrumbarse sobre el cuello del animal.

Olvido cogió a la niña en brazos y se la ajustó a la cintura.

—Agárrese bien fuerte a la mula, padre, y no hable más. Necesita ahorrar fuerzas. —Tomó las riendas y se encaminó hacia el pueblo.

Tintineaban bamboleantes las alforjas. La brisa cedió y se intensificó el calor de la tarde.

El padre Imperio murió dos días después a causa de una apoplejía. Se decretó una semana de luto en el pueblo. Enviaron desde la ciudad a un cura para oficiar el entierro y el funeral. Era un hombre de unos treinta y tantos, gordo y de tez rosada. Se llamaba Rafael Arizpicoitea.

La mañana del funeral Manuela Laguna se montó en la carreta y esperó a que lo hiciera Olvido con la niña. A pesar de que no se hablaban desde la noche en que murió Esteban, continuaban yendo juntas a la iglesia. Tras sus numerosas donaciones, Manuela ocupaba uno de los bancos de la primera fila mientras que Olvido prefería permanecer en la última con la pequeña Margarita.

Se nos ha muerto el padre Imperio, murmuraban los velos y las mantillas de luto arremolinados en los portones de la iglesia, se nos ha muerto y no habrá otro que hable como él, que nos saque la fe a lágrimas y a cocodrilos subido en el púlpito con los brazos abiertos. Manuela se paseaba entre los habitantes más distinguidos y recibía sus saludos con la dignidad de una reina. En cambio, Olvido aún buscaba los ojos grises de Esteban entre los feligreses para que repicaran las campanas la melodía de los ángeles. Pero las mujeres la miraban con reproche como si ella fuera la culpable de la muerte del cura —se la había visto empujando la mula con el cuerpo maltrecho del anciano— y la culpable de su belleza sobrenatural. Habían dejado de llamarla «la Laguna del sombrero» para referirse a ella como «la Laguna del muchacho muerto». Los hombres, sin embargo, la estudiaban con la curiosidad del deseo, y en la taberna, amparados en un chato de vino después de la misa, algunos lamentaban que no se vendiera como la prostituta de los ojos de oro.

Tras el funeral del padre Imperio, refrescó agosto con una lluvia que por la noche se convirtió en granizo. El hambre se acrecentó en algunos estómagos del pueblo que lloraban al compás de las pelotas de hielo, sin saber si los apenaba el luto por la pérdida de aquel hombre magnífico, o la desolación de esos tiempos de gorgojos y pan negro. Se vio al chico del tenderete del estraperlo saltar la tapia del camposanto al salir la luna, incluso se aseguró que algunos fugitivos habían bajado de los montes, aprovechando la oscuridad y las inclemencias del granizo, para despedir al párroco que los había escondido de los guardias en los sótanos de la iglesia. Pocas veces estuvo solitaria la tumba del padre Imperio durante la semana posterior al entierro. De día acudieron sus feligreses de domingo, de noche los proscritos; hasta que la Guardia Civil se puso a vigilarla y a la tumba sólo fueron a dormirse las urracas al frescor de la lápida, cuando escampó el granizo y retornó agosto, y los guardias tuvieron que regresar al cuartel sin prisioneros, pero con el tricornio empedrado de estrellas.

Tanto ajetreo en el camposanto dificultó las visitas de Olvido a la tumba de Esteban. Yacía enterrado junto a su padre. MUY QUERIDO HIJO Y HERMANO, DESCANSE EN PAZ, rezaba el epitafio esculpido en una lápida que se hincaba en la tierra como una peineta. Cuando el enterrador echaba la cadena a las verjas pasadas las seis, Olvido y la niña abandonaban su escondite en la cripta de una familia noble. Al principio las urracas graznaban desgarrándose el pico para avisar al enterrador, que vivía en una casucha cercana, de la presencia de la intrusa. Olvido les tiraba piedras contra las plumas de espejo, así que pronto comenzaron a tolerarse; tras el cierre, las urracas se dedicaban a recorrer las sendas del cementerio en busca de objetos brillantes que hubieran extraviado, abrumados por la pena, los asistentes a los entierros, y Olvido se sentaba sobre la tumba de su amante, sobre la tierra templada por la descomposición de los besos. Apoyaba la cabeza en la lápida, extendía las piernas y leía a san Juan de la Cruz en voz alta, bajo el frescor de los espíritus, mientras Margarita se entretenía rastrillando la tierra y haciendo y deshaciendo montoncitos. A veces dejaba la lectura y jugaba con su hija; a los diecisiete años aún escondía la niñez dentro de la carne. La tumba se desbarataba en montañitas que albergaban recuerdos. Una albergaba el aroma del serrín que se le pegaba a Esteban detrás de las orejas, otra los abrazos helados bajo las encinas. Y cuando la tarde se dormía y el camposanto se entregaba al clamor del anochecer, los huesos de los muertos brillaban como luciérnagas gigantes en el osario, las lápidas destellaban púrpuras, las sombras de los cipreses tomaban con sus lanzas las sendas. Olvido se echaba en la tumba, con una mejilla apretada contra la tierra, y hablaba a Esteban de los dientes que le habían salido a la niña, de los guisos que preparaba en la cocina pensando en él, y le juraba, llorando, que nunca iba a olvidarle. Cuando Margarita se quejaba de hambre y reclamaba la cena, Olvido alisaba la tierra de la tumba, colocaba los ramos de flores para que no la descubrieran y, amparada por la oscuridad, saltaba la tapia por su parte más baja con la niña sujeta al cuello. En una ocasión, a la salida de la iglesia, la hermana de Esteban la amenazó con arrancarle los pelos si descubría que era ella la que andaba revolviendo la tumba en horas sonámbulas.

—Tú no eres nada de él, ni tu bastarda tampoco —le dijo mirando a la niña de reojo mientras la madre las espiaba a distancia estrujando un pañuelo negro.

Pero Olvido continuó yendo a la tumba porque aquella tierra que le bisbiseaba recuerdos la mantenía viva; aquella tierra, el amor por su hija y la venganza contra Manuela Laguna que heredaron sus entrañas. No podía permitir que ella olvidara lo que le hizo a Esteban. Aun así, después de muchas noches en vela protegiendo a la niña, comenzó a rondarle por la cabeza la idea de abandonar la casona roja y el pueblo. Algunas madrugadas, recordando las palabras del padre Imperio erguido en la mula, Olvido guardaba su ropa y la de su hija en una maleta que encontró polvorienta en el desván, pero la sacaba por la mañana tras contemplar a Manuela desayunando mollejas en la cocina. Mientras nos vea, pensaba, tendrá muy presente que los planes que tanto anhelaba no se cumplirán jamás: somos el rostro de su fracaso.

Después, la juventud de la muchacha temblaba escondida en la cripta, esperando la llegada de las seis de la tarde. La niña dormía la siesta en su regazo helado por la eternidad que desprendía la piedra. Traía el viento de los montes cercanos el frescor de los pinos y los helechos.

La única persona que la descubrió en el camposanto fue el padre Rafael. Se había quedado en el pueblo después de oficiar el funeral de su predecesor. Las ancianas de luto lo llamaban «el padre Gigante», porque no sólo era gordo y con una anchura de hombros ilimitada —tenían que coserle las sotanas a medida—, sino que además era altísimo. De procedencia vasca, ojos claros y pelo rubio, el padre Rafael estuvo a punto de caerse del púlpito durante su primer sermón de domingo, cuando el suelo de éste se resquebrajó por su peso de animal de carga. Hubo que reforzarlo con planchas de acero, y aun así, durante varios domingos los feligreses estuvieron más pendientes de si aquel hombre se rompía la crisma contra las baldosas de la iglesia, pues algunos clavos salían despedidos y chirriaban las maderas, que de sus sermones reposados. Pero los sermones, junto con el carácter, eran lo único reposado que acompañaba al padre Rafael. Su paso por el mundo era un desorden de sonidos y temblores. Los campos, los empedrados de las calles, el piso de las casas, retumbaban con el caminar del cura. Jamás había podido acercarse a un sitio sin que su presencia se anunciara con un estruendo de elefante. Era como si la tierra regurgitara el eco de sus pasos. El día que entró en la iglesia para celebrar el funeral del padre Imperio, algunos feligreses pensaron que el pueblo se hallaba bajo la amenaza de un terremoto. Tiritaba la Biblia granate en el altar, las hostias consagradas en el copón, las escarapelas de luto engarzadas en los bancos; se mareaba el vino en círculos que presagiaban un vigor telúrico.

Aunque el pueblo lo intentó, nunca acabó de acostumbrarse a los estertores que producía la vida del padre Rafael.

—Ya viene el gigante —decían las ancianas sentadas en las callejuelas, y los pocos dientes que les quedaban se les columpiaban de las encías.

—Ya viene —decían las que se refugiaban en esos tiempos dentro de sus casas, y corrían a sujetar los pucheros de loza en las alacenas.

Cuando se tuvo la certeza de que el púlpito resistiría el peso del cura, y de que no sacudiría al pueblo un terremoto, los feligreses comenzaron a echar de menos los sermones vivientes del padre Imperio, sobre todo aquellos que llevaban muchos años escuchándolos, y se descoyuntaban a cabezadas con los del padre Rafael, demasiado tranquilos y de significado diáfano.

El alboroto que acompañaba al padre Rafael contrastaba con su trato afable. Era un hombre lento y práctico que amaba la ciencia y aborrecía toda actividad física. Jamás se aventuró por los montes montado en la mula del padre Imperio, que no habría aguantado semejante carga, para dar la extremaunción a los pastores o a los feligreses que vivían alejados del pueblo. Y cuando llegó el otoño y con él la niebla de espíritus, el Tolón tocó las ánimas a la hora exacta, y los portones de la iglesia permanecieron cerrados. El cura se tomó la leyenda como un fenómeno atmosférico, y el muchacho con el tenderete del estraperlo, las viejas del intercambio de lentejas y los fugitivos de los besos y abrazos tuvieron que buscarse otros sitios para esconderse tras la marcha de las almas de los caballeros.

El día en que el padre Rafael se presentó en el cementerio pasadas las seis, sus pasos se convirtieron en ondas sísmicas que removieron las tumbas, y los huesos de los muertos comenzaron a chocar unos contra otros en los ataúdes y en el osario, emitiendo un cloqueo tenebroso que enturbió el atar-

Tras la advertencia del padre Rafael, Olvido estuvo un tiempo sin ir por el cementerio una vez que el enterrador cerraba las verjas. Pero la necesidad de sentirse cerca de Esteban la hizo volver, aunque temía que los guardias la llevaran presa y su hija quedara al cuidado de Manuela Laguna. Aquella idea la horrorizaba tanto que limitó las visitas furtivas a una al mes. Conforme crecía Margarita, crecía también el odio de Manuela por la niña. Cuando ésta cumplió seis años, Olvido, vencida por el insomnio y la angustia, decidió alejarla del pueblo. Además, ya tenía edad de ir a la escuela y le preocupaba que los niños le hicieran sufrir tanto como a ella. No importaba que la escuela nueva se hubiera construido con una donación de su madre, seguían estando malditas, seguían dejando tras de sí el hálito de la deshonra. Para llevar a cabo sus planes, pidió ayuda al abogado que gestionaba el patrimonio de la familia. En esa época se paseaba por el pueblo y sus alrededores en un auto gris plata último modelo, con una bocina que asustaba a los burros y producía diarreas a las gallinas. Olvido lo vio a solas por primera vez cuando Margarita acababa de nacer. Se presentó de improviso en la casona roja para tratar con Manuela un negocio urgente. Le abrió la puerta envuelta en una bata de flores por la que se le escapaban los senos llenos de leche, la melena suelta lamiéndole los hombros y los ojos como dos tormentos azules. A partir de ese instante, el abogado se dedicó a asediarla con infinidad de cartas donde le declaraba su admiración y sus deseos de celebrar una cita secreta. También le enviaba regalos —ramos de margaritas y rosas, collarcitos de coral, dedales de plata— y se presentaba en la casona roja con cualquier excusa para deleitarse de nuevo con los atributos de diosa que lo habían hechizado. Ella nunca respondió a las cartas, le devolvió los regalos durante las visitas y en éstas lo trató con frialdad. Sin embargo, el día del sexto cumpleaños de su hija, se sentó en el escritorio y, mientras suplicaba a Dios que lloviera, que inundara el mundo, le escribió la siguiente carta:

> Muy señor mío:
> Ruego le comunique a mi madre que voy a enviar a mi hija, Margarita Laguna, a un internado de la capital, donde permanecerá todo el año menos las vacaciones de Navidad y verano. Le ruego también me ayude a elegir un colegio para que mi hija pueda tener una buena educación.
> Le quedo muy agradecida,
>
> OLVIDO LAGUNA

Unos días después el abogado, que se había convertido en un sesentón giboso, recibió la carta a primera hora de la mañana. Su sirvienta la depositó en la bandeja de plata donde le servía el desayuno. Tras devorarse una tostada con aceite y ajo, leyó distraídamente el remite y, arrastrado por sus instintos, se llevó la mano a la entrepierna. Manchó de grasa el batín de seda, resopló furioso y se ahogó en el aliento de ajo.

—¡Ven a retirarme esta porquería de pueblo y tráeme unas tostadas con mantequilla y mermelada de limón! —chilló a la sirvienta.

Regresó, embelesado, a la caligrafía esbelta que mostraba la carta; pensó en el color azul, en las caderas como un arroyo de montaña, en los pechos como higos gigantes, maduros...

Su mano retornó a la entrepierna y se manchó de nuevo el batín de seda.

Al cabo de unas horas y vestido con un traje de alpaca, escribió una nota a Olvido comunicándole que aceptaba con sumo gusto el encargo para el que le había requerido, suyo afectísimo, muy honrado y a sus pies, el que arriba suscribe —en membrete de oro—.

El internado que eligió aquel hombre para la más pequeña de las Laguna fue uno de monjas agustinas situado a las afueras de Madrid. Comunicó la noticia a Manuela durante una de las reuniones de los jueves. Ella se frotó los guantes blancos sonriendo; perder de vista las pupilas grises de la nieta y alejar de Olvido la vergüenza de ser una madre soltera era lo que más deseaba a esas alturas de la vida. No había perdido la esperanza de recuperar el dominio sobre su hija, y aquélla parecía una oportunidad única.

—Me complace que apruebe las gestiones que he realizado.

Él también celebraba la marcha de Margarita. Se imaginaba a la joven madre desnuda sobre sus sábanas de raso derrochando agradecimiento y tiempo libre.

A partir de aquel encargo y al cumplirlo con tanta diligencia y premura, cada vez que Manuela y Olvido tenían que decirse algo importante lo hacían a través del abogado. Él leía a su socia las cartas de la hija, y cuando ésta escupía una respuesta, rogaba a Olvido que se acercara a su despacho en el gabinete de la calle principal —siempre a la caída de la tarde y por la puerta trasera— para experimentar el placer, distinguida amiga, de comunicarle en persona la voluntad de su progenitora, suyo siempre, afectuosamente gustoso de servirla, el que arriba suscribe —en membrete de oro—. Post scriptum: la adoro diligentemente…

Tras una mesa de caoba, ahorcado con una camisa blanca y una corbata italiana, recitaba a Olvido las decisiones de Manuela como si éstas fuesen versos de *Don Juan Tenorio*; la calva y las aletas de la nariz sudaban por la condensación del deseo.

—Queridísima Olvido de mis recuerdos —abría un cajón—, tened a bien aceptar este humilde obsequio que os ofrezco. —Un estuche de piel aparecía sobre la mesa.

—Amigo mío, me basta con los favores que me habéis hecho. —Los ojos de Olvido se oscurecían.

El abogado se levantaba de un butacón estilo español para depositar la mano blanda, llena de manchas, sobre un antebrazo exquisito.

—Pedidme algo más, querida, pedidme. Deseo tanto complaceros en todo… —musitaba.

—Si fueseis tan galante de desviar parte del dinero de mi madre a una cuenta a mi nombre os lo agradecería eternamente, ya soy mayor de edad. —Los labios de Olvido le masturbaban la oreja.

—Pero, querida, debéis comprender que…

Ella continuaba pidiéndoselo con aquel bisbiseo ardiente.

—Sí, Olvido mía, no puedo negarme más, os ayudaré. Sí, nada le faltará a su hija. Sí, sabrá agradecérmelo. —Se le cayeron unas gotas de baba en la solapa de su chaqueta y escuchó, como si saliese de una caverna, la voz de su mujer reclamándolo para la cena.

El internado de las monjas agustinas era un palacete con fachadas de piedra y ventanas ojivales que había pertenecido a un secretario de Felipe II. Se alzaba solitario sobre una loma a las afueras de Madrid, y desde la carretera que conducía hasta él, su silueta recordaba a la de una abadía medieval. Lo rodeaban unos muros donde crecían matas de margaritas, cardos borriqueros y macizos de lilas, y donde tenían la costumbre de ir a aullar y a fornicar los perros de la vecindad en cuanto caía la noche. La puerta de entrada —que cerraban las monjas desde media tarde hasta finalizados los maitines— lucía unos clavos gruesos con cabezas rectangulares como si se tratara de una máquina de tortura. El jardín que se hallaba tras los muros era amplio y muy soleado. Tenía una rosaleda y una huerta en la parte trasera con tomates, lechugas y cebolletas enanas. También una pradera con sauces llorones en la que jugaban las niñas a la comba o cosían sus labores bajo la melancolía de aquellos árboles, y un campo de tierra para echar campeonatos de rayuela o carreras de relevos.

Desde el momento en que llegó al colegio, el jardín fue el lugar preferido de Margarita Laguna. A la hora del recreo solía pasear por él para respirar las fragancias que la transportaban a la casona roja. Pero cuando cayó el otoño sobre la ciudad, el jardín enmudeció sin flores y la niña sintió por primera vez lo que era la tristeza. Tuvo que esperar la llegada de la primavera —entre tardes lluviosas y cartillas de palotes— para oler de nuevo sus recuerdos.

En el mes de abril celebró el retorno de las amapolas, los

geranios y las hortensias quitándose la falda gris y el jersey azul marino del uniforme del colegio y tumbándose desnuda en la pradera de los sauces. Antes de que sus compañeras la descubrieran y se rieran de ella, antes de que una monja —con una toca alada— se abalanzara sobre su cuerpo para cubrirlo con la manta áspera donde se afilaba las uñas el gato de la sacristía, Margarita Laguna se había sentido en la casona roja —los ojos cerrados y el sol balanceándose en la piel—. La monja de la toca alada la condujo hasta el despacho de la directora a través de un pasillo de carcajadas e insultos. Había cometido una falta disciplinaria muy grave con aquella conducta impúdica; si volvía a repetirla la expulsarían del internado.

A la mañana siguiente, cuando sintió la caricia del sol y del perfume de las flores tuvo que reprimir los deseos de desnudarse sobre la tierra húmeda. Pasó todo el día rascándose el cuerpo, que se ahogaba dentro de la ropa, y al llegar la noche se le ocurrió una idea. Las monjas le habían prohibido quitarse el uniforme, pero no le habían prohibido quitarse la ropa interior. A partir de ese momento, Margarita Laguna tomó la decisión de no volver a usar braguitas de algodón o de perlé con lazos. Su pubis pudo crecer en libertad a merced de los vientos y de los rayos solares que escalaban hasta él burlando el uniforme.

Con las vacaciones de verano Margarita regresó a la casona roja. Olvido fue a esperarla a la estación de ferrocarril situada a unos kilómetros del pueblo. El abogado había elegido una señora educada y decente para que acompañara a la niña durante el viaje. Cuando bajó del vagón de primera clase, corrió por el andén hasta los brazos de su madre. Llevaba recogida en dos trenzas la melena castaña que había heredado de Clara Laguna y los ojos grises le brillaban ante la cercanía de la tierra donde fermentaba su padre. La locomotora lanzó unas bocanadas de humo y, de entre ellas, surgió el paño verde de los guardias civiles que registraban cuanta cesta o maleta les pareciera sospechosa en busca de víveres de estraperlo.

—Cuánto te he echado de menos. —Olvido lloraba.

La mujer educada y decente descendió del vagón cargando la maleta de la niña, que no levantó sospechas entre los guardias, relató a Olvido los pormenores del viaje y se sentó en un banco a esperar el tren de regreso a la ciudad.

—Mamá, mamá, ¿podré desnudarme este año en el jardín para tomar el sol?

—En el claro de madreselvas, como a ti te gusta.

—¡Bien! —aplaudió—. En el colegio no me dejan quitarme el uniforme para tumbarme al sol.

—En el colegio no debes quitártelo nunca, sólo en casa.

—Ya lo sé. Al principio me puse triste, pero después se me ocurrió que podría ir sin braguitas y nadie se enteró —repuso levantándose un poco la falda del uniforme. Una nalga prieta y rosa destelló en el andén.

—Eres una niña rebelde —le dijo Olvido sonriendo. —Te pareces a tu padre. Ella le dijo no vuelvas, pero él volvió.

—¿Adónde volvió, mami? ¿Y quién se lo dijo?

—Son historias del pasado.

—Si no quieres no me las cuentes.

La niña caminaba por el andén agarrada de la mano de su madre.

—¿Y cómo está la abuela?

—Cada día más enferma. Padece una artritis horrible.

—Ar-tri-tis. Qué difícil es eso que tiene la abuela. ¿Tú crees que me hablará este año?

Abandonaron la estación de ferrocarril. Cruzó el cielo una bandada de golondrinas. La vieja carreta las esperaba con el caballo tordo que había sustituido al negro, muerto de viejo.

—Es mejor que tu abuela no se acerque a ti y tú tampoco debes acercarte a ella; te rompería el corazón. No debéis quereros.

—Y si es tan mala, ¿por qué vives con ella?

De los campos cercanos se escapaba el rumor de las chicharras.

—Para que no pueda olvidar.

Durante las vacaciones de verano, Olvido y Margarita se entregaban a la lectura de cuentos y poemas, sentadas en los sillones del porche bajo la luz de media tarde. Al principio era Olvido quien los leía a su hija, pero cuando ésta dominó la lectura, solía rogarle que la sustituyera —sobre todo si se trataba de san Juan de la Cruz—. Disfrutaba escuchando la voz de la niña, parecida al caudal de un río, mientras extraviaba los ojos azules en dirección al camposanto. También cocinaban pasteles y galletas, paseaban hasta el encinar del amor, se peinaban trenzas la una a la otra y se las adornaban con margaritas o madreselvas como si fueran hadas del bosque, plantaban tomates, lechugas o calabazas en el huerto y, por supuesto, tomaban el sol desnudas en el claro del jardín, aunque los habitantes masculinos del pueblo se rompían los huesos subiéndose a la tapia para contemplar cómo se bronceaba, junto a su bastarda, la mujer más bella del mundo.

Mientras tanto Manuela Laguna, destronada de su poder, las observaba a distancia para no despertar sospechas. Continuaba organizando matanzas de gallos. Eran tan brutales que los animalitos exhalaban líricas de espanto cuando Margarita regresaba a la casona roja. Las otras víctimas de Manuela —escolopendras, cucarachas y rosas— eran más afortunadas; sus ejecuciones no resultaban tan sangrientas como las de los gallos, así que le templaban menos la ira y no arremetía contra ellas con tanta frecuencia. Lo que en verdad deseaba aquella mujer consumida por la artritis era recuperar el dominio sobre su hija. Olvido aún no había cumplido los treinta; todavía estaba a tiempo de casarse con un hombre rico.

Las vacaciones de la niña transcurrían demasiado rápido para Olvido. Un año tras otro, cuando se acercaba la fecha de la partida, se planteaba la posibilidad de que su hija no regresara al internado. Entonces volvían a atormentarla aquellos sueños con ataúdes diminutos y blancos y fotos de niñitas muertas clavadas en las lápidas. «Deja que regrese a Madrid —Olvido hablaba sola mientras se hinchaba en la cocina de bollos de canela—. Estará más segura con las monjas, allí nadie le hará daño.» A los pocos días, llevaba a su hija a la estación de ferrocarril y la entregaba a la señora educada y decente para que la acompañara hasta el colegio. La locomotora lanzaba un pitido blanco y el tren se ponía en marcha. «Adiós, hijita —musitaba hundida en un aliento de canela—, sé feliz.» Los rieles gemían y los vagones contemplaban con sus ojos de cristal la tristeza de Olvido. Toda la estación comenzaba a olerle a musgo, a lluvia, a lavanda… Emprendía una carrera febril hasta el cementerio, se ocultaba en la cripta y, pasadas las seis, se acostaba sobre la tumba de Esteban hasta que de madrugada la despertaban los chillidos de las urracas. Con la boca llena de tierra y los dedos empapados de flores, retornaba a la casona roja. Manuela, atrincherada en la cocina desplumando gallos, la oía subir la escalera hacia el dormitorio de las encinas. «Ha vuelto a dejarla ir —se regocijaba afilando un cuchillo—. Bien hecho, hija, quizá en las próximas vacaciones tenga la oportunidad de ocuparme de ella», murmuraba chupándose las gotitas de sangre que le habían salpicado los labios.

Cuando Margarita Laguna alcanzó los trece años, Manuela cumplió su amenaza. Aquel verano llegó el cine al pueblo, como antes de la guerra. El racionamiento había terminado, regresaba al paladar de las ancianas el sabor de las lentejas sin gorgojos y el pan blanco. Los guardias no andaban por los montes buscando fugitivos y los jóvenes ya se podían gastar unas monedas en el cine. Se pasaba una única sesión los sábados por la tarde en la plaza. Por aquel entonces colocaba las sillitas de tijera un desgraciado recién salido de la cárcel que se bebía lo poco que ganaba para quitarse de la boca un gusto a balas y a muro de prisiones. Manuela lo descubrió una mañana apurando una botella de vino junto a la fuente. Esperó a que oscureciera y montó su artritis en la carreta en dirección al pueblo. En esta ocasión lo encontró dormido en un callejón, babeante y semidesnudo. El pueblo estaba sumido en la penumbra mágica del cine. Proyectaban *Bienvenido Mr. Marshall*. Manuela le dio un puntapié para despertarlo y cuando abrió unos ojos del color de las avellanas, le tiró al pecho un manojo de billetes.

—Machácala el cráneo con una piedra —le dijo.

—¿A quién, señora? —El hombre palpaba los billetes con una mano temblorosa.

—Machácaselo —insistió ella—. Quiero comprobar si tiene dentro los mismos excrementos que su padre.

—Pero qué barbaridades dice usted, señora. Puede que yo sea un miserable, pero no soy un asesino.

—Mañana a mediodía lo serás —le contestó Manuela mientras le lanzaba más billetes contra el rostro—. Todo este dinero da para mucho vino, incluso para whisky. La matarás mañana sin falta, ahora te diré quién es y dónde puedes encontrarla.

El hombre dio un largo trago al vino de una botella y se guardó el dinero junto a las pulgas de sus pantalones.

Amaneció un domingo ardiente, agosto se pegaba a la piel. Cerca del mediodía los gorriones se amontonaban en las copas de los árboles buscando sombra y las abejas se desmayaban sobre las rosas. En el claro de madreselvas tomaba el sol el cuerpo casi adolescente de Margarita Laguna. El hombre encontró la verja abierta y se fijó en la leyenda de la cinta de muerto —BIENVENIDO A LA CASONA ROJA—. No supo leerla, pero sintió un escalofrío. Entre trago y trago a una nueva botella de vino, se adentró en la fertilidad del jardín. Intentaba recordar las indicaciones que le había dado Manuela. Dejó atrás el camino de piedras y margaritas. Conforme avanzaba hacia su destino, el corazón le exigía más vino. Varias veces fue a parar delante de la casa. Nadie lo vio. Al fin, después de atravesar el huerto, descubrió un claro cuyo aroma a madreselva lo embriagó más que el de un buen coñac y, en medio de aquel paraíso, vio a quien tenía que matar. Vio su espalda rosácea y larga, vio el perfil de lo que sería un seno, vio unas nalgas llenas de sombras por el juego de las pantorrillas y los pies, vio la melena castaña, vio la punta de una lengüita acompañando a la plumilla que se desplazaba por un cuaderno de dibujo… El hombre, en vez de sacar la piedra afilada que escondía en el zurrón, guardó en él la botella y se acercó a la niña desabrochándose los pantalones. Una nube ocultó el sol y el aire se tornó nauseabundo. Margarita escuchó un revuelo de hojas, se dio la vuelta —bajo el vientre tenía una sombra de vello trigueño— y encontró a un desconocido con los pantalones en los tobillos. No tuvo miedo. Sin soltar la plumilla observó la melena grasienta, la camisa manchada de vino y aquel ser que se alzaba entre sus piernas. Estallaron dos disparos. El hombre cayó de rodillas, miró a Margarita con ojos de recién nacido, extendió un brazo —deseaba tocar esa piel que parecía tan suave como el cristal de las botellas—, pero murió sin rozarla, sobre el dibujo de la niña, una granja con patos y vacas.

Olvido Laguna sostenía la escopeta de caza. Respiraba aprisa y las sienes le vomitaban fuego. Desde la ventana de su dormitorio había visto pasar al hombre tambaleándose en dirección al claro.

—Se ha caído encima de mi dibujo. —La niña miraba con curiosidad aquella muerte que olía a vino.

—Ya harás otro nuevo.

Al anochecer Olvido cavó un aguajero al pie de un peral y enterró el cadáver. El sudor le encharcaba el cuerpo. Le dolían los brazos y la espalda, pero aún no podía descansar.

Manuela se quitaba la bata cuando vio a su hija empuñando la palmeta de caña. No despegó los labios —el orgullo no le permitía ser la primera en desollar un silencio de siglos—, miró los ojos de Olvido —azul espada—, miró la palmeta —resplandeciente en unas manos nuevas— y esperó. Las cortinas del dormitorio estaban descorridas. Sintió la palmeta sobre la espalda una sola vez, y le asustó el sonido seco de la caña al chocar contra los huesos maltrechos. No gritó. La luz de la luna penetró violenta por la ventana y Olvido dejó caer al suelo la palmeta. El aullido de aquel instrumento al estrellarse contra las baldosas de cerámica le produjo náuseas, y se marchó al dormitorio de las encinas musitando un único deseo, la muerte.

Esa misma noche el cine de verano abandonó el pueblo. Varios de sus empleados buscaron por la taberna y las callejuelas al hombre que colocaba las sillitas de tijera.

—Estará durmiendo la borrachera en el primer sitio que haya pillado —dijo uno.

—Mejor estamos sin él —sentenció el dueño—. Si había

bebido más de la cuenta, colocaba torcidas las filas y molestaba a los clientes.

El hombre se deshizo bajo el peral y sólo lo recordó Olvido cada vez que despertaba de una pesadilla con las manos sucias de pólvora. Desde que lo mató se había propuesto alejar a Margarita aún más de la casona roja, así que se trasladaba a Madrid a pasar las vacaciones de Navidad en una pensión donde dormía plácidamente. Sólo permitió que la niña regresara al pueblo durante las vacaciones de verano. Pero antes de partir a la estación de ferrocarril, colocaba la palmeta junto a la chimenea del salón. Su madre debía entender que ahora le pertenecía a ella el esqueleto de caña y, con él, el poder sobre ese hogar maldito.

12

El verano en que Margarita Laguna cumplía dieciocho años terminó los estudios en el internado de las monjas agustinas. Bajó la escalera que se despeñaba desde los dormitorios de las alumnas hasta el recibidor con láminas de santos y crucifixiones, una mañana de finales de junio; llevaba una maleta en cada mano, el pelo suelto con unos rizos marcados por una tenacilla, los ojos grandes y tormentosos y los labios pulidos con carmín rosa. No era tan bella como su madre, pero resultaba una muchacha muy atractiva. Vestía una camisa blanca con encajes bordados en las mangas y un cinturón ancho de goma y broche de lagarto. Completaban el conjunto una falda beis con vuelo de la época y unos zapatos de tacón terminados en punta.

Cuando Olvido Laguna la vio aparecer en el recibidor, apoyó la espalda en una lámina de santa Lucía y sintió ganas de llorar.

—Estás preciosa y tan mayor…, hija mía.

—Mamá, tenía muchas ganas de verte. —Margarita entrelazó las manos con las de Olvido—. Además, he de pedirte una cosa. No puedo esperar, tengo tanta ilusión… Es algo muy importante para mi futuro.

La mirada de la muchacha se hizo más ardiente y su madre vislumbró en ella la obstinación de Esteban.

—¿De qué se trata?

—Primero has de saber que si me dices que no, me moriré. —Frunció los labios.

Por una de las ventanas del recibidor penetró un rayo de sol, iluminó la arruga que vivía entre las cejas de Olvido y se estrelló contra la corona de ángeles de santa Lucía.

—Entonces iré a visitarte al cementerio y me comeré tus bollos favoritos encima de tu tumba para que te chinches.

—Mamá, estoy hablando en serio. Toda mi vida depende de tu decisión.

Las cicatrices que Olvido tenía en la espalda se estremecieron, y presintió que, tarde o temprano, influirían en el destino de Margarita.

—Si tu vida depende de ello es una gran responsabilidad —dijo con una voz débil.

—Se trata de París —anunció, por fin, la muchacha—. Quiero ir a la universidad de París a estudiar pintura. Sólo se puede estudiar pintura en París. Allí vivieron los grandes maestros contemporáneos, allí la pintura se respira en la calle. ¿Comprendes lo que intento decirte, mamá?

La madera que revestía las paredes del recibidor exhalaba un aroma cálido a barniz. Entre las láminas religiosas flotaba la quietud de unos labios. Olvido Laguna, absorta en la crucifixión cabeza abajo de san Pedro, repetía el nombre de aquella ciudad, París, París; París está muy lejos. Mejor, pensó. Llevaba varios meses sin conciliar el sueño y sin concentrarse en el amor que requerían sus guisos. Le preocupaba que Margarita, tras acabar el colegio, quisiera vivir con ella en la casona roja. Y, sin embargo, ese día de verano que chorreaba golondrinas, sus temores habían desaparecido al escuchar una sola palabra: París. Hasta esa ciudad nunca llegarían las garras de Manuela, el desprecio del pueblo, la maldición de las Laguna. No la tendré cerca —se lamentó—, no podré visitarla a menudo. —Olvido lamentaba ahora los manantiales de sangre que expulsaban las heridas del cuerpo de san Pedro—, pero estará a salvo estudiando pintura. Sonrió; el rostro del santo mostraba la paz de morir por quien se ama.

—¿Te encuentras bien? Dime algo, por favor.

Margarita acababa de descubrir que su madre yacía inmersa en la contemplación de la lámina.

—¡Hermana, tráigame un vaso de agua, se lo ruego, mi madre parece haber entrado en éxtasis!

La monja agustina que, encerrada en un chiscón con horarios de misas y rosarios, ejercía de portero, miró a Olvido Laguna y descubrió en sus ojos, más que la gloria de Dios, la telaraña de la nostalgia.

Tendré que reunirme con mi querido amigo el abogado, pensó ella, ajena a cuanto sucedía a su alrededor. Necesitaré bastante dinero para la universidad de la niña, la residencia, las comidas y demás gastos. Tendré que tenerlo contento.

—¡Mamá, bebe! —Margarita cogió el vaso de agua que le ofrecía la monja agustina.

—París —espetó, de repente, Olvido—. Me parece muy bien, hija. Irás a París y estudiarás pintura.

Margarita soltó el vaso que, milagrosamente, fue a estrellarse contra una lámina de san Lorenzo quemándose en la parrilla, y se acurrucó entre los brazos de su madre.

Durante dos años Olvido se escribió con su hija cada semana. Colgaba en las paredes del dormitorio, alrededor del cuadro marítimo, postales de la Torre Eiffel, de Notre-Dame, del Sacré Coeur, de los Inválidos, de los puentes sobre el Sena… En muchas Margarita se disculpaba por no regresar a la casona roja en las vacaciones de Navidad o de verano; siempre le surgía algún seminario o algún viaje de estudios que se lo impedía. «Haces bien, hija. No vengas. Aquí nunca serás feliz. No vengas. Disfruta de tu libertad en París», murmuraba Olvido mientras su vida transcurría demasiado lenta, como un río herido de muerte. Pasaba las mañanas en el jardín, aunque el invierno le cercara el corazón con un manto de nieve, cuidaba de los tomates, las lechugas y las calabazas, cuyo aroma se le metía cada vez más dentro de la piel, leía a san Juan de la Cruz junto a la piedra musgosa donde había reventado el cráneo de Esteban, barría el camino de piedras. El único lugar que jamás frecuentaba era la rosaleda. Esa maraña de flores con espinas y pétalos gigantes pertenecía a su madre.

A la hora del almuerzo se encerraba en la cocina para deleitarse con sus guisos, a pesar de que Manuela seguía abandonando pucheros en los fogones. Sin embargo, con el paso de los años y la ausencia de Margarita, esos pucheros que, en un principio, no eran más que sobras chamuscadas se fueron convirtiendo en manjares. Manuela los cocinaba con el fin de ablandar el rencor de su hija. Alguna vez Olvido encontró junto a ellos un regalo: sortijitas de oro o pulseras de plata y bolitas de cristal que solían ir acompañadas de una nota escrita por el abogado: «Si te casas tendrás más joyas», pero ella nunca las aceptó. Las tardes pertenecían a la lujuria de los ingredientes que fuera a cocinar. Pasaba horas y horas recordando a su amante en aquel santuario sabroso; los rasgos de Esteban —el hoyuelo en la barbilla, el remolino de la nuca, los ojos grises— y su cuerpo juvenil —los muslos prietos, las manos tostadas, el pecho de soldado— estaban cada día más presentes en su memoria. Lo único que le molestaba era el olor a sangre fresca de las matanzas de gallos celebradas sobre la mesa de madera, mueble que esquivaba con asco. Compartía la cocina con su madre, pero siempre a diferentes horas: Manuela la usaba por las mañanas y ella por las tardes. Y había ciertos límites en el territorio: su madre tenía prohibido poner las vísceras de los gallos sobre la encimera de yeso donde Olvido llevaba los ingredientes hasta el clímax; a cambio, ella no limpiaba el altar de sacrificios de las aves, no fuera a desaparecer ese olor a entraña que a Manuela le recordaba a la infancia.

Una o dos tardes al mes Olvido tenía que abandonar aquel paraíso culinario para acercarse hasta el despacho del abogado. Aquel hombre, vestido con franelas y sedas, le besaba el escote mientras le confirmaba que su cuenta corriente tenía pesetas de sobra para sufragar los gastos de Margarita. Sin embargo, según pasaba el tiempo y la vejez lo devoraba, se volvía más exigente.

—Querida —le lamía el canalillo—, si su madre se entera de que estoy desviando mucho dinero de sus fondos para usted y su hija voy a tener problemas. Me temo que si en la próxima visita no viene… —metió una mano por debajo de la falda de Olvido y halló un refajo de una dureza semejante al hierro— no viene más ligera de ropa, usted me entiende, pues parece que trae un cinturón de castidad y todos sabemos que tiene una hija, y los hijos se hacen, queridísima, pues… —le pellizcó un muslo— en fin, ya sabe lo que quiero decirle, o viene usted más ligera para el acto, ya no puedo esperar más, o se acabó el dinero.

—¿Qué cantidad aprueba mi madre que se destine a los gastos de Margarita?

—La cuarta parte de lo que ella necesita. Su madre no es muy generosa con su fortuna y menos con su nieta. Así que, si no desea que el nivel de vida de la nena descienda hacia los infiernos de la pobreza, venga a verme el lunes que viene sin esa casta armadura y nuestro asunto privado seguirá funcionando.

En la calle, Olvido sacó un pañuelo del bolso y se limpió el escote. Se asomaba entre los tejados el principio del otoño; los cazadores habían regresado al pueblo. En la plaza, junto a la fuente, descansaban las jaurías orinando cansancio contra la piedra. Sus amos, con las escopetas al hombro y pegado en los trajes verdes el aliento del monte, bebían en la taberna. Eran cerca de las siete y media. Olvido se sentó en un banco de la plaza. El padre Rafael, arrastrado por el halo de modernidad que había traído el final de la década de los cincuenta, había montado una estación megafónica en la iglesia que, conectada a varios altavoces encaramados en la fachada de ésta, en la del ayuntamiento y en algunas farolas de la calle principal, emitía a esa hora un programa donde se hablaba de religión, cultura y preocupaciones sociales. La primera vez que la estación megafónica desplegó el poder de su sonido por el pueblo, las ancianas, aunque habían sido testigos de cómo se instalaban altavoces y cables y el padre Rafael había anunciado la llegada del invento en la misa del domingo, creyeron, por un instante, que era el Santísimo quien bajaba del cielo para hablarles mientras los perros y los gatos se escondían en los zaguanes con las orejas doloridas. El padre Rafael, emocionado con los nuevos tiempos, micrófono en mano, y quieto en una silla para que el retumbar de su vida no distorsionara las ondas, recordaba horarios de catequesis, misas y funerales, comentaba la película *Marcelino, pan y vino,* o deleitaba a los oyentes poniéndoles casetes de canto gregoriano. Una vez acostumbradas a la voz metálica del cura, las jaurías arrebujaban el hocico entre las patas y se dormían con los cantos sagrados. Olvido también se había aficionado a los programas —distraían la soledad de su existencia—, y procuraba estar en el pueblo tanto para el de las doce de la mañana como para el de la tarde.

—Permítame que le diga que es usted la mujer más hermosa que he visto en mi vida —le dijo un cazador aquel día.

Ella, sentada en el banco, miró su capote húmedo por la brisa, las cananas apretadas en la cintura, los pantalones arrebujados en las botas altas, el pelo negro y los ojos de helecho. Se le removió en las entrañas un deseo que no era suyo. Agradeció el piropo al cazador y se marchó caminando a la casona roja, hincándose el bolso en el pecho para contener aquella ansiedad que le trepaba por el esófago mientras se perdían en un viento líquido las palabras del padre Rafael.

A la semana siguiente se dirigió al despacho del abogado atravesando el pinar. No se había puesto la faja, ni tampoco ropa interior. Él la esperaba tras la mesa de caoba vestido con un traje de ojo de perdiz.

—Siéntese, Olvido mía —le dijo rascándose la entrepierna—.Viene muy guapa, la ocasión lo merece.

Ella se quitó el abrigo, se sentó en la silla colocada frente a la mesa, abrió los muslos y elevó su falda hasta la cintura. El abogado se ajustó unos quevedos de plata en la nariz.

—Vuestro secreto es casi más bello que vuestro rostro, y eso ya es difícil. —Le temblaban las manos—. Olvido mía, cuántas veces he deseado este momento.

El abogado, frente a aquel universo que se abría jugoso, se bajó los pantalones y los calzoncillos planchados con agua de rosas; pero no ocurrió nada más. Su miembro se acobardó ante tanta belleza. Las colinas rosadas de aquel sexo ascendían y descendían con suavidad, rodeadas de un vello fruncido como las crines de un purasangre.

Siete veces, en distintas semanas, intentó el abogado acostarse con Olvido Laguna; y en las siete, al enfrentarse con su vejez y con aquella orografía divina, sufrió un ataque de impotencia que lo dejó postrado en el sofá sorbiendo tilas. Ella, por el contrario, se sentía muy aliviada. Todas las mañanas lavaba su vulva con agua del pozo y la frotaba con un puré de amapolas y bolitas de azahar para potenciar la lozanía. Aquellas colinas quedaban exfoliadas y radiantes como el cutis de una novia. Sin embargo, fueron las pesadillas que sufría las que le ayudaron a librarse del abogado durante una temporada. Desde que su hija vivía en París soñaba con la sangre de Esteban. Se despertaba envuelta en un sudor de calabazas y se metía bajo las sábanas temblando. A veces vomitaba en el váter un líquido parecido a la luz de la luna.

Un domingo por la noche, una ventisca que arrastraba el aroma de los pinos hasta el corazón de los sonámbulos o los insomnes, arrancó los altavoces del padre Rafael sujetos en la fachada de la iglesia, y abrió de golpe la ventana de la cocina de la casona roja cuando Olvido se disponía a preparar unos bollos de canela. También traía la ventisca la muerte de las hojas, la humedad de las setas recientes, la soledad de una tierra donde cicatrizaba la desgracia. El frasco de la canela se estrelló contra el suelo, y el perfume de la especia inundó la habitación con el recuerdo de Margarita. Hacía años que no la besaba, que no la retenía entre los brazos. Olvido supo que debía ir a visitarla antes de que las pesadillas se la tragaran para siempre.

A la mañana siguiente, mientras el pueblo lamentaba los destrozos de la ventisca, escribió al abogado:

> Querido amigo:
> Le ruego comunique a Manuela Laguna mi inminente marcha a París para encontrarme con mi hija. Abusaría de su amistad y confianza si le pidiera su ayuda para ultimar los detalles económicos del viaje, usted ya me comprende.
> Todo mi agradecimiento, suya,
>
> OLVIDO LAGUNA

—No puede abandonarme ahora que estábamos comenzando a intimar —protestó el abogado tras la mesa de su despacho.

—Volveré muy pronto, se lo prometo. Mi hija tiene problemas y me necesita. Usted tiene que entender las obligaciones de una madre.

—Pues ya hablé con la suya ayer jueves y no aprueba su marcha. Y si ella no lo aprueba, no hay dinero para el viaje. No podría dárselo sin que descubriera nuestro secreto financiero.

—Dígale a mi madre que si me da el dinero, a mi regreso contraeré matrimonio con el pretendiente que me proponga.

—Qué locuras dice usted, Olvido mía. ¿Quién querría casarse con una mujer de su fama…?

—Mi madre se las apañará para encontrarlo. Alguien me querrá.

—¿No se habrá ofendido? Yo la adoro, pero usted ya sabe que un matrimonio de cincuenta y tantos años me ata, además de siete hijos y diez nietos.

—Lo sé, no pensaba en usted. Comuníquele a mi madre la propuesta que le he hecho. Consígame un buen trato y yo le recompensaré a mi vuelta.

Tres semanas después de esa visita al despacho del abogado, Olvido Laguna volaba hacia París. Mirando por la ventanilla de aquel aparato fascinante que flotaba entre las nubes, recordó la sonrisa con la que la había despedido su madre. «Te espero para la boda —parecía querer decirle—. Me dedicaré a mis *petit point*, a mis rosas gigantes, a mis matanzas de gallos y, por supuesto, a buscarte marido. Vuelve pronto.»

En el aeropuerto de París la esperaba Margarita. En aquella ocasión fue Olvido quien descendió por una escalera con una maleta en cada mano; tenía treinta y seis años y, por primera vez desde la muerte de Esteban, deseaba vivir.

—¡Mamá, ya no volveremos a separarnos, te quedarás conmigo! —le dijo Margarita mientras la abrazaba.

—Lo que tú quieras, cariño. Ya no puedo más, haré lo que tú me pidas.

—Entonces, te quedas. —Le besó las mejillas—. Por cierto, ¿cómo está la abuela?

—Peor de la artritis.

—Artritis. En el internado de las monjas solía repetir el nombre de esa enfermedad hasta que me dormía. Mis compañeras pensaban que rezaba. Mamá, dime una cosa, ¿sabe escribir la abuela?

—No, es analfabeta.

—¿Estás segura?

—Claro, no sabe leer ni escribir.

—Y ¿tiene a alguien que pueda escribirle cartas?

—Como no sea su socio, el abogado del pueblo… Pero ¿por qué me lo preguntas? ¿No habrás recibido una carta en nombre de tu abuela?

—Qué va, ya te he dicho muchas veces que la abuela me da pena. Sólo me preguntaba cómo podía apañárselas una persona que no sabe leer ni escribir. —Se quedó pensativa—. También quería preguntarte si un día de éstos me contarías cosas de mi padre.

—¿Qué te ocurre, hija? —le preguntó acariciándole el cabello—. Apenas he bajado del avión y…

—Es que quiero conocer un poco más a mi familia. Eso es todo, mamá. Tú nunca me cuentas nada. Es como si tuvieras algo que ocultar.

Olvido sintió un hedor a pólvora. ¿Cómo podía contar a Margarita la verdad sobre la muerte de su padre? ¿Cómo podía contarle que formaba parte de una familia sobre la que pesaba una maldición que le congelaría los huesos?

Desde la ventanilla del taxi que las conducía al centro de París, Olvido admiró la belleza de aquella ciudad en otoño, y los pesares que la habían asaltado unos minutos atrás fueron disipándose poco a poco.

Siguiendo las instrucciones de Manuela, el abogado había elegido un hotel de primera categoría. Ella deseaba tener contenta a Olvido, ninguna queja enturbiaría los planes de boda. El suelo del hall estaba cubierto con unas baldosas de mármol blanco y rosa, y los espejos y los cuadros resplandecían bajo la luz de una araña de cristales de roca. Tres mujeres, encaramadas sobre unas bayetas, pulían las baldosas con unos pasos de soldado.

Margarita se encargó de hablar en francés con la recepcionista y enseguida asignaron una habitación a su madre. Un botones que cargaba con las maletas las guió hasta ella. Era amplia, de mobiliario clásico, cortinas verdes, pero un poco oscura. Margarita dio una moneda al botones y éste desapareció.

—Mamá, ¿puedo hacerte ahora una pregunta sobre mi padre?

—Claro que sí.

—¿Le amaste mucho? Me refiero a si le amaste como en las películas del cine.

—Sí, hija, lo amé como en el cine y más. Tu padre me lo dio todo.

—Y entonces se cayó por una ventana.

—Fue un accidente. —En la cabeza de Olvido resonó el aullido de un lobo.

—¿Crees que él se murió sólo porque te quería?

—Por supuesto que no.

—Yo no voy a enamorarme nunca. —Margarita se sentó en la cama de matrimonio—. Lo he decidido.

—Pues es una pena. Además, con tu edad deberías saber que esas cosas no se pueden prever, suceden y ya está.

—Pero tú no tuviste suerte y estoy segura de que yo tampoco la tendré.

—Lo que dices es muy triste. —Tomó el rostro de su hija entre las manos—. No hay motivo para que te ocurra lo mismo que a mí, tu vida es muy diferente a lo que fue la mía. Y yo sí tuve mucha suerte al conocer a tu padre. Él me enseñó a leer y a escribir porque estábamos en guerra y una bomba destruyó la escuela. Pero todo esto que te ronda la cabeza, ¿no será a causa de que te gusta algún chico?

—No. —Margarita lanzó un suspiro y miró el reloj—. He de irme, mamá, tengo una reunión en la universidad. Descansa del viaje. Yo regresaré en un par de horas para cenar contigo.

Cuando su hija abandonó la habitación, se dio una ducha. Abrió el grifo del agua caliente y dejó que ésta le cayera sobre la memoria. A lo lejos le pareció escuchar el estallido de una bomba.

A las nueve y media de la noche, sonó el teléfono.

—¿Dígame?

—Mamá, ¿dormías? —La voz de Margarita se oía entrecortada.

—No, sólo descansaba en la cama.

—Ha surgido un problema en la universidad y no podré ir a cenar contigo. Lo siento mucho.

—Atiende tus asuntos, hija, yo cenaré en el hotel. Hasta mañana.

—Adiós.

No tenía apetito. Caminó hasta la ventana. Entre los visillos se dibujaba la silueta de la luna llena. Iluminaba el cielo de París con una aureola láctea. Olvido se estremeció. Esa luna sólo era un fantasma. Ella lo sabía. A ella no podía engañarla, aunque iluminara las chimeneas y los tejados con su obesidad melancólica. «Para mí moriste una noche de hielo», murmuró, entornó los párpados y recordó el último beso de Esteban con su sabor a miedo. Aquella luna debía estar pudriéndose en algún cementerio de astros.

Olvido, de nuevo, tuvo que acostumbrarse a estar sola porque Margarita pasaba mucho tiempo en la universidad. Paseaba a diario por la avenida de los Campos Elíseos, por los alrededores de la Torre Eiffel y del demoledor edificio de los Inválidos, aferrando un periódico o una revista en una lengua que no entendía. La nostalgia de la tumba de Esteban la llevó a vagar desde la apertura hasta el cierre por las avenidas empedradas y las pendientes del cementerio de Père Lachaise. Le fascinaban los panteones, las esculturas que adornaban las tumbas ancladas en una vegetación exuberante. Solía sentarse en una que lucía la estatua de un soldado con la casaca abierta recibiendo de rodillas balas invisibles. Se guardaba tierra de Père Lachaise en los bolsillos de la gabardina, y su peso de muerto evitaba que el viento de París se la llevara volando como si no existiera. También se dedicaba a visitar el Louvre y las galerías de arte que le recomendaba Margarita, y al atardecer se sentaba en algún café de Montmartre, cerca de la ventana, para admirar las cúpulas del Sacré Coeur o los dibujos de los pintores apostados en la plaza, y sentía la mirada de París sobre la suya; bebía dos, tres, cuatro copas de vino maldiciendo su color de sangre, y el musgo del jardín de la casona roja le crecía en la boca.

Un día de finales de febrero el cielo amaneció con una melena de nubes que dejó sobre la ciudad una lluvia de monte; y la suerte de Olvido cambió. Margarita la telefoneó al hotel para que la acompañara a una fiesta en casa de uno de sus profesores de la universidad. Ella anotó la dirección y se tumbó en la cama a esperar que oscureciese.

La casa del profesor se encontraba en los alrededores de Notre-Dame. Era un apartamento con vistas al río. Olvido descendió de un taxi, las torres de la catedral parecían dos espectros. Una bruma brillante se deslizaba sobre el Sena. Helaba. Mientras subía la escalera vieja del bloque de apartamentos, pensó que aquélla era la primera fiesta a la que acudía. Antes de tocar el timbre se atusó el pelo; lo llevaba suelto y las primeras canas se asomaban entre sus cabellos oscuros. Margarita le abrió la puerta sosteniendo una copa de vino.

—Mamá, qué estupendo que hayas venido. —La besó en las mejillas—. Voy a presentarte a unos compañeros españoles para que puedas mantener una conversación con alguien que te entienda.

Siguió a su hija hasta un salón atestado de humo de cigarrillos y de jóvenes intelectuales. Se quitó el abrigo y lo colgó en un perchero. Un tocadiscos despedía música francesa. En el centro de la habitación, varias chicas pálidas con gafas de pasta negra bailaban y fumaban con los ojos cerrados.

—Lo primero que hay que hacer en una fiesta en París, bueno, o en cualquier sitio, es animarse —le informó Margarita sirviéndole una copa de vino.

Olvido se aferró al cristal ovalado; le ardían las yemas de los dedos.

—Te voy a presentar a Juan Montalvo y a Andrés García, compañeros míos de la universidad.

Dos muchachos de ojos enrojecidos le estrecharon la mano.

—Diviértete, mamá.

Margarita desapareció por un pasillo.

—Todas las madres deberían ser como usted —comentó uno de los chicos con voz seductora—, si me permite que se lo diga así para intimar rápido.

—Gracias. —Olvido se bebió la copa de un trago y abandonó a los muchachos esgrimiendo la excusa de que iba a servirse otra.

El tocadiscos entonaba ahora una canción lenta y varios

chicos y chicas bailaban abrazados. Ella cogió una botella de vino tinto y fue a bebérsela junto a una pareja que se besaba en una esquina. Escuchaba el sonido húmedo de los labios y su corazón latía deprisa. Por aquella casa planeaba, como un fantasma, el aroma de una carpintería. En un sofá, asediado por el carmín rojo de dos jóvenes francesas, el anfitrión tallaba una figurita de madera. A sus pies se arremolinaban las virutas. Olvido no podía apartar los ojos de él. Y aquel hombre de mirada verdosa, mientras daba forma a su obra, la correspondía. Se llamaba Jean y tenía los brazos más hermosos de toda Francia, según las alumnas de su cátedra. Era profesor de escultura en la universidad y cuando no estaba dando clases solía encerrarse en aquel apartamento para esculpir madera.

La canción terminó y, mientras una joven cambiaba el disco, se escuchó el sonido de las campanas de Notre-Dame tañendo una melodía de difuntos. Olvido abandonó el salón. Se sentía mareada. Avanzó por un pasillo siguiendo el rastro del aroma a madera y llegó hasta la cocina. En ella, sobre el frigorífico, reposaba la escultura de un pie masculino; continuó caminando hacia el cuarto de baño, donde descubrió que el toallero era un torso de héroe griego realizado en madera de cedro.

Cuando el anfitrión, tras librarse del carmín francés, fue a buscarla, ya había alcanzado el dormitorio. Se aproximó a ella como un adolescente se aproxima al primer amor. Tomó de sus manos la botella y la copa de vino y las sustituyó por una larga copa de champán. Olvido bebió un sorbo de ese líquido parecido a los ojos de Clara Laguna y acarició la parte de atrás de una oreja del profesor. Halló lo que esperaba, serrín.

Besó aquel polvo pálido. El anfitrión, sin embargo, le devolvió el beso en los labios. Los rozó como si su boca fuera una navaja que da el primer corte para comprobar la dureza de la madera; luego los fue tallando lentamente. Al cabo de un rato se apartó de su obra y dijo:

—*Jean, c'est mon nom.*

La boca de Olvido era una escultura brillante.

Al amanecer, ella sintió a su lado el sabor de la madera, el sabor de un cuerpo de hombre. Durantes unos segundos creyó que no existía aquella noche helada con voz de lobo y suicidio de astro, creyó que no existía la pólvora ni la sonrisa de su madre: él estaba vivo, pronto abriría su mirada de plomo, más oscura al despertar, y le acariciaría la espalda. Cuando comprendió que habían pasado más de veinte años y que los labios que yacían sobre su hombro no eran los de Esteban, se sobresaltó. No recordaba quién era aquel hombre. Le dolía la cabeza y en el estómago aún sentía fermentar las burbujas del champán.

Se escurrió de la cama procurando no despertarlo. Recogió su ropa, mezclada con las virutas que cubrían el suelo de la habitación, y se vistió en el baño. No tomó un taxi, prefirió caminar por la ribera del Sena hasta el hotel; mientras esquivaba la escarcha dormida en el empedrado, una palabra le vino a los labios como una letanía, la palabra era «Jean».

Él se levantó con el timbre del despertador. Eran las ocho de la mañana y tenía que dar clase en la universidad. Buscó el cuerpo de la mujer con la que había pasado la noche. Deseaba abrazarlo de nuevo, besarlo, pero encontró la cama vacía. Desilusionado, se dirigió a la ducha y enjabonó su resaca. El vaho producido por el agua caliente dibujó en los azulejos el pubis de rizos negros que había desaparecido de su apartamento. Jean regresó al dormitorio para vestirse y en el armario, entre las camisas, lo asaltó la imagen de una espalda con azotes de esclava.

En el metro intentó recordar el nombre de ella. No pudo. Subió la escalera de la facultad de bellas artes; en cada peldaño surgía, alado, el vientre de la mujer. Entró en el aula atestada de estudiantes adormilados. Dio los buenos días y abrió la cartera; entre los separadores de piel lo acechaban las crestas rosadas que bordeaban aquella hendidura perfecta. Se frotó los párpados y comenzó a hablar a sus alumnos sobre unas técnicas para dominar la perspectiva. Las burbujas del champán de la noche anterior se le salían por la boca. Unos senos sobrevolaban el aula con sus aréolas desplegadas como si fueran velas. Tuvo que interrumpir la explicación y tragar saliva. La reanudó a los pocos minutos en la pizarra, bajo la mirada interrogante de sus alumnos, pero las visiones no cesaban. Sobre aquella superficie verde arañada por las tizas se deslizaron unas nalgas. Jean regresó a su asiento, detrás de la mesa sólida de profesor. No recordaba por dónde debía continuar la explicación, no recordaba nada acerca de aquellas técnicas para dominar la perspectiva; dos muslos se dirigían hacia él contoneándose. Suspendió la clase y bajó a la cafetería. Mientras bebía un té, el cuerpo de aquella mujer interpretaba diferentes posturas. Tenía que volver a verla. Fue a buscar a Margarita a la salida de su clase y le preguntó el nombre de su madre y dónde podía encontrarla. Ella dudó. Por un lado, estaba contenta de que Olvido saliera de la casona roja y se divirtiera, pero por otro le molestaba que se hubiera ligado en una sola noche al profesor más deseado de toda la universidad.

—Olvido Laguna. Hotel La Madeline —dijo, finalmente, con el rostro ceñudo.

—*Merci.*

Cuando Jean llamó a la puerta de la habitación, Olvido leía a san Juan de la Cruz. Tenía el vientre desnudo y sobre él descansaba una mancha de serrín que había obtenido rascando con su lima de uñas una de las mesillas.

—Hija, ¿eres tú?

Escuchó a un hombre hablando en francés y creyó que era algún empleado del hotel.

—*C'est Jean.* —El profesor tenía las mejillas coloradas por el frío parisino y en los labios un rictus de tortura.

Ella repitió esa palabra: *Jean.*

—*Depuis que je me suis réveillé, je n'ai pensé qu'à toi* —le dijo el profesor.

Lo hizo pasar a la habitación.

—*J'ai vu ton corps et tes yeux partout.*

Le miraba los labios con hambre de termita.

—No entiendo lo que me dices. No hablo francés.

—Olvido.

—Sabes cómo me llamo… Quizá te dije mi nombre, no lo recuerdo. Me temo que bebí demasiado vino y demasiado champán.

Los ojos de Jean la apuntaban al corazón.

—Champán —contestó él, y sonrió.

—Sí, champán. —Olvido sentía su aroma, una mezcla de madera y perfume de hombre, y lo besó en los labios.

Él recorrió con las manos aquel cuerpo que lo había atormentado. Lo acarició como si fuera a escapársele muy pronto.

A la hora del almuerzo salieron de la habitación agarrados del brazo. Se decían palabras que no entendían, pero en las aceras de París, ávidas de primavera, se besaban en la boca. Decidieron sentarse en un bistró y tomar unos sándwiches. Jean pidió dos y Olvido otros tantos —los señaló en el menú mientras él le mordisqueaba el cuello—; necesitaban reponer fuerzas. Después bebieron café y Jean le enseñó a fumar un cigarrillo, un Gauloises. Ella dio una calada y abrió la boca para que saliera el humo. Tosió y los dos rieron. Regresaron al hotel a la caída de la tarde, pero Olvido no le dejó subir a la habitación.

—He de hablar con Margarita —le dijo.

—Margarita, *oui, demain je viendrai te chercher.*

Margarita Laguna se presentó en el hotel sobre las ocho. No se había puesto ropa interior, como en su infancia.

—He estado pensando todo el día en la casona roja —le dijo a Olvido—. De repente me he dado cuenta de que la extraño mucho. Creo que debería regresar contigo.

—Pero qué cosas dices, hija. Aquí en París tienes tu carrera, tus amigos.

Margarita, triste, se tumbó en la cama.

—Esta decisión no tendrá algo que ver con lo que sucedió ayer noche en la fiesta de tu profesor. Antes de que contestes, quiero decirte que siento mucho haberme emborrachado. Bebí mucho champán y aquel hombre… —Se le escapó una sonrisa—. No pude evitarlo. Ese olor, me recordaba tanto a tu padre…

—¿De veras?

—Él también olía a madera y tenía serrín detrás de las orejas. Trabajaba en una carpintería de aprendiz hasta que pudiera convertirse en profesor.

—¿Te liaste con Jean sólo por eso?

—Me gustó. Además ya te he dicho que bebí mucho vino. Y ese líquido amarillo, champán, era la primera vez que lo probaba.

—Eso me han comentado mis amigos españoles, que bebiste mucho y que con uno te portaste muy groseramente al dejarle con la palabra en la boca cuando se esforzaba por ser amable.

—Lo siento, hija. Era la primera fiesta a la que iba y estaba nerviosa. ¿He hecho que te avergonzaras de mí?

Margarita tardó en contestar.

—Qué va, no me importa que murmuren. Lo único que me importa es que tú seas feliz.

—No volverá a ocurrir. Te lo prometo.

—Da igual. Además, si regresamos a la casona roja, ya no tendré que avergonzarme.

Al día siguiente Olvido Laguna hizo las maletas. Se vistió con un traje de chaqueta gris oscuro y llamó a la recepción del hotel para que le tuvieran preparado un taxi.

Era una mañana de sol, en la calle olía a margaritas y a café recién hecho. El taxi la estaba esperando.

—*À l'aéroport*, por favor.

—*Oui, madame.*

Sacó del bolso el papel de cartas del hotel y con una caligrafía torcida por el traqueteo del coche escribió:

> Querida hija:
>
> Regreso a casa porque esta mañana tuve noticias del abogado diciéndome que tu abuela está peor de la artritis. Tú quédate en París, éste es tu sitio, y sé feliz. Dile a Jean que me alegró mucho conocerlo.
>
> Te quiere,
>
> Mamá

13

Cuando Olvido Laguna regresó a la casona roja, su madre la estaba esperando con un pretendiente para que contrajera matrimonio. Se trataba de un amigo del abogado que vivía en un pueblo vecino. Aquel hombre cumplía todos los requisitos que Manuela deseaba. Tenía una reputación intachable, sin un escándalo que pudiera mancillarla, y además propiedades y dinero en abundancia. Se había quedado viudo hacía unos cuatro años y buscaba otra mujer con la que casarse y aliviar las penas y soledades de la jubilación. El candidato tenía setenta y ocho años. Sin embargo, la edad no les pareció un problema ni al abogado ni a Manuela Laguna siempre que los otros dos requisitos quedaran cumplidos. Olvido, probablemente, ya no podría darle hijos, hecho que al candidato no le importaba lo más mínimo, pues tenía once de la esposa muerta y veintisiete nietos, así que lo último que necesitaba era otro vástago para perpetuar su estirpe.

El abogado se reunió con él en la taberna de su pueblo, y no sólo le desmenuzó la belleza de Olvido, sino también su destreza culinaria y su gusto por la conversación. Cuando el pretendiente le preguntó cómo una muchacha tan extraordinaria permanecía soltera, el abogado aprovechó para contarle que Olvido tenía una hija de veintitantos años fruto de la violación que había sufrido siendo casi una niña. Desde entonces sólo se había dedicado a cuidar de la criatura. Pero ahora ésta vivía en París, así que buscaba un hombre bueno que aceptase su pasado y le hiciera compañía.

El pretendiente llegó a la casona roja una tarde de lluvia, montado en un automóvil lujoso que conducía un chófer. Junto a él, en el asiento de atrás, iba el abogado. Tenía el rostro amarillo y caminaba apoyándose en un bastón de madera con empuñadura de plata. Olvido se había pasado la noche llorando sobre la tumba de Esteban y jurándole, entre suspiros y besos de tierra, que cometía ese sacrilegio sólo por el bien de Margarita, y que odiaría a aquel marido fuera quien fuese; sin embargo, cuando contempló al pretendiente arrastrando los pies detrás de su madre por el recibidor de la casona roja mientras se ahogaba en un aliento con peste a medicina, sintió compasión por él. Manuela Laguna se había empeñado en enseñarle la casa, y aderezaba el recorrido por las habitaciones con todo tipo de anécdotas aristocráticas sobre la familia. Se mostraba ajena al problema mortuorio de su futuro yerno y al temblor de sus guantes blancos, aquejados de ansiedad, pues llevaban lo menos quince días sin sacrificar un gallo. Se había propuesto que la cocina no despidiera ni un efluvio a sangre fresca, no fuese a pensar el pretendiente que en ese hogar se derrochaba la muerte.

Durante la merienda celebrada en el salón se acordó que la boda tendría lugar en el plazo de un mes. El abogado masticaba los dulces aprisa y sorbía el café. Estaba seguro de que ese matrimonio apenas duraría unos meses debido a la mala salud del novio, pero, hasta ese instante, no se había dado cuenta de que si Olvido heredaba algún bien tras el fallecimiento del esposo, ya no necesitaría de sus servicios para mantener a Margarita en París. Su poder sobre la belleza de Olvido peligraba con aquel compromiso.

Se programó también un viaje a la ciudad para la semana siguiente, donde ultimarían detalles como el traje de la novia, el ajuar y los papeles del matrimonio. El pretendiente abandonó la casona roja sintiéndose más vivo que nunca. Se había enamorado de Olvido Laguna nada más verla. Durante el trayecto en coche hasta su pueblo, juró a Dios que siempre la protegería. Deseaba hacerla feliz. Con este propósito, unos días después de la visita, decidió acudir a un burdel para comenzar su entrenamiento. Había perdido la cuenta de los años que llevaba sin acostarse con una mujer y quería que su futura esposa, en la noche de bodas, olvidara aquella experiencia traumática del pasado y disfrutara por primera vez de la ternura y el ardor que podía entregarle un hombre en el acto amoroso. Sin embargo, su salud no aguantó. Lo encontraron muerto en una cama del burdel a las pocas horas de su llegada. Se había tomado un jarabe «elevalotodo», el cual le desintegró en un único orgasmo lo que le quedaba de hígado.

El abogado dio la noticia a Manuela y a Olvido disimulando su felicidad y les propuso aplazar la búsqueda de otro marido al menos un año por respeto al difunto. Olvido, que sentía la muerte de aquel hombre tan amable como amarillo, le contestó que ya no tenía intención de casarse; no estaba dispuesta a conocer a todos los viejos desahuciados de la provincia. Tras escuchar aquella negativa de su hija, Manuela sufrió un ataque de cólera que exterminó a dos gallos de cresta anaranjada. Las relaciones entre las dos mujeres Laguna se recrudecieron; Manuela volvió a dejar sobras chamuscadas en los pucheros en vez de ricos manjares, y recortó aún más la asignación para los estudios de Margarita en París, aunque no se atrevió a eliminarla por completo por si a la bastarda se le ocurría regresar al pueblo. Pero ese acontecimiento sucedió de todas formas: sólo tuvo que transcurrir un año más de soledad, guisos y silencio.

El primer síntoma que anunció la vuelta de Margarita Laguna fue un revuelo de madreselvas. Aquellas plantas reconocieron su piel en cuanto la muchacha llegó a la verja con el lazo de muerto. Era una mañana de julio asediada por gorriones y avispas. Margarita, embarazada de ocho meses, atravesó el camino plagado de las flores con las que compartía el nombre, y golpeó la puerta con la aldaba; la melena castaña desbocada por la felicidad del verano, las mejillas sudorosas, los ojos como piedras de río.

—¡Mamá, mamá, abrázame, si es que puedes!

Olvido apenas pudo pronunciar el nombre de su hija.

—Ya sé que en mis últimas cartas no te he dicho que esperaba un bebé. Quería venir a la casona roja a tenerlo contigo. Era una sorpresa, ¿no te alegras?

—Si tú estás contenta, hija, yo también. —La abrazó.

Entonces lo vio por primera vez.

Alargado, fuerte. Recorría el camino con dos maletas, pisando las margaritas de Clara Laguna.

—¿Quién es ése?

—Pierre Lesac, mi novio y el padre de mi bebé.

Sobre el rostro de Olvido cayeron, como una catástrofe, unos ojos grandes y negros.

—Encantado, señora —dijo él con acento francés, y le estrechó la mano.

Aquel muchacho de no más de veinticinco años poseía un atractivo gótico. Llevaba un bigote estrecho descolgándose por las comisuras de los labios que se unía con una perilla bien recortada. Olvido retiró su mano, pero se llevó prendida en ella el tacto de Pierre; ese tacto que, de repente, sentía dentro de la carne como si fuera un parásito.

—Mamá, ¿no le dices nada a Pierre?

—Bienvenido a nuestra casa.

—*Merci.*

Vestía unos pantalones y una camisa beis. El sol le iluminaba el cabello corto y oscuro. Sus labios eran gruesos, quizá porque se había pasado la infancia rezando.

De pronto, se oyó en el recibidor un carraspeo.

—¿Abuela? —preguntó Margarita.

Del armario de rejilla escapó una bocanada de lavanda.

—Certificado de matrimonio —dijo Manuela alargando un guante.

Aquéllas eran las primeras palabras que dedicaba a su nieta. Esperó la respuesta con rencor. Si esa joven de ojos grises se había casado, podía ser el comienzo de una nueva época para las Laguna.

—No estoy casada, abuela, y no pienso casarme nunca. Eso sería un atraso en los sesenta. Pero Pierre, el padre de mi bebé, ha venido conmigo.

—Sois todas iguales —murmuró entre dientes, y se marchó a su dormitorio aliviada: podía seguir odiándola sin ningún obstáculo.

—Nunca cambiará, ¿verdad, mamá?

—Es demasiado tarde. No te disgustes.

Se abrazaron de nuevo. Olvido sintió la mirada de Pierre clavada en ella. Y estalló en el jardín el chillido de una urraca gigante.

El nacimiento prematuro del bebé de Margarita se debió a una sucesión de acontecimientos relacionados con el deseo. Olvido se empeñó en que su hija acudiera al ginecólogo que acababa de abrir un consultorio en la calle principal. Su nombre era Antonino Montero.

Sobre el edificio de la consulta se arrojaba un calor voluptuoso; el sol prendía el cartel blanco donde se anunciaba el médico convirtiéndolo en un espejismo.

El cielo fornicaría con la tierra si tuviese un miembro lo bastante largo para alcanzarla, pensó Antonino Montero imaginándose el cataclismo sexual. Los humanos perecerían aplastados entre las carnes húmedas de la naturaleza. Guió sus lentes, como televisores negros, a una vagina de unos cincuenta y se sobresaltó al escuchar los gritos de la enfermera:

—¡Ya les he dicho que si no tienen hora, no se las puede atender! ¡Márchense de aquí y no molesten más!

El ginecólogo salió de la sala de exploraciones y se dirigió a la recepción.

—¿Qué ocurre aquí? —preguntó a la enfermera.

Ella se retocó la cofia cuando vio aparecer la figura robusta de su jefe.

—Éstas, doctor —señaló con desprecio a Olvido y a Margarita—, quieren que usted las atienda, pero no han pedido hora. Ya les he dicho que es imposible, la consulta está llena.

Se escaparon unos murmullos de la sala de espera.

Antonino Montero escudriñó a Olvido. Tenía unos pechos parecidos a los mangos maduros que había degustado en la ciudad caribeña donde asistió a un congreso sobre tumores de mama —ese acontecimiento, por supuesto, tuvo lugar antes de que lo acusaran de negligencia por el fallecimiento de una paciente en la consulta de Madrid, antes de que tuviera que exiliarse en aquel pueblo inmundo—. Antonino continuó escudriñándola. Sus caderas y su cintura se asemejaban a la carretera de curvas que se despeñaba hasta la playa; allí las nubes adquirían formas de muslos y los de aquella mujer se dibujaban duros tras una seda de lunares.

Junto a ella, la hija esperaba con los brazos cruzados sobre la barriga. Antonino Montero emitió una tos enigmática y le dijo a la enfermera:

—Mi deber como médico es atender a esta muchacha ya que presenta un estado de gestación avanzadísimo, tenga o no tenga hora.

—Pero, doctor…

—Uno ha de ser fiel al juramento hipocrático. Apelo a la

comprensión de las señoras que esperan. Hágalas pasar en cuanto termine con la paciente que está dentro.

Los murmullos de la sala se convirtieron en un diluvio.

—Gracias por atendernos —le dijo Olvido una vez que estuvieron sentadas en el despacho del ginecólogo frente a sus cuarenta y tantos años calvos y solteros.

—Es mi deber, no tiene que agradecerme nada. —Antonino sonreía y la saliva se le filtraba a través de las mandíbulas convertidas en diques.

—Mi hija está embarazada de unos ocho meses y me gustaría que la reconociese para comprobar que todo va bien.

—No puedo creer que sea hija suya. Pensé que se trataba de su hermana.

—La tuve muy joven… eran otros tiempos.

—Ustedes viven en esa linda granja de las afueras que se llama la casona roja, si no me confundo. Llevo poco en el pueblo y aún no conozco bien a todos los habitantes.

—Sí, doctor, allí vivimos.

Antonino recordó la leyenda sobre la abuela de Olvido que el boticario le había relatado durante una partida de mus en la taberna: una prostituta con los ojos de oro llamada Clara Laguna danzaba en una cama enorme con un dosel púrpura.

—¿Podría preguntarle su edad? —La saliva del ginecólogo se le acumulaba ahora en las comisuras de los labios.

—Treinta y ocho.

—Ya me parecía a mí que era jovencísima. Y dígame, ¿con cuántos tuvo a su hija?

—Doctor, no he venido a hablar de mí sino del embarazo de Margarita.

Antonino no la escuchó. Se recreaba, una vez más, en las historias que le habían contado en la taberna acerca de aquella familia. Veía a Olvido Laguna desnudándose a la luz de una vela en la vieja carpintería del pueblo; al parecer, la joven embarazada era el fruto de los amores prohibidos de su madre con el aprendiz de carpintero, un muchacho que encontraron con el cráneo abierto y los pantalones bajados en el jardín de la casona roja. Ella era, sin duda, la Laguna del muchacho muerto.

—Aprovechando que hoy ha venido a mi consulta, puedo hacerle una revisión gratuita. Estoy seguro de que no se ha hecho ninguna desde que dio a luz.

—No es necesario. Le repito que sólo he venido para que atienda a mi hija.

—Permítame que insista.

Antonino Montero se hallaba ahora en el jardín de la casona roja donde, rodeada de su fertilidad diabólica, Olvido Laguna cabalgaba sobre el cuerpo maltrecho del aprendiz de carpintero. El ginecólogo quedó hechizado por el movimiento circular de las caderas, por el pelo negro, liso, que le recorría la espalda y se enganchaba en una enredadera con el trajín del amor mientras el viento elevaba el gozo hacia las montañas.

—Si desea que reconozca a su hija y atienda el parto, tendré que reconocerla a usted primero para estar seguro de que no existe ningún problema hereditario. —Hablaba guiado por la dictadura de la imaginación.

—Comprendo.

—Entre en ese cuarto y descúbrase de cintura para arriba. Lo primero de todo es comprobar el estado en que se encuentran los senos.

Olvido acarició el cabello de su hija, que yacía adormilada en la butaca. El viaje en tren desde París la había agotado.

—Descansa, enseguida me reúno contigo —le dijo.

El cuarto donde Antonino Montero realizaba las exploraciones tenía las paredes pintadas de un suave color melocotón para transmitir serenidad a las pacientes. Había una camilla cubierta con una sábana y enfrente un taburete y una lámpara para iluminar los genitales femeninos. Olvido se quitó la blusa y el sostén y se sentó en un extremo de la camilla. Entró el ginecólogo —los ojos de la paciente se habían convertido en una ola tropical—, se acercó a los senos, los exploró; tenía los dedos febriles.

—Discúlpeme. —Antonino contrajo el vientre y se marchó al cuarto de baño situado en el pasillo; allí derramó placer sobre los azulejos verdes.

El calor le molía el corazón. Se mojó la nuca con un torrente de agua cuyos restos transparentes lamía en las manos, poseído por una sed insólita.

Cuando regresó a la consulta, Olvido ya se había vestido y lo esperaba junto a su hija. En cambio, Margarita se había deshecho de toda la ropa en el escaso tiempo que duró la exploración de su madre, y se mostraba dispuesta a acabar cuanto antes con la suya para dormir la siesta en paz. Antonino Montero la hizo tumbarse en la camilla y la reconoció bajo la vigilancia de Olvido.

—Toda la familia está estupenda, señora —dijo con la frente sudorosa—. Aquí tiene mi número privado por si sucediera algún imprevisto; pero, se lo ruego, procure no llamarme hasta pasados unos días.

A media tarde Olvido se encerró en la cocina dispuesta a preparar la cena. Besó unas frambuesas, las lavó, las machacó con el almirez y las arrojó dentro de una cacerola donde cocía, a fuego lento, agua, azúcar, leche y canela. Mientras mezclaba aquellos ingredientes, miró por la ventana y descubrió a Pierre Lesac, que fingía dar un paseo por el huerto. El pelo negro le brillaba bajo el sol. Intentó concentrarse en el borboteo de la cocción de la salsa. Aquel murmullo le recordaba el sonido del río a su paso por el encinar en la época del deshielo. Exhaló un suspiro, apagó el fuego, retiró la cacerola del fogón para que reposara la salsa, y se puso a despedazar un cordero. Cuando acabó, con las mejillas salpicadas por unas gotas de sangre, picó unas cebollas. Las lágrimas se le escapaban de los ojos atraídas por el perfume húmedo y maloliente de los bulbos. Entretanto, Pierre, espiándola desde las hortalizas, vio cómo echaba primero el picadillo de cebolla y luego los pedazos de cordero en una cazuela de barro, y cómo colocaba ésta sobre el fogón. Vio cómo rehogaba aquellas viandas, vio cómo, al mismo tiempo, se mojaba los labios con una lengua cuya textura imaginó de seda. Vio, arropado por el atardecer que se consumía entre los pinos, cómo abandonaba el guiso en el fogón para dejar caer su bata de tirantes hasta la cintura. Pierre sintió que se abrasaba con la visión de unos pechos. Nada volvería a ser igual a partir de aquel momento. El horizonte comenzó a masticar la carne del sol. Olvido, traspasada por una luz violeta, aspiró el aroma de la salsa de frambuesa, que ya se había enfriado, y se untó un poco primero sobre el pezón izquierdo y después sobre el derecho.

—La densidad es perfecta —dijo en voz alta— y la temperatura también está en su punto.

Solía utilizar ese truco culinario para la elaboración de muchos platos y nunca le había fallado. Los pezones eran unos catadores excelentes. Retiró la salsa y la echó en la cacerola. Allí quedó inmóvil el deseo de Antonino Montero. Pierre Lesac esperó a que ella se ausentara un momento de la cocina para sumergir los dedos en la cacerola y chupárselos. Su deseo se mezcló con el del ginecólogo. Cuando Olvido echó la salsa sobre las tajadas de cordero ya no se pudo hacer nada.

A la hora de la cena la luna impregnó el comedor de un silencio cósmico. Sobre el mantel que el diplomático había regalado a Clara Laguna, se erguía una fuente de porcelana con el guiso humeante.

Olvido sirvió cuatro tajadas de cordero a Margarita. Ella las atacó con el cuchillo y el tenedor, pero cuando se le resistieron las mollas más pegadas a los huesos, se las comió con las manos. Miraba las hebras de carne que se iba a llevar hasta los dientes, y las engullía poseída por una voracidad medieval.

—Mamá, «ponme otraz cuantaz tajadaz» —dijo alzando el plato.

—En tu estado no deberías comer tanto por la noche. Tardarás siglos en hacer la digestión. —Miró de reojo a Pierre.

—Tengo un estómago que lo resiste todo —aseguró mojando pan en la salsa—. ¿Verdad, Pierre?

Él asintió con la cabeza.

—¿No puedes decir sí? ¿Te vas a morir si abres la boca y pronuncias una sola sílaba?

Pierre repitió el mismo gesto.

—¿Es que no puedes dejar esa estupidez del círculo de inspiración para cuando haya parido? —exclamó Margarita—. Me pone enferma que no me hables. Te necesito.

Pierre Lesac continuó masticando pausadamente un trozo de cordero.

—¡He dicho que me hables!

Dibujó una negativa con el dedo.

—No te alteres, no es bueno en tu estado —dijo Olvido, y le sirvió dos tajadas de cordero.

—Mamá, dame dos más.

—Te va a sentar mal, cariño. Sé razonable.

—O me das otras dos, o me tiro encima de la fuente.

Olvido se las sirvió y ella, tras descuartizarlas con las manos, se las tragó sin apenas masticar. Luego se apoderó de media hogaza de pan y comenzó a mojarla en la salsa de la fuente.

—Está divina, divina. —Tenía el labio superior cubierto por un bigote de frambuesa.

Antes de que su hija acabara con la última tajada de la fuente, decidió llevársela a la cocina.

—¿Adónde vas, mamá?

—Cariño, no te la comas, por favor. Se la damos a Pierre.

De nuevo, el francés movió aquel dedo índice que Olvido odiaría para siempre.

—Lo único que te importa ahora es tu maldito círculo de

inspiración. Ya querrás mañana que te hable, me lo suplicarás, pero yo no te diré ni una palabra.

—Yo me comeré la tajada —dijo su madre—. Me he quedado con hambre.

—Ni lo sueñes, es mía. —Capturó el trozo de cordero y lo devoró—. Ahora dame la fuente, quiero mojar más pan.

—Te lo ruego, hija. Te sentará mal.

—Eso son tonterías. Te digo que me la des.

Olvido dejó caer la fuente al suelo.

—Lo has hecho a propósito —gritó Margarita mientras se levantaba de la mesa con el rostro congestionado—. Me voy a respirar aire puro.

—¿Quieres que te acompañe?

—Prefiero estar sola, gracias. Quedaos aquí los dos. Tú —miró a Pierre— con tu círculo de inspiración que ojalá se te pudra dentro, y tú —miró a su madre— con tus trucos infantiles.

Margarita se arrastró hacia el porche en busca de oxígeno.

Pierre Lesac pintaba desde que sus dedos tuvieron fuerza para sostener un lapicero. Pintaba las paredes tapizadas con seda del dormitorio de su madre, pintaba las piernas de las criadas, pintaba el buró del banquero que, legalmente, era su padre, pintaba los manteles de encajes de Bruselas, pintaba, oculto en la habitación tapizada con seda, los pantalones secretos del hermanastro de su madre, pintaba la espalda de los sofás de raso, pintaba las baldosas del sótano donde lo encerraba el banquero cuando hacía alguna travesura, pintaba los bancos de Notre-Dame de París mientras la oscuridad le nutría los ojos

—y su madre se arrepentía del amor prohibido orando lágrimas—, pintaba las palmas de sus manos a la salida de la catedral para distraer el terror que le causaba la visión de las gárgolas, pintaba las cortinas del salón del hermanastro escuchando, otra vez, el goce de su madre, pintaba la camita cercada por la soledad de los gritos familiares. Sólo cuando una mañana de verano el banquero le anunció que su madre se había fugado con el hermanastro y los había abandonado, comenzó Pierre Lesac a pintar en un papel blanco. Tenía nueve años y los ojos como dos penitencias negras.

Del lapicero y el papel Pierre pasó a pintar al óleo al final de la adolescencia. Abandonó la casa del banquero y con ella el gusto por los objetos muertos —jarrones, fruteros, mesas—; a partir de entonces se especializaría en los retratos. El primero que pintó lo hizo gracias a la magia de la memoria. Necesitó vivir un día entero en silencio para rebuscar en su interior los rasgos de su madre. Cuando los halló en un recodo de la infancia, no supo perdonarlos, los trasplantó a una tela, los coloreó y acabó vendiéndolos a una galería de arte por más dinero del que esperaba. Desde que cometió ese exorcismo —y en vista del éxito que obtuvo con él—, decidió no hablar las veinticuatro horas anteriores al inicio de un retrato. Ojos, nariz, labios, senos, clavícula, cintura, manos, perfiles, antebrazos, cejas —entre otros muchos rasgos y formas del modelo— recorrían en ese tiempo el cuerpo y la mente de Pierre empapándolos de inspiración. Como este viaje comenzaba y terminaba en el corazón, órgano que guiaría los dedos del maestro, su trayectoria completa describía un círculo al que Pierre denominó «círculo de inspiración». Había explicado a Margarita este proceso extraordinario al principio de su noviazgo, y la muchacha lo consideró una excentricidad llena de encanto, un rasgo que distinguía a Pierre de otros pintores parisinos. Ella siempre respetó aquel silencio, pero esa noche en que su embarazo de ocho meses luchaba por digerir un cordero envenenado con deseo, el silencio de su novio le desquiciaba los nervios. Regresó del porche debatiéndose en una respiración montañosa.

—¡Mamá, me duele mucho la tripa! —gritó.

Olvido, que se encontraba en la cocina lavando los platos, salió a su encuentro.

—¡Mamá, me duele mucho!

—Respira hondo. —Le acarició el pelo—. Vayamos al salón para que puedas ponerte cómoda en el sofá.

Margarita se desplazó pesadamente.

—¿Dónde estás, Pierre? Pierre, te necesito —gimió antes de desplomarse sobre un cojín con las piernas abiertas.

Por la puerta de la cocina surgió Pierre Lesac, altísimo como una aguja de catedral y con los labios convertidos en lápidas.

—Siéntate a mi lado.

Acercó a las mujeres Laguna todos sus atributos negros.

—Respira profundamente, hija, muy profundamente. —Olvido se retorcía las manos.

—Pierre, estoy asustada, háblame. Necesito oír tu voz, háblame en francés, dime que todo irá bien.

Él le acarició una mejilla con dulzura y se sentó a su lado, pero continuó en silencio.

—¡Háblame, maldita sea, háblame!

Pierre no podía romper el círculo de inspiración. No podía permitir que se fugase por sus labios. Tanto deseo acumulado, tantas noches anhelando aquellos momentos. Veinticuatro horas con ella dentro del cuerpo, recorriéndolo, empapándolo; desde que una noche en París vio su foto sobre la mesilla del dormitorio de Margarita y su belleza se convirtió en una obsesión.

—¿Acaso ese círculo maldito te ha dejado sordo? ¡Te ordeno que me hables! —Por las piernas de Margarita se escurrió un líquido viscoso.

—¡Estás rompiendo aguas! ¡Dios mío, ya viene la niña! —chilló Olvido.

Apoyada en Pierre y en su madre, Margarita subió a la primera planta. Olvido la guió hasta la habitación donde una cama de hierro esperaba el nacimiento de otra mujer Laguna. Se había encargado de limpiarla cada semana desde la muerte de Esteban; a veces pasaba las tardes tumbada bajo el dosel púrpura con el olor a encinas pegado al corazón.

—¿Por qué en el cuarto de la bisabuela Clara? —preguntó Margarita entre jadeos.

—Aquí naciste tú; además huele a la familia.

—También voy a tener una niña, ¿verdad? Es la maldición. La abuela me lo contó todo en una carta que debió de escribir el abogado. No quise decírtelo cuando viniste a París por si te enfadabas más con ella.

Olvido sintió en la garganta el sabor del miedo.

—Tendré una niña y luego Pierre se morirá, como le ocurrió a mi padre. Estamos condenadas a sufrir mal de amores y a parir hembras que también lo sufrirán.

Olvido miró al francés; la noticia de una muerte cercana parecía no afectarle.

—No debí enamorarme, la abuela me lo advertía en la carta. «Mantente pura, nietecita», me decía. «Mantente pura y no te reproduzcas porque llevas la maldición en la sangre, y matarás al hombre que ames.» Yo lo intenté, mamá, te lo prometo, pero no pude resistirme a Pierre, no pude, mamá, no pude. *Je t'aime*, Pierre. —Acarició el rostro de su novio, pero al francés lo único que le importaba era sentir el círculo, y que se completara con éxito.

Una contracción la impulsó sobre la cama. Olvido retiró la colcha y aparecieron unas sábanas con olor a lavanda.

—Voy a avisar al médico. Pierre, te suplico que la cuides.

Él, aspirando el aroma que envolvía la habitación, le miró los labios y se los llevó hasta las venas.

En el último peldaño de la escalera, Olvido encontró a Manuela mojando un guante en el líquido que se había escurrido por las piernas de su nieta. Luego chupó el algodón y reconoció el sabor de la vida. Al pasar junto a ella, Olvido la amenazó con la mirada y se dirigió al salón. Hacía un año que el abogado había convencido a Manuela para que instalase un teléfono, así podría consultarle decisiones sobre sus negocios sin necesidad de que tuviera que desplazarse cada jueves al despacho. Al principio, ella se mostró reticente —no confiaba demasiado en las virtudes comunicativas de aquel aparato cuya forma le recordaba los genitales de los burros que aún andaban por el pueblo—, pero luego accedió; cada vez le costaba más trabajo salir de casa y arrastrar su artritis hasta el pueblo.

—Doctor Montero, soy Olvido Laguna. —Se le cayeron unas lágrimas sobre el teléfono negro de principios de los sesenta—. Mi hija ha roto aguas. Por favor, venga deprisa.

—¿Olvido Laguna? —Aquellas palabras tan sólo eran para el ginecólogo dos pechos que lo habían dejado exhausto.

—Se lo ruego, venga a la casona roja, le necesito.

—Está bien, señora, si me lo pide así no puedo negarme. Voy ahora mismo.

Colgó el teléfono. Se peinó los pelos íntimos con una liendrera —si tenía nudos era incapaz de sentirse sexy—, cogió su maletín y partió hacia la casona roja sin pensar en el qué dirán.

Nada más nacer, el bebé sintió en la boca la dulzura de los pechos de Olvido. Antonino Montero lo agarró por los talones, lo puso boca abajo, y le dio un cachete en las nalgas. Se escuchó un llanto de rabia.

Olvido enjugaba la frente a su hija.

—Doctor, ese llanto significa que la niña está bien, ¿verdad?

—¿La niña? —Antonino Montero elevó las cejas—. Querida mía, haga el favor de mirar lo que tiene su nietecita entre los muslos.

Penetró la luz del amanecer por el balcón y tiñó los genitales del recién nacido.

—Es un varón —afirmó Antonino—, y con dos testículos perfectamente redondos.

—Sin duda, es un varón —dijo Olvido tras comprobar que el cuerpecito de su nieto no ocultaba una vagina hereditaria en algún pliegue.

—Margarita, has tenido un chico, un chico Laguna, qué extraordinario, y es tan bonito…

—Mamá, sólo quiero dormir.

—Límpielo mientras termino de apañar a su hija —le sugirió Antonino Montero.

En la palangana de arabescos azules, Olvido lo bañó como hizo con Margarita. Pensó en Esteban, en el remolino de la nuca, en los ojos de tormenta, en la tumba siempre húmeda por los recuerdos. Besó al niño en los labios, él se relamió, y lo arropó con una toalla que escondía el tacto de la palmeta. Después lo depositó en el regazo de Margarita, y partió hacia la habitación donde descansaba Pierre Lesac con su círculo de inspiración intacto. No vio unos guantes escondidos detrás de la puerta del baño, a la espera de que ella se alejara del dormitorio de Clara Laguna; sujetaban un esqueleto de caña. La luz del sol se precipitaba por los balcones. Los guantes abandonaron su escondite y avanzaron por el pasillo; Olvido llamó a la puerta de Pierre.

—¿Puedo entrar? ¿Estás despierto?

Los guantes encontraron a la nieta que odiaban tendida en la cama.

—Pierre, tienes un niño precioso.

El francés aún soñaba. Sobre la fachada principal de Notre-Dame, entre relieves góticos y rosetones, pintaba un retrato.

—Pierre. —Le acarició un hombro y él abrió los ojos.

—Hoy comenzaré a pintarlo. El círculo de inspiración se ha completado.

—Tu hijo ya ha nacido.

Pierre se incorporó en la cama; aún revoloteaban a su alrededor los espejismos de las gárgolas que tanto temía.

—¿Es un varón?

—Sí, el primer varón Laguna.

—¿Te gustaría que llevara mi nombre?

—Es Margarita quien debe decidirlo —contestó ella, y abandonó la habitación apresuradamente.

—Olvido...

Escuchó cómo se cerraba la puerta y se sintió amenazado por las gárgolas. Se tapó la cara con la sábana; antes de levantarse debía reprimir el deseo de pintar con un lapicero infantil los muebles, los manteles, las paredes...

La mañana avanzaba sobre el jardín de la casona roja. Olvido abrió los balcones para que la fragancia de las madreselvas llegara hasta el varón de la familia. Sin embargo, la brisa veraniega trajo una bocanada del perfume de las rosas.

—¡Mamá, mamá!

Alguien había entornado la puerta del dormitorio de Clara Laguna. Desde el pasillo, la imagen de Margarita aparecía incompleta; Olvido sólo alcanzaba a ver la mitad del rostro, la mitad del camisón. Y en el suelo del dormitorio, el mango de la palmeta de caña.

—¡Mamá, mamá!

Se apresuró a reunirse con su hija. Sentía el odio refrescándole el rostro. De pie junto a la gran cama de hierro, Manuela sostenía al bebé en los brazos. Antonino Montero se tocaba la cabeza con una mueca de dolor.

—¿Qué le ha pasado?

—Esa vieja loca entró con una palmeta y me golpeó.

—Lo siento, es mi madre. Si fuera usted tan amable podría decirle que devuelva el bebé a mi hija si no quiere que le muela los huesos con la palmeta.

—¡Mamá, no digas esas cosas tan horribles! —Margarita parecía haber recobrado las fuerzas—. Y deja que la yaya tenga en brazos a Santiago.

—¿La yaya? ¿Santiago?

—Sí, la yaya. —Pronunciaba aquella palabra con una satisfacción que había permanecido oculta durante muchos años; siempre deseó el cariño de su abuela—. La yaya me ha pedido que se llame Santiago, como el apóstol, y yo he aceptado.

Había lágrimas en el rostro de Manuela Laguna, unas lágrimas infantiles. Ésa era la primera vez que Olvido la veía llorar.

—Margarita, dile a tu madre que la maldición se ha roto. —La voz de Manuela sonaba distinta; había perdido la ronquera amarga que la dominó desde la juventud y se la escuchaba como si alguien le hubiera prestado un alma—. Ha nacido un hombre entre las Laguna. —Acarició los genitales de Santiago—. Él redimirá esta estirpe de hembras condenadas al mal de amores y al camino del pecado. —Le temblaba la barbilla: había caído sobre su rostro todo el amor del mundo.

—Mamá, ¿no te das cuenta? Si la maldición se ha roto significa que Pierre ya no va a morir, y yo podré amarlo sin más remordimientos.

—No es necesario que muera, basta con que te destroce el corazón como le pasó a tu bisabuela Clara —le explicó Olvido.

—Dile a tu madre que el pasado debe morir por el bien de este niño. —Manuela se había quitado un guante y sus dedos, arrugados y blandos, acariciaban la piel del bebé.

—Queréis hablaros de una vez. Me niego a hacer más de intermediaria. ¡Pierre, Pierre! —Acababa de descubrir a su novio apoyado en el quicio de la puerta—. ¡Ven a besarme, Pierre, ven a ver a nuestro hijo!

—Olvido, ¿te encuentras bien?

Ella no escuchó la voz del francés; las palabras de su madre —«el pasado debe morir, el pasado debe morir»— le lapidaban un corazón que se había consolado cocinando hortalizas. Sentía a Esteban besándola en el encinar bajo una combustión de estrellas; sentía su rostro helado aquella noche en que murió la luna, sentía el vértigo de la ventana, los ojos centenarios de su amante, el adiós, el vómito rojo contra el musgo; sentía la tumba triste de aquel hombre bajo el peral, las manos escocidas de pólvora; sentía la mirada gris de Margarita alejándose tras la ventanilla de un tren, sentía los labios hambrientos del abogado, el aliento a medicina del pretendiente amarillo que un día se arrastró con un bastón de plata por la casona roja... Durante muchos años había vivido tan sólo por esos recuerdos, y ahora debían morir. Se tumbó a los pies de la cama; tenía los ojos extraviados en un purgatorio invisible.

—Mamá, ¿qué te ocurre?

Pero Olvido, acurrucada sobre la sábana de lavanda, se quedó dormida.

14

Tras el nacimiento de su bisnieto, Manuela Laguna se colocó una mantilla que escondía caparazones de insectos y se fue a anunciar a los habitantes del pueblo —esta vez no hizo distinción entre ricos y pobres— que la maldición de las mujeres Laguna había terminado en ese amanecer de lirios; por fin, la Providencia había concedido un varón a esa estirpe condenada a las vaginas ilegítimas, y además éste llevaría el nombre del apóstol que viajó hasta España. Todo el pueblo quedó invitado a comprobar el asombroso acontecimiento.

A media tarde llegaron a la casona roja las primeras visitas; traían el odio doblado en un bolsillo como un pañuelo de mocos. Manuela las hizo esperar unos minutos en el recibidor —le dolían las muelas de tanto roer la felicidad— antes de guiarlas a la habitación donde dormía Santiago. Ya en la primera planta les mostró el cuarto de baño y dijo:

—Como ven, tenemos hasta una bañera de porcelana con patas de fiera.

Se oyó un murmullo y continuaron hacia el dormitorio.

—Ahora colóquense alrededor de la cuna —les ordenó.

Desató lentamente el pañal de Santiago y montó sus genitales masculinos en un palito para que todos pudieran contemplarlos. El bebé no se despertó.

—Tiene los huevos demasiado redondos —se le escapó a una voz varonil.

—Porque son franceses, señor mío. Su padre desciende directamente del Napoleón ese.

Después de que contemplaran el milagro del chico Laguna, Manuela invitó a las visitas a merendar, pero ninguna de ellas aceptó. Unas alegaron que tenían las lentejas puestas en el fuego, otras que padecían jaqueca. Sola en la cocina, la vieja tomó un sorbo de café y dejó que el rencor caminara de nuevo por sus intestinos.

Aquél fue un verano caluroso. Manuela Laguna se levantaba al amanecer. Desayunaba unas mollejas guisadas según la receta de Bernarda, y se escurría hasta la cuna de su bisnieto para llevárselo al jardín oculto en la madriguera que preparaba entre el pecho y la bata. Una vez allí, se dirigía a la rosaleda cuyas sendas, formadas por melenas gigantes que caían como un alud sobre la tierra, se habían ido retorciendo y mezclando entre sí con el paso de los años hasta convertir el laberinto en un enredo colosal. Nadie, salvo Manuela, era capaz de llegar hasta el centro. Nadie conocía su secreto. Una tumba invadida por unas rosas tan negras como las trenzas de una muerta. Herida por las espadas de luz que atravesaban las sendas, llevaba a su bisnieto ante esa tumba. Allí se sacaba al niño de la madriguera, desnudaba el sexo masculino, lanzaba un eructo

con sabor a corazón y a ajo —le repetía el amor y las mollejas— y, con su acento del norte, rogaba a la prostituta gallega
que contemplara a ese muchachito que traería la redención a
la familia. A veces, descubría alguna escolopendra deslizándo-
se sobre la tierra; los labios se le hinchaban de deseo. ¿Debía
abandonar a Santiago en la lápida de rosas para capturar al
insecto y someterlo a un tratamiento de belleza? No, se decía
chupándose la inflamación del pecado, mantendría a Santiago
entre los brazos acunándolo al compás del hedor mentolado
que exhalaba la tumba.

Pero antes de que Manuela lograse alcanzar la rosaleda,
tenía que recorrer el huerto próximo a la cocina, y Olvido,
que entonces preparaba el desayuno, descubría la silueta encorvada de su madre. La vieja avanzaba por el huerto dando
patadas a las hortalizas y mirando en todas direcciones, pues
desconfiaba hasta de los quejidos que emitían los intestinos de
las mariposas; alguien podría descubrirla y reclamarle el tesoro
que ocultaba. Olvido se escurría al jardín por la puerta de la
cocina y la seguía a distancia.

—No permitiré que hagas daño al niño. Esta vez seré im-
placable, hasta soy capaz de matarte, madre. Aunque, por un
milagro, parece que le quieres de verdad, jamás te vi tan feliz,
jamás te vi tocar a nadie como le tocas a él, jamás sentí yo el
roce de una caricia tuya. —Se rascaba los ojos con unos puños
de lágrimas—. Pero, aun así, no me fío. Vas a estar siempre vi-
gilada, madre. Ni un minuto voy a dejarte a solas con mi nieto y, menos aún, en ese lugar maldito donde tu odio vomita
rosas como cabezas de terneros.

Cuando Olvido penetraba en la rosaleda, ya se había dado

cuenta de que detrás de ella, acechando sus encantos como un perro de presa, corría Pierre Lesac. Sin embargo, lo que aún no sabía era que detrás de aquel francés, desnuda y enamorada, corría su hija, Margarita Laguna.

Pierre comenzó a pintar la que consideraba su obra maestra el mismo día que nació Santiago. Instaló en el porche un caballete con un lienzo enorme donde plasmaría el rostro y el cuerpo que no le daban ni un momento de sosiego. Tras soñar que gozaba de su musa en unos revolcones líricos, amanecía con los labios azules como los de un ahogado y unas vejigas en el miembro viril que, con el primer canto del gallo, le supuraban un líquido parecido a la espuma del mar. Después emprendía sigiloso la peregrinación a la cocina. Una tromba de luz le pintaba el camino sobre las losetas de barro, e iluminaba su cabello con unos rayos de polvo.

Olvido, que utilizaba la cocina también por las mañanas desde la llegada de su hija, sentía los pasos del francés y sus ojos negros.

—Buenos días, Pierre. Te serviré el desayuno en el comedor. Siéntate a la mesa y espérame.

Pero él se quedaba contemplándola. Su musa preparaba café y tostadas; la melena despeñada por los hombros y los brazos, la garganta latiéndole como un océano, los ojos sin mirada, la bata rota por el calor de julio.

—Tú sabes, yo necesito mirarte. El artista debe estar cerca del modelo el mayor tiempo posible, y tú no quieres posar para mí; pero no importa, mi obra será perfecta, como tú.

Pierre lucía el torso desnudo; sólo unos pantalones con

deseo

Cualquier ingrediente que Olvido utilizara en sus guisos lo sometía a una sesión de amor. Lo lavaba, a veces, lo besaba, siempre, lo olía, antes del beso, lo acariciaba, después, lo partía, llorando, y lo calentaba entre las manos o en la llama del fogón hasta que éste alcanzara el clímax.

manchas de pintura se le ajustaban con desgana a la cadera mostrando el comienzo de unos músculos jóvenes, que a Olvido le recordaban los de Esteban.

—Continúa con lo que cocinabas. Yo te miraré en silencio, no te molestaré. —Ponía una mano sobre los labios, después la alejaba de ellos y decía—: Lo prometo.

Ella evitaba esa visión tostada, los dedos largos y fuertes, la palma lisa.

—¿Quieres bollos, además de las tostadas?

Sin embargo, no temía mirarlo a los ojos, porque no eran grises sino melancólicos y oscuros como un réquiem.

—No.

—Pues vete al comedor.

—No es posible.

—¿Duerme aún mi hija?

—No sé.

—Márchate.

Pero él se le acercaba más para observar su rostro colmado por el goce del recuerdo. La lengua, convertida en pincel, dibujaba bocetos sobre el paladar mientras pensaba: por la tarde pondré más bermellón en el precipicio del cuello, y una pincelada granate en esa esquina del pómulo derecho. Ninguno de los dos sospechaba que, escondida tras la puerta de la cocina, Margarita los espiaba. El rostro de la muchacha era víctima de un insomnio feroz; sus párpados aparecían inflados, y bajo los ojos reinaban dos surcos del color del barro.

Después del parto, continuó durmiendo en la gran cama donde Clara Laguna no sólo entregó su cuerpo al exotismo oriental del *Kamasutra*, sino también a unas posturas de temperamento castellano que inventó para vengarse de su amante andaluz. Durante las noches no le importaba entregar los pechos al bebé cada tres horas, tampoco le importaba que, cuando por fin se dormía, le despertara la risa de una mujer con ojos amarillos, ni que la habitación se impregnara de un sabor a vino gozado hacía más de medio siglo, ni que de las paredes saltasen gemidos y gritos de victoria; lo único que le importaba era la ausencia de un francés con aroma de catedral. Pierre Lesac necesitaba soledad para concentrarse en su obra maestra.

—Ya no me quieres, ya no me besas como antes —se quejaba Margarita.

—*Je t'aime, mon amour, je t'aime.*

—Desde que nació nuestro hijo te doy asco, sí, es eso…

—Necesito trabajar en mi obra maestra, mi amor, eso es todo. Al terminar, volveré a dormir junto a ti.

La piel de Pierre exhalaba un delicado perfume a cirio.

—Mientes porque hueles a iglesia.

—Tonterías… Huelo a pintura, pintura azul, pura como los ojos de tu madre.

—¡Mi madre, mi madre, estoy harta de ti y de ella… y de esta casa… y de tu obra maestra! Quiero volver a hacer el amor en París… Pierre, ¿me estás escuchando?

Pero el francés contemplaba, embelesado, el cuadro de su musa.

—Pierre… —Un atardecer en ruinas se abalanzaba sobre el porche—. Te quiero, te querré hasta la muerte, moriría por ti, Pierre…

—¿Poner un poco más de rosa en pliegue de labios? No, estar bien así; *merci*, mi amor, me ayudas mucho con la obra maestra.

—¡Te odio! ¿Me oyes, Pierre? ¡Te odio!

Por las mañanas, Margarita Laguna esperaba impaciente a que su novio se levantara. Si Santiago se ponía a llorar, rezaba la oración que le enseñaron las monjas al silencio del Santo Sepulcro, mientras mecía al niño con una aversión de encinas. Cuando escuchaba los pasos de Pierre saliendo de la habitación de invitados, metía a su hijo en la cuna y se asomaba al pasillo con la intención de seguirlos. El muchacho tenía el pelo desordenado, por una noche más sin mí, pensaba Margarita, los ojos aún envueltos en los sueños, donde yo ya no existo, se lamentaba, los pechos sin vello, deliciosos como los huevos fritos de mis desayunos americanos en París, se relamía, y los calzoncillos manchados con lunares húmedos, ¿a quién habrá deseado para provocarse esas eyaculaciones traidoras?, se preguntaba golpeando con un puño la pared. Por las ventanas penetraba el recuerdo de las madreselvas. Durante unos segundos, recordaba lo feliz que había sido dibujando entre esas plantas mientras se tostaba desnuda al sol. Pero ahora su destino se hallaba en la cocina, junto a su madre y junto a Pierre, hasta que la silueta encorvada de Manuela atravesaba el huerto. Olvido se iba detrás de su madre, y Pierre, detrás de su musa. Sobre el suelo de la cocina sólo quedaban unas gotas de leche; Margarita los seguía con los pechos agitados por el vaivén de la sospecha.

A veces Manuela interrumpía su diálogo con la prostituta gallega, pues escuchaba un susurro de espinas. Permanecía alerta acunando a su bisnieto, pero, pasados unos minutos, continuaba la charla convencida de que aquel sonido lo producía el calor de julio al chocar contra las rosas. En cambio, la piel de los que se escondían tras ellas se arañaba con las espinas de los tallos y se abría formando atajos de color escarlata.

Antes de emprender el regreso a la casa, Manuela hacía la señal de la cruz advirtiéndole a la prostituta gallega:

—De aquí no salgas. Te mandé marchar y te quedaste muerta, pues muerta has de seguir, y ojito con mandarme tu mentira podrida más allá de la última rosa; ahora he de velar por la reputación de mi bisnieto. Por cierto, quise secar el castaño del que te colgaste; le eché tres botellas de lejía en plena boca. Ya sé que lo sabes, pero me gusta contártelo para que veas que velo por ti.

A la hora del almuerzo se encontraban en torno a los sabrosos platos que había cocinado Olvido y se miraban los arañazos, pero entre ellos flotaba el silencio.

Las tardes transcurrían más tranquilas. Manuela Laguna se sentaba frente a la chimenea y cosía rememorando los cuentos de la prostituta gallega. Ahora serían para Santiago.

Olvido solía leer libros de poesía en el dormitorio; los más antiguos pertenecían a su amante. Uno de san Juan de la Cruz lo usaba también de lápida. Se lo ponía sobre el pecho, e imaginaba que su cuerpo estaba rodeado por la tierra húmeda. Después se encerraba en la cocina. En ninguna otra época de su existencia cocinó de una forma tan prolífica. A la hora del almuerzo o de la cena, la comida era muy abundante: crema de calabaza, soufflé de puerros y jamón dulce, mousse de gallina encebollada, pollos rellenos de foie-gras y piñones, ensaladas de verduras con pasas, lenguados al vapor de mantequilla aromática, bavarois de trufa, pestiños de canela... Olvido padecía una fertilidad bíblica. Nunca se supo con certeza si ésta tuvo algo que ver con la epidemia de violetas enanas que comenzó invadiendo el jardín, y llegó a extenderse por el interior de la casa.

Un brote de esas violetas agarró en la obra maestra de Pierre Lesac, entre los pechos de su musa. Él, en un principio, se enfureció, pero luego se quedó dormido en el sofá del porche como todas las tardes. Muy cerca, velándole la respiración, se hallaba siempre Margarita.

Durante la cena, se reunían de nuevo en torno a la mesa.

—Mágica, Olvido, tu comida es mágica. —Pierre se pasaba la lengua por el bigote jugoso. —Y qué banquete, parece una gran boda.

—Pues yo creo que ya no cocinas tan bien como antes, mamá. Mucha cantidad y poca calidad. El pollo está salado —Margarita escupía un pedazo en el plato— y el pan se te quedó duro. Además, te has empeñado en cocinar recetas de Francia y te salen fatal; no se parece en nada a lo que comíamos en París, ¿verdad, Pierre?

—Eres muy cruel, *mon amour*. No le hagas caso, Olvido. Tu cocina francesa es maravillosa, como todo lo que...

—No, Pierre, mi hija tiene razón. No sé cocinar recetas

francesas por mucho que lo intente, y es cierto que el pollo tiene mucha sal.

—Mamá, ¿por qué no dejas que cocine la yaya?

Manuela Laguna levantó los dientes de un muslo de pollo. Desde el nacimiento de Santiago no comía sola en la cocina. A Olvido le costaba verla tan cerca de Margarita. Pero lo que no había podido cambiar ni el nacimiento de un varón Laguna era el silencio que vivía entre las dos. Ninguna estaba dispuesta a ceder, ninguna lo ahorcaría con su lengua.

—Os prepararía unas mollejas fritas con pimentón y ajo, y unos sesitos con arroz que os chuparíais los dedos. —Abrió la boca y dejó escapar una risa de piedras.

Olvido observó que a su madre sólo le quedaban tres dientes en la mandíbula superior. Sin embargo, parecían capaces de despedazar un buey sin más ayuda que los filos ondulados.

—Eso sí, jodiendas de esas de Francia no sé hacer. Si la cocinera que me crió como a un ternero hubiese visto ese, ¿cómo se dice?, ¿cluché?

—Soufflé, yaya, soufflé. —Margarita sonreía.

—Bueno, pues el fluché ese, si ella lo hubiese visto sobre la mesa, le habría metido una manta de palos al caballo por haberse «cagao» donde no debía.

Margarita soltó una carcajada.

A mediados de agosto cayó una tromba de agua. No anochecía. Eran más de las diez y el sol continuaba erguido en el cielo. Los habitantes del pueblo habían cenado bajo la influencia de sus rayos. La mayoría comió poco; miraban por la ventana con los tenedores vacíos, desmigaban el pan sobre la mesa, espiaban los relojes. Quizá la naturaleza se había tomado un descanso. Los agricultores más viejos y sin dientes se consolaban rumiando su propia lengua.

De pronto, sin avisar siquiera al horizonte, el sol se desplomó sobre los pinos. Muchos animales, asustados, huyeron hacia el encinar cercano. El cielo se había puesto negro, ningún otro color acompañó la caída del sol. Salió una mitad de la luna, sin ganas, harta de esperar un turno que aquella noche no llegaba. Transcurrieron un par de horas, unas nubes gigantes asediaban el cielo. Ya se habían acostado los habitantes del pueblo. Hubo uno o dos relámpagos. Las estrellas no existían, aunque algunos las echasen de menos. Hubo más relámpagos y un rayo fue a estrellarse en la rosaleda de la casona roja. Se propagó por el jardín un aroma a planeta quemado. La mitad de la luna se escondió tras una nube y con ella su rastro luminoso, demasiado débil esa noche. Se detuvo la brisa que solía asediar al pueblo cuando llegaba la tarde, surgió una quietud que se coló por los ombligos de sus habitantes y les produjo insomnio. Pero nadie encendió la luz. Las casas mostraban las fachadas oscuras, aunque ellos estaban allí, inmóviles detrás de los ladrillos; los ojos abiertos, la nuca fría, las sábanas rodeándoles el cuerpo, cercándoles para que no pudieran alejarse de su destino, un destino que cada vez era más húmedo. Otro rayo cayó en unas jaras del pinar. La resina pegada a los tallos se convirtió en una baba incandescente. La lluvia llegó enseguida. No cayeron primero unas gotas; un diluvio saltó del cielo y cubrió casas, jardines y montes. Durante horas el estruendo del agua fue el único sonido de la noche. Nadie se atrevió a abandonar la cama; las manos con sudor de hielo, los ojos fijos en las ventanas o los balcones. Aquel temporal lo golpeaba todo. Era una muerte tenaz. Margarita Laguna creyó que la ventana de su abuela Clara explotaría y los cristales se le clavarían en el rostro. Se vio llena de sangre, el dosel púrpura moteado por la tragedia. Sintió el deseo inmenso de Pierre Lesac, el deseo de sus ojos negros, de su carne de iglesia, pero se lo tragó muy quieta. Santiago aferraba el chupete entre los dedos. Olía a cal mojada en la planta baja de la casona roja. Una pared del dormitorio de Manuela Laguna chorreaba, blanda, una marea de lluvia. A la vieja le costaba respirar, y creyó que aquella opresión era Dios. Rezó analfabeta. Los guantes rígidos sobre las sábanas; si no se movía, la desdicha pasaría de largo. Hubo un relámpago azul, después un trueno. La mitad de la luna se estaba deshaciendo sobre los campos de labranza, sobre las copas de los pinos. A Olvido, bocabajo en el colchón, le escocían las cicatrices que los palmetazos de la infancia le dejaron en la espalda. Mordió la almohada. Desde su ventana no alcanzaba a ver el jardín, sólo el rostro del diluvio.

Un trozo del tejado de la iglesia se derrumbó sobre el altar. Sonó una voz de escombros que el agua engulló deprisa y cada rincón del pueblo volvió a pertenecer a la lluvia. No amanecía. Apenas quedaba una oblea de la luna y se la disputaban las nubes. La veleta de la casona roja, un gallo tieso sobre una pata, enloquecía apuntando primero al norte y después al sur. Hacía un viento gélido. Pierre Lesac, acurrucado en un revoltijo de sábanas, escuchaba el chorro descomunal que expulsaba el canalón del tejado. Intentó pensar en su obra maestra, desvalida en el porche. Intentó saltar de la cama para ir a rescatarla de la tormenta. No pudo. Se hallaba preso de su miedo infantil a las gárgolas de Notre-Dame. Recordaba las fauces y las patas de dedos articulados y uñas de puñal. Podrían arrancarle la cabeza y comerle el corazón. Recordaba, sin querer, a su madre, la oscuridad de la catedral y la palabra «pecado» que tantas veces ella le había repetido; los pantalones del hermanastro, las tostadas con mermelada de ciruela que le obligó a desayunar el banquero el día en que su madre se fugó del hogar. Tuvo ganas de devolver, pero se quedó inmóvil, el vómito encajado en el esófago. Sintió su tacto pétreo durante el resto de la noche mientras la gárgola escupía la tormenta.

Cerca del alba terminó el diluvio tal y como había comenzado, de golpe. La luna era un charco enorme y destilaba un humo semejante a la niebla. Hacía frío para ser agosto. Unas costras de escarcha descansaban sobre la hierba ahogada. El muchacho que había ocupado el puesto del Tolón hizo sonar las campanas de la iglesia. El Cristo del altar se había roto. Una viga podrida le cayó encima y le partió la espalda. Retumbaba la sacristía bajo los pasos inquietos del padre Rafael. Fuera olía a cadáver de lluvia. Comenzaba a salir el sol. Se había inundado la carretera que comunicaba el pueblo con la ciudad, los senderos zigzagueantes entre los pinos, las hayas y las rocas, el encinar y el amor que allí habitaba. También se había inundado el laberinto de la rosaleda, las sendas retorcidas se habían convertido en canales de agua que transportaban miles de pétalos de rosas. Viajaban amarillos, blancos, rojos, azulados, negros… El diluvio había descuartizado los rosales.

Sus cuerpos estaban blandos. El diluvio había convertido la rosaleda en un cementerio multicolor.

Como todos los días, Manuela fue la primera en levantarse. Aquella mañana no desayunó; salió al jardín con los pies envenenados de cal y el estómago hueco. Quería alcanzar la rosaleda. El huerto se había convertido en una charca gigantesca. El agua le llegaba a la mitad de la pantorrilla y al caminar se hundía en el fango. Cientos de cadáveres de grillos flotaban en la charca. Puso unos cuantos en la palma de su guante. Estaban tiesos y tenían las patitas plegadas sobre el caparazón muerto. Los tiró a la tumba acuática. Miró al cielo. El sol aún no calentaba; luchaba contra las nubes, luchaba por imponer sus rayos. Cuando penetró en la inundación de la rosaleda, se dejó caer de rodillas en una de las sendas. El agua le cubrió hasta la cintura y lloró. Se le había pegado en un brazo el cadáver de una escolopendra. Creyó distinguir las vísceras de mentira a través de la piel del insecto. Lo estrujó y el animal se deshizo. Se santiguó y continuó su camino hacia el centro. Apenas soportaba la visión de los rosales convertidos en manojos de huesos. Los pétalos de colores navegaban por las sendas inundadas. La vieja temió encontrarse los restos de la prostituta gallega flotando a la deriva. Temió que pudieran colarse por algún desagüe y desaparecieran de su vida.

Aquella mañana nadie seguía a Manuela. Ella notaba el choque de los insectos muertos contra el cuerpo y apretaba los dientes. Ya no quería mirarlos. Sólo quería llegar hasta la tumba de menta. Pero se extravió en el laberinto, tomó una senda equivocada, una senda que no transitaba nunca, una senda prohibida cuyo secreto sólo ella conocía. Buscó con desesperación el cadáver de una escolopendra. Había cadáveres de grillos y de chicharras, flotaban bajo el sol como si los canales de la rosaleda fueran afluentes del río Ganges. Sin embargo, ninguno de aquellos cuerpos poseía la frialdad ámbar del insecto que anhelaban sus entrañas. Decidió untarse en un dedo los restos de la escolopendra que había aplastado momentos antes y los chupó. Jamás había permitido que alguien la descubriese cometiendo aquel acto caníbal del que siempre se avergonzó. A veces, después de acicalar escolopendras, se las comía porque le dejaban en la boca un gusto a membrillo. Sintió deseos de llorar; ante sus ojos se alzaba la cruz que le compró al chatarrero para la tumba de su madre. Siempre deseó que Clara Laguna no pudiera escapar de aquel montón de tierra. Deseó que nadie la visitara, deseó que nadie depositara sobre sus huesos el peso de un recuerdo. Por eso la enterró en esa senda perdida. Se arrodilló, y el agua, nuevamente, le bañó la cintura. El sol iluminaba la tumba. Como un dedo que acusa, uno de los rayos señaló las letras escritas en un brazo de la cruz. Manuela tuvo una arcada. Nunca quiso que se escribiera en la tumba aquel nombre: Clara Laguna. La prostituta gallega le contó que si en una sepultura no aparece el nombre del difunto que en ella yace, su espíritu no se atrevería a abandonarla, pues cuando quisiera regresar no hallaría el camino y quedaría por siempre vagabundo y desolado. Pero entre la herrumbre se divisaba una caligrafía torcida. Alguien había escrito el nombre de su madre sobre el hierro de la cruz. Aunque era analfabeta, sabía reconocer esas dos palabras que había visto en muchos documentos en el despacho del abogado, aquellas dos palabras que habían sobrevivido a su memoria:

una mujer, fuera un objeto ondulado y extraordinario. De sus nalgas manaba una eternidad color oliva. Pierre parpadeó inútilmente. Una bandada de pájaros atravesó el jardín, volaba muy bajo. Los graznidos de aquellas aves hicieron que el estrecho abismo custodiado por las nalgas de Olvido se desperezara con un movimiento suave. Ella gimió. Tenía la melena negra emborronándole el rostro y, entre las hebras del cabello, unos ojos dormidos, unos labios entreabiertos, unas mejillas con síndrome de flores. Pero él descubrió la espalda de esclava. A partir de aquel momento ya no le importó que Olvido rodeara la almohada con un abrazo de amante, ni su cuello mojado por el sudor de los sueños. Sólo existían aquellas cicatrices enroscadas en la espalda; aquellas culebras que se le habían muerto debajo de la piel. Humedeció sus labios y se sentó en el borde de la cama. Quería tocarlas, besarlas, recorrerlas con la lengua. Extendió un brazo y pasó su mano por el contorno escarlata de una cicatriz. El cuerpo de Olvido dibujó un susurro. De repente, los muslos más distantes uno de otro, la cintura navegando en un mar invisible. El tacto de Pierre yacía enamorado. Ojalá aquella cicatriz hubiese sido el corazón de ella. Se oyó un trueno. Pierre creyó que regresaba la tormenta. El sol que hacía unos minutos alumbraba el dormitorio se estaba tragando sus rayos de agosto. Deseaba reemplazarlos por los rayos del invierno, más débiles, más blanquecinos. Entró por la ventana una hoja seca. Había viajado hasta allí en un viento que no sabía olvidar. Pierre dejó un beso en otra cicatriz. La luna se escapó de su lecho y apareció encima de una nube. Una luna pequeña, descolorida como un espectro. Pero el cielo reventaba de tanto azul. Alguien empujó la puerta. Cuando Pierre entró sólo la había entornado: enseguida la carne de su musa lo atrapó y ya no tuvo fuerzas para cerrarla. ¿Qué era un picaporte ante aquella explosión de nalgas?, se preguntaría muchos años después acurrucado en una sombra de Notre-Dame. Margarita Laguna, el pelo suelto, la mirada como una tempestad, los pechos desvencijados por la leche, descubrió a Pierre lamiendo una cicatriz de su madre. Vio avanzar una lengua sobre aquella que él había elegido como la favorita. Tenía forma de ola y hasta parecía rebosar espuma. Vio la desnudez de su madre reflejada en el rostro de Pierre, cuando él, sobresaltado, levantó la cabeza de aquel manjar deforme y la miró sin miedo. Margarita supo que iba a matarlo. Le escupió una maldición en francés y fue hacia la cama. Olvido se despertó y pronunció el nombre de su hija; sentía en la espalda un rastro pegajoso y húmedo. A su lado estaba Pierre Lesac con los labios brillantes. Empezó a hacer frío. En el corazón de Olvido se había sentado el invierno y le colgaban sus piernas de hielo. Margarita abofeteó a Pierre.

—Esto sólo es arte, querida —repuso el francés con los ojos de cripta.

Un aroma a cirio se extendió por la habitación. Las aletas de la nariz de Margarita se hincharon. Eran como velas en alta mar. Y supo que él mentía. Que él amaba a su madre, que la deseaba.

—¿Desde cuándo? ¿Desde cuándo? —le gritó mientras le golpeaba el pecho con los puños.

—Desde que contemplé su foto, ella es el sueño de cualquier artista —confesó Pierre buscando los ojos azules de su musa. Aún sentía en la boca el sabor de la cicatriz.

Margarita dejó de golpearlo y cayó de rodillas en el suelo. Un chorro de leche le brotó de un pezón. Sobre la alfombra quedaron unas manchas espesas. Olvido recordó que aquella noche había soñado con galeones piratas. Se levantó cubriéndose con una sábana y abrazó a su hija. La sintió rígida, gélida.

—No ocurre nada —le susurró en el cabello—. Hoy podríamos ir al claro de madreselvas a tomar el sol.

Margarita la apartó bruscamente. Sobre el escritorio había visto un abrecartas. Lo empuñó, ágil, y buscó el corazón de Pierre, pero sólo pudo clavárselo en la mano. Unas gotas de sangre se derramaron en la alfombra.

—Basta, hija, basta.

Intentó quitarle el abrecartas. Margarita la golpeó en la frente con la empuñadura. Se llevó la mano a la herida y sintió, como aquella noche helada, el murmullo de su sangre.

—Basta, hija, basta —repitió.

Pero Margarita forcejeaba con Pierre al borde de la ventana abierta.

Olvido quiso ir hacia ellos, protegerlos del vacío que un día se tragó a su amante. No tuvo tiempo. Él cayó por la ventana tras un empujón de Margarita.

—No mires —le rogó Olvido—. Lo recordarás siempre, hasta en tus sueños.

Se oyó, fantasmal, el aullido de un lobo, y entonces fue Margarita quien se precipitó al jardín de la casona roja.

Invadió la habitación el silencio y el olor ácido de la tragedia. Olvido ocultó el rostro dentro de las manos. Su vida se partía en dos por aquella arruga piadosa, cuando alguien le acarició el cabello. Tenía el tacto áspero y desprendía la fragancia dulce de la hiedra que cubría la fachada. Levantó los ojos para enfrentarse al deseo de la muerte, para entregarse a él, sin embargo, vislumbró la silueta de un hombre, alargada como una aguja. Era Pierre Lesac. Había conseguido sujetarse en las celosías de madera y escaló hasta regresar al dormitorio. Olvido se asomó a la ventana.

—No —dijo Pierre—, ella no.

Margarita Laguna yacía sobre el recuerdo de su padre, se había abierto el cráneo con una piedra del jardín.

paso, el bebé lloraba. Ella sabía lo que el niño necesitaba. Se desabotonó el vestido y se descubrió un pecho. Al entregarlo a su nieto, escuchó el graznido de la urraca gigante que acompañó la llegada de Pierre Lesac. Sintió la boca de Santiago, ansiosa, succionándole el pezón. Cerró los ojos. Era Margarita a quien sostenía en el regazo. Era su hija la que le chupaba la memoria y le sumergía las entrañas en una felicidad perdida. Un viento ardiente agitó las copas de los pinos. Santiago había dejado de llorar. Del pecho de su abuela no manaba leche, pero poseía el sabor que provocó su nacimiento.

Tras abrocharse el luto, continuó caminando. El pueblo desprendía un vaho a yeso húmedo, a ropas y muebles empapados por el diluvio. Nadie tostaba pan tierno en el fogón. Ni se ataviaba con vestidos limpios y jabones olorosos. Las campanas de la iglesia tocaron las nueve. Fue la desgracia la que tiró de las cuerdas. El muchacho, al que también apodaban ya el Tolón, dormía la resaca del diluvio. Aquel domingo no habría misa; el Cristo del altar aún agonizaba bajo una viga podrida. La iglesia era un conglomerado de mantos, cirios y cascotes chorreando lluvia. El padre Rafael lamentaba en la sacristía el final de la estación megafónica. Quien quisiera comulgar esa mañana tendría que acercarse hasta el pueblo vecino, donde su iglesia había sobrevivido a la marea del cielo. Olvido descendió por una calle estrecha y llegó a la plaza. Estaba vacía. Sólo se escuchaba el sonido de los caños de la fuente. Los perros habían huido hacia otros pueblos. Y los burros soñaban con tormentas en las cuadras inundadas. Dejó a un lado el ayuntamiento y se dirigió hacia el barrio donde las casas eran más pobres. Una anciana achicaba agua de un zaguán.

El luto de Olvido Laguna rebotó contra el suyo. Dejó en el suelo un balde y partió calle arriba para contar a las comadres que una de las malas mujeres se había cubierto la desvergüenza y la hermosura con el color de la muerte.

Olvido llegó ante un porche mugriento. Las petunias de las macetas que lo adornaban se habían partido en dos. Llamó con los nudillos a la puerta.

—Pase —dijo una voz triste.

Había una habitación cercada por el silencio. Apestaba a invierno, a pesar de que agosto devoraba el pueblo y sus alrededores. Tenía muy pocos muebles, una mesa redonda cubierta por un tapete de hule, dos sillas de paja, un sofá con la tapicería raída y una estufa de carbón. Sobre la mesa, dominaba la estancia una montaña de calcetines y medias; tras ella sobresalía la cabeza de una anciana calva con unas gafas de aumento ajustadas en la nariz. Aquella mujer no se molestó en mirar hacia la puerta; no le importaba quién pudiera visitarla. Continuó cosiendo con la cabeza hundida en los zurcidos; hacía muchos años que su vida no era más que una hilera de puntadas perfectas. El agua se había colado en la habitación y empapaba los tobillos de la anciana.

—Deje sus mediecitas sobre la mesa y vuelva pasado mañana o mañana mismo si lo prefiere. Hoy, aunque es domingo, trabajaré hasta la tarde. Como no hay misa...

—No traigo nada para zurcir. Vengo a hablarle de una tumba.

La anciana se quitó las gafas de aumento. No le costó trabajo reconocer a Olvido Laguna bajo la sobriedad del velo; aquellos ojos azules, aquella belleza que había matado a su hijo en plena juventud, continuaban vivos en el rostro de esa mujer. Quiso ordenarle que abandonara la casa de pobres a la que tuvo que mudarse tras el asesinato de su marido, pero le intrigó el luto de Olvido.

—¿Quién necesita una tumba? —preguntó.

—Su nieta.

—Yo nunca tuve una nieta. —La voz se tornó fiera—. Se equivoca usted.

—Se llamaba Margarita Laguna y tenía los mismos ojos grises que su hijo, usted lo sabe.

La anciana se chupó los labios.

—¿Qué lleva ahí?

—A su bisnieto. Se llama Santiago, Santiago Laguna.

—Lo sé, la Manuela se encargó de pregonarlo por el pueblo como si hubiera nacido el heredero del reino. Pero no nos interesa emparentar con ustedes, aunque tengan dinero. —Le temblaban las manos, los labios, su voz era una espina—. Ya sabe todo el pueblo de dónde ha salido…

—¿Quiere verlo? —Olvido apartó al niño del pecho.

Se oyó un suspiro infantil.

—Acérquemelo más, sólo quiero comprobar que, en verdad, su estirpe de hembras alumbró un varón.

La luz del cielo atravesaba la ventana sucia.

—Mejor déjemelo coger. Así, sin tocarlo, no se puede comprobar nada.

Tomó a Santiago entre los brazos; él se desperezó risueño. El corazón de aquella anciana sintió el peso de los huesos blandos, el calor de la carne recién nacida, la caricia del talco.

—Lo único que vengo a pedirle es que me deje enterrar a

mi hija en la tumba de Esteban. Ella debería reposar junto a su padre.

—Ni lo sueñe —respondió una voz desconocida, áspera.

Olvido se dio la vuelta. La voz pertenecía a la hermana de Esteban. Había envejecido mucho desde que su silueta, huesuda y pequeña, apuntalaba la pena de su madre frente al agujero del cementerio.

—No meterá a su bastarda junto a mi hermano. —Caminaba por la habitación, ajena al agua que inundaba el suelo—. Y voy a decirle algo más: como me entere de que pasa otra noche sobre la tumba de Esteban comiéndose las flores como un caníbal, ya no seré yo quien me ocupe de usted, sino que haré que la encierren por loca o que la lleven presa.

—Si desea que se lo pida de rodillas, no tengo inconveniente en hacerlo —contestó Olvido.

—Coja su luto y su nuevo bastardo, y márchese de mi casa.

—Hija… —A la anciana le ardían las mejillas.

—Devuélvale el bebé, madre. No es nada suyo.

Olvido tomó a Santiago de los brazos viejos.

—Déjeme verlo un momento. —Agarró el rostro del bebé con una mano herida por pinchazos de agujas y sabañones—. Si no fuera por la edad que debe de tener usted, juraría que es hijo suyo —aseguró con desprecio—. Ha heredado sus ojos diabólicos.

A pesar de que era domingo, el abogado había conseguido que el maquillador de una funeraria de la ciudad viajara hasta la casona roja para reparar el rostro maltrecho de Margarita Laguna. Habían acomodado a la muerta en el comedor, dentro de un ataúd blanco con un Cristo sangrante sobre la tapa.

—Consígame la sepultura que esté más cerca de la de Esteban, ya sabe a quién me refiero —rogó Olvido al abogado—. Así mi hija no se sentirá tan sola. No importa lo que cueste.

Manuela afirmó con la cabeza cuando él buscó su aprobación.

—La enterrará donde desea, no se preocupe —repuso él lamentando el velo, el imperdible en el cuello y las medias gruesas de la mujer que aún deseaba.

Olvido se sentó junto al ataúd para vigilar cómo aquel hombre de la ciudad, con unos pinceles y unos ungüentos, borraba del rostro de Margarita la verdad de su muerte. Detrás de ella, dibujando bocetos con la lengua, se hallaba Pierre Lesac. Nadie se dio cuenta, pero había pintado un puñal en el ataúd.

Cuando llegó la noche y el abogado y el maquillador abandonaron la casona roja, Olvido se encerró en su dormitorio y tapió con unos ladrillos la ventana por la que habían caído su amante y su hija. No volvería a penetrar el sol en aquella habitación con un cuadro marítimo, ni el dibujo sobre el musgo de las muertes de sus seres más queridos; permanecería para siempre en la penumbra. Sólo a través de la abertura que dejó entre dos ladrillos, se ventilaría la desdicha.

Hubo que esperar tres días más para celebrar el entierro de Margarita. El cementerio se había inundado y lápidas y huesos andaban sonámbulos por el barro. Además, la tierra estaba blanda y no sostenía a los muertos recientes.

Olvido encontró en el desván una palma del domingo de Ramos y, como una esclava nubia, se puso a abanicar el cadáver; el calor de agosto aceleraba la descomposición de la joven. Manuela Laguna, acostumbrada a la presencia de la muerte, continuó bordando sus *petit point* frente a la chimenea, pero Pierre Lesac se pasaba las horas deambulando por las habitaciones con una pinza de tender la ropa prendida en la nariz, y un lapicero azul sujeto en una mano. También, oculto en las esquinas, murmuraba oraciones en francés y se atiborraba a comer melocotones dulces para que la podredumbre de su novia no se le quedara pegada en la garganta.

La noche del tercer día, bajó al jardín huyendo del calor y los remordimientos. Lamentaba su traición a Margarita, pero lamentaba más que su musa le despreciara desde entonces. En varias ocasiones había intentado agarrarle la mano o besarle una mejilla mientras le susurraba disculpas y declaraciones de amor. Ella siempre rehuía su tacto, su aliento, sus palabras.

Tendido sobre la humedad del porche, Pierre la vio aparecer caminando descalza. La luna continuaba líquida sobre los campos.

—Márchate —le exigió—. Regresa a Francia.

Él estaba mojado y se sintió como un náufrago.

—¿Y *l'amour*?

—La única mujer que te amaba está dentro de una caja.

—Quizá con el tiempo… —Su mano derecha sintió el deseo de empuñar un lápiz.

—Aunque pasen mil años, cuando me toques veré a mi hija muerta. Márchate, yo cuidaré de Santiago.

Durante varias horas resonaron en el jardín gritos extranjeros y sollozos.

Al alba, el único rastro que quedaba en la casona roja de Pierre Lesac era un lapicero, un lapicero desvalido sobre las losetas de barro, como un niño sin madre.

Enterraron a Margarita Laguna con los primeros ecos de esa tarde. Iba desnuda dentro del ataúd, rodeada de flores de madreselva. No asistió el padre Rafael a escupir latín con su temblor del mundo, tampoco el abogado, ni ningún habitante del pueblo; sólo asistió el enterrador con botas de goma y tres dientes que mascaban una bola de tabaco palada tras palada. Cuando el último golpe de tierra cubrió el ataúd, Olvido sintió en el hombro un calor desconocido. Giró la cabeza y descubrió un guante de algodón aferrado a su luto. Estaba pulcro, sin una sola mancha de sangre de gallos. Aguantó la respiración un instante y saboreó aquel peso maternal. El sol se derrumbaba en el horizonte de lápidas. No había nubes en el cielo y el calor de agosto había cedido.

A partir de entonces, la casona roja conoció una época de paz. Olvido y Manuela se sentaban juntas a pasar las tardes en el porche. Compraron unos sillones y una mesa, y quemaron lo que quedó de los viejos tras la inundación; también quemaron el cuadro de Pierre Lesac. Manuela cosía mientras Olvido se entregaba a los poemas y atendía a Santiago.

—Parece que ya llega el otoño —dijo un día Manuela después de veintitantos años sin hablar a su hija—. Será más fresco que el pasado.

—Habrá que cortar más leña —contestó ella, y continuó leyendo a san Juan de la Cruz como si lo hiciera por vez primera.

Santiago Laguna heredó de su madre la pasión por tumbarse entre las flores; de su padre, la manía de pintar con un lapicero todo aquello que encontraba a su paso —a la edad de cuatro años, le entregaron uno de color azul con letras francesas—; de su abuela Olvido, la belleza extraordinaria; de su abuelo Esteban, el amor a los versos, y de su bisabuela Manuela, el gusto por los cuentos y la muerte.

Aprendió a cocinar a muy temprana edad; disfrutaba encerrándose en la cocina con Olvido, y ayudándola a preparar las recetas que ella había inventado a lo largo de numerosos años de nostalgia. Pasaban los días cortejando a las calabazas, a los pimientos o a cualquier ingrediente que fueran a utilizar en los guisos. Olvido le enseñó a amar el borboteo del agua cuando cuece, aquel borboteo que se parecía al río en el deshielo, el aroma de las bellotas, el color de las cenizas del carbón donde asaban las castañas, pues éste era el de los ojos de su abuelo y de su madre. También le enseñó que unos pezones bien entrenados podían convertirse en los mejores chefs del mundo, o que la receta más querida de la familia eran los bollos de canela mojados en café de puchero. Después de estas jornadas de amor y juegos, Santiago se sumergía en la bañera de porcelana con patas de león, y su abuela le frotaba el cuerpo manchado de harina o de jugo vegetal. A veces, Olvido se metía con él en la bañera. Santiago estiraba los piececitos y caminaba despacio por su piel para hacerle cosquillas.

A la hora de la cena se sentaban, junto a Manuela, a la mesa del comedor y saboreaban las recetas que habían preparado. Manuela ya no cocinaba; la artritis de las manos se le había complicado con párkinson, y no era capaz de sostener una cacerola sin derramar su contenido o de pelar una patata sin rajarse un dedo. Apenas podía alimentarse por sí sola; era el pequeño Santiago quien le metía la comida en la boca con una paciencia de santo. Aquellos males produjeron una longevidad inesperada en el corral de los gallos, y los rincones de la cocina perdieron el tufo a vísceras.

Tras la cena, la familia se reunía frente a las brasas de la chimenea —si ya apretaba el calor frente a los ladrillos ahumados— para escuchar los cuentos que Manuela recitaba con la congestión del recuerdo.

—Se decía en otras tierras, que hace muchos años navegaba en las costas del norte un barco fantasma que aterrorizaba a marineros y capitanes. Por aquel entonces una niebla fría y espesa como cabelleras de muertos cubría cielo y mar, y no se podía ver nada con claridad, ni siquiera se sabía muy bien si era de día o de noche. Muy pocos se atrevían a embarcarse por esos mares, pero los que lo hacían y regresaban con vida, contaban que, de entre la niebla, surgía de pronto la silueta monstruosa de un galeón con cañones de sirenas. La espuma se abría a su paso con una reverencia y reinaba un silencio enorme. Todos sabían lo que sucedería a continuación, y se tapaban los oídos, en vano, para no enfrentarse a la terrible amenaza: la campana roja que colgaba del palo mayor, brillante como fuego. Una sombra la tocaba al tiempo que pronunciaba el nombre de uno de los marineros del barco. El capitán no tenía más remedio que entregar al pobre hombre a aquel espectro, por más que éste llorara y suplicara, si no quería correr la misma suerte, pues aquel barco fantasma, una vez que cargaba sus bodegas de víctimas, ponía rumbo hacia el infierno. —Manuela esbozaba una sonrisa enseñando los dientes—. Un día o una noche, nunca pudo saberse bien, llegó a las costas del norte un muchacho que calzaba unos zapatos con herraduras en las suelas como si fuera un burro. Llevaba tatuada en la lengua la lista de sus hazañas y glorias en los distintos océanos y, para sumar una más a ellas, aseguró a todos, tras llamarlos cobardes, que él les libraría de la amenaza del barco fantasma a cambio de tres barriles de oro. «No hay más que apoderarse de la campana roja», les dijo. «La próxima vez que suene con el nombre de un desgraciado, yo iré en su lugar y me haré con ella.» Y así lo hizo. Se apoderó de la campana fácilmente, pero en cuanto la tuvo entre sus manos, ante los ojos espantados de toda una tripulación, el muchacho se convirtió en un hermoso galeón que ocupó el lugar del barco fantasma. El cuello se le estiró hasta que tuvo la altura del palo mayor, y en él quedó colgada la campana como cencerro de oveja. Cuentan que la niebla se disipó de pronto y el muchacho-barco se alejó en el horizonte ondeando al viento la bandera que había sido su lengua. No se le volvió a ver hasta pasados cien años, en noches de borrasca, cuando su navegar suena como pezuña de burro sobre la tierra, y los marineros tiemblan porque saben que él también tendrá que hacer sonar la campana y luego les robará su alma.

A la edad de seis años, Santiago Laguna comenzó sus actividades sociales. El pueblo debía conocer y aceptar al primer varón de las mujeres malditas. Asistía a la iglesia los domingos y se sentaba en el primer banco junto a Manuela. —Olvido prefería ocupar el último, como en la infancia—. Hacía ya varios años que habían arreglado la espalda del Cristo tronchada por una viga, y estaba espléndido sobre el altar mayor. Una placa color oro en el pedestal recordaba la catástrofe del diluvio y las mutilaciones que había sufrido el templo por su causa. El oratorio de santa Pantolomina de las Flores, en cambio, había salido indemne.

La escuela que se construyó a las afueras del pueblo gracias a la donación de Manuela Laguna fue otro de los lugares que comenzó a frecuentar Santiago tras su entrada en sociedad. Era un edificio de ladrillo con un tejado de pizarra donde no fornicaba ningún gato con empacho de luna, ni crecía una mala hierba. El primer día que Santiago asistió a la escuela lo hizo acompañado por su abuela. Atravesaron muy temprano el pinar. Ella le había comprado unas botas, una cartera de lona y una camisa blanca con una corbatita de rayas. El niño no llevaba un gorro de perlé encajado en la cabeza, ni un flequillo negro cubriéndole los ojos. A lo largo del camino, su abuela le aleccionó sobre las cosas que no debía hacer en la escuela. Entre ellas, le prohibió desnudarse en el patio aunque le picara la ropa, pintar los pupitres, las paredes o las sillas con los rotuladores y pelearse con sus compañeros si le decían palabras feas.

Olvido lo vio entrar en la escuela ilusionado. Sin embargo, no emprendió el camino de regreso a la casona roja; esperó a que las madres de los otros niños se marcharan a sus quehaceres domésticos para asomarse por una ventana y comprobar si recibía el mismo trato que ella el primer día de escuela. Se había sentado en la segunda fila de pupitres, junto al hijo pequeño del frutero, y le estaba dibujando una ardilla en la mano. Debí decirle que tampoco se pinta a los compañeros, pensó Olvido. Cuando terminó la ardilla, la niña que se sentaba delante de él extendió, coqueta, un brazo para que también le hiciera una. Era la nieta del boticario.

A la hora del recreo, Santiago quiso comerse los bollos de canela que había cocinado con su abuela, pero varias niñas de la clase le rodearon. Pintó perros, gallos, gatos y regresó a la casona roja junto a Olvido con una sonrisa balanceándose en los labios.

—¿Lo pasaste bien tu primer día de escuela?

—Sí, mis compañeros son muy simpáticos, sobre todo las niñas.

—¿Y los niños?

—Uno me ha mirado con rabia y me ha dicho que tenía cara de chica.

—¿Y te has peleado con él?

—No me ha dado tiempo, abuela, me han defendido todas las niñas. Le decían envidioso por feo.

—Mañana le dices que si quiere ser tu amigo.

—De eso nada, que me lo diga él.

Por la tarde, la familia Laguna se sentó en los sofás del porche. Santiago se puso a rellenar filas de vocales en una cartilla, mientras su abuela pelaba patatas y su bisabuela observaba atentamente la caligrafía.

—Haz todas las letras bien derechas, hijo. Tienes que ser el primero de la clase. Y luego a la universidad, para ingeniero o médico, lo más «honrao» que haya. Tú eres el mesías de la familia; no olvides nunca que naciste bajo augurios divinos.

Tres años después, el pueblo sufrió un invierno demasiado largo. A finales de marzo, el pinar aún permanecía sumergido en una bocanada de nieve. Las copas de los pinos se convirtieron en tejados blancos. Su aroma invernaba entre las ramas, soñando con el aire templado de la primavera. Arropadas por la niebla que acompañaba al amanecer, las hayas parecían espectros de hielo. Con aquel tiempo, la carretera que conducía hasta el pueblo era intransitable y Santiago no asistía al colegio.

Una noche Olvido regresó del establo con las mejillas encendidas; el caballo tordo agonizaba.

—Intentaré llegar hasta la granja del veterinario, sólo está a un kilómetro de aquí. Quizá todavía se pueda hacer algo.

—Déjalo que se muera solo, ya no sirve para nada. —Manuela dormitaba junto a la chimenea.

—Si al menos funcionara el teléfono… Pero esta nieve cabezota está acabando con todo.

Las margaritas de Clara Laguna se habían congelado por vez primera en el camino de piedras.

—Acércate si quieres, hija. Yo cuidaré de nuestro pequeño tesoro.

Olvido se echó una toquilla sobre los hombros y partió en dirección al pinar. Muy pronto se dio cuenta de que no llegaría hasta la granja del veterinario. Un viento gélido la zarandeaba impidiéndole avanzar. Si el caballo empeora, le pegaré un tiro con la escopeta de caza para que no sufra, pensó al emprender el camino de regreso. Tenía nieve en los labios. Tiritaba.

El recibidor de losetas de barro estaba en penumbra, una penumbra manchada por un perfume dulce que a Olvido le recordaba a su infancia. Las puertas del armario de la ropa blanca estaban abiertas, y los sacos de lavanda revueltos.

—¡Madre! ¡Madre!

Manuela Laguna apareció en el pasillo iluminado por el resplandor del fuego de la chimenea. Miró a su hija y quiso sonreírle. Erguida en un guante, Olvido descubrió la palmeta de caña.

—No pudiste alcanzar la granja del veterinario con este tiempo de perros, ¿verdad, hija?

—¿Le has pegado, madre? ¿Te has atrevido a pegarle?

Tras años de encierro entre sábanas, manteles y toallas, el esqueleto de caña refulgía dichoso en una garra de su dueña.

—No tuve más remedio; se torció en la caligrafía, y él sabe que tiene que aplicarse en los estudios para ser nuestro salvador —repuso la anciana, y sonrió mostrando los dientes amarillos.

—¿Dónde está?

—Se fue a su dormitorio a repetir la caligrafía que había hecho mal. No te preocupes, hija, aprenderá enseguida.

Santiago había ocupado la habitación de invitados que había utilizado Pierre Lesac durante su estancia en el hogar de las mujeres Laguna. Era más pequeña que la de su abuela y, por supuesto, que el dormitorio fastuoso de su tatarabuela,

Clara Laguna, sin embargo, gozaba de más horas de sol. Olvido encontró al niño echado bocabajo en la cama, rellenando una cartilla.

—Deja ya los deberes, hoy has trabajado mucho —le dijo acariciándole el cabello.

—Tengo que practicar para que la bisabuela no vuelva a enfadarse. Mañana por la mañana le enseñaré esta hoja que acabo de hacer y está muy rectita.

—No te preocupes por la caligrafía, no importa que esté torcida.

Le había sentado en las rodillas y le acunaba como si aún fuera un bebé.

—A la bisabuela sí le importa.

—Yo me ocuparé de la bisabuela. Yo me encargaré de que no vuelva a enfadarse —le aseguró besándole la frente.

—¿Y no me pegará más?

—Nunca, porque ya no podrá. Te lo prometo.

La nieve caía gruesa de un cielo sin luna. Olvido condujo a Santiago hasta su dormitorio y le curó las heridas de la espalda. El viento golpeaba el muro de ladrillos que tapaba la ventana. Traía en sus embestidas el recuerdo de la muerte sobre el musgo helado.

Aquella noche Santiago se quedó dormido en la cama de su abuela mientras ella le contaba un cuento. Después, el insomnio empapó el cuerpo y la memoria de Olvido. Tenía los ojos abiertos y se deleitaba con el calor que desprendía la respiración de su nieto. Transcurrieron las horas, transcurrieron inundadas de sombras. Cuando comenzaba a amanecer, creyó descubrir en el muro de ladrillos un rostro del pasado. Lo había visto una vez en la iglesia; moreno, orgulloso y con los ojos grises, aquel rostro pertenecía al padre de Esteban. Poco a poco, se extendió por la habitación el rastro de una receta que reconoció enseguida. «Tripas de cerdo con hierbas y ajo», murmuró. Aquélla era una receta que Manuela adoraba. Sintió en la boca el gusto fuerte de las vísceras aderezadas con el tomillo, el romero y el ajo. Arropó a Santiago, que continuaba dormido en su regazo, para protegerlo de aquel guiso fantasmal y del rostro del maestro que flotaba en los ladrillos; hasta que, con el primer rayo de sol, éste desapareció por la rendija de la ventana. Olvido se preguntó por qué se le había aparecido aquel hombre que, según su madre, no le permitió asistir a la escuela mientras fue el maestro. También se preguntó cómo podía conocer esa receta, y qué pretendía recordándosela con su presencia. Manuela la había cocinado muchas veces, aunque la primera de ellas fue cuando Esteban era sólo un muchacho que acababa de enterrar a su padre. Manuela le invitó a probarla, él comió un par de cucharadas y salió corriendo.

Había dejado de nevar. Una luminosa mañana de invierno alumbraba la casona roja. Pero el viento fuerte que había soplado durante la noche continuaba desmembrando margaritas y rosas.

Manuela se despertó en su dormitorio de cal húmeda. Con más agilidad que en días anteriores, quizá que en meses o años, descendió del lecho. Le temblaban menos los guantes. Sin duda, el reencuentro con la palmeta de caña había mejorado su salud. No abrió la ventana para ventilar la habitación, por eso no descubrió el puñado de pétalos negros que había viajado en el viento y se había posado en el alféizar. Se puso la bata y partió hacia la cocina para exigir a Olvido que le preparara de desayuno unas mollejas con ajo.

Encontró a su hija limpiando la escopeta de caza que habitaba en el desván. Por un instante, pensó que podría apuntarla con ella y reventarle el pecho de un solo disparo. Sintió vértigo, como si se precipitara al agujero de su tumba.

—Acabo de matar al caballo. —La voz de su hija sonaba ronca.

—No oí el tiro.

—Le apoyé la escopeta en la cabeza y disparé.

—Era un jamelgo viejo que ya no servía para nada. Está mejor muerto.

—Sí, como no servía para nada, está mejor muerto. —Olvido buscó la mirada oscura de su madre.

—Quiero desayunar mollejas con ajo. —Parpadeó molesta.

—No nos quedan mollejas. Te haré tostadas con aceite. Y para almorzar, unas tripas de cerdo con hierbas y ajo, que tanto te gustan.

Una ráfaga de viento abrió la ventana de la cocina y penetró en la habitación un remolino de pétalos negros que rodeó a Manuela.

—Este temporal me está matando las rosas —aulló espantándolo con las manos—. Es el primer año que las vence la nieve y el aire.

—Vivimos un invierno duro y largo. Muchas no aguantarán.

Olvido cerró la ventana. Los pétalos cayeron al suelo, junto a los pies de Manuela.

—Oye, ¿tenemos tripas frescas para que me las hagas hoy?

—No, pero iré a comprarlas a la granja que está próxima a la del veterinario. Así, si lo veo, le pido que venga a llevarse lo que queda del caballo.

—Me parece muy bien. —Se frotaba los guantes—. No tardes en regresar y hazme las tripas bien sabrosas; esa receta me trae muy buenos recuerdos. Por cierto, ¿te llevarás contigo a nuestro hombrecito?

—Sí, le vendrá bien dar un paseo al sol.

—Lo mimas mucho, aunque ayer tarde ya aprendió que en esta casa hay que trabajar duro. —Golpeó con los nudillos la mesa de madera donde antaño celebraba las matanzas de gallos.

Cuando Olvido y Santiago regresaron de comprar las tripas, era casi mediodía. Al atravesar el recibidor, el niño percibió el perfume de la paliza; se filtraba por las puertas de rejilla del armario.

—No debes preocuparte más. Hoy se acabará todo.

—¿Qué se acabará, abuela?

—La lavanda, mi amor, la lavanda.

Prepararon el almuerzo. Juntos lavaron las tripas, acariciándose los dedos bajo el chorro de agua; juntos cortaron las cebollas, escudriñándose el brillo que refulgía en sus ojos iguales, y los ramilletes de hierbas frescas y el ajo; juntos mezclaron esos ingredientes en un puchero de barro que entregaron después a las llamas del fogón.

Cuando el guiso estuvo listo, Olvido lo sirvió en tres platos, pero llenó uno más que los otros y se encerró con él en la despensa. Santiago percibió un rumor de porcelana y cristal. Su abuela hurgaba entre los frascos que él tenía prohibido tocar. Esos frascos inalcanzables para los brazos de un niño de nueve años. La espera de lo que iba a suceder se le haría larga. Acarició la mesa de las matanzas de gallos. Se dejó llevar por el tacto áspero, irremediable, de los surcos que el cuchillo había dejado en la madera. Unas nubes tomaron el cielo. Pronto llovería. Olvido salió de la despensa. Una de sus mejillas estaba manchada con unos polvos blancos y le temblaba el pulso. Santiago se apresuró a cogerle el plato para que no se derramara la salsa y a limpiarle la mejilla con un paño.

—Espero que sepa igual que huele —dijo Manuela cuando el niño apareció en el comedor sosteniendo el plato humeante.

—Seguro que sí, bisabuela.

Se sentó junto a la anciana y, sonriéndole, le fue cortando las tripas, mojándoselas en la salsa y metiéndoselas en la boca. Tras el almuerzo, Manuela le contó un cuento mientras él la miraba a los ojos esperando el silencio.

Conforme atardecía, una lluvia de pétalos negros golpeó la ventana del salón inútilmente. El crujir de la leña en la chimenea se fue tragando la voz de Manuela Laguna. Sus manos dejaron de temblar. Y de su estómago y sus pechos desapareció el recuerdo del adolescente muerto, como si, en ese último momento, todo le fuera perdonado. Se quitó un guante y acarició la mejilla de su bisnieto, congestionada por la espera, hasta que la voz le desapareció tras un suspiro de eucalipto. En la habitación tan sólo se escuchaba el carraspeo del fuego. Santiago pensó: ya está. Un hilo de veneno azul como el mar de sus cuentos se escapaba por la boca de Manuela Laguna, y le recorría el cuello.

Al día siguiente Olvido caminó hasta el puesto de la Guardia Civil para informar de que había encontrado muerta a su madre. Tuvieron que practicarle la autopsia, y averiguaron que el fallecimiento se debía a una sobredosis de los polvos que el médico le recetaba para aliviar los dolores de la artritis. También le encontraron en el estómago restos de láudano y de fertilizante de rosas. Pero ninguna autoridad del pueblo quiso molestarse en investigar más el caso. En el informe oficial constaba que la ingestión de aquellas sustancias había sido accidental. A nadie le interesaba saber quién había acabado con esa vieja prostituta que llevaba años contoneándose por el pueblo con aires de marquesa. A nadie le importaba que las Laguna se destruyeran entre ellas. Además, Manuela, tras el nacimiento de su bisnieto, dispuso en testamento que el ayuntamiento heredara una suma de dinero para construir un polideportivo que llevaría el nombre de Santiago Laguna. Así que el alcalde deseaba cerrar el caso para recibir la herencia cuanto antes. Lo único que le importaba era qué suma engordaría las arcas municipales y si podía evitar que ese apellido maldito diera nombre a un edificio público.

Olvido le preparó a su madre un entierro de reina. Mandó que trajeran de la ciudad un carruaje fúnebre tirado por dos alazanes con penachos de plumas erguidos sobre las cabezas, cinchas con borlones de seda y las crines trenzadas con hilos de plata. El ataúd de caoba donde reposaban los restos de Manuela Laguna recorrió en él las calles del pueblo precedido por la banda municipal, cuyos músicos soplaban un réquiem a ritmo de trompetas y saxofones. Al paso de la comitiva, los perros asomaban el hocico por los zaguanes y los viejos golpeaban el cielo con los bastones. Cuando ésta llegó a la plaza, se puso a dar vueltas alrededor de la fuente de los tres caños mientras las campanas de la iglesia honraban la memoria de la muerta. Después, un muchachito rubio, hijo de un concejal, se asomó a uno de los balcones del ayuntamiento y leyó un panegírico a los curiosos que se apelotonaban en la plaza, preguntándose cuál sería el significado de las palabras que aquel querubín desmenuzaba con una lengua de hielo, y que se diluían en el viento de la mañana invernal.

A las doce del mediodía la comitiva se dispuso a subir la cuesta en dirección al cementerio. El padre Rafael, ataviado con un manto de brocados malva, convirtió su caminar por el camposanto en un estruendo de tambores y tintinear de huesos. Luego, provisto de la maza de plata, desperdigó, muy quieto, agua bendita sobre el ataúd. También asistieron dos monaguillos, el alcalde, el boticario, y otros personajes ilustres. Hasta se trajo Olvido de otros pueblos un puñado de plañideras uniformadas de negro, para que se desgañitaran en llantos y se tirasen del pelo delante de la tumba de Manuela como si alguien la hubiera querido.

Mientras metían el ataúd de caoba en el agujero, y la tierra caía sobre él como granizo, un marmolista dibujaba bocetos para construir un mausoleo de mármol rosa.

Cuando todos los asistentes al entierro abandonaron el camposanto, Olvido dejó en la tumba un puñado de pétalos de eucalipto. Se dibujaba en el horizonte otra tarde de nieve.

16

Conforme a las enseñanzas de Manuela Laguna, Santiago creció con la certeza de que su nacimiento se produjo bajo la aureola de los elegidos. A los siete años, tras asistir a la catequesis que impartía el padre Rafael, estuvo a punto de ahogarse en una de las pozas del río que atravesaba el encinar. Convencido de sus aptitudes mesiánicas, quiso demostrar a Olvido que podía caminar sobre las aguas negras. Pero el viento del otoño vapuleó la rigidez de las encinas, y el niño se hundió antes de salir a flote braceando, y alcanzar la orilla de la que, por suerte, no se había alejado más de un metro.

—Si se te ocurre hacer otra locura como ésta, no volverás a cocinar conmigo —le advirtió su abuela una vez que estuvo a salvo, jadeando sobre el musgo—. Ser un chico Laguna es algo extraordinario, pero no hay nada más.

Aunque Olvido creyó entonces que su nieto carecía de cualquier atributo divino, con el paso de los años floreció en ella la sospecha de un milagro: Santiago había nacido dotado de una serie de facultades que acabarían por redimir la vida social de la familia. Su amistad con el padre Rafael desde que tenía apenas dos años también le ayudó a cumplir lo que, en un principio, se dibujaba como su destino. El cura sentía debilidad por ese niño de ojos azules que jamás se asustó del revuelo que arrastraba su caminar, con los redobles de tierra y el temblor de árboles. Mientras los otros niños del pueblo lloraban y corrían a esconderse detrás de las faldas de su madre, aterrorizados por la figura rubia y rojiza del gigante, Santiago le sonreía y le tiraba de la sotana balbuciendo palabras incomprensibles para que el cura, reconciliado por unos instantes con el rencor que sentía hacia el escándalo de su cuerpo, se agachara y le hiciera una caricia con aquella mano que cubría por completo el rostro del pequeño. Cuando Santiago cumplió los ocho años, el padre Rafael escuchó por casualidad cómo cantaba y descubrió su garganta angelical. Sin detenerse a pensar en maldiciones —era imposible que alguna pudiera empañar aquella voz dorada—, lo vistió con una túnica blanca y lo puso a cantar el Gloria y el Ave María subido en una tarima en medio del altar, para deleite de él y de los feligreses. Los primeros domingos las ancianas de velo negro se santiguaban al contemplar a ese niño que cargaba en el rostro la belleza de su abuela, y se inquietaban en los bancos como si las mordieran hormigas, y les subían al gaznate flemas de rencor. Pero la melodía celestial que él entonaba les fue templando la bilis y los recuerdos de deshonras, y tras varias misas, se emocionaban con los cantos e incluso, a la salida de la iglesia, algunas le sonreían y otras le daban una palmadita en la espalda felicitándole. La única mujer que no sucumbió a la voz de Santiago fue su tía, la hermana de Esteban. Se retorcía las manos en el banco, y entornaba los párpados para echar mal de ojo a su sobrino, blasfemando contra el velo y escupiendo insultos. En Semana Santa, el niño entonaba saetas con un cordón morado alrededor de la cintura y el rostro contraído por el fervor del sufrimiento, mientras los ojos viejos del padre Rafael se empapaban de lágrimas, y el vello de los feligreses atravesaba los paños y las lanas de entretiempo. Al finalizar la misa, en la sacristía, el cura envolvía al niño en un abrazo; Santiago notaba en el pecho una opresión que le dejaba sin aire.

—¿De dónde te vendrá este arte siendo tú tan castellano, pillastre? —le decía revolviéndole el cabello.

—No lo sé, padre.

Nadie recordaba ya en el pueblo que Santiago era tataranieto de aquel cazador andaluz, que conquistó a Clara con su garganta de coplas y saetas iluminadas por la sed de la luna.

Pero no acababan en el canto sus habilidades artísticas. Tras la muerte de Manuela Laguna, el niño leyó en voz alta, durante la catequesis, la parábola de la cizaña del Evangelio de san Mateo, y el padre Rafael descubrió su capacidad para recitar. El cura, que tras el ahogamiento de la estación megafónica bajo las aguas del diluvio, no se dio por vencido en su pasión por la modernidad y la técnica, había montado esta vez una emisora de radio que transmitía para todo el pueblo desde un cuartito situado junto a la sacristía. Enseguida decidió incorporar a Santiago a uno de sus programas religiosos de la tarde —para que el muchacho pudiera hacerlo a la salida del colegio—, dos días por semana, y lo ponía a leer pasajes del Evangelio de san Mateo, cartas a los Romanos y a los Corintios o poemas de santa Teresa de Jesús, mientras el pueblo merendaba café con leche y bizcochos o pan con tocino. Fue entonces cuando dejaron de referirse a él como el chico Laguna, y comenzaron a llamarlo «el Laguna prodigioso».

Olvido se había comprado un transistor para escuchar a su nieto sentada en la cocina; los pucheros en las alacenas, las hortalizas en los cestos, los cuchillos en los cajones y el silencio en sus manos para que nada la distrajera de aquella voz infantil que ensalzaba a Cristo. Al terminar el programa, se montaba en la carreta y partía hacia el pueblo para recoger a Santiago.

—¿Me escuchaste, abuela? ¿Lo hice bien?

—Mejor que bien. Si no tuviera fe, me vendría sólo de oírte.

—Tienes que escucharme siempre, porque cuando leo pienso en ti todo el tiempo, igual que cuando canto.

Ella lo abrazaba, y el traqueteo de la carreta los internaba en el horizonte con los mismos cabellos negros, los mismos ojos de océano. Sobre el tejado de la casona roja pernoctaba la tarde. Las margaritas del camino envueltas en sombras. La cocina les esperaba para que prepararan la cena.

Santiago hundía las manos en un bol de porcelana rebosante de harina. La sentía cálida, la sentía gruñir con ternura cuando la apretaba entre los puños. La liberaba, sonreía —con los dedos manchados de harina— y observaba a su abuela, frente a la encimera de yeso blanco, recortada en la ventana como una estrella más que embellecía la noche. Olvido decapitaba unos lenguados, les acariciaba la piel, les besaba la cola de mar, áspera como patillas de muchacho. Llevaba el pelo recogido en un moño y en él dormidas hebras de estaño. Sus ojeras parecían barcas encalladas en una playa, pequeñas contra el horizonte azul de sus ojos. Pero aún mantenía su hermosura sobrenatural, inmune al tiempo como lo fuera a los emplastos y remedios de Manuela Laguna.

Santiago le echó harina en el cabello.

—Voy a ponértelo más blanco, abuela.

Ella frunció el ceño, empuñó un lenguado y le amenazó con él.

—Eso será si puede, caballero.

Capturó al niño y le hizo cosquillas en los costados.

—Me rindo. —Santiago reía.

Tras la cena se sentaron junto a la chimenea: Santiago en el sillón de su bisabuela y Olvido en una silla muy cerca de él. Crepitaba el fuego y les sonrosaba las mejillas. Era Santiago quien contaba los cuentos de Manuela Laguna, era él quien los dejaba flotar en el bienestar de sus vidas. Entrelazadas sus manos, navegaban en el mar que inundaba el salón, escuchando las voces roncas de los pescadores, los cantos de burbujas de las sirenas. Se sobresaltaban en las tempestades, en las venganzas de los cachalotes, se adormecían en los romances de arena y brea. La noche se les echaba encima y la oscuridad se les acurrucaba en la espalda, cuando Santiago interrumpía el cuento. Entonces besaba la mano de su abuela, y era ella quien narraba, siempre, el final de la historia.

El verano en que Santiago Laguna cumplió doce años llegó a la casona roja un paquete de dos metros de alto por uno y medio de ancho. Venía atado con siete u ocho cuerdas, unas más gruesas que otras, y envuelto en un cartón con líquenes y mugre de media Europa. Tenía etiquetas de la oficina de correos de Londres, Lisboa, París, Bruselas y Ámsterdam, entre otras de ciudades y pueblos que había borrado la lluvia, el viaje o el sudor de los porteadores. Apestaba a pis de gato, a tulipanes, a mayonesa de patatas fritas, a chocolate rancio, a hollín de tren, a bulevares podridos.

—Firme aquí, señora —indicó el cartero a Olvido Laguna mostrándole un recibo.

—¿Qué has comprado, abuela? —Santiago observó el paquete con curiosidad.

—Nada —contestó encogiendo los hombros.

El niño se fue a por la tijera con la que podaban las ramas de los árboles para cortar las cuerdas. Mientras algunas estaban endurecidas por una capa de grasa seca, otras se partían como mantequilla, enfermas por el moho y el tiempo. Cuando Santiago se deshizo de todas, utilizó un cuchillo para rajar la cinta adhesiva que unía el envoltorio de cartón. Olvido lo ayudó a desincrustarlo de las esquinas. Apareció ante ellos el retrato de una mujer hermosa. Estaba pintado al óleo, con trazos dolorosos, colores pastel, y una memoria infectada por el amor y el abandono.

—Eres tú, abuela.

Las mejillas de Olvido Laguna ardían en la cólera de sus recuerdos. En la parte de abajo del cuadro, en la esquina derecha, había una firma en letra negra como el cadáver de un grillo.

—¿No te gusta?

Ella no contestó. A sus pies había descubierto una carta; debió de caer al suelo mientras abrían el paquete. Le temblaron las manos al rasgar el sobre.

—¿De quién es, abuela?

—De tu padre.

—Lo sabía. —Santiago sonrió satisfecho.

El papel de la carta estaba abarquillado; con sus manchas amarillas y perfume de limonada.

—¿Qué dice? —preguntó el niño.

—No se puede leer. —Apretó los labios—. Debió de mojarse y se borró. Sólo se entiende al final el nombre de tu padre, Pierre Lesac, y la fecha.

—¿Puedo verla?

Olvido se la entregó. Estaba fechada hacía dos años. El cuadro había estado dando vueltas por Europa durante ese tiempo, perdido o engañando a su destino.

—Es el primer cuadro que veo de mi padre. Creo que es estupendo, parece un buen artista. ¿Puedo quedarme con la carta aunque esté borrosa? La guardaré junto a las otras.

Todos los años, por Navidad, Pierre Lesac enviaba a su hijo una felicitación desde París; en ocasiones incluso una foto. Algunas veces recordaba también su cumpleaños y mandaba una postal. «Besa a tu abuela —escribía siempre en una posdata—, y cuídala mucho.»

—¿Crees que lo que ponía en la carta es que el cuadro es mi regalo de cumpleaños (bueno, de éste no, sino de cuando cumplí diez) y como se perdió llega ahora?

—Estoy segura de que es tu regalo de cumpleaños. —Le acarició una mejilla.

—¿Dónde lo pondremos?

—Quizá podríamos guardarlo en el desván para que no se estropee.

—No, abuela, lo colgaremos en el salón; estás tan guapa…

A partir de entonces, el cuadro de Pierre Lesac les acompañó en las noches de cuentos. Olvido evitaba mirarlo para que no se le marchitara en los labios el final de las historias, para que en la lengua no le afloraran como hiedra los recuerdos.

Aquel verano, Santiago Laguna comenzó a desarrollar otra de sus habilidades artísticas. Dibujaba bien. Desde pequeño había disfrutado haciéndolo, aunque a los doce años ya se adivinaba que no estaba dotado de la maestría de su padre. Él prefería los versos. Tumbado en el claro de las madreselvas, sin más abrigo que un calzoncillo, tomaba el sol junto a su abuela. Ella releía a san Juan de la Cruz y él armaba en un cuaderno los esqueletos de sus primeros poemas. Trataban de una nostalgia que aún no había conocido; tan sólo era una nostalgia que observaba e intuía en la naturaleza. Las ramas de las madreselvas que descansaban dócilmente unas sobre otras parecían guardar una ausencia, parecían esperar un regreso que las secaba y las hacía florecer de nuevo. Vivían y morían esperándolo, una y otra vez, en una condena perpetua en un círculo de nieve, hojas secas y lamentos solares.

En cambio, Santiago era un muchacho que no esperaba nada, poseía cuanto deseaba. Desde que comenzó la escuela tuvo amigos, aunque nunca llegó a intimar demasiado con ninguno. Le gustaba jugar con ellos a las chapas, las pintaban de diferentes colores y echaban partidos de fútbol donde la pelota era un garbanzo o una canica. A veces jugaban al escondite en la plaza del pueblo, o a balón prisionero a las afueras. En una ocasión, el hijo del de las pompas fúnebres se atrevió a llamarle «maldito» durante un partido. Santiago, con los brazos en jarras, se rió en su cara y le dijo:

—«Tú» eres el desgraciado. Yo soy el único en este pueblo que ha nacido bajo la luz de los ángeles.

—Pues mi madre dice que tu bisabuela era una mujer de mala vida, y tu abuela también.

Santiago le arreó un puñetazo en el ojo y una patada en la espinilla. Dolorido, el muchacho intentó devolverle los golpes, pero Santiago le sentó en la tierra de un empujón. Ninguno de los chicos que los rodeaban salió en defensa del hijo del de las pompas fúnebres, ninguno se atrevía a meterse con Santiago Laguna, el más alto de todos, y el único con unos antecedentes sobrenaturales.

Sólo una hubo chica que se atrevió a llamarlo «maldito» y a meterse con su familia, la nieta de la florista. Santiago le dirigió una mirada intensa con sus ojos azules, se mordió los labios, y se marchó dispuesto a castigarla con el poder que, ya desde muy niño, había descubierto que poesía sobre el sexo contrario. A partir de entonces le guiñó el ojo mientras cantaba en la iglesia, le regaló flores silvestres, le hizo los deberes de ciencias, y cuando ella le pidió perdón, rendida por el amor, él le contestó con desdén:

—Me parece que ahora eres tú quien anda maldita.

Ése fue el único problema que tuvo con una chica, porque la mayoría de sus compañeras de colegio se morían por ser su novia. No sólo era el muchacho más guapo del pueblo, sino que además era divertido y cantaba como un ángel. Sin embargo, él nunca se había decidido por ninguna. Se llevaba muy bien con la nieta del boticario, una delicada niña de bucles rubios y ojos de corteza de árbol que bebía los vientos por él desde que a los seis años le dibujó en el brazo una ardilla azul. Algunas tardes, cuando no había programa de radio, se metían en la rebotica y Santiago la ayudaba a hacer los deberes, pues ella fingía ser torpe en literatura, ciencias naturales y química, las asignaturas favoritas de él. Encerrado en aquel lugar de azulejos relucientes, abandonaba los libros y convencía a su compañera para preparar en los morteros emplastos que curaban la sarna de los perros y lavativas de anís y agua de rosas para los gatos estreñidos. La rebotica quedaba sumida en el vapor de los elixires, restos de hierbas flotando en la niebla de su propia cocción, mientras la niña le contemplaba removiendo las mezclas.

Pero lo que más había deseado siempre Santiago era el amor de su abuela; y ella sólo vivía para él. El cariño del padre Rafael, enorme y contundente como su caminar por el mundo, suplía el cariño de papel de un padre que vivía lejos y nunca iba a visitarle.

A los trece años había perfeccionado lo suficiente la técnica de sus poemas y comenzó a leerlos en el programa de radio que se emitía los sábados por la mañana con un espacio para la cultura. El padre Rafael estaba orgulloso de que declamara sus versos en las ondas. El cura había envejecido; aun así aparentaba diez o quince años menos de los que tenía. En su familia los hombres se morían centenarios, pero no de viejos sino de aburrimiento. La mayoría lucían una salud titánica hasta el fin de sus días, ensombrecida, únicamente en algunas generaciones, por una miserable incontinencia urinaria. Ésta acababa de golpear al padre Rafael, y le desquiciaba los nervios y lo ataba a un orinal de porcelana con cada resquicio de tos, estornudo o risa. Había tenido que enseñar a Santiago el funcionamiento de la emisora de radio y, en muchas ocasiones, era el muchacho quien se ocupaba de pinchar el canto gregoriano o de leer los consejos religiosos que le dejaba escritos el padre entre folios y folios de insomnio, que la luz de la oración y del alba lograban resumir. Santiago pasaba tanto tiempo en el cuartito pegado a la sacristía que echaba de menos a su abuela. Por eso propuso al cura que ampliara la emisión de los programas culturales con un espacio dedicado a las recetas de cocina, del que se encargaría Olvido Laguna. A él le pareció una idea excelente.

La primera emisión tuvo lugar un sábado por la mañana. Olvido había aceptado sólo porque era incapaz de negarle algo a Santiago. Sentada ante el micrófono, con una berenjena atravesada en la garganta, comenzó a hablar de rebozados. Su voz pausada arrastraba la soledad de muchos años en el silencio de carnes, pescados y hortalizas, pero fue fortaleciéndose conforme se sumergía en la explicación de sus recetas. Lágrimas, venganzas, nostalgias, risas abandonaron la cocina de la casona roja y estallaron en el cuartito junto a la sacristía, saliendo despedidas por las ondas. La voz de Olvido era un torrente que empapaba el micrófono; acababa de probar las mieles de la comunicación y ya nada podía detenerla. Las amas de casa de las familias nobles se relamían, mordisqueaban el lápiz con el que apuntaban las recetas en un bloc, se refrescaban con las manos frías las mejillas, entornaban los ojos, en los saloncitos de encaje y café con leche. Mientras tanto, a las viudas del pueblo, reunidas en torno al transistor de la comadre más rica, se les empedraban los ojos de chismes, chasqueaban la lengua y asentían con malicia.

La vida social de Olvido Laguna, que se había desarrollado tímidamente con los saludos de algunos feligreses cuando Santiago comenzó a cantar en la iglesia, se convirtió en un hervidero de conversaciones culinarias. Las mujeres y cocineras de las familias nobles, o las esposas e hijas de los comerciantes, entre otras de menor abolengo, la paraban en la plaza, en las callejuelas, en la botica, para felicitarla por el programa, y para preguntarle dudas sobre un sofrito o un conejo encebollado. En la tienda de comestibles comenzaron a venderse calabazas y coles con un letrero que rezaba: ESPECIALES PARA LAS RECETAS DE OLVIDO. Su belleza parecía habérsele perdonado, milagrosamente. La invitaron a merendar a casa de los dueños de las pompas fúnebres. Su maldición se diluía entre rebozados y gozos de merluzas. La invitaron también a una matanza en la finca del alcalde. Dejaron de llamarla «la Laguna del muchacho muerto» para llamarla «la Laguna cocinera». Las hileras negras de ancianas la saludaban al pasar asintiendo como si ahora sí comprendieran su historia. Manuela Laguna, bajo el mausoleo de mármol rosa, se revolvía de satisfacción social; en cambio, la hermana de Esteban se envenenaba de rencor entre enganchones de medias.

Por aquella época se terminó la construcción del polideportivo financiado con la última voluntad de Manuela. En un bando municipal, que tuvo el beneplácito de casi todo el pueblo, se decidió respetar los deseos expresos de la difunta y se le puso el nombre de «Santiago Laguna». Para celebrar este honor del que muy pocos muchachos de su edad y vivos gozaban, la nieta del boticario le besó en los labios cuando elaboraba una cataplasma de romero y crema de menta con la que pretendía curar las picaduras de los tábanos. El muchacho recibió complacido la calidez de aquella boca pequeña, la saboreó como pulpa de albaricoque, la abrió con la lengua como si fuera a comerse una pipa, y curioseó en su interior enganchándola con la de la muchacha. Dejó de importarle la cataplasma, las manos manchadas con crema de menta se aferraban a una cintura adolescente, sentía en el rostro el revuelo cercano de los bucles rubios, la intimidad de un deseo que se escurría por las mejillas femeninas.

—Te quiero —le dijo ella— desde hace mucho tiempo.

Se condensaba en los azulejos de la rebotica el amor de la muchacha. Santiago volvió a besarla, la atrajo hacia sí con fuerza, y se le clavaron sus pechos duros como las conchas de los mejillones que echaba su abuela en la paella de los domingos.

—¿Me escribirás un poema? —le susurró en la oreja.

Aquella noche, encerrado en su habitación, ocultando a Olvido lo que había pasado por miedo a que se sintiera traicionada, no escribió un poema a su compañera de bucles rubios, sino al beso, que se había convertido en un ser independiente flotando por la habitación.

17

Aunque Santiago Laguna creía haber nacido sin el estigma de la maldición, el domingo en que conoció a Ezequiel Montes a la salida de misa una efervescencia de hielo le licuó los huesos. Despedía éste un aroma a jabón de lavanda mezclado con un dulzor de ovejas, que se le había metido en las arrugas de la frente y del cuello, y por mucho que se lavara no podía deshacerse de él. Santiago le estrechó la mano, la mano áspera y fría por el relente de octubre. Ezequiel le sonrió. Vestía un traje negro y tieso como una armadura y una camisa blanca sin cuello. Tenía un pelo castaño y abundante que se le ondulaba en las sienes aunque lo llevaba muy corto. Santiago era más alto que él; a sus dieciséis años se había convertido en un adolescente hermoso con una estatura de aguja de catedral semejante a la de su padre.

—Me alegra mucho que os conozcáis por fin —dijo Olvido tras presentarlos.

Ezequiel Montes la observó profundamente con sus ojos verdes de contemplar los prados, y ella le correspondió con una mirada tierna. Fue entonces cuando Santiago descubrió que, en vez de huesos, tenía ríos fluyéndole dentro de la carne, y maldijo la tarta de moras, las zarzas, los cencerros de las ovejas. Por primera vez en su vida se sentía el chico más desgraciado del mundo.

Una mañana de mediados de septiembre, mientras Santiago estaba en el colegio, Olvido había ido al monte en busca de moras para hacerle una tarta. El destino o una piedra con la que tropezó, hizo que perdiera el equilibrio y que se cayera en una zanja donde se hallaban los zarzales con las moras más espléndidas del fin del verano. Magullada y llena de pinchos, vio que en lo alto de la zanja aparecía una oveja con un cencerro colgado al cuello, y luego otra y otra más, con los ojos redondos y extraviados en el rumiar de la hierba. Tras ellas, surgió la silueta poderosa de Ezequiel Montes. Lo había visto en contadas ocasiones en la iglesia, o en la tienda de comestibles, aunque jamás le prestó atención hasta que le vio en lo alto de la zanja mirándola con las piernas abiertas, el zurrón atravesado en el pecho, tendiéndole la mano para ayudarla a salir, cogiéndola en brazos porque le costaba caminar. Le dijo su nombre con el desaliño de la soledad del campo, y se la llevó a su refugio en la majada, seguido de balidos neblinosos, para curarle las heridas.

—Le echaré un ungüento en los arañazos. —La voz le surgía de la garganta con una ronquera de lobos y estrellas.

El refugio era pequeño, paredes de piedra y tejado de pizarra. Ezequiel Montes decidió no llevar a Olvido dentro; en él sólo había un catre deshecho, una mesita y un hogar para calentarse por las noches y prepararse las comidas. La tendió en el prado, junto a la puerta, y se quitó el zurrón para ponérselo bajo la cabeza. En lo alto del cielo, el sol alumbraba el mediodía. Ezequiel Montes entró en el refugio y salió al poco rato con un frasco de cristal, un paño limpio y una taza de leche.

—Beba, le sentará bien.

Ella se incorporó y se tomó toda la leche. Después volvió a echarse en la hierba.

—Voy a quitarle los pinchos que se le han clavado en las piernas.

—Se lo agradezco. —Olvido se subió la falda por encima de las rodillas y juntó los muslos.

Sintió los dedos gruesos de Ezequiel Montes afanándose en arrebatarle los pinchos y el escozor de las heridas.

—Es la primera vez que me ocurre algo así, ¿sabe? Y llevo toda la vida paseando por estos campos.

—Esa zanja es peligrosa. A mí se me cayó una oveja hace poco, y salió con todas las patas arañadas. Bueno —se inquietó. —Aunque usted es mucho más bonita que una oveja... no quería compararla.

—Está bien. —Olvido sonrió.

El pastor le limpió las heridas con el paño y le echó el ungüento de tomillo; no se atrevió a pedirle que se descubriera los muslos.

—Ahora quedan los rasguños de los brazos y del rostro.

Ezequiel Montes se inclinó sobre ella. Hacía semanas que sólo trataba con la naturaleza y le tembló el estómago. Evitaba mirarla a los ojos, evitaba mirarla a los labios, se concentraba en las heridas. Del pecho del pastor manaba un vapor invisible que a Olvido le calmaba el dolor.

—¿Puede remangarse un poco la blusa?

—Claro.

Al descubrir los brazos se le encendió la piel.

—¿Vive lejos?

—En la granja que está junto a la carretera. —El pastor tenía las manos grandes, curtidas—. La que se llama la casona roja. Perdóneme, no le he dicho mi nombre, con lo amable que ha sido. Me llamo Olvido Laguna.

—La acompañaré a casa, Olvido.

—Ya le he entretenido bastante. —Se incorporó despacio hasta ponerse en pie.

—¿Puede andar?

—Sí. —Dio unos pasos. Tenía una pierna dolorida y cojeaba un poco.

—Voy con usted.

Ezequiel Montes guardó las ovejas en el redil y las dejó al cuidado de dos mastines. Después hizo que Olvido entrelazara un brazo con el suyo y se apoyara en él, y así comenzaron a descender por los prados, que inundaban campanillas malvas y amapolas. Se escuchaban a lo lejos los balidos de otros rebaños que se perdían entre cañaverales polvorientos y senderos de hadas, y el metal de los cencerros afilando la brisa. Las águilas sobrevolaban los perfiles de los serrijones que se alzaban a su alrededor. Ezequiel se mantenía en silencio, llevado por la costumbre: tenía cuarenta y cuatro años y era pastor desde la infancia. A lo lejos, más allá de los prados y la cañada que se internaba en el pinar, se distinguió por un instante la silueta de dos corzos dibujando cabriolas por la pasión del celo.

—Hoy no podré hacer la tarta de moras. Además, se quedó entre las zarzas la cesta donde las echaba —dijo Olvido.

—Mañana le cogeré un buen puñado y así no se quedará sin su tarta.

Las hojas de las hayas habían comenzado a desprenderse de las ramas; el aire era cálido y flaco cuando llegaron a la casona roja.

Santiago regresó del colegio a primera hora de la tarde y su abuela le contó lo que le había sucedido. El muchacho se preocupó por las heridas, se las lavó y desinfectó antes de acostarse, pero no por aquel pastor que había ayudado a su abuela, pues se imaginó que se trataba de Saturnino, un zoquete sesentón con fuerza de héroe que cuando se emborrachaba los domingos se dedicaba a balar en la plaza. A la mañana siguiente quiso quedarse en casa para cuidarla, pero Olvido insistió en que se encontraba bien y, finalmente, el chico se marchó al colegio. Pasadas las once, llamaron a la puerta. Ella sintió en el estómago el golpear de la aldaba; sabía que era Ezequiel Montes. Estaba recién afeitado y su cutis grueso resaltaba la delicadeza de los ojos verdes. Le brillaba el pelo, y se retorcía las manos enrojecidas de ordeñar bajo el rocío de la madrugada. Lo hizo pasar a la cocina.

—Encontré su cesta. —El pastor se la entregó repleta de moras.

—Con todas las que ha cogido, tendré lo menos para dos tartas. —Dejó la cesta sobre la encimera—. ¿Puedo ofrecerle un café?

Él aceptó y permaneció de pie observando cómo lo preparaba. Conocía la historia de aquella mujer bellísima, la historia de su familia y del fastuoso burdel que había albergado aquella casa a principios de siglo. Pero llevaba casi cuarenta años refrigerando el alma en el monte, y no le daba importancia a las habladurías sino a su corazón asilvestrado.

—¿Se encuentra mejor de las heridas?

—Ya casi no me duelen, y la pierna también mejoró con el descanso de la noche. Tengo que insistir en que fue usted muy amable. —Le entregó una taza de café y se sentaron frente a la mesa blanca que había sustituido a aquella donde Manuela descuartizaba los gallos.

—¿Trabaja usted sola en la granja?

—Me ayuda mi nieto, que ya está hecho un hombre; cumplió los dieciséis.

—Yo soy viudo. Mi mujer falleció de pulmonía antes de poder darme hijos. —El trago de café le supo amargo.

—Conozco lo que es perder a un ser querido. Lo lamento mucho, uno ya no vuelve a ser el mismo… —Le vino a la boca un puñado de tierra del camposanto y bajó la mirada.

Ezequiel Montes soltó la taza de café. Le habría gustado acariciarle el cabello y las mejillas, pero se limitó a apretarle una mano.

—Un lobo se come una oveja, pero quedan más que cuidar.

Ella lo miró a los ojos. Le agradaba el tacto templado del pastor, y respirar de nuevo el vaho invisible de su pecho.

—He de irme. Le agradezco el café y la charla. A veces pasan semanas sin que me cruce con alguien. —Retiró la mano y se puso en pie.

—Vuelva cuando lo desee.

Ezequiel parecía tener prisa. Olvido le acompañó a la puerta y contempló cómo se alejaba por el camino repleto de margaritas.

Cuando regresó Santiago, la encontró preparando una tarta de moras y la regañó por haber salido al monte sin haberse recuperado de la caída.

—Me las trajo el pastor —le dijo ella sin darle importancia.

—Qué de molestias se toma contigo el Saturnino.

—No fue el Saturnino quien me ayudó, sino otro pastor. Se le ve poco por el pueblo, se llama Ezequiel Montes.

Santiago le recordaba vagamente. Era un hombre silencioso y robusto del que se murmuraba que tenía la mirada y el instinto de los lobos.

—Esta tarde yo pensaba ir a cogerte las moras. —Frunció el ceño—. Ha sido muy amable, pero si vuelves a verle, dile que ya hay un hombre en esta granja. —Salió de la cocina y subió los escalones de dos en dos hasta su dormitorio.

Olvido se limpió las manos del jugo de las moras y le siguió.

—Dime qué te ocurre.

Él estaba echado en la cama con los ojos ausentes.

—No quiero que te pase nada, ¿comprendes? Quiero que siempre estemos juntos.

Se sentó a su lado, le acarició el pelo. Santiago apoyó la cabeza en su vientre y la apretó contra él.

Al día siguiente, tras marcharse Santiago al colegio, Olvido hizo la comida, arregló el huerto y fue en busca de Ezequiel. Era una mañana con niebla, los prados parecían espejismos y el recuerdo del pastor tan sólo un sueño. Como no le encontró cerca de la zanja, se dirigió al refugio. Caminaba apoyándose en un palo con cuidado de que no se le cayera una tarta. Al llegar a la majada, el cielo comenzó a despejarse. Divisó a Ezequiel sentado en una banqueta en la puerta del refugio, absorto en la lectura de un libro. Él levantó la vista, dejó el libro sobre la hierba y sonrió satisfecho. Una bocanada del viento que bajaba de las montañas revolvía el cabello de ella y el vuelo de su falda.

—Le he hecho esta tarta con las moras que me trajo.

Tenía las mejillas sonrosadas por el esfuerzo y la espalda húmeda de sudor. Sin embargo, cuando Ezequiel Montes se le acercó con un brillo indómito encerrado en los ojos, comenzó a tiritar.

—¿Tiene frío?

—Un poco. —Creyó que iba a ruborizarse y apartó la mirada. Luego le entregó la tarta.

Él le dio las gracias, se metió dentro del refugio y la dejó sobre la mesa que tenía junto al hogar. Después salió con una zamarra y se la echó a Olvido por los hombros.

—El viento empieza a ser fresco.

—¿Qué está leyendo? —preguntó ella sentándose en la banqueta.

—La Biblia.

Era un libro con tapas de piel negra, de hojas tostadas por el tiempo, por manos solitarias y noches con aullidos de fieras.

—Perteneció a mi padre.

—¿Es aficionado a la lectura?

—Sólo a la de la Biblia, no sé leer nada más. En ella aprendí y en ella me quedé.

—¿Y ha intentado leer otros libros, si me permite preguntárselo?

—Comprendo su curiosidad, pero cuando lo he hecho las letras se me juntan y no consigo entender nada. Sin embargo, la Biblia la he leído entera más de veinte veces sin ninguna dificultad.

Ezequiel se sentó en la hierba, arrancó una brizna y se la puso entre los labios. Entonces le contó a Olvido que su padre, párroco durante la juventud en una iglesita de Soria, colgó los hábitos al enamorarse de una muchacha, aprendiz de modista, que cada mañana acudía al templo a encender velas por sus progenitores difuntos. En su rostro titilaban las llamas de aquellos pequeños cirios concebidos para el recuerdo, y ardían unos ojos de gato montés que precipitaron a su padre al amor del tacto y la reproducción. Ezequiel no recordaba los ojos felinos: la muerte se llevó a su madre de una tuberculosis infecciosa cuando él sólo tenía cuatro años. Tras el entierro, su padre se trasladó al pueblo donde había nacido, y se hizo pastor para cuidar en las sierras del hijo, de las ovejas y de las penas. Ezequiel no asistió a la escuela, sus compañeros de juegos fueron los corderos y los mastines. Aprendió las letras con la Biblia y a contar con las ovejas: sumaba si les nacían corderos, restaba cuando se las comían los lobos. Al padre lo mataron los guardias a finales de los cuarenta al acusarle de vender leche y queso en el mercado negro. Lo fusilaron en un camino en el que, desde entonces, crecían amapolas y cardos borriqueros entre hierba sabrosa. Durante un tiempo tuvo guardados en una bolsita de cuero los casquillos de bala que encontró revueltos en el fango; si no hubiera sido tan joven, jamás los habría buscado como si fueran a devolverle lo que había perdido. Dormía con aquella bolsita bajo la almohada, y los casquillos estallaban en sus sueños y anegaban de pólvora y terror el refugio, mientras los lobos se comían los corderos sin que él hiciera nada para impedirlo. Hasta que una noche los casquillos dejaron de estallar, y Ezequiel mató a un lobo, por primera vez, con su escopeta de hombre. Al amanecer, se dirigió al camino y enterró la bolsita de cuero bajo las amapolas.

El pastor se aclaró la garganta, hacía muchos años que no hablaba tanto; hacía muchos años que no le escuchaba una mujer con los labios enrojecidos por la brisa. Se despidieron pasado el mediodía. El tintineo lento de los cencerros, los balidos de leche, los pastos rezumando un verdor que se revelaba distinto a los ojos de Ezequiel, lo empujaron a pedirle que volviera a visitarle otra mañana.

—Le tendré preparado un queso.

Sin embargo, la naturaleza fue lo primero que se interpuso entre ellos. Llovió apasionadamente a lo largo de varios días. El queso de Ezequiel Montes se agriaba en el refugio a causa de la espera. La leche fermentaba de impaciencia, y los hongos se asomaban a la corteza como el pastor a la ventana buscando, entre el temporal, la silueta de una mujer. Hasta que una tarde lo aplastó con la culata de su escopeta, y se enfrascó en la elaboración de uno nuevo. Cuando estuvo listo, se puso un capote de hule, guardó el queso cerca del corazón, y abandonó el refugio. Descendió por los pastos y atravesó cañaverales hasta internarse en la espesura de los pinos, y llegar a la casona roja.

Los goznes de la puerta de hierro chirriaban comidos por la herrumbre, las margaritas del camino inclinaban las corolas y morían aplastadas por las botas de un enamorado, la aldaba de oro y puño de mujer surgía en la puerta, resbaladiza. Olvido descubrió el rostro del pastor bajo un sombrero de ala ancha y cuero viejo.

—El queso ya no podía esperar.

Lo sacó de debajo del capote cuando ella lo hizo pasar a la cocina dejando tras de sí las marcas de agua de sus botas. Olvido lo tomó en sus manos y unos latidos le golpearon los dedos.

—Gracias —le dijo, pero nada más.

No se atrevió a hablarle de las últimas noches sumida en un duermevela de pólvora, sin saber si era la de la escopeta que disparó Manuela una noche de invierno, o la de los cartuchos de las balas sobre las que había dormido el pastor. No se atrevió a hablarle de que, al salir la luna, se echaba en la cama con dosel, donde unas pupilas amarillentas se reían de su desasosiego reciente por prados y rebaños. No se atrevió a hablarle de las mañanas con los ojos atrapados en las nubes, las botas de campo preparadas en el recibidor, la gabardina en el perchero ansiosa de su destino. No se atrevió a hablarle de las calabazas que se le habían muerto entre las manos mientras las cocinaba con el remordimiento de pensar en él, sin comprender cómo le había ocurrido. No se atrevió a hablarle de la melancolía con la que contemplaba las gotas de lluvia, la melancolía por la que le preguntaba su nieto, y por la que le había mentido por primera vez.

Ezequiel Montes se quitó el capote de hule y bebió café. Olvido le habló de lo fastidioso que era a veces el mal tiempo, de su huerto dotado de una fertilidad prodigiosa, de sus programas de cocina en la radio local, incluso encendió el transistor para que escuchara a Santiago recitando un poema de fray Luis de León con una voz ronca, presagio de su tormento.

—¿Vendrá a verme a la majada, cuando escampe, para continuar charlando? —La miraba con la intensidad de un lobo.

—Me gustaría mucho.

Se oyó el sonido de las brasas al desmoronarse en los fogones de carbón. El atardecer se deshacía en el cielo y la oscuridad asomaba tímidamente una lengua de estrellas. Ezequiel se puso el capote y el sombrero de ala ancha. Afuera, continuaba la lluvia.

—Hasta pronto. —Sonrió.

Olvido permaneció en la puerta contemplando cómo las sombras se lo tragaban.

Hasta que el cielo se quedó seco, una semana después, Ezequiel Montes se entregó a la lectura de la Biblia. Rememoró la historia del paraíso en el Génesis y, a la luz de una vela, la peregrinación del pueblo de Dios por el desierto cuando la noche se le echaba encima y lo encontraba sin sueño, estancado en el cabello de una mujer. Ella subió a la majada el día que escampó. Era muy temprano, en el horizonte aún podían distinguirse los arañazos de la aurora. Santiago se había quedado a dormir en la iglesia para ayudar al padre Rafael, cuya enfermedad de incontinencia se había agravado en los últimos años, así que no tuvo que esperar a que se marchara al colegio. Alertaron de su llegada los ladridos de los mastines que la salieron a recibir meneando la cola. Llevaba un libro bajo el brazo, las *Leyendas* de Bécquer. Ezequiel Montes estaba ordeñando las ovejas, sin afeitar, y con la camisa por fuera del pantalón. Al verla, volcó sin querer el cuenco con la leche.

—He madrugado mucho, pero hace un día tan bueno que apenas me desperté sentí ganas de pasear —le dijo ella.

—Aquí siempre será bien recibida, venga a la hora que venga. —El pastor se pasó una mano por el rostro, preocupado por la barba que lo ensombrecía, y se apresuró a meterse la camisa dentro del pantalón.

—Le traje un libro, por si le apetecía intentar leerlo.

—Ah… se lo agradezco. ¿Ya desayunó?

—Un poco de fruta.

—Entonces le daré una rebanada de pan tostado con queso y una taza de leche. Está recién ordeñada.

Desayunaron sentados en unas banquetas junto a la puerta del refugio. Aunque ella quiso ayudarle a tostar el pan y cortar el queso, Ezequiel insistió en ocuparse de todo. El interior del refugio olía a hombre solitario, el catre permanecía revuelto, y los cacharros de la cena desparramados y sucios en la mesita cercana al hogar. Después del desayuno, charlaron un rato sobre los cazadores que habían comenzado a llegar al pueblo, sobre la enfermedad que estaba desintegrando los riñones del cura a pesar de su fortaleza y sobre el campeonato de dominó que se celebraba en la taberna dentro de unas semanas, y al que Ezequiel pensaba apuntarse, pues desde que su padre le enseñó a jugar siendo aún muy niño, se había convertido en una de sus pasiones.

—Si quiere podemos echar una partida. Yo a veces juego con mi nieto —le propuso ella.

—¿Por qué no me lee unas páginas del libro que ha traído?

—¿No le apetece a usted intentarlo? Quizá pueda ayudarle.

Olvido le entregó el libro que había permanecido sobre sus muslos, pero en vez de leerlo, Ezequiel Montes acarició las tapas como si en ellas se ocultara la suavidad de la mujer que le sonreía expectante. Si en otras ocasiones las letras impresas le habían parecido hormigas caminando de línea en línea, ante la proximidad de Olvido las hormigas se unieron convirtiéndose en una melena que caía sobre una espalda desnuda. Se turbó, le temblaron los labios y recitó en su memoria un versículo del Génesis: «Esto sí que es ya hueso de mis huesos y carne de mi carne. Ésta se llamará varona porque del varón ha sido tomada».

—Yo se lo leeré esta vez.

—No, por favor, en otro momento. Ahora no podría prestarle atención —le rogó dejando el libro sobre la hierba.

—¿Qué le ocurre?

Sintió en su mano la mano de Ezequiel y luego una bocanada de ojos verdes. Se besaron, primero lentamente, después a chorros como si quisieran que aquellos besos les duraran hasta cuando estuvieran dormidos, hasta cuando estuvieran muertos. Se abrazaron y cayeron de rodillas como dos penitentes. Los besos se les escurrían por la ropa, por la camisa de él, por el jersey de ella, se les escurrían por la falda y por el pantalón, y se desmoronaban sobre los prados formando un río en cuyas riberas crujían campanillas, abrevaban las ovejas, saltaban las ranas, y en cuyas aguas el sol se desmembraba en látigos de espejos. No respiraban oxígeno, respiraban labios. No se tocaban como si ya se hubieran encontrado, se tocaban como si se hallaran a miles de kilómetros. Perdieron el equilibrio, y rodaron prado abajo sin soltarse. Los mastines ladraban a su alrededor, pero continuaron besándose, rebozándose en el río de los besos hasta que a Olvido se le quebró el aliento. Se puso en pie, se sacudió la falda, y huyó de sus propios besos, como una adolescente, en dirección al pinar, mientras Ezequiel sentía que le reventaban los testículos y su esperma se convertía en copos de nieve.

Cuando llegó a la plaza del pueblo, creyó que el corazón se le escapaba del pecho. Frunció la arruga de en medio de sus cejas y subió la cuesta del cementerio. El sepulturero arrancaba las malas hierbas de entre las lápidas para que las raíces no arañaran a los muertos, y la vio pasar con la tez pálida y un jadeo que rivalizaba con los graznidos de las urracas.

—¿Le pasa algo, mujer? —gritó.

No contestó; siguió andando entre hileras de cruces y coronas polvorientas hasta la parte vieja del cementerio donde se hallaba la tumba de Esteban. Desde que se ocupó de criar a Santiago había dejado de esconderse en la cripta, pero continuó yendo todas las semanas durante las horas de visita. También rezaba ante la tumba de su hija, le limpiaba la lápida y le ponía flores.

MARGARITA LAGUNA, DESCANSE EN PAZ. Leyó el epitafio y se santiguó antes de arrodillarse sobre la tumba de Esteban. Cogió unos puñados de tierra y los apretó en las manos. Luego las abrió, y se acercó la tierra a los labios. Las urracas la oyeron cómo le daba explicaciones, cómo la besaba con la delicadeza de la eternidad, cómo lloraba sobre ella hasta que se extendió por el camposanto un perfume de lluvia. Olvido se echó sobre la tumba y cerró los ojos.

A la mañana siguiente, desde la ventana de la cocina, vislumbró la silueta de Ezequiel Montes rondando la verja del jardín. Deambulaba entre la herrumbre como un aparecido que aún conserva la robustez de los vivos. Ella se afanó en limpiar las pepitas de unos pimientos, en dorar una cebolla, en descuartizar un pollo, hasta que la silueta de Ezequiel desapareció. Comió sola en la cocina mirando por la ventana, prometiéndose que si él regresaba iría a su encuentro. No tomó postre. Tan sólo le cabía ya en el estómago el recuerdo de lo que había ocurrido entre ellos el día anterior. Se limpió los labios húmedos de la grasa del pollo frito, se puso un chal sobre los hombros, las botas para ir al campo y se marchó.

Le encontró sentado en una roca del prado que descendía desde el refugio hasta la cañada. Sujetaba el libro de Bécquer como si fuera un objeto inútil. Hacía una tarde espléndida de principios de octubre.

—Temía que no volvieras —le dijo el pastor poniéndose en pie.

—Yo también —respondió ella buscando su mirada, sus brazos, su boca.

Un águila sobrevoló el cielo limpio, el libro de Bécquer quedó hundido en la hierba, y sobre las tapas fluyó el río de sus besos. Luego se dirigieron al refugio. Aún quedaban en el hogar los rescoldos de los leños que habían calentado el insomnio de Ezequiel la noche anterior. Se besaron apoyados en las paredes, se desnudaron en el catre revuelto que crujía bajo el peso del amor, bajo el peso de los cuerpos también revueltos, y el olor a hombre solitario abandonó el refugio.

18

El pueblo castellano no estaba preparado para la desgracia de Santiago Laguna. Sus habitantes lo habían visto crecer subido en la tarima del altar de la iglesia entonando Glorias y Ave Marías con una voz angelical, que si bien había perdido pureza y ganado gravedad con la llegada de la adolescencia, continuaba alborotándoles el corazón de fe y ensartándoles el vello de los brazos en las ropas dominicales. (Incluso algunos lo recordaban tendido en su cuna, dormido como un bendito, mientras Manuela Laguna le montaba los genitales masculinos en un palo para atestiguar lo excepcional de su nacimiento). Se habían acostumbrado a escucharlo recitando fragmentos de evangelios o poemas de santos a través de sus aparatos de radio, con las manos grasientas del tocino de la merienda o con un bigote de café con leche. Nadie como él declamaba los horarios de misas, los horarios de las catequesis, los horarios de las convivencias en el fluir de las ondas. «Con qué claridad lo cuenta el niño —decían—, y con no sé qué alegría y convencimiento.» Se habían acostumbrado a sus versos de madreselvas, geranios y dondiegos de los sábados por la mañana. Las niñas chupaban piruletas pensando en pétalos de flores, las muchachas confundían las agujas con ramas invernales que esperaban el regreso de un amor incierto, las ancianas reverdecían preparando potajes. Hasta se habían acostumbrado a su belleza; la habían hecho suya para convertirla en un orgullo del pueblo. «Lástima que en la comarca sólo se celebren concursos para elegir a los terneros más hermosos. Si los hubiera de chiquillos, con el Santiago los ganábamos todos», se comentaba en la tarde, en las hileras de viejas cuando lo veían pasar, sonriéndolas, por las callejuelas. Ya no importaba que esa belleza fuera la de Olvido, que había entregado al pueblo recetas de cocina con las que se aplacaba la añoranza de los muertos; ya no importaba que, tras el nombre de apóstol, el muchacho arrastrara un apellido manchado por una maldición. Sin duda, había nacido para acabar con ella, para aplastarla con sus dotes prodigiosas. Así lo proclamaba el padre Rafael, que lo quería como a un hijo.

Pero tras descubrir aquel domingo de octubre cómo se miraban su abuela y Ezequiel Montes, los Glorias y los Ave Marías se cubrieron de un manto de pesadumbre y rabia que enturbió el gozo de Dios en los corazones de los feligreses. La llaga de aflicción que padecía el muchacho, y que fue inflamándose con tardes de festivos en las que Ezequiel Montes tomaba café de puchero y bollos de canela en el salón de la casona roja, sentado entre él y Olvido, afectó también a sus recitaciones y poemas. Leía los evangelios con desgana, como si se tratara de un simple libro de instrucciones; los versículos de san Mateo se los atribuía a san Lucas, y los de éste a un evangelista inexistente. Recitaba los poemas de santos a trompicones y con la entonación de un moribundo, y se equivocaba constantemente en los horarios de misas, catequesis y convivencias de jubilados. Las meriendas del pueblo se hicieron aburridas, se quedó vacilante la taza de café con leche, defraudada la loncha de tocino; los ancianos acudieron a la iglesia a la hora de la catequesis de la primera comunión, y los niños, ilusionados con la galleta sagrada, a unas charlas para sobrellevar cristianamente la viudedad. Los poemas que escribía para el programa de los sábados por la mañana abandonaron la nostalgia de la naturaleza y se impregnaron de elegías a tiempos pasados, de traidores toscos que robaban los amores y morían envenenados con láudano y fertilizante de rosas. El padre Rafael empezó a hacer lo que no había hecho nunca, censurarle poemas, hasta que no quedó nada que leer, no quedó más que unos labios crispados frente a la soledad de un micrófono. El cura, con toda la congoja de su amor y de su incontinencia urinaria, acabó por comprar una colección mastodóntica de música religiosa para apartarlo de las ondas, hasta que se curara de la enfermedad que lo consumía, y que él achacaba a un ataque furibundo de adolescencia.

Octubre se desmadejaba en los montes, en los campos de labranza, en los pinares. Comenzaron las noches a oler a niebla, a llevarse en el viento tapices de hojas secas y a ponerse los campos duros con las primeras heladas.

Los traidores que habían invadido los poemas de Santiago aparecieron también en los cuentos de Manuela Laguna. En el salón de la casona roja, cuando la noche se espesaba después de cenar y el cuadro de Pierre Lesac, colgado frente a la chimenea, enrojecía de sombras, el océano Atlántico se agitaba más bravo que nunca entre Olvido y Santiago, las goletas se hacían pedazos, las olas les encharcaban los ojos, y aquellos traidores que había inventado el muchacho eran los causantes de todas las desgracias, de todos los lamentos de los marineros, de todas las pérdidas del mundo, como si ellos fueran capaces hasta de dominar la naturaleza. Cuando Santiago guardaba silencio esperando a que su abuela contara el final, se le tensaban las mejillas con unas arrugas tristes; sin embargo, Olvido no hacía caso a los traidores, y los trataba como si no existieran. Nada ha cambiado ni podrá cambiar entre nosotros, pretendía decirle a su nieto mientras narraba el final del cuento tal y como se lo había contado su madre hacía muchos años.

Santiago enfermó y dejó de asistir al colegio. Por las mañanas vomitaba las cenas que había cocinado junto a su abuela, ya sin risas y juegos, cenas de calabazas silenciosas, de atunes afligidos y patatas amargas, cenas aderezadas con una misma pregunta, «¿Es tu novio?», y con una misma respuesta, «De momento sólo es un buen amigo». Pero ella mentía, aunque fuera para no herirlo, para que se acostumbrara poco a poco a que Ezequiel Montes rondara la cercanía de sus vidas.

Él se daba cuenta de aquella mentira. A Olvido le brillaban los ojos cuando hablaba del pastor, y antes sólo le brillaban cuando se refería a él. Se enredaba en las sábanas aquejado de unos retortijones de estómago que lo embargaban de felicidad: mientras permaneciera en casa, su abuela no podría ir a encontrarse con Ezequiel en la majada, no podría ir a pasear por el bosque que siempre les había pertenecido sólo a ellos. Olvido le subía una manzanilla al dormitorio, se la daba a cucharadas, le besaba la frente al terminar, y él se mostraba satisfecho como en los días en que nadie se interponía en sus miradas. ¿Acaso no sabía Ezequiel Montes que él era el elegido para salvar a la familia? ¿Acaso no sabía Ezequiel Montes a quién se enfrentaba?

Su abuela había tenido algún pretendiente más desde que el programa de cocina le había abierto las puertas de la vida social. Él sabía que el Agustino, el viudo de la tienda de telas, la invitó un día al cine de verano, y que ella se excusó diciéndole que iba a acompañarla su nieto, y luego el Agustino, apurando un chato de tinto en una esquina de la plaza, rabiaba al verlos riéndose con la película y agarrados del brazo para protegerse del relente de las estrellas. También había sido testigo de cómo el hijo del abogado, que sucedió a su padre en el negocio cuando falleció de cáncer de próstata, intentaba acariciar la mano de Olvido mientras le indicaba dónde debía firmar un documento; cuando ella se aproximaba al papel empuñando la pluma, él la esperaba con la espada ruin de sus dedos, pero no era combate de guerra lo que éstos pretendían sino de amor, y ella lo sabía, pensaba enfebrecido Santiago, y apartaba la mano disimuladamente, y se marchaba de aquel despacho acariciando la del nieto, apretándola para hacerle partícipe de lo que había ocurrido.

El nuevo médico del pueblo, un joven rubio aquejado de alopecia y de una asombrosa miopía arrebujada tras unas gafas metálicas, se acercó a la casona roja para diagnosticar el mal que afligía a Santiago. Le examinó el vientre con unos dedos largos, y lo halló contraído, como si quisiera escabullirse de su tacto. También le examinó las amígdalas, rosadas como agallas de merluza, y los oídos donde descubrió un tapón de cera que le extrajo con una trompa plateada y un chorreón de agua.

—Es un muchacho sano —le dijo, finalmente, a Olvido—. Esos vómitos son cosa de nervios. Que salga a pasear y, si los síntomas continúan, dele un vaso de bicarbonato con tres gotas de limón cada ocho horas. Si los nervios no se templan hay que ayudar a purgarlos.

Aquella noche no hubo cuentos frente a la chimenea sino purgas de bicarbonato. Olvido se acostó temprano en la habitación de las encinas; quería perder de vista la ventana tapiada de su dormitorio, y pensó que Clara Laguna podría darle algún consejo para que el muchacho comprendiera la amistad con Ezequiel Montes. Se imaginó al pastor leyendo la Biblia en una soledad de lobos, inapetente, sin afeitar y enamorado; el cabo de vela deshaciéndose sobre la mesita y él tumbado en el catre de hierro, esperándola. Hacía más de una semana que no le veía, desde que Santiago comenzó a vomitar. Las meriendas de los domingos se habían suspendido y también las visitas de Ezequiel entre semana para llevarles un queso, leche fresca o tomarse un café en la cocina.

Apesadumbrado por el bicarbonato con limón que le hacía descubrir una nueva dimensión de su estómago donde cabía la añoranza de Olvido, Santiago fue a buscarla a su dormitorio, pero al no hallarla allí se dirigió al de Clara Laguna. Por unos instantes, contempló la silueta de su abuela dibujada bajo el dosel púrpura, luego se acostó a su lado sin decirle nada, le abrazó la cintura y se durmió. Por una de las paredes descendía el frufrú de una bata de encaje.

Fuego. Ésa fue la primera noche en la que Santiago soñó

con unas llamas que lo rodeaban estrechándole la garganta, pero el sueño finalizaba ahí. Despertó en un alarido de sudor y los ojos extraviados en la púrpura. Se aferró a la carne de su abuela y ella lo tranquilizó con besos, y lo acunó como cuando de niño le despertaban las pesadillas en las que veía a Manuela Laguna babeando el mar azul del veneno que se la llevó a la tumba. Permanecieron así más de una hora, abrazados, compartiendo secretos en el amanecer silencioso que se filtraba por los cristales. Más tarde, durante el desayuno de pan tostado, Santiago tuvo la certeza de que aquellas llamas pertenecían al infierno del que hablaba el padre Rafael en el púlpito acorazado por su peso prehistórico. Se sintió culpable de abandonar al cura a su suerte en el cuartito de la sacristía, rodeado de orinales, tesis teológicas que escribía en la lucidez de la madrugada, y vinilos de gregoriano, réquiems y misas solemnes. Se negó a tomarse el medio vaso de bicarbonato con limón, y no le costó trabajo retener en el estómago la cena de la noche anterior y la rebanada de pan y manteca.

—Me voy para la iglesia, abuela —le dijo después de beberse el último sorbo de leche—. El padre Rafael me necesita. No ha estado bien dejarlo así.

—Él no te lo habrá tenido en cuenta. Te quiere tanto…

—Y mañana iré al colegio.

El muchacho se puso un chubasquero y unas botas de goma porque había amanecido un cielo de nubes grises. Fue a despedirse de Olvido, que seguía en la cocina atareada en despellejar un conejo para el almuerzo, y la encontró sonriendo a la sangre y a los mechones de piel que se escapaban del cuchillo.

Se alejó por la carretera de tierra. Sabía que Olvido iría a encontrarse con Ezequiel Montes, y sintió una puñalada en el pecho y que los huesos se le convertían otra vez en agua de montaña. Pero necesitaba ver al padre Rafael y solucionar sus asuntos con el infierno. Conforme caían las primeras gotas de lluvia, se puso a pensar en la nieta del boticario, su compañera de bucles melancólicos cuyos pechos habían pasado de ser conchas de mejillones para paella a magdalenas con costrones de azúcar. Aún continuaban besándose y tocándose en las tardes de deberes de la rebotica, entre bálsamos, pomos de porcelana y cocciones medicinales, aunque jamás se había atrevido a contarlo al padre Rafael o a su abuela. Santiago pensó que podría renunciar a aquellas tardes que le desbocaban la adolescencia dentro de los pantalones, si a cambio Dios separaba a Olvido de Ezequiel Montes. Al fin y al cabo, se decía mientras el agua le golpeaba en la frente, todo lo que me está ocurriendo sólo es una equivocación, yo no he nacido para la desgracia.

El padre Rafael se alegró tanto de verlo que tuvo que salir corriendo al baño. Retumbó la iglesia bajo sus zancadas, pero ya no retumbaba como antes; la enfermedad le había menguado y su paso por el mundo no resultaba tan escandaloso. Santiago lo esperó en el cuartito de la radio; estaba más ordenado de lo que imaginaba. En una de las esquinas se alzaba una estantería nueva con la colección de música sacra que había adquirido el padre Rafael, y los vinilos estaban clasificados por escolanías o autores.

—¿Cómo estás, muchacho? —le preguntó el padre cuando regresó del baño envuelto en una sotana con remiendos.

—Quiero ayudarlo otra vez con la radio y con las misas si hace falta. Por ahora no me encuentro con ganas para hacer los programas, pero puedo pincharle la música.

—Hijo, qué alegría. Ya estaba pensando en buscar a otro muchacho que te sustituyera; sólo mientras te recuperabas, claro.

—No lo busque, padre, aquí estoy. Pero he de decirle que esta noche creo que he soñado con el infierno.

—Ese lugar no está hecho para ti, muchacho —le contestó el cura revolviéndole cariñosamente el cabello.

Cuando regresó a casa a la hora del almuerzo, encontró a Olvido con las mejillas arreboladas y en los pies las botas de campo.

—Aprovechaste para subir a la majada y visitar a tu amigo el pastor —afirmó Santiago.

—En unos días, cuando llegue la niebla de difuntos, tiene que marcharse a Extremadura con las ovejas, y no regresa hasta la primavera.

Olvido sabía que los pastores conducían sus rebaños hacia las dehesas de Extremadura, porque los fríos eran más benignos que en aquella sierras, y regresaban una vez que habían cedido las heladas. Sin embargo, hasta esa mañana en que se lo había anunciado Ezequiel Montes, no fue consciente de ello. Echaría de menos sus conversaciones sentados junto a la puerta del refugio, sus paseos por los prados, y los abrazos y los besos de aquel hombre en el desorden del catre de hierro.

—Invítalo a merendar este domingo para despedirnos —le propuso Santiago.

Se alegraba al pensar con qué premura le había hecho caso Dios alejando a Ezequiel Montes de su abuela. La mitad de un otoño y un invierno entero le pareció tiempo suficiente para que ella le olvidara. Ahora no le quedaba más remedio que cumplir su parte del trato y renunciar a sus juegos con la nieta del boticario.

Ezequiel Montes llegó a la casona roja con su traje duro y su cabello repeinado con agua de colonia. Los ojos verdes le centelleaban ya de ausencia mientras observaba a Olvido sirviendo el café y ordenando los bollos de canela en unas bandejitas de porcelana. Habló de su viaje por la cañada, de las sabrosas tierras donde los pastos no se cubrían de nieve y los encinares convertían el paisaje, al anochecer, en un mundo de sombras gigantescas. Santiago se mostró amable durante la velada. Le preguntó sobre el tiempo que le llevaría alcanzar Extremadura, y sobre los pueblos que atravesaría y otros detalles que no le interesaban en absoluto.

Pasadas las ocho de la tarde, Ezequiel dijo que tenía que marcharse. Santiago se despidió en el salón y dejó que fuera su abuela quien le acompañara hasta la puerta. Escondido en una esquina del pasillo que comunicaba con el recibidor, los vio besarse apresuradamente, palparse el rostro como si las manos fueran la memoria que después habría de recordar, y abrazarse bajo el filo de oscuridad que cortaba sus cuerpos a través de la puerta entreabierta. Le costó mucho trabajo apartar aquella imagen que lo había lastimado, y después de la cena, cuando su abuela y él se sentaron frente a la chimenea para contarse cuentos, tuvo que reprimir los deseos de incluir en alguno a aquellos traidores responsables de las más horribles congojas.

Al día siguiente, cuando las campanas de la iglesia tocaron las ánimas, Ezequiel Montes partió con el rebaño y los mastines, dejando el pueblo atrás como una nube que sobresalía del amanecer.

Noviembre se adentró en las sierras y los bosques. Soplaron los vientos en los que cantaban los tilos, los serbales de los cazadores incendiaron sus hojas, las hayas se tornaron amarillas, los helechos, castaños. El otoño avanzaba húmedo y multicolor hacia el invierno.

Los huesos de Santiago fueron de nuevo huesos. Volvió a cantar en la misa de los domingos subido en la tarima con una voz aún convaleciente, más ronca, pero también más hermosa; volvió a recitar los evangelios y los poemas de santos por las tardes y a informar de los horarios de misas, catequesis y convivencias sin equivocarse. Lo único que no fue capaz de hacer fue escribir versos, ni sobre la naturaleza ni sobre los traidores. Le había pedido a su abuela que algunos días de la semana fuera a buscarlo al colegio y le acompañara al cuartito de la sacristía durante los programas. Ella se sentaba en una silla y lo miraba atentamente mientras recitaba ante el micrófono, pero, a veces, Santiago sentía sus ojos lejanos, absortos en otro lugar a pesar de seguir fijos en los suyos, y le dolía que pudieran haber viajado hasta Extremadura, hasta aquel hombre rudo perdido en las dehesas. Sin embargo, Olvido no daba muestras de tristeza por la ausencia del pastor. El único cambio que se apreciaba en su vida era que iba más frecuentemente al cementerio. Visitaba siempre la tumba de Esteban y la de su hija, y en contadas ocasiones, el mausoleo erigido a Manuela en la parte nueva del cementerio. Éste constaba de un templete de mármol rosa con forma hexagonal sustentado por columnas jónicas, en cuyo centro amanecía una diosa enguantada. En el pueblo se murmuraba que tenía tumba de lo que había sido, una fulana venida a más por las flaquezas de la carne. En aquella época del año la tumba estaba siempre solitaria, pero durante los meses de primavera y verano el mausoleo era frecuentado por entomólogos de toda la provincia e incluso de la capital, pues, en esas fechas, peregrinaban hasta él miles de insectos —principalmente escolopendras y grillos—. Los científicos aún no habían encontrado una explicación razonable a ese fenómeno. Hileras interminables de bichos ascendían por la colina del camposanto con una obstinación religiosa, aunque los niños del pueblo se entretenían tirándoles piedras para romper sus formaciones de soldados, los perros vagabundos los olisqueaban con los hocicos húmedos y las procesiones de entierros estivales los pisoteaban con furia para vengar la pena.

Cuando llegaron las primeras nieves, Santiago notó a su abuela cada vez más despistada. A veces se le quemaban los guisos porque los olvidaba en los fogones, otras mezclaba ingredientes de los postres con los de los primeros o los segundos platos, y cocinaba sopa castellana con azúcar y canela o albóndigas con crema de limón. Entonces comenzó a hablar a su nieto de la vida de Ezequiel Montes, de su infancia sumando corderos y restándolos por los colmillos de los lobos, de su extraordinaria habilidad para leer la Biblia siendo analfabeto ante cualquier otro libro, de la bolsita donde había guardado los cartuchos de las balas que mataron a su padre y cómo durante años había dormido sobre ella. Los huesos de Santiago se resintieron y los vómitos retornaron a las mañanas, los traidores a los cuentos de Manuela Laguna y el fuego a sus sueños. Sin embargo, en esta ocasión Santiago no temió que las llamas pertenecieran al infierno; aunque continuaban acorralándolo como en el primer sueño, se extinguían, de pronto, fulminadas por un rayo de luna. La luz del astro le envolvía en un incendio albino y entre aquellas llamas frescas se le aparecía el rostro de una mujer. Durante varias noches sólo logró distinguir unos cabellos castaños desbaratados en una melena de ondas. Pero conforme ese sueño fue arraigando en sus entrañas, otra noche logró distinguir una frente lisa, y otra unos ojos negros que alimentaba la tristeza. Al día siguiente se obsesionó con los trozos de carbón de la estufa, comió como un loco aceitunas negras y los calamares en su tinta que le cocinó Olvido sin comprender el repentino deseo de su nieto por deglutir cuanta oscuridad se le pusiera a su paso. Pasaron varios días hasta que volvió a asaltarle el sueño. Había intentado dormirse en cualquier parte, tumbado sobre el pupitre del colegio, escuchando el canto gregoriano y los réquiems que pinchaba en la radio o a su abuela mientras relataba el final de los cuentos. Ya no le asustaba el fuego que surgía en un principio. Ansiaba descifrar el rostro completo de la mujer que aparecía después, ansiaba contemplar qué había más allá de los ojos que lo mantenían cautivo. Una tarde, tras el programa de radio, se acurrucó en un banco del oratorio a santa Pantolomina de las Flores, y el velo de la luna cayó de las pupilas negras de la mujer dejando al descubierto una nariz pequeña y recta. Entonces cogió por costumbre sestear un rato en ese lugar, y una cabezada le regaló los pómulos geométricos y las orejas, una noche de ventisca en la que no pudo regresar a la casona roja hasta la madrugada. Cuantas más facciones contemplaba de ella, más desconocida le resultaba y también más hermosa. Cuando sólo le faltaba por descubrir los labios y la barbilla, Olvido decidió no mencionar a Ezequiel Montes hasta la llegada de la primavera para dedicarse por entero a cuidar el amor de su nieto como llevaba dieciséis años haciendo. Regresaron los juegos y las bromas en la cocina, los pezones embadurnados de salsas, los paseos entre la nieve de los montes, y las tardes mirándose en el cuartito de la sacristía, mientras el pastor, solo en las tierras de Extremadura, contaba los días para regresar a Castilla, y la muchacha de bucles melancólicos se deshacía en llantos en los elixires de la rebotica después de que, una mañana de colegio, Santiago se le acercara en el recreo y, comiéndose un bollo de canela, le dijera sin más:

—Ya no podemos besarnos ni tocarnos, ni siquiera hacer los deberes juntos. Tuve que sacrificarlo todo por algo más grande, pero tú nunca podrías entenderlo.

Los sueños de fuego cesaron sin más, y por mucho que Santiago se empeñó en hacerlos regresar, fue inútil. Sin embargo, se le quedó agazapado en el corazón el rostro incompleto de la mujer.

Nada pudo impedir que los rayos del sol acabaran con la nieve del invierno, que los lilos se preñaran de racimos, que los gorriones se lanzaran al mundo con un trinar de manicomio, y los abejorros zumbaran entre las rosas como nanas de muertos. Nada pudo impedir que, ante estos síntomas ineludibles de primavera, Olvido Laguna se dirigiese a la majada una tarde y encontrara a Ezequiel Montes con el cuerpo aún oliéndole a cañaverales. Se saludaron despacio, como si se conocieran poco; se interponían entre sus ojos unos meses de silencio.

—¿Cómo te fue el viaje?

—Pensaba en ti y se me hizo largo.

No eran más de las siete, pero detrás de las copas de los pinos, flaqueaba una luna rodeada de nubes. Se tumbaba en el cielo la pesadez de una tormenta. Los meses de silencio desaparecieron, Ezequiel tomó a Olvido por la cintura y la besó en los labios mientras los iluminaba un relámpago. Abrazados, se encaminaron al refugio. Ardían en el hogar unos troncos de leña, la habitación respiraba como un atardecer y la sombra del catre se agigantaba en la pared temblando. Enseguida, les sobraron las ropas. Ezequiel parecía más fuerte y el sabor de su pecho era el del camino y el de la lana de las ovejas. En el monte se derretía ya una lluvia torrencial de primavera. Pero antes de que ésta empezara a empaparlo todo, Santiago llegó a casa de su programa de radio y, al no encontrar a su abuela, partió hacia la majada. Atravesó el pinar con las manos heladas. Subió las lomas de los prados sin importarle que lo escupiera el cielo, hasta que vio la silueta del refugio, con su humo negro en la chimenea y el resplandor del fuego escapándose por la ventana. Le chorreaba agua el pelo, se le pegaba la ropa a la piel con una frialdad de maldiciones, pero él ascendió el último trecho que lo separaba de su sospecha. Tembló cuando abrió la puerta de par en par y un filo de lluvia y viento sesgó los cuerpos desnudos que se amaban en el catre. Tembló al escuchar la proposición de matrimonio que, en ese instante, le hacía Ezequiel Montes a su abuela mientras arqueaba la espalda para separarse de unos pechos en los que estallaban unos pezones como mariposas. El muchacho se quedó lívido. Cayó la noche sobre su garganta y sobre el monte fiero. Se revolucionaron los mastines, ladraron, rastrearon el perfume de un lobo; Santiago dejó la puerta abierta y echó a correr por el prado que se llenaba de charcos.

Cuando Olvido regresó a la casona roja, la noche olía a la brutalidad de un amor prohibido. Se oyó el ulular de una lechuza, y los ladridos de un perro oculto en la rosaleda desde el siglo anterior. La casa estaba a oscuras, el recibidor parecía muerto. Ella ascendió por la escalera que crujía bajo sus pisadas; se agrandó el pasillo de la primera planta, por los balcones se filtraban las sombras, el silencio era como la nieve. Encontró a Santiago en la habitación de las encinas. Lo vio primero a través del vapor de unos ojos amarillos: tumbado sobre la cama, con su cuerpo había construido un feto, inmóvil, podrido de tristeza. Se guardó el nombre de su nieto dentro de los labios antes de acercarse a él, y descubrirlo con los ojos bañados de sueño, la piel brillante donde había cristalizado la humedad de la lluvia, el cutis liso y pavoroso de frío, la ropa dentro de la carne. Le costó trabajo dejarlo desnudo; tenía los miembros rígidos, y deliraba un aliento de fuego. Cuando le arropó con las sábanas y la colcha comenzó a temblar, se le fruncieron los labios amoratados, se le empequeñecieron los párpados. Parecía ebrio de pesadillas. Olvido se quitó la ropa, y con la piel de otro se tumbó a su lado, lo atrajo hacia sí, lo apretó para darle calor. Las lágrimas se le salían de los ojos como serpientes. Pensaba en qué sería de ella si lo perdiera en ese instante, porque el corazón del muchacho se desbocaba en la zozobra de la taquicardia. Vio a su nieto muerto y calado por la lluvia, y los reflejos de una nueva ausencia, de una nueva tumba en la que dialogar con los gusanos. Y se sintió una mujer despiadada por haberlo herido, por haberlo encontrado hecho un carámbano. Le cubrió el rostro de besos, se ahogó en la desesperación de la noche templada, le besó más, perdió el sosiego y la razón y se le escapó un quejido de abrazos que les juntaba las carnes, y una cantinela de «no sufras más mi niño» mientras él despertaba del delirio con los labios cargados con dos generaciones de amor, y los hundía una y otra vez en los de ella, y se desplomaba de nuevo en el delirio, y soñaba con un fuego sin rayos de luna y se quemaba con el ímpetu que le enderezaba el deseo, y despertaba reconociendo a su abuela en las caricias, y lloraba, y ella lloraba más, se consolaban mutuamente con un rumor de besos, de chasquidos de cuerpos que no debían encontrarse nunca; y se fundieron en un retozar de «no puedo vivir sin ti», de «ni yo sin ti tampoco», de buscarse rincones en la piel y de amarse en todos ellos. Las estrellas entraron en la habitación e ilumina-

razón del fuego, como si tuviera órdenes de impedirle llegar hasta las llamas. Santiago lo esquivó y siguió adelante mientras le hervía la carne y el humo se la ennegrecía. Cerca de las puertas del establo, reconoció abandonadas en la hierba la bata y las zapatillas de Olvido, como si ella hubiera querido entregarse desnuda a la muerte. Las recogió y se las llevó hasta el pecho. Entonces pasaron por delante de él cuatro ovejas que se habían escapado de los corrales, y las vio alejarse con sus balidos apocalípticos. Las paredes del establo se derrumbaron en un espumarajo de fuego y Santiago cayó sentado sobre la tierra, y allí permaneció hasta que llegaron los bomberos con sus sirenas para impedir que se quemara la casa, la rosaleda, el monte. Durante días, tapado con la manta que le echaron por encima y sin hallar el menor rastro del rayo de luna que apagaba el incendio de sus sueños, vio pasar al pueblo entero en procesión ante su pena para darle el pésame, y contemplar con sus ojos la tumba en la que debía yacer la mujer más hermosa del mundo, porque, por más que la buscaron, no pudieron encontrar el cadáver ni un solo hueso chamuscado. El padre Rafael le daba de comer y de beber, le limpiaba el desconsuelo de las heridas, le velaba por las noches orinándose detrás de las hortensias, esperando paciente a que el muchacho estuviera listo para llevárselo a vivir con él.

Ya no quedaba ninguna mujer Laguna a quien salvar; sólo un joven sentado sobre la tierra blanda, un bulto que atravesaba la primavera y al que trepaban los grillos para aparearse en las noches más cálidas, y mientras el olor a fuego roto, a ceniza húmeda, a cementerio de dragones.

19

«Cuentan que en tiempos remotos un muchacho llamado Esaín desafió al mar y lo amarró a un eucalipto durante cien días. Cuentan que sucedió porque, desde tiempos más remotos aún, existía una alianza entre el mar y los hombres de un gran pueblo. Cada luna llena de agosto, su jefe depositaba en una playa dorada unas ropas de pescador. Pasada la media noche, el mar llegaba hasta ella con una ola gigantesca, empapaba las ropas y adquiría forma humana. Embutido en unos pantalones de franela y una camisola blanca, se paseaba por las calles y las plazas del pueblo, se bebía el vino de los toneles que encontraba a su paso y yacía con las mujeres más bellas. A la salida del primer rayo de sol, regresaba a la playa y se despojaba de las ropas mágicas para que ese cuerpo, aún ebrio de vino y carne, se deshiciera en una ola. A cambio, el mar le había regalado a cada hombre unas lágrimas para que las llorasen cuando estuvieran tristes —nada aliviaba tanto sus desgracias—, además de comprometerse a respetar la vida de los pescadores.

»Un año aciago murió el que era jefe por aquel entonces y lo sucedió Esaín, su hijo primogénito. Era un muchacho valiente que desde muy joven había destacado por su habilidad y fuerza en la lucha cuerpo a cuerpo, y por la nobleza de su corazón. Esaín tenía una hermana menor, y al morir el padre y ser huérfanos de madre, tuvo que ocuparse de ella. La niña tenía un nombre que se pronunciaba en cuatro lenguas distintas y, con sólo once años, una hermosura sin igual y una voz que embrujaba hasta a las propias sirenas. Salía cada mañana, con la primitiva luz del alba, a cantar en la playa dorada y a bailar sobre sus dunas con unos cascabeles prendidos de los tobillos y unas cintas en las muñecas. El mar la miraba con sus olas —la esbeltez de la figura, el pelo negro en la brisa como bandera pirata—, y la escuchaba reír y la escuchaba soñar con unos ojos oscuros que siempre lo contemplaban. Por las tardes, cuando la niña volvía a su casa, una construcción de piedra rodeada de eucaliptos en lo alto de una colina, la marea se escapaba de la playa, atravesaba las calles y las plazas y llegaba hasta su puerta como una lengua menuda y callada, y trepaba por la pared para asomarse a la ventana y mirarla dormir acurrucada en su lecho. El pueblo comprendió que era la primera vez que el mar se enamoraba. Esaín, consciente de esa verdad, temió que cuando se convirtiera en hombre poseyera a su hermana y luego se la llevara a las profundidades donde él no podría verla nunca más. Por eso, al llegar la luna llena de agosto, dejó en la playa los harapos de un vagabundo. Como siempre había sucedido, el mar, protegido por la luna, empapó las ropas. Sin embargo, conservó su cuerpo líquido y frío. Furioso por aquella traición que rompía la alianza, anegó con una tempestad casas, calles y campos mientras preguntaba a los hombres del pueblo, con una garganta de espuma, el motivo de aquel engaño después de tantos siglos vividos en paz. Ellos, atemorizados, confesaron quién era el culpable y dónde vivía, pero no se atrevieron a explicarle nada más, por si su furia aumentaba y los despedazaba entre sus olas. Enseguida reconoció el mar la casa del traidor como la casa de la niña que adoraba, pero esta vez se encaramó en lo alto de la colina con una ola que bramaba con violencia y lanzaba al aire retazos de algas. Esaín y su hermana ya se habían internado en el bosque de eucaliptos huyendo de él. En el cielo las nubes se arremolinaron formando cúmulos, y la luna palideció como el rostro de un muerto. El mar avanzó tras ellos por el bosque, y en las copas de los eucaliptos quedaban caracolas, salivazos de espuma y peces boquiabiertos. Les seguía fácilmente el rastro; la niña lloraba asustada y el mar percibía el olor de las lágrimas, pues era el mismo que el de sus aguas. Les alcanzó cerca del acantilado donde terminaba el bosque. Esaín puso a salvo a su hermana tras unas rocas, y se enfrentó a aquel monstruo que rugía un viento huracanado.

»—Si querías ser un hombre, lucha como tal —le dijo Esaín arrojándole las ropas mágicas que llevaba ocultas en un zurrón.

»La luna llena palideció aún más cuando las olas rompieron contra las ropas sumergiéndolas en un estruendo de espuma, y el mar se transformó en un hombre robusto con mirada de hielo.

»—Aquí me tienes, muchacho. Ahora vas a pagar por haber intentado que no goce más de vuestro vino y de vuestra carne caliente.

»Se sumieron en una batalla feroz. Aunque el muchacho era

fuerte y diestro en la lucha, el mar le superaba; en sus brazos encerraba el poder de las tempestades. Le tiró al suelo y le apretó el cuello con la intención de ahogarlo. Entonces salió de su escondite la hermana del muchacho, y le miró con sus ojos oscuros. El mar sintió cómo el amor le debilitaba los brazos; Esaín aprovechó para echarse sobre él e inmovilizarlo en el suelo.

»—¡Baila! —ordenó a su hermana.

»La niña danzó como lo hacía en las dunas al amanecer. La carne del mar se convirtió en una fragua. Rápidamente, Esaín le soltó para no abrasarse y ordenó a su hermana que detuviera el baile. Entonces habló en la lengua de los árboles a un inmenso eucalipto centenario, que sacando de la tierra unas raíces amarró el cuerpo del mar a su tronco. A la mañana siguiente, Esaín le rodeó con unas cadenas los brazos y las piernas, y el mar quedó prisionero a merced del sol y los vientos. Muy pronto, comenzaron a sufrir los hombres del pueblo las consecuencias. Según iban pasando los días, la vasta superficie que había ocupado el mar y que se desdibujaba en un horizonte efímero se convirtió en un desierto donde no fue capaz de crecer ni una mala hierba. Los barcos de los pescadores se convirtieron en esqueletos de madera y sal, y los hombres perdían la memoria de sus vidas conforme se les iba olvidando el sabor del pescado. Las tristezas fueron más tristes que nunca porque se les habían secado las lágrimas para llorarlas. Los más ancianos se hicieron invisibles y una hambruna plateada como la luna de agosto azotó los hogares y los corazones de los que en ellos moraban. Pasados cien días, los hombres se congregaron ante la casa de Esaín en lo alto de la colina, y le

amor

Se tumbó en la cama, ovillado en la delicia de lo que ya era suyo, en la delicia de la espera y el encuentro; rezó apasionadamente a santa Pantolomina cubriéndola de alabanzas, agradecimientos y piedras preciosas, rezó a sus lirios virginales y a sus ojos de juicio final, rezó al cuerpo bendito de san Isidro, a las astillas de la cruz de Cristo; y con los padrenuestros prendidos de sus labios, se quedó otra vez dormido.

rogaron que liberara al prisionero. El muchacho, que también sufría los males, accedió a sus súplicas.

»En el acantilado encontró a su hermana, bailando y cantando alrededor del mar, mientras él lloraba costras de sal y las cadenas se ponían al rojo vivo chamuscándole la carne de hombre. Durante los cien días, la niña fue la única que se preocupó de mantenerlo con vida. Le había alimentado cucharada a cucharada como a un enfermo, le había dado de beber y le había protegido del sol con un sombrero de paja.

»—Márchate a casa —le ordenó Esaín—. Voy a liberarlo.

»Se internó en el bosque de eucaliptos, pero en vez de obedecer a su hermano, se escondió detrás de un árbol. Desde allí pudo ver cómo Esaín le quitaba las cadenas y cómo las raíces le soltaban. Un atardecer de invierno, cálido y débil, se cernía sobre el acantilado. El cuerpo del mar cayó de rodillas sobre la tierra, exhausto. La niña sintió deseos de correr hacia él para ayudarle a levantarse, pero temió que su hermano se enfadara y permaneció oculta tras el aroma de menta.

»—Eres libre —dijo Esaín—. Puedes marcharte.

»—Pagarás muy caro tu atrevimiento —murmuró él mirándole por última vez como un hombre.

»El mar se quitó los pantalones y la camisola blanca, y cuando ni un hilo de aquellas prendas quedó sobre su piel, se deshizo en un océano inmenso despeñándose por el acantilado. Esaín creyó que todo había terminado. Pero, de pronto, llegaron hasta él los gritos de su hermana que procedían del interior del bosque.

»—¡Cuidado, Esaín! ¡Detrás de ti, detrás de ti!

»Se dio la vuelta y descubrió al mar que había trepado silencioso por las rocas para atacarle y consumar su venganza. Sin perder un instante, se vistió con la camisola y los pantalones, y ante el rostro de espanto de su hermana, Esaín se convirtió en una ola de espuma y se arrojó, junto al mar, por el acantilado.

»Cuentan que la niña corrió hacia el filo y vio alejarse la ola nadando en una dirección opuesta a las demás. Cuentan que sólo para aliviar la pena de su amada, el mar devolvió las lágrimas a los hombres, aunque los pescadores jamás se embarcan con ellas; las dejan en sus hogares al cuidado de sus madres y esposas para que él no pueda seguirles el rastro y hacerles naufragar. Pero cuentan también que si a pesar de esta precaución consigue encontrarlos, a veces una ola que rompe en el horizonte los recoge para ponerlos a salvo en la playa.»

Santiago Laguna, de pie en el escenario débilmente iluminado de un café madrileño, escuchó los aplausos. El humo de los cigarrillos envolvía los rostros de los jóvenes sentados a las mesas, y ascendía hacia el techo del local donde dos ventiladores lo despedazaban. Olía a cerveza y a café irlandés. «Cuéntale las historias de tu bisabuela al mundo —le había dicho el padre Rafael en su lecho de muerte dándole unas palmaditas en la mano—. Has nacido para ser artista.» Y Santiago le había hecho caso. Durante los meses de agonía que sufrió el cura, a causa de su insuficiencia renal que lo condenó a la cama, reducido casi al tamaño de un hombre normal, lo único que ayudó a calmarle los dolores fueron las historias de Manuela Laguna. Santiago le velaba día y noche en su dormitorio de la iglesia, aunque un cura recién salido del seminario le había sustituido con la delicadeza de instalarse en una casita junto al templo, pues el padre Rafael se había empeñado en morir en su cama y ni la recomendación del médico de que ingresara en un hospital ni las exigencias de sus superiores eclesiásticos le hicieron cambiar de idea. Ya era vergüenza suficiente, pensaba el padre, morirse a los setenta y cinco años cuando en su familia los varones morían centenarios y las mujeres como las tortugas, sin haber pisado un hospital en su vida. El médico le visitaba a menudo cuando ya no podía mantenerse en pie —y menos aún dejar la ruidosa constancia de su caminar de gigante—, y lo auscultaba y le tomaba el pulso mirando a Santiago con unos ojos que negaban cualquier esperanza. Tras la marcha del médico, se quedaban a solas, como habían estado los últimos dos años, y el muchacho ocupaba una silla junto al lecho y le contaba una historia. El mar entraba a borbotones en el dormitorio de la parroquia, y el cura sentía el ir y venir iracundo del Cantábrico de su infancia, el graznido de las gaviotas y la brisa de sal y pescado que inundaba las lonjas. El primer día Santiago no le contó el final; detuvo la narración de repente, mientras las lágrimas se le acumulaban en los recuerdos.

—Continúa, que quiero saber cómo acaba —le dijo el cura.

—Yo no lo sé, padre.

—Cómo no lo vas a saber, hombre de Dios. Y si no lo sabes te lo inventas, pero no me dejes con esta intriga. —Se revolvía en la cama y unos pinchazos de perro le torturaban los riñones.

—Estese quieto, que se va a poner peor.

Santiago comenzó a narrarle una historia nueva que también dejó sin final, y que enlazó con otra y luego con otra más inacabada. El padre Rafael, aturullado con tanta tempestad, pescadores y sirenas, acabó durmiéndose. Al día siguiente, cuando Santiago le preguntó, después del desayuno, si le gustaría escuchar otra historia, él se negó a no ser que se la contara de principio a fin.

—Me pasé la noche dando vueltas, enredado en pesadillas que intentaban descifrar cómo terminaban las de ayer.

Tenía el rostro contraído por un dolor que ya no apaciguaban las pastillas.

—Lo siento, padre. Verá… —titubeó— es que era ella, mi abuela, comprende… Yo me paraba justo antes de terminarlas y ella siempre se ocupaba del final. —Cerró los ojos y sintió en su corazón el fuego.

—Vete a rezar, hijo, vete a rezar. —El cura buscó la mano del muchacho y se la apretó.

—En cuanto vuelva le cuento una completa. No sufra, padre.

Abandonó el dormitorio y se dirigió a la sacristía. Sin embargo, en vez de rezar, se bebió hasta la última gota del vino consagrado y del que encontró sin consagrar, mientras el cura se incorporaba en el lecho jadeando, se meaba por el tubo terminado en una bolsa y se retorcía a causa de unos padecimientos que no se los producía su enfermedad, sino un secreto de confesión que, desde la noche del incendio, le enturbiaba el alma.

Aquel día, con la boca sabiéndole al queso y al pan que se había comido para disimular el rastro del vino, contó al padre

Rafael una historia completa. Sin embargo, antes de narrarle el final, se detuvo durante unos minutos como si esperara que la voz de Olvido fuera a regresar de los confines de la muerte. Ese silencio, que a partir de entonces precedió siempre a los finales, fue acortándose conforme pasaban las semanas, los meses, pero jamás desapareció. Incluso después de que una noche de agosto el padre Rafael buscara el rostro del muchacho y, sosteniéndolo entre las manos, expirara llevándose en su último aliento la amargura de un secreto, y Santiago, siguiendo la recomendación del cura, se dedicara a trabajar como cuentacuentos, ese silencio continuó flotando entre el público de los cafés y las salas de espectáculo, a veces sólo durante los segundos que se tarda en dejar una flor sobre una tumba.

Había perdido la voz después del incendio. Los días que pasó contemplando los restos humeantes del establo, petrificado por la desgracia, le ocasionaron un enfriamiento de elefante que lo tuvo temblando de fiebre y delirando obscenidades de insectos durante más de una semana. El padre Rafael, que le daba jarabes, le ponía a hacer vahos de mentol y le enfriaba la frente con paños de agua bendita, llegó a creer que el muchacho no sería capaz de sobrevivir a tanta pena con sólo dieciséis años. Sin embargo, un día Santiago amaneció sin fiebre, y el médico rubio con alopecia aseguró al cura que el peligro había pasado. Su recuperación fue calificada de casi milagrosa. Aun así, se levantó de la cama apestando como el campo después de la lluvia, y ese olor no se le fue jamás. Cuando llegó el domingo y se subió a la tarima para entonar el Gloria, su voz de barítono se había teñido de un gorjeo mecánico semejante al cricrí de los grillos. Se bajó de la tarima sin terminar el himno, ante los ojos expectantes del pueblo que, por primera vez, compadecían a un Laguna, y no se volvió a subir. El padre Rafael hizo que el médico le revisara la garganta: la inflamación de las amígdalas había desaparecido, por lo que no había motivo para ningún gorjeo. Entonces el padre Rafael cayó en la cuenta de que era un problema del alma lo que le había robado la voz de ruiseñor.

Santiago se instaló en el cuartito de las escobas y los útiles de limpieza donde Clara Laguna se había quitado la bata y los pantalones morunos para ponerse las ropas de la sirvienta, mientras el padre Imperio la esperaba en el oratorio de santa Pantolomina de las Flores. No había más sitio en la pequeña casa parroquial. Disponía de una cocinita, un cuarto de baño, el dormitorio austero del cura y el cuartito junto a la sacristía con los trastos de la emisora de radio, pues las convivencias de jubilados y la catequesis se celebraban en un saloncito del ayuntamiento. El cura había propuesto a Santiago clausurar la emisora, vender los aparatos y ponerle allí su dormitorio para que se encontrara a gusto en un lugar donde también había transcurrido su infancia. Pero el chico se negó a renunciar a la distracción de los programas de radio. Prefería dormir en esa habitación, que tras una limpieza a fondo, una mano de pintura y la colocación de un camastro, una silla y una mesita plegable para los estudios quedó convertida en una celdilla cisterciense de dos por dos. La ropa del muchacho se repartió entre el armario del padre Rafael y el armario de los mantos eclesiásticos de las grandes celebraciones.

Santiago se entregó a la lectura radiofónica de la Biblia y

de los poemas religiosos con tal determinación y esmero místico que cuando le escuchaban las viejas en el transistor comunitario pensaban que acabaría por ordenarse sacerdote a pesar de sus orígenes de puteríos y maldiciones. En cambio, las chicas del pueblo albergaban dudas sobre su vocación. Así como su abuela Olvido se había lamido las heridas de la nostalgia cocinando el recuerdo de su amante, y su bisabuela había aplacado las ínfulas de su furia rebanando gaznates de gallos, Santiago aplacaba la culpa y la ausencia fornicando en una cripta próxima al cementerio, antiguo enterramiento de templarios según la leyenda. Aunque no quedaba allí ni un hueso ni un jirón de malla medieval, era un lugar magnífico para retozar, pues gozaba todo el año de la temperatura estable del corazón de la tierra. Se llegaba hasta ella a través de un pasadizo que tenía su entrada por una trampilla en el suelo del oratorio a santa Pantolomina de las Flores, que el padre Rafael había enseñado al chico con la intención de distraerlo, al poco de instalarse en la casa parroquial.

Un halo de hombre atormentado envolvía a Santiago desde el incendio disparando su atractivo y el azul de sus ojos. Por si esto no fuera suficiente, su forma de moverse había adquirido un encanto francés heredado de su padre, que lo distinguía del resto de los chicos del pueblo. Hablaba a sus conquistas con la intimidad de la voz ronca y caída en desgracia, y si durante la infancia no permitió que le consideraran un «maldito», ahora era él mismo quien así se calificaba, y por este motivo —les explicaba rizándoles la piel con el vapor de su aliento— amarlas supondría sumergirlas en una condena al mal de amores y a las deshonras sociales. Ante tal destino, sólo les quedaba yacer como salvajes en el secreto de la cripta, sin razón y sin conciencia, acompañados tan sólo por el titilar de las velas de difunto y los pedazos de cirio que Santiago sustraía de la iglesia, y distribuía en platitos de zinc alrededor del catre de la pasión que había elaborado con unos sacos de paja cubiertos por la colcha de Clara Laguna. Gracias a ésta, el óvalo rocoso que formaba la cripta se impregnó de un aroma familiar. La primera en olerlo fue la nieta del boticario. Tras perdonar a Santiago su abandono en la rebotica, se entregó a consolarlo con un ímpetu que sólo podía proceder de los fuegos del amor. A los diecisiete años estaba dispuesta a condenarse a cualquier miseria mientras sus pechos permanecieran entre las manos del muchacho, donde habían crecido, su boca entre sus labios y su piel en los ojos azules que la contemplaban desnuda aunque pensaran en otra. La cripta hervía con la nostalgia de virginidades rotas y con las que se vertían como lenguas de rosas, en una locura concebida para olvidar y recordar a un tiempo. Pronto la nieta del boticario descubrió que no era la única; lo abofeteó, lo arañó, le tiró de los pelos, pero volvió a él porque su corazón no tenía más remedio, y aprendió a compartirlo sólo por aquellos momentos en los que Santiago le enredaba los bucles de oro tras la trifulca amorosa, y hablaban de sus aventuras de la infancia como dos amantes viejos, y reían con una complicidad de tardes de emplastos y pócimas para gatos tuertos que —ella soñaba— no podría tener con ninguna otra. Después, en el silencio monacal de su cuarto, él deseaba fervientemente poder amarla, y se reprochaba con lágrimas no conseguir más que una ternura que se le enfriaba con el primer canto del amanecer.

No había soñado más veces con ese incendio que terminaba apagándose gracias a los rayos de la luna, ni con la mujer que se le aparecía después. Lo intentó todo para hacerla volver. Se dio un nuevo atracón de aceitunas negras, incluso probó con granos de pimienta y chocolate amargo con el fin de atraer a esa oscuridad que no encontraba en los ojos de ninguna otra mujer; se entregó a siestas interminables en un banco del oratorio de santa Pantolomina de las Flores; dormía pensando en ella, reconstruyendo las piezas de su rostro como un puzle, esperando que los sueños le entregaran las que le faltaban: los labios, la barbilla, el cuello… Se escapó una noche al encinar, y se emborrachó con aguardiente bajo los chorros de la luna llena invocándola como a una diosa pagana. En el furor alcohólico se arrancó la ropa, prendió una fogata y estuvo a punto de inmolarse en memoria de Olvido, pero un pastor lo descubrió a tiempo y le quitó la borrachera a garrotazos. Él lamentó que hubiera acudido a salvarlo semejante bestia en vez de la mujer cuyos labios había acabado por inventarse.

Después de aquello, decidió pintarla. Nadie le había hablado del círculo de inspiración al que se entregaba Pierre Lesac. Sin embargo, el día antes de comenzar el retrato, le dijo al padre Rafael que estaba enfermo; no asistió a clase, ni ayudó al cura con los programas de radio. Encerrado en su cuarto, estuvo horas pensando en ella, sintiendo sus facciones de viaje por las venas, ideando pócimas para soñarla. Cuando cayó la noche, colocó un vaso de agua en el alféizar de la ventana, justo donde se reflejaba la luz de la luna; al alba se lo bebió hasta la última gota y se recostó en la cama a la espera de un sueño que no llegó.

A diferencia de su padre, pintó el retrato a carboncillo. La melena castaña y ondulada, los ojos negros y tristes, los pómulos abultados, la nariz pequeña. No se atrevió a dibujarle los labios que había imaginado; dejó el retrato inconcluso, lo escondió entre sus libros y durante semanas lo contempló antes de acostarse, lo expuso a los vientos lunares, sin resultado.

Transcurrieron dos años y unos meses desde la primavera del incendio hasta que el padre Rafael tuvo que meterse en su cama de desahuciado. Comenzaba entonces el verano. Santiago estaba a punto de cumplir diecinueve años y había terminado sus estudios en el colegio con buenas notas. El cura nuevo llegó al pueblo con pelo de alcanfor y labios prietos, la emisora de radio se cerró y los cachivaches técnicos y la colección de vinilos de música sacra salieron de la vida de Santiago en una furgoneta con rumbo desconocido. Cuando se asomó a la plaza para verla alejarse por una callejuela, el runrún de motor epiléptico que despedía el vehículo se llevó lo poco que le quedaba de alma.

Se encerró en la iglesia a cuidar del padre Rafael ese verano de vientos caniculares que adormecieron al pueblo. Clausuró los revolcones de la cripta. La nieta del boticario tuvo que conformarse con verlo sólo los domingos al acabar la misa. Se escabullía en su cuartito y lo esperaba impaciente hasta que él la abrazaba para consolarse de la impertinencia de los ojos de Ezequiel Montes. Permanecían fijos en los suyos mientras una bolsita de cuero, sujeta en una presilla de los pantalones del pastor, interponía entre ellos una fina putrefacción que olía a pólvora de muerto. De un lado a otro de la iglesia se balanceaba el incensario y un viento color mostaza se colaba por las rendijas de muros y vidrieras hirviendo feligreses y al padre Rafael que, armado con una trompetilla, se afanaba en escuchar la misa desde la cama.

Santiago volvió a componer poemas en los ratos que pasaba velando las siestas del enfermo. Compartían el mismo aire que viciaban las medicinas, el calor supurante y los ronquidos del cura atravesados por pesadillas y delirios, donde recitaba de forma intermitente, en latín y en euskera, la amargura de aquel secreto de confesión que sus votos no le permitían revelar al chico lúcido y despierto.

—Tranquilícese, padre.

Santiago le enjugaba la frente.

—¿Lo comprendes, ahora? Pensó que no había más remedio —insistía él en la lengua de sus sueños.

—¿Quién?

—Ella, ella. —El dolor le nublaba los ojos.

—No sufra más, se lo ruego.

—*Morituri te salutam* —soltaba, de pronto, riendo.

Se le mezclaban los secretos con las películas de romanos, que tanto le gustaban, y con su propia muerte. Cuando se tranquilizaba, Santiago aprovechaba para beberse el vino de la sacristía que luego echaría en falta el cura nuevo.

Había llegado al pueblo una plaga de chicharras montada en el aire mostaza como en una alfombra voladora. Santiago encontraba los insectos ronroneando en las esquinas del dormitorio del cura y los mataba a escobazos; luego se sentaba junto al lecho para entregarse de nuevo a los poemas cuyos versos encerraban la nostalgia de un cuerpo y un nombre manchado por ojos verdes de traidores. En ocasiones, sucumbía al sopor sagrado del vino y se quedaba dormido. Soñaba con cientos de chicharras entonando un réquiem y despertaba entre alaridos de lágrimas, aferrándose al vientre del padre Rafael como si éste fuera el de antaño, gordo y pletórico, en vez del bulto escuchimizado en que se había convertido. Aún somnoliento, el cura le consolaba en latín, hasta que la tristeza del chico le despejaba del todo y rezaban las oraciones de la tarde.

Un mediodía sofocante de últimos de agosto, el padre Rafael vio al espíritu de su madre matándole las chicharras apelotonadas en el alféizar de la ventana, y supo que Dios lo avisaba de que se lo llevaría con la llegada del crepúsculo. Pidió a Santiago, que no había visto a la vasca aplastando los insectos con sus zuecos de caserío, que sacara del cajón de su armario un sobre con las rayas rojas y azules de la vía aérea. Antes de entregárselo, el chico acertó a leer las palabras «París» y «France» y el corazón le latió deprisa.

—Santiago, muy pronto voy a marcharme, y Dios quiera que a gozar de su gloria en el cielo. Sólo me preocupas tú, aunque ya eres mayor de edad y puedes vivir sin apuros económicos con la herencia de tu familia.

—Usted se quedará más tiempo conmigo.

—Eso quisiera, hijo, eso quisiera. Pero no temas, cuando me vaya no te quedarás solo en el mundo. Esta carta que tengo en mis manos es de tu padre, Pierre Lesac, que, como sabes, vive en París. Quiere que te reúnas allí con él para estudiar en la universidad lo que se te antoje, como hizo tu madre.

Santiago miró fijamente al padre Rafael y su piel dejó escapar aquel aroma a monte húmedo.

—Me puse en contacto con él antes de que la enfermedad me postrara en este lecho —continuó el padre— y está muy arrepentido de no haberte escrito apenas en todos estos años. Sin embargo, Dios, que todo lo puede, no lo olvides nunca, tuvo a bien alumbrar su camino y ahora tu padre es sacerdote en esa catedral de París, Notre-Dame.

—Jamás contestó a mis cartas, por eso dejé de enviárselas siendo muy niño. Pero seguí recibiendo sus felicitaciones de Navidad y algunas por mi cumpleaños. Incluso una vez me envió uno de sus cuadros, un retrato de mi abuela, que me hizo muy feliz. Mi padre era un artista y me sentía orgulloso. Pero no he vuelto a tener noticias suyas desde que cumplí los quince.

—Ahora está arrepentido y se ha ordenado sacerdote, como te he dicho. Merece una segunda oportunidad.

—¿Cómo pudo encontrarlo?

—Tu abuela me dio la última dirección que tenía de él. —Se atragantó al mencionar a Olvido.

—¿Cuándo? —Le ardía en las mejillas el fuego del establo.

—Hace años me rogó que si le pasaba algo cuidara de ti, y cuando ya no pudiera, que hiciese todo lo posible para encontrar a tu padre. Me dejó también una carta escrita que debía dirigir a Pierre Lesac, y así lo hice.

—¿Sabe lo que decía esa carta?

—Claro que no, muchacho. No tengo por costumbre leer la correspondencia de los demás.

—No importa.

—¿Te irás a París cuando yo falte? Dime que sí para que muera tranquilo. Es lo mejor; al fin y al cabo él es tu padre.

—Usted es el único padre que yo tengo. —Rompió a llorar—. Usted es el único padre al que he querido, y cuando Dios se lo lleve para él, ya no me quedará nada, nada…

El cura se incorporó bruscamente, se le salió la sonda de la orina, y abrazó a Santiago con la fuerza de cuando reventaba con su peso las maderas del púlpito.

A la hora del almuerzo, la mujer encargada de la limpieza y la cocina les llevó la comida en unas bandejas y los encontró rezando. Después, Santiago le contó una historia de Manuela Laguna y él se quedó adormilado. La tarde descendía hacia la muerte mientras el chico le apretaba la mano, y miraba de reojo la carta de Pierre Lesac encima de la mesilla.

Cuando en el crepúsculo brillaron las primeras estrellas, volvió la madre del cura a reventar chicharras en la ventana y se acabó todo. El médico rubio certificó la defunción y las pompas fúnebres se hicieron cargo del cadáver para que fuera hermoso a su entierro. Sin embargo, éste se demoró tres días, lo que tardó en fabricarse un ataúd de pino con las prisas de la descomposición. El cadáver del padre Rafael había recuperado, de pronto, el tamaño que lució el cura en sus mejores años; la muerte, arrebatándole la enfermedad, le había concedido esa última gracia de irse a la tumba como lo que había sido, un vasco gigante que hacía temblar el mundo.

En esos días el cura nuevo vio a Santiago deambular por la iglesia y la casa parroquial como un animal sonámbulo. Cada rincón de esos lugares apestaba a tierra mojada por la lluvia. El cura nuevo se asomaba a las ventanas o sacaba la mano por ellas esperando empapársela, pero el aire mostaza se la chocaba con un calor enjuto, y el hombre enloquecía siguiendo aquel rastro a resaca de tormenta por las capillas laterales, por la sacristía, por el cuartito donde estuvo la estación de radio, y siempre encontraba a Santiago al final del rastro, con los ojos azules aturdidos por la pena, recitando de memoria poemas de santa Teresa de Jesús, y en las palmas, abiertas como ofrendas, manojos de chicharras embalsamadas con cera de difuntos. Acordó con sus superiores que el chico abandonara la casa parroquial en cuanto se le diera sepultura al padre Rafael. Cuando fue a comunicárselo, un atardecer en el antiguo cuarto de las escobas, lo encontró en compañía de una chica de bucles rubios, semidesnuda, en cuya piel él dibujaba animales del bosque con un rotulador azul mientras recitaba, en esta ocasión, un capítulo del Apocalipsis.

No pudo borrar aquella imagen de su cabeza durante muchos años.

—Mañana, tras el entierro, te marcharás y no profanarás más esta casa —le dijo con la voz fascinada por la ira.

—Mañana me marcharé para siempre, no se apure.

Entretanto, la casona roja, sin ningún Laguna vivo que la habitara, sucumbía pausadamente a los espíritus. El jardín se doblegaba a la climatología. Se secaban las hortensias y los dondiegos con el furor del verano, palidecía el castaño, empequeñecían las cabezas de las rosas, las madreselvas tronchaban los brazos de tristeza, las calabazas, los tomates y las lechugas se pudrían en el huerto y no volvían a nacer. La fertilidad del jardín se apagaba con Santiago. Sólo las margaritas seguían chisporroteando de odio.

El sepelio del padre Rafael se celebró a última hora de la tarde para burlar la canícula mostaza. Como el ataúd no cabía en el coche fúnebre, se dispuso que lo llevara hasta el camposanto un carro tirado por dos percherones negros. Asistió todo el pueblo. Hicieron falta trece hombres para trasladar la caja hasta la tumba («Ahí va el padre Gigante —murmuraban las viudas—; ya no nos volverán a resonar los dientes ni las porcelanas») y otros tantos hombres para manejar las cuerdas que lo hundieron en la tierra. La tarde se cerró en el horizonte rojizo de padrenuestros, y el pueblo desalojó el cementerio porque sintió la amenaza de un aguacero. Pero cuando se hizo de noche aún no había caído ni una gota y el viento se había hecho más seco. Santiago decidió que era el momento propicio para morir. Burlando la vigilancia del cura nuevo, que ya se había instalado en la habitación del padre Rafael, se dirigió al oratorio de santa Pantolomina de las Flores. Encendió los dos cirios que alumbraban el retrato de la santa y quemó las cartas de Pierre Lesac. El fuego se reflejó en sus pupilas y volvió a aquella noche. La boca le supo a ceniza. Se marchó a la sacristía para remojársela con vino. Regresó sigiloso al oratorio. Una luna de lobos se filtraba como plata líquida por las vidrieras y las grietas de los muros encharcando el suelo de piedra.

Como el hombre maldito que creía ser, había decidido morir en la iglesia siguiendo la tradición de sus antepasadas, aunque Manuela Laguna le enseñó a burlarse de ella. El vino sagrado le revoloteaba en la cabeza, empujándolo a una sonrisa inconsciente. Bajo el retrato de santa Pantolomina se exponía, dentro de un relicario de cristal, el dedo corazón de la mano derecha de la santa, sin una pizca de carne, con sus dos falanges de hueso nacarado por destellos divinos. Se santiguó antes de apoderarse del relicario y abrió su cerradura diminuta con una llave que había sustraído de la sacristía. Cogió el dedo y se recostó en un banco. La reliquia terminaba en un filo de puñal ebúrneo; la santa había sido descuartizada por los infieles, y sus huesos, quebrados para triturarle la fe. Sólo se había salvado aquel dedo al que se le atribuía, de antiguo, el poder curativo de los milagros. Santiago se cortó con él una muñeca y su sangre comenzó a fluir. Cuando iba a cortarse la otra, un rayo de luna le atravesó la herida, solidificándole la sangre en burbujas de plata, y continuó su trayectoria hasta estrellarse en un muro de piedra, donde vio cómo surgía el rostro de una mujer. En un principio la imagen se dibujó borrosa y creyó que se trataba de santa Pantolomina de las Flores que se le revelaba con la palidez de un milagro. Sin embargo, conforme fue definiéndose, se dio cuenta de que no era ella. Aquella mártir tenía los cabellos enredados de lirios y rubios como brasas de Dios, y los ojos muy claros en los que se transparentaba la resurrección de los muertos. En cambio, la mujer que flotaba en el albor del muro tenía los cabellos castaños, los ojos negros de aceitunas tristes, y la nariz pequeña que Santiago veía en sus sueños. Un estremecimiento le hizo arrodillarse cuando pudo contemplar los rasgos que tanto había buscado: los labios gruesos, la barbilla ovalada, el cuello esbelto y unos pechos redondos como planetas. Un vaho a tinta, a pergamino centenario perfumó el esplendor de la luna. Los labios de la mujer se abrieron y él pudo escuchar unas palabras: «Llévame a la casona roja». Tras ellas, igual que si desper-

20

En el café madrileño, el humo de los cigarrillos se adensaba con el calor de julio formando nubes que ascendían hasta los ventiladores del techo. La música de Mecano animaba las conversaciones, y las velas de encima de las mesas hacían brillar las sombras chillonas que lamían los párpados de algunas chicas. Santiago había abandonado el escenario, entre aplausos y vítores de «tío bueno», para sentarse en un taburete frente a la barra del local. Apuraba un whisky con cola bajo la admiración de la camarera, una joven que apenas rebasaba los veinte, castaña y con un tupé cardado como una ola de surf.

—¿Nos bajamos un rato? —le preguntó tras beberse el último sorbo de la copa.

La camarera llamó a un chico embutido en una camiseta negra que servía las mesas para que ocupara su lugar en la barra.

Descendieron unas escaleras a las que se accedía por una puerta con grafitis próxima a los servicios. Un mundo subterráneo les refrescó la piel. La luz tenue de una bombilla iluminaba una cueva que servía de almacén al café. Se amaron entre cajas de Pepsicola y Mirinda, echados sobre un saco de cacahuetes monumental que la pasión machacó mientras temblaban los botes de pepinillos y aceitunas colocados en las estanterías. De los rincones más íntimos de la cueva se escapaba un terror a insecticida y a matarratas fluorescente, muy distinto al romanticismo de encinas y huesos de templarios que expelía la cripta donde Santiago se desfogaba con las muchachas del pueblo.

La camarera se enganchó en los tirantes del sujetador unas hombreras de poliéster y se puso una camiseta entornando unos párpados azul intenso. Aquel color a mar junto con los hombros cuadrados de la chica, semejantes a los de las chaquetas de los militares, recordaron a Santiago el tiempo que pasó haciendo la mili en Valencia. Había recibido la carta llamándole a filas cuando se alojaba en el hotel del pueblo, dominado por la obsesión que le arrastraba a pasarse los días en el oratorio de santa Pantolomina mirando el muro en el que se le había aparecido la mujer castaña, y las noches rebozándose en sábanas de un blancor inmaculado, buscándola en su maraña de sueños.

Cuando la sangre comenzó a gotearle los pantalones aquella madrugada, se anudó la camisa a la muñeca para detener la hemorragia e irrumpió en casa del médico, que se la cosió sin hacer demasiadas preguntas. No podía suicidarse después de que ella se le había revelado, por fin, con toda la plenitud de su rostro, su cuello y sus pechos. Creía que santa Pantolomina, descuartizada y milagrosa, la había rescatado de sus sueños para que la buscara por el mundo porque era una mujer de carne y hueso. La idea de tenerla frente a él y poder tocarla le volvía loco. Mientras tanto se conformaría con seguir soñándola, escapándose ahora de su muñeca como humo de luna, como un genio de Oriente. Tan sólo le inquietaban sus palabras: «Llévame a la casona roja».

La llegada de la carta llamándole a filas era, al parecer, una señal que le indicaba por dónde comenzar la búsqueda. Además, pensó que en Valencia tendría la oportunidad de conocer el mar de sus historias. Una ola se le rizó en el pecho, y sintió otro motivo para continuar viviendo.

Se cortó el pelo, metió un par de mudas en un petate y el dibujo a carboncillo que había terminado tras dejar que las facciones de ella navegaran por su cuerpo durante más de un día y, la tarde antes de partir, se encaminó a la casona roja. Cuando llegó a la puerta con el lazo de muerto hubo un revuelo fértil en el jardín: se despertaron las hortensias y los dondiegos, las madreselvas extendieron sus ramas hacia él, brotó un capullo de rosa del color de sus ojos y una calabaza resucitó en el huerto. Pero no pudo traspasar la herrumbre de la puerta: las cenizas del establo se le clavaron en el corazón. Volvieron a arderle en el rostro las llamas de aquella noche, volvieron a correr las ovejas con sus balidos terroríficos, y a trotar el caballo enloquecido con la libertad. Se imaginó a su abuela, como había hecho tantas veces, desnuda en su perfume de calabaza y más bella que nunca, adentrarse en el establo, prender la paja con un fósforo y sentarse sobre un fardo esperando que el fuego le inflamara las caricias de él, y las convirtiera en pompas que estallaban purificadas. Cayó de rodillas agarrado a los barrotes de la puerta, lloró de culpa, de rabia, de pena, vomitó el olor a tierra y lluvia de su cuerpo, y se habría ahorcado colgándose del lazo de muerto —BIENVENIDO A LA CASONA ROJA—, si la noche no le hubiera echado encima el recuerdo de la luna, de la mujer castaña y de su viaje hacia las olas. Se alejó por la carretera con dos grillos encaramados en la espalda, y el jardín se apagó para que brillaran de nuevo los espíritus.

Al día siguiente fue al cementerio a primera hora de la mañana y se despidió del padre Rafael rezando en su tumba de mastodonte, la favorita de las urracas. Después caminó hasta la iglesia; había planeado robar el dedo de santa Pantolomina, pero en el último momento cambió de opinión por respeto a la memoria del padre Rafael, que en vida le habría hecho enrojecer de vergüenza ante un acto tan ruin, y por respeto al pueblo, que adoraba a su santa y a él lo había querido. «Que tengas buena suerte, Santiago hermoso», le dijeron las viejas negras cuando lo vieron pasar por las callejuelas con el petate al hombro camino de la estación de ferrocarril. «Que te vaya bien con la patria, Laguna prodigioso»; la canícula mostaza las desdibujaba entre los cantos de las chicharras y se las adivinaba en la lejanía como espectros sin dientes.

Desde un principio Santiago utilizó los rigores militares como una purga de sus desdichas. Se entregó con fervor a destriparse por las tierras del Mediterráneo arrastrando un cetme, a las marchas de cuarenta kilómetros con una mochila que le resultaba ligera en comparación con las piedras de sus recuerdos, a las imaginarias escuchando junto a un machete ronquidos juveniles, ventosidades y sueños de reclutas, y a las maniobras en colinas donde ensartaba en la bayoneta enemigos invisibles. Siempre que tenía ocasión se presentaba voluntario para cuartelero de aseos o el servicio de cocina —abrillantó letrinas, se le agrietaron las yemas de los dedos fregando mesas, restregando cacerolas donde cabía un hombre, recogiendo sacos de basura— y también para el servicio de guardia. Cuando llegó el invierno, encaramado en la garita semejante a un palomar, con un poncho de lana y un capote de hule, tiritaba bajo ese frío tan distinto del castellano seco y duro, un frío capaz de infiltrarse en los huesos con una timidez marina. Por su devoción a conseguir guardias durante las noches de luna llena, pagaba un buen puñado de pesetas al compañero que estuviera dispuesto a cambiársela; acabaron apodándolo «el Hombre Lobo». Durante esas noches ofrecía al astro la cicatriz de la muñeca y rezaba a santa Pantolomina con la esperanza de que la mujer castaña surgiera en el muro desconchado y sucio de la garita, pero ella nunca apareció.

Casi todos los meses recibía carta de la nieta del boticario con las hojas arrugadas de lágrimas y bocas de carmín, y unas fotos con los bucles rubios alborotados por la moda. Cuando sus compañeros le preguntaban si era su novia, él lo negaba. Sabían que era huérfano, que jamás regresaba a casa durante los permisos como hacían ellos para volver con ristras de chorizos y morcillas; sabían que estaba obsesionado con las mujeres castañas de ojos oscuros —en los permisos de fin de semana que disfrutaban en la ciudad no se interesaba por otras—, aunque nunca parecía satisfecho con sus conquistas: ninguna era la mujer que buscaba, sólo sustitutas fáciles de olvidar. Sabían también de su pasión por el mar. La primera vez que lo vio, no tuvo ninguna duda de que había algo familiar entre él y su abuela Olvido. Fuerte, hermoso, hipnótico. Sentado en la playa, podía permanecer mirándolo durante horas; gélido en invierno o achicharrado en verano por el calor del cielo que se deshacía en sus aguas.

Aunque sus compañeros sospechaban que era un chico religioso —tenía pegada en la puerta de la taquilla una estampa de santa Pantolomina de las Flores que encontró a los quince años, abarquillada y sucia, en el estante de la despensa donde guardaban los tarros de melocotones, y entonaba en las marchas, con voz de grillo, el Ave María y el Gloria tras el chillido del sargento «¡Compañía a discreción!»—, ninguno llegó a conocer la afición que se había despertado recientemente en él por las reliquias. En el tiempo que duró la mili, consiguió contemplar en la catedral: el brazo de san Vicente, una espina de la corona de Cristo, el Santo Grial, el velo de la Virgen, el cuerpo incorrupto de un santo Inocente de los que mandó degollar Herodes, y otros tantos huesos y objetos pertenecientes a mártires y santos, a los que cogió el vicio de rogarles que le ayudaran en su búsqueda. Compraba toda estampa de reliquia que estuviera a la venta, y las atesoraba en un bolsillo secreto que se cosió en el petate.

Cuando se licenció, harto de tener el cuerpo molido por la humedad, decidió regresar al austero clima castellano y se dirigió a Ávila, atraído también por las numerosas reliquias de santa Teresa de Jesús que podría visitar. Permaneció durante unos meses viviendo en un hotel cercano a las murallas, hartándose de cordero y yemas, emborrachándose con tinto y con cada mujer castaña que encontraba a su paso, a las que recitaba de memoria los poemas de la santa. En un café-espectáculo del centro consiguió su primer trabajo como cuentacuentos, y tuvo tanto éxito que el dueño le propuso trasladarse a Madrid, donde tenía otro más grande. Y así llegó a la capital, con un petate de mudas inconstantes, un bolsillo reventando de estampas de reliquias, y la determinación de seguir buscando a la mujer cuyo retrato a carboncillo guardaba junto a las estampas.

El café madrileño se había hundido en un revuelo de conversaciones, humo, música pop y sudores de cerveza.

—Mañana no tengo actuación, nos vemos pasado —le dijo Santiago a la camarera cuando subieron de la cueva.

Se despidió de ella con un beso y salió a la calle. La noche respiraba la luz de las farolas. Era jueves. Santiago subió por la calle de las Huertas. A veces se abría la puerta de un local y la música salía despedida, como un grito, junto a un asiático con juguetes luminosos y rosas. Sus pasos resonaban en las baldosas de la acera, en el asfalto quemado por el sol.

—¿Tienes un cigarrillo, tío? —le preguntó un chico que se le había acercado blandiendo la llama de un mechero de gasolina.

Le dio uno rubio mientras el fuego se mecía en sus ojos. Continuó caminando calle arriba; su sombra parecía una meada de la nostalgia. En la plaza de Matute le aturdió el estruendo del camión de la basura; la atravesó aprisa y alcanzó la calle de Atocha, donde acababa de alquilar un piso tras haber vivido en un hotel desde su llegada.

Nada más pisar la ciudad unos meses atrás, le asaltó un anhelo repentino de naturaleza, y eligió un pequeño hotel frente al Jardín Botánico, que en esa época rebosaba primavera. Solía pasear a menudo por las avenidas de árboles exóticos, los invernaderos de climas tropicales y la plazoleta con un estanque de patos. Por primera vez desde que abandonó el pueblo echaba de menos la placidez del jardín de la casona roja, sobre todo tumbarse en el claro de madreselvas a leer poemas o a escribirlos. Aunque Madrid era un paraíso de mujeres castañas e iglesias con reliquias, los rugidos de los coches, los martillos eléctricos descalabrando las aceras y la vida relámpago le habían causado un desasosiego que aplacaba intimando con la naturaleza.

En el Jardín Botánico conoció al único amigo que tenía en la ciudad. Una tarde de mediados de mayo se escabulló en uno de los invernaderos a la hora del cierre y no salió de su escondite hasta que escuchó la respiración de las plantas en la calma de la noche. Se dirigió hacia unas matas de dalias dispuestas en hileras, y dando tragos a una petaca de whisky y fumando cigarrillos, garabateó versos en una libreta, a la espera de que el sueño le cayera de las estrellas.

Recién entrada la mañana, el vigilante, que lucía un bigote militar, le descubrió.

—Levántese de ahí, amigo, si no quiere que llame a la policía —le dijo con los brazos en jarras.

Él se desperezó. Tenía un pétalo amarillo pegado a los labios y los ojos turbios por el polen.

—Como haya estropeado las flores, le va a caer un pedazo de multa que se va a enterar. Levántese, ¿no me oye?, y recoja esa petaca del suelo... ya decía yo que apestaba a whisky.

—¿Hace mucho que es de día?

—Pues en eso se lió el sol ya hace un buen rato, y le va a achicharrar la borrachera.

Santiago le sonrió.

—Pero ¿qué haces durmiendo aquí? A pesar de ser joven, no tienes pinta de quinqui.

—Hace poco que he llegado a la ciudad. Echaba de menos mi casa, me sentía solo...

—Y por eso vas y te metes a dormir en un jardín. ¿Acaso donde vives se duerme revuelto entre las plantas?

—Nací en un pueblo de Castilla.

—No me jodas. Que yo sepa en Castilla todo hijo de vecino duerme en una cama y bien recia, además... —Chasqueó la lengua.

—¿Le apetecería desayunar con una buena historia?

—Hijo, hace unas horas que me tomé un buen café con porras.

—Le aseguro que mi historia le gustará. Soy cuentacuentos, ¿sabe?

—Ya, eso me estás contando, un cuento chino. Venga, chico, levántate, que está a punto de abrir el jardín y hoy tenemos dos visitas de colegios. No quiero que los niños se encuentren con un joven «atontolinao» por el alcohol; menudo ejemplo.

—Verá, yo suelo relatar en mi espectáculo historias sobre el mar, las que me contaba mi bisabuela cuando era pequeño, pero para usted tengo una que yo me he inventado. Es muy interesante, trata de mujeres malditas…

El vigilante, que era aficionado a los culebrones, se rascó la cabeza.

—Mira, chico, voy a escuchar esa historia mientras te acompaño hasta la salida, y si me gusta, quizá no llame a la policía.

—Le encantará. Mis historias son fantásticas.

Caminaron por las avenidas frondosas, las copas de árboles extranjeros se doblaban dócilmente para escuchar mejor el discurrir de las palabras; el vigilante, que se llamaba Isidro y rondaba los cincuenta, fue aminorando el paso conforme Santiago se adentraba en su narración de pasiones. Dieron varias vueltas al estanque de patos, entraron y salieron tres veces de los invernaderos, hasta que llegó el final trágico. El vigilante echó un torrente de mocos en un pañuelo, se atusó las lágrimas excusándolas con un ataque de alergia, y despidió al muchacho con un apretón de manos.

—Vuelve cuando tengas otra, pero a horas decentes.

A partir de entonces Santiago fue a visitarlo a menudo antes del cierre. Le acompañaba por sus rondas entretejiendo la vigilancia con las olas del mar y los eucaliptos fragantes como el corazón de una prostituta. Comenzaron a verse también fuera del Jardín Botánico. Isidro era soltero, sin hijos, y su vida se resumía en un televisor y un apasionamiento por las quinielas y el Atlético de Madrid. Devoto también del santo cuyo nombre lucía, y descendiente de una tradición de «Isidros» que terminaba en él y en un primo hermano, cura en la iglesia catedral del santo, le alegró descubrir en Santiago a un muchacho inclinado a la oración, además de al whisky y a los jardines, que recitaba los evangelios como un bendito y disfrutaba recorriendo las iglesias en busca de reliquias, frente a las que se arrodillaba rogándoles por su deseo de encontrar a alguien cuya identidad no se decidía a revelar, pero que atormentaba su alma —sospechaba Isidro— como la de un galán de culebrón venezolano. El chico poseía casi todos los ingredientes para interpretar el papel: estaba armado de una belleza imposible, padecía un historial de huérfano con fortuna —según había relatado al vigilante—, trabajaba en el bohemio mundo de las candilejas, y resquebrajaba como pipas corazones de mujeres castañas y de ojos cuanto más oscuros mejor —según había presenciado Isidro un día memorable de junio que comenzó con la contemplación del cuerpo incorrupto de san Isidro, gracias a un favor que le debía su primo hermano, continuó con un ayuno sentados en la plaza de Oriente, pues necesitaban posar en el estómago la gracia de semejante reliquia, y finalizó en una noche de tascas céntricas con brindis a los milagros, y una borrachera de tunas acompañados por unas turistas andaluzas.

Algunas veces Santiago acompañaba al vigilante a los partidos del Atlético. Isidro estaba convencido de que aquella afición, entre gritos de goles, bocadillos de tortilla e insultos al árbitro y a los jueces de línea, ayudaba a liberarse por unas horas de la carga de cualquier tormento enquistado en el espíritu. Pero cuando veía a Santiago actuar en los cafés, se daba cuenta de que jamás vibraría con el paradón de un penalti o con un gol desde medio campo, como lo hacía subido en el escenario desmenuzando cuentos. Mientras actuaba, Santiago se sentía sobre la tarima de la iglesia del pueblo, en esos tiempos mesiánicos en que levantaba el vello de los feligreses cantando himnos, y creía que su felicidad estaba destinada a ser eterna.

La amistad se fue afianzando con el paso de los meses, y cuando a finales de julio se quedó un piso libre en la casa de la calle de Atocha donde vivía Isidro, Santiago se dejó convencer para alquilarlo.

—Estar tanto tiempo en un hotel crea un desarraigo muy grande —le aseguró el vigilante—. Si has decidido no regresar a tu pueblo, debes procurarte un hogar en otro sitio.

—El hogar que quería tener ya no es posible, Isidro. Me mudo sólo porque hace tiempo que echo de menos tener una cocina donde encerrarme a preparar las recetas de mi abuela.

El camión de la basura concluyó su faena en la plaza de Matute y se adentró en la calle de Atocha. Pasó por delante de Santiago y continuó su marcha demoledora en busca de contenedores. Una luna llena se cernía sobre los tejados de la ciudad como si se hubiera descolgado del cielo. Las fachadas de los edificios parecían embadurnadas de leche, y los murciélagos chocaban su vuelo contra las cabezas de las farolas. Cuando Santiago llegó al portal de la casa donde se había mudado aquella misma mañana, le floreció en el pecho un revuelo de lirios. Tenía dos portones grandes de madera y un pasillo largo e irregular con un suelo de adoquines por donde antaño transitaban los carruajes, pues la finca llevaba en pie más de doscientos años. Tras una puerta de cristales se encontraba la portería. Frente a ella se alineaban unos buzones herrumbrosos esperando que los ejecutara el cartero. Santiago ascendió por la escalera grisácea a causa de la lejía. Su barandilla, recién barnizada, se juntaba con los peldaños por medio de unos barrotes de hierro terminados en una cabeza de león. Como los helados de la infancia, las paredes eran de dos sabores: desde el techo hasta la mitad de vainilla y desde allí hasta el suelo de chocolate. En el descansillo del primer piso se detuvo un momento ante una puerta con una mirilla de metal dorado en forma de rosetón. Allí vivía Isidro. Pensó en llamar al timbre por si aún estaba despierto y tomaban una copa, pero miró el reloj y era tarde. Continuó subiendo hasta el tercero, donde se encontraba su piso. Desde el primer momento le había gustado. El recibidor era amplio y de tarima miel. El techo lucía una cornisa de escayola adornada con unas flores, muy parecida a la de algunas habitaciones de la casona roja. Había más semejanzas: las ventanas y los balcones tenían unos postigos de cuarterones blancos; el aseo, una caldera de principios de siglo con crines de mugre imperturbables a la limpieza, y el cuarto de baño principal, una bañera de porcelana blanca con patas de fiera que le traía a la memoria tardes felices con vapores a jabón y a la piel de su abuela.

Llegó hasta el dormitorio por un pasillo crujiente que partía del recibidor. Como el piso se alquilaba amueblado, sólo tuvo que traer del hotel su petate de estampas y mudas. Yacía en el suelo, junto a una cama de matrimonio con un cabecero de volutas de hierro blanco. Santiago no encendió la luz: le reconfortaba el flujo de la luna que traspasaba la ventana iluminando la habitación. Acarició la cicatriz de su muñeca, y se acostó en calzoncillos.

La noche se convirtió, de pronto, en un mausoleo sobre su corazón. Comenzó a oler a tierra mojada. Se levantó tiritando, las entrañas mareadas en un presagio invisible. Abrió la ventana con la mano trémula, orinada por una blancura que destellaba en el patio interior, y buscó el aire de la noche. Entre las cañerías que atravesaban las paredes del patio demasiado estrecho, halló las hileras de ventanas alineadas todas en el sopor oscuro de los sueños; todas menos una, la que estaba frente a su dormitorio. Una lamparita iluminaba una mesa llena de libros y papeles donde una mujer escribía con una pluma de ave lo que Santiago percibió en el estómago como los jeroglíficos de su propio destino.

Aquejado de un traqueteo de tren que le descarrilaba las venas, contempló el perfil de la mujer y la cabellera de serpentinas castañas cayéndole sobre una bata turquesa. Una fragancia a tinta y a pergamino le llegó hasta la nariz como un hilo de vida y a la vez de muerte. Ella dejó la pluma sobre la mesa, colocó un cigarro en una boquilla larga y el humo le emborronó el rostro, un instante, como vapor lunar. Santiago se abalanzó sobre el petate, sobre el estuche de aseo con las cuchillas de afeitar, y se rebanó la yema de un dedo que le sangró abundantemente. Dejando tras de sí aquel reguero de recuerdos, volvió furtivo a la ventana y halló a la mujer asomada a la suya, estirando una mano hacia el cielo en busca de una lluvia inexistente. La luna, empalada en las antenas de televisión del tejado, le encharcó el rostro convirtiéndoselo en un camafeo de nácar, y entonces él pudo verla sin ser visto. Enfermó de éxtasis, de dulzura y de espanto; ella resucitaba de sus sueños: los ojos de tristeza azabache tan buscados, la nariz pequeña, los pómulos de geometría, el cuello delgado, los pechos planetarios insinuándose en la bata entreabierta. Se quedó rígido, los miembros entumecidos de fervor, la sangre goteándole el pecho, las rodillas, el amor, los calzoncillos, absorto en la belleza de la realidad, hasta que la mujer abandonó la ventana, se recostó en los cojines de un diván cercano a la mesa, y se puso a espantar el calor con un abanico de plumas de pavos reales.

21

Se quedó dormido de pie, mirándola, pero amaneció de rodillas, la cabeza apoyada en una mancha de sangre seca. El corte en el dedo le indicaba la certeza de la noche anterior. Decidió armar de nuevo su esqueleto, desentumecerlo; y se levantó con crujidos de cáscaras de nueces, apoyándose en la pared, sonriendo. Temía asomarse a la ventana y encontrarla. Primero quería saborear a solas lo ocurrido, tenerlo dentro de sí, morirse con ello, si era necesario, en esa mañana de golondrinas ardientes. La recordaba escribiendo, fumando, mirando al cielo, abanicándose. Se tumbó en la cama, ovillado en la delicia de lo que ya era suyo, en la delicia de la espera y el encuentro; rezó apasionadamente a santa Pantolomina cubriéndola de alabanzas, agradecimientos y piedras preciosas, rezó a sus lirios virginales y a sus ojos de juicio final, rezó al cuerpo bendito de san Isidro, a las astillas de la cruz de Cristo; y con los padrenuestros prendidos de sus labios, se quedó otra vez dormido.

A las tres de la tarde, le despertó un grito que se coló de improviso en el dormitorio.

—¡Mari al teléfono, Paco!

Era un grito de mujer y provenía del patio. Por un instante, no supo dónde se encontraba. Le pasaron por la mente fogonazos de zozobra, se vio en su cama de niño de la casona roja, acurrucado en el latir del jardín que ascendía por las celosías, se vio en la celdilla de la iglesia con los dedos pegajosos de las medicinas del padre Rafael, se vio en el catre de militar aturdido por ventosidades y sudores extraños, y en el hotel de Madrid con las dalias del Jardín Botánico bajo la almohada. Hasta que se sentó entre el remolino de sábanas, no reconoció aquella casa con su ventana abierta al paraíso. Pensó en si la voz sería de ella, aunque sonaba muy distinta de la que escuchara en el oratorio de santa Pantolomina; sonaba díscola, enfadada con los entresijos cotidianos del mundo. Pensó en si viviría sola, con amigas, con familiares, en si estaría casada o, incluso, si tendría hijos, y un aguijón de impaciencia, de querer saber le atravesó el pecho. Se deslizó hasta la ventana, que permanecía abierta, y oteó el patio con mirada de forajido. La lamparita de la mesa estaba apagada. A su alrededor había crecido una pirámide de libros con semblante de diccionarios o enciclopedias, pero los papeles continuaban avasallándolo todo. Sobre el diván sesteaba el abanico, y rendida en un desmayo, la bata turquesa que Santiago sintió en sus tripas como un balazo de la verdad.

Le ardía la boca de sed. Fue a la cocina, amplia, con muebles vainilla de principios de los setenta. Dejó correr el agua en el fregadero y se sirvió un vaso. El calor le empujó a abrir la ventana, el deseo a buscar a la mujer en las que tenía frente a él, y el destino a encontrarla en la de la cocina, con su alféizar preñado de macetas de petunias, mordiendo un sándwich que parecía de pollo y vegetales. La ilusión que le produjo comprobar que ella tenía la necesidad de alimentarse como todo humano, de beber una cola como lo hacía, casi con una avidez adolescente, le hizo bajar la guardia y se dejó ver. Sonrió cuando lo hizo ella, tras capturar con la lengua una mota de mahonesa en la comisura de los labios, sonrió sin ser consciente de que le lloraban los ojos, le apretaban los calzoncillos el brío exótico de sus genitales, y el cuerpo era un pantano de sudor con perfume de lluvia. Un retortijón de hambre le devolvió al mundo. Se apartó de la ventana, resbaló por un mueble hasta caer sentado en el suelo y se mondó de risa. No tenía nada que comer, así que regresó al dormitorio y desayunó un cigarrillo y los chicles que encontró sueltos por las profundidades del petate. Había planeado ir a la compra por la mañana, pero la tarde ya se desmembraba en el cielo y no tenía intención de moverse de casa, de perderla de vista mientras permaneciera vivo.

Aquella tenacidad estuvo a punto de enfermarlo. Se pasó horas espiándola desde el dormitorio, desde la cocina, preocupándose esta vez de que no le descubriera. La acechaba como un animal a su presa, corriendo de una habitación a otra, descalzo, jadeante. La vio fumar en la boquilla larga, escribir con la pluma de ave en tinta violeta, consultar los libros de la mesa, espantar el calor en el diván con ventiscas de pavos reales, y danzar con los brazos como cuellos de cisnes y una ondulación del cuerpo que lo dejaron trastornado en su charco de sábanas. Le parecía extraordinario que vistiera unos pantalones cortos y una camiseta que le dejaba al descubierto el ombligo, incluso que tuviera ganas de orinar; la ventana del baño estaba junto a la suya, y aunque no podía verla, sentía a través de la pared el furor de la cadena y meaba al mismo tiempo, riendo. Cuando le apretaba la debilidad, la rendía fumando, declamando libros de la Biblia con nombres de mujer y poemas de santos, cuyos versos se escribía en los brazos con un bolígrafo para distraer el hambre.

Antes de que oscureciera por completo, llamaron al timbre y supuso que era Isidro. Decidió no abrir: no quería que nadie perturbara su dicha. Mañana iré a visitarle, se dijo. Al cabo de un rato cayó en la cuenta de que el vigilante quizá sabía quién era ella. Le embargó una nueva oleada de gozo. Algo tan corriente como que tuviera un nombre le resultaba un acontecimiento casi sobrenatural. Un nombre con el que recordarla, un nombre que la contuviese entera. Los sueños, entonces, le parecieron sosos, aburridos, sin alma, frente a la vida de los ojos abiertos. Aun así, no bajó a buscar a Isidro. También pasó esa noche mirándola, porque ella trabajó hasta el amanecer, imaginando nombres que unas veces desechaba muerto de risa y otras paladeaba como si en el gusto de las sílabas se encontrara la respuesta.

Se llamaba Úrsula Perla Montoya y se dedicaba a escribir novelas románticas. En el primer libro que le publicaron, hizo que le pusieran aquel segundo nombre para homenajear a su abuela. Era una poetisa persa que, a principios de siglo, cayó en los brazos de un arqueólogo español encargado de unas excavaciones cerca de Persépolis, y que se la trajo a su país, años más tarde, desposada, convertida al cristianismo, y cargando con un baúl de secretos y trastos orientales, y una nostalgia del desierto encerrada en sus ojos negros, de la que sólo lograba recuperarse pasando las vacaciones en Almería. Había cuidado de Úrsula hasta que la niña cumplió los doce, y la muerte se la llevó como una tormenta de arena, sellándole el corazón con una duna infinita a la que los europeos se empeñaron en denominar angina de pecho. Sólo la nieta comprendió la verdad de aquella pérdida que la envió a un internado de monjas en Valladolid, mientras sus padres, actores especializados en el teatro clásico, continuaban recorriendo el mundo con su compañía. En el velatorio de su abuela, Úrsula se recreó en el placer diabólico de compartir con ella un último secreto: la razón por la que los labios de la muerta yacían entreabiertos y su boca dejaba escapar, a soplidos melancólicos, una finísima arena y polvo de sal, que provocaban estornudos y calores menopáusicos entre los asistentes. A partir de entonces, Úrsula Perla Montoya, aunque era una mujer que no se dejaba arrastrar fácilmente por el huracán de la nostalgia, siguió durmiéndose con el soniquete del almuecín llamando a los fieles a la oración que su abuela le cantaba como una nana, arrollada por el cataclismo de un alma que nunca dejó de ser musulmana, relatando sus desgracias a una piedra del tamaño de un huevo y bailando una danza persa milenaria cuando se sentía inquieta. De ella también aprendió el persa, lengua en la que siempre se comunicaron, y que Úrsula traducía al castellano y viceversa, en los ratos que no se hundía en la literatura del amor, sentimiento que consideraba una herramienta de trabajo.

Cuando se encontró con Santiago Laguna en el descansillo del tercer piso la mañana del sábado, reconoció en él al muchacho que había visto por la ventana el día anterior mientras se comía el sándwich de pollo. Sin embargo, en esta ocasión, al contemplar sus ojos más de cerca, le reventó en la memoria un poema de su abuela donde un joven se bañaba en un lago sagrado, y un genio le castigaba haciéndole cargar en sus pupilas el peso de las aguas turquesa. Le sonrió con rigidez: una cuerda invisible que unía su estómago a sus labios tiraba con la fuerza ciclónica de tener delante al hombre más guapo que había visto en su vida.

—Soy Santiago Laguna, tu nuevo vecino —le dijo él con las mejillas atoradas por la idolatría.

Su voz sonó tímida, se había esfumado la ronquera con que dominaba a sus conquistas. En su corazón sólo le quedaba ella, envuelta en un vestido de tirantes. El mundo se redujo a sus estómagos. A Úrsula le pareció un pajarillo encantador, aunque con un aire de tormento, como si lo hubieran tenido encerrado en una jaula.

—Nos veremos a menudo, entonces.

La muñeca suicida de Santiago comenzó a palpitarle, y le gravitaba en las sienes la voz de ella pidiéndole que la llevara a la casona roja. Se quedó atrancado en su memoria, mientras Úrsula se dirigía hacia la puerta de su casa jugueteando con las llaves.

—Espera, ¿me lo firmarías?

Santiago se apresuró a sacar de una bolsa del supermercado *Pasiones en el diván del atardecer*, el último libro de Úrsula, y se lo entregó. Lo había comprado esa mañana después de desayunar con Isidro, después de contemplar la sangre licuada de san Pantaleón, momento en el que hizo que el vigilante le revelara la identidad de ella, para escuchar su nombre, por primera vez, frente a la portentosa reliquia.

—¿Has leído más libros míos?

—No, pero había oído hablar de ti, quiero decir, que ya te había visto antes.

—De veras, ¿dónde?

—Te voy a preparar un pastel, cocino muy bien, y cuando lo tenga listo te lo llevaré a tu casa y te lo diré. —De pronto había reaparecido en Santiago un matiz de arrogancia de los tiempos mesiánicos.

«Que el genio nunca se apiade de tus ojos», le escribió Úrsula en el libro, mirándole de reojo.

—¿A qué genio te refieres?

—Lo sabrás cuando me traigas el pastel.

No tardaron las manos de Santiago en sumergirse en un bol de yemas de huevo. Abrió la ventana de par en par. No cocinaba desde que Olvido estaba viva. A las yemas unió harina, azúcar, una pizca de sal; sus dedos mezclaron los ingredientes transformándolos en una masa donde hundió sólo el índice y el corazón de la mano derecha para untarse un poco en un pezón y comprobar la consistencia. Era perfecta. Besó aquel trozo de masa y lo juntó con el resto. Sabía que Úrsula le estaba mirando desde su ventana. Ella no se escondía. Lo había observado, al principio divertida, luego concentrada en la ondulación de las manos, en el grosor de sus labios, en las gotas de sudor sobre la frente, cuya anatomía lograba intuir recorriéndole las sienes, los pómulos, la barbilla. Y ella también sudaba, el calor de finales de julio se cocía en el patio con el silencio de las cañerías y los lunares de moho; ella también podía sentir la suavidad de la masa. Santiago abrió una red de limones y raspó la corteza de uno de ellos hasta que la ralladura quedó en un montoncito, tan erizada y solitaria que se convertía en un pubis de oro. Él la observó con veneración, como si observara un paisaje que podía desmenuzar entre sus manos, chuparlo, olerlo. Y eso hizo. Luego echó la ralladura en la masa, extendió ésta sobre la encimera con la ayuda de un rodillo y pintó con huevo el rostro de Úrsula. Ella jamás había visto una forma de cocinar semejante; era un ritual que le punzaba en el estómago el deseo de comerse al cocinero en vez del pastel. Jamás había visto cocinar con tanto amor, con un amor sólido, líquido, gaseoso; un amor que atravesaba el patio y agigantaba las corolas de las petunias, transformando el alféizar en una selva que se abría paso entre lo inevitable.

Por la noche, mientras se dirigía al café para actuar, Santiago tuvo la sensación de que alguien, en un lugar no muy remoto, lloraba por él a lágrima viva. Le incomodó aquel drama inesperado, que le crispó la piel y se la dejó fría en la brasa de murciélagos que aplastaba el cielo de Madrid. Bajando la calle de las Huertas, se le ocurrió preguntarse si había alguna posibilidad científica de que los muertos lloraran por un proceso químico de eliminación de inmundicias, o algo así. Siguió fantaseando con si sólo podrían llorar recién muertos o también durante mucho tiempo después, convirtiendo el subsuelo de los cementerios en pantanales secretos. En estos pensamientos andaba, cuando llegó al café todavía con la piel de hielo. La camarera le sirvió un whisky y le besó en los labios. Dio varios tragos mientras un pestañeo de focos en el escenario le recordaba que le estaban esperando.

Se subió a la tarima y contó una historia sobre el mar. Lo hizo deprisa: aceleró tempestades, volvió casquivanas a las sirenas, ahogó marineros sin miramientos, incluso introdujo a un traidor, como en la época en que se le atravesó en su vida Ezequiel Montes, para culparle de todas las desgracias y terminar el cuento antes de lo debido. Sentía la cicatriz de la muñeca inflamada de impaciencia bajo la calidez lunar de los focos, sólo deseaba regresar a casa para entregar el pastel a Úrsula. Se había echado la siesta mientras lo horneaba, luego se duchó, se vistió con una camisa para parecer no un chico sino un hombre, y fue a llevárselo. Llamó al timbre, ella no abrió, esperó un buen rato, llamó otra vez y escuchó a través de la puerta el más doloroso de los silencios. La buscó por las ventanas, pero tan sólo encontró la realidad de aquel alféizar selvático. Le espantaba tanto la idea de que desapareciera de repente, que a cada rato tenía que reprimir las ganas de hacerse sangre para confirmar que no vivía un sueño.

Desde el escenario, descubrió a Isidro sentado en un taburete de la barra bebiéndose una cerveza. Tenía el aspecto del hombre bueno y solitario que era. Los ojos, con el paso de los años, se le habían agrandado de ver la tele, y el corazón se le había hecho caribeño de tantos culebrones. Santiago sospechaba que escondía un amor de juventud trastabillado en su universo de recuerdos, pues la piel se le ponía atigrada al escuchar historias románticas, y ése era un signo indiscutible de melancolía que solamente se le curaba chillando como un energúmeno en los partidos del Atlético. Junto al vigilante, se había sentado una mujer que cubría su cabello con un pañuelo blanco, y daba la espalda al escenario. Le molestó que no le estuviera mirando, como si el cuento no le interesara en absoluto, y durante un momento que ni siquiera él percibió, el pecho le sudó tierra.

Relató el final de la historia deteniéndose sólo unos segundos, suficientes para depositar una flor sobre una tumba. Entre los aplausos que rompían los hilos de humo y los vapores alcohólicos, bajó del escenario y se dirigió a la barra. La mujer terminó de un sorbo una naranjada, y se levantó con brusquedad del taburete justo cuando llegó Santiago. Le golpeó en el brazo mientras abandonaba precipitadamente el local, pero no se giró a mirarlo, ni le pidió disculpas; la puerta se cerró de golpe con un desprendimiento de estrellas, y Santiago se quedó inmóvil mirando a través de los ventanales cómo su figura algo encorvada se diluía en el bochorno de Madrid. Le volvió el frío a la piel, estaba inmerso en un presagio de reptil que le avisaba de algo, pero no lograba descifrar de qué.

—Cómo lloraba la pobre mujer —le dijo Isidro incendiado por la compasión—. Se le caían lágrimas como peras.

—¿La conoces?

—Apenas la he visto de perfil, pero no.

La camarera se acercó a Santiago atusándose el cardado del pelo.

—¿Te pongo algo, mi amor?

—No, voy a marcharme a casa.

—Qué soso te pones a veces, hijo —respondió, y se marchó a atender a un par de chicos que se acodaban en el otro extremo de la barra con camisetas de rock and roll.

—¿Me acompañas? —preguntó al vigilante.

—Claro, hoy yo tampoco tengo el cuerpo para muchos trotes.

La noche le hundió de nuevo en el marasmo de Úrsula, y olvidó todo lo que no fuera ella. La había convertido en un malecón capaz de detener cualquier ola de tormento que le arrojase el pasado. Isidro le había visto estremecerse ante la sangre de san Pantaleón cuando, siguiendo sus instrucciones, pronunció el nombre de ella; le había oído después entremezclar en sus rezos la agonía de Úrsula Perla Montoya que le palidecía los labios, y lo había cogido del brazo para conducirlo a la salida de la iglesia santiguándose, temeroso de que allí mismo se lo tragara el infierno por enredarse en sacrilegios. Desde entonces, cada vez que el vigilante lo miraba, el rostro se le contraía de preocupación.

—Esa mujer es demasiado mayor para ti —le dijo subiendo por la calle de las Huertas.

—Sólo me saca once o doce años, eso no es nada.

—A tus veintiuno, sí es algo. Eres sólo un muchacho y ella una mujer resabiada. No te conviene. Te lo digo porque sé cosas, cosas que no debería saber pero las sé, que ésta es una comunidad de vecinos muy pequeña, y el patio, un muestrario de vergüenzas.

—Me da igual lo que sepas.

—Es una especie de mantis religiosa, muy bella, sí, para atraer a la presa, pero se dice que para cada una de las novelas que escribe utiliza a un hombre, y cuando la termina siempre lo abandona.

—Conmigo escribirá el resto, y no me abandonará cuando lo sepa.

—Cuando sepa qué, muchacho, ¿que te has enamorado de ella como un perro con sólo verla a través de una ventana?

—Cuando sepa que hace cinco años que la busco, que hace cinco años que se me aparece dormido y despierto.

El resto del camino hasta la casa de Atocha lo hicieron en silencio. Isidro comprendía ahora que los días en que Santiago se arrodillaba, ante las reliquias de santos y mártires, oraba para encontrar a Úrsula, oraba para que se la pusieran en su vida con el mismo aletazo milagroso con el que había surgido en sus sueños o sus visiones; un escalofrío le alumbró el espinazo, y lo dejó perdido en un arsenal de argumentos de telenovela sobre amantes con destinos mágicos.

Al despedirse en el descansillo del primer piso, el vigilante le puso la mano en el hombro y le dijo:

—Aquí me tienes, muchacho. —Suspiró—. Si hubieras nacido en Venezuela...

La luz de la escalera se apagó, pero Santiago no tenía intención de molestarse en encenderla. Subió los peldaños de dos en dos, atravesando los cuchillos de luna que penetraban por las ventanas abiertas. Llegó a su casa dispuesto a rastrear por el patio a Úrsula Perla Montoya. No le fue difícil; estaba en la cocina acompañada por un hombre de unos cuarenta. Él descorchaba una botella de vino; ella, envuelta en la bata turquesa, sacaba unas copas de un armario, mientras charlaba, según le pareció a Santiago, con una intimidad de sábanas. Cogió un cuchillo y se abrió la herida, aún fresca, de la yema del dedo, pero no fue la sangre la que le indicó que no vivía un sueño. Comenzaron a arderle las orejas, la nuca, el pecho. Se le embarró la cabeza, de nuevo, con traidores de ojos verdes, hasta que vislumbró el pastel para Úrsula sobre la encimera, coronado en un plato de porcelana blanca, y decidió llevárselo.

Ella le abrió la puerta con la masa de ondas castañas cayéndole por la espalda y los hombros. Se miraron un instante sin decirse nada, sintiendo uno el calor del otro.

—¿Me dirás ahora qué genio no tiene que apiadarse de mis ojos y por qué?

—Estoy ocupada, pero gracias por el pastel —dijo mientras se apoderaba de él aprisa—. Buenas noches.

Úrsula Perla Montoya recorrió el pasillo en dirección a la cocina con un calambre de ansia que le hacía tiritar las manos.

—¿Y eso? —le preguntó el hombre al verla llegar con el pastel.

—Me lo ha hecho un vecino, que es muy amable.

—Huele muy bien. Córtame un trozo, me ha entrado hambre.

—No. —Se le encendieron las mejillas. —Aún no se puede comer. Me ha dicho que debe reposar hasta mañana para que esté en su punto.

—Entonces vendré mañana otra vez. —La había agarrado por la cintura y le bisbiseaba en la oreja.

—Espérame en el salón, y llévate el vino. Yo voy para allá en cuanto lo guarde para que no se seque.

—No tardes. —La besó en los labios.

A solas con el pastel, Úrsula rememoró cómo Santiago acariciaba los ingredientes —las yemas de huevo, la harina, el azúcar, la ralladura de limón—, cómo los había olido, besado, cómo los mezclaron sus manos; la masa suspendida de un pezón, los labios entreabiertos, las gotas lamiéndole la frente. Le excitaba pensar en el amor con que lo había cocinado, le excitaba pensar que ese amor ahora estaba dentro, que fuese para ella y pudiera comérselo. Arrancó unas migas y las degustó lentamente, aplastándolas con su lengua contra el paladar. Tenía en la boca el sabor de Santiago. Pellizcó un trozo más grande, y luego otro más, afrutado con un toque de canela, vivo, terso, y un aroma apenas perceptible a azúcar y a lluvia que le encendió los pechos.

Interrumpió su degustación la voz del hombre llamándola desde el salón. Cubrió el pastel con un paño limpio y se marchó.

—Tardabas mucho. —Estaba acomodado en un sofá de dos plazas.

—No encontraba un recipiente donde entrara bien.

Se sentó a su lado, cogió la copa de vino que él le ofrecía, pero no bebió ni un sorbo. El hombre la atrajo hacia sí y comenzó a hablar del último libro que estaba traduciendo del griego. Sin embargo, a Úrsula no le interesaban en absoluto sus problemas con los verbos o las estrofas o con la musicalidad de la poesía. Le había elegido un poco a la deriva; su última novela, *Pasiones en el diván del atardecer*, estaba siendo, por fin, un éxito de ventas, y su editor la apremiaba para que escribiera otra. Necesitaba tener una aventura, y entonces se encontró en una biblioteca con ese compañero de la facultad de filología del que no había vuelto a saber nada desde el año en que se graduaron. Le resultaba atractivo; llevaba cinco años viviendo en Grecia, los dos últimos en una pequeña isla dedicado a la bioagricultura de tomates pera y a la poesía salvaje. Tenía el rostro tostado y un perfil de adonis que, supuso Úrsula, acabaría inspirándole una pasión grecolatina con dardos de Cupido y amantes semidioses. Sin embargo, en ese momento el sabor de su vecino, custodiado en la boca, era lo único que le inspiraba pasión, aunque fuera una pasión caníbal.

—No me atiendes —le reprochó él—. Tienes la cabeza en otra cosa.

—Disculpa, he estado traduciendo a Ferdosi hasta tarde y estoy cansada.

Él le acarició el cabello, declamó unos versos de *La Odisea*, y quiso besarla. Pero encontró los labios de Úrsula apretados uno contra otro creando una muralla infranqueable.

—Ya te dije que estoy cansada. Será mejor que lo dejemos para otro día, necesito acostarme.

Lo despidió con dos besos volantes en las mejillas, y se dirigió a su dormitorio sufriendo la inquietud de que esa noche llovería. Un perfume a barro y hierba húmeda invadía la casa. Penetraba por las ventanas abiertas y avanzaba con pasos invisibles. Úrsula se miró en el espejo del armario, pronunció el escote de la bata, le aflojó el cinturón para mostrar una rendija del vientre, elevó los brazos, juntó las palmas y cimbreó el torso tal y como le había enseñado su abuela; estaba lista para ir a buscarle.

Santiago Laguna, acodado en el alféizar de la ventana del dormitorio, desnudo en la noche que lo traicionaba con erupciones de estrellas y efluvios lunares, se estremeció de rabia al verla aparecer abanicándose los pavos reales.

—¿No duermes? —le dijo ella acodándose también en el alféizar, pero con aires de emperatriz.

—Evito soñar.

—Yo tampoco puedo dormir. —Se pasó la lengua por los labios, el paladar, y a Santiago se le encendió en el cuerpo una hilera de procesionarias.

—Me pareció ver que estabas acompañada.

—Es un viejo amigo y tuvo que marcharse. —Cerró el abanico y lo apoyó en una mano—. No le dejé probar el pastel.

—Era sólo para ti. —Tenía en la voz un gallo que le aflojaba la rabia y las rodillas.

—Eso creí. Me ha gustado muchísimo.

—Mañana te haré unos bollos de canela y hojaldre; son la especialidad de mi familia.

—¿Eres de una familia de pasteleros?

—No. —Sonrió—. Soy el único hombre de una familia de mujeres malditas.

—¿Y los hombres no estáis malditos?

—También.

—¿Y a qué te dedicas siendo un hombre maldito?

—Cuento historias en los cafés.

—Así que tienes una profesión de *Las mil y una noches*.

—¿Te apetece que te cuente un cuento?

—Preferiría que me hablaras de tu familia, de qué clase de maldición sufrís.

—Te contaré la historia de cómo empezó, así podrás entenderlo mejor.

—Pero ven a casa, nos sentaremos en el sofá y estaremos más cómodos.

La luna había descendido del cielo haciendo equilibrios en las cuerdas de la ropa que atravesaban el patio y se había acostado sobre el rostro de ella. El escote de la bata, abierto en pico, le pareció al chico una daga que apuntaba al delirio.

—No te muevas —le rogó—. Mejor te lo cuento aquí.

—De acuerdo.

—A finales del siglo XVI, en una barraca de la albufera valenciana, vivía una pareja de campesinos que deseaba fervientemente tener hijos. Durante muchísimo tiempo habían rogado a Dios que les bendijera con esa gracia, pero la esposa había cumplido ya más de cuarenta años y continuaba sin concebir. Sus vecinos los compadecían porque no tenían a nadie que los ayudara en el trabajo del campo y les alegrara su hogar con juegos y risas. Una mañana de primavera, la campesina, una hembra robusta y soleada, desapareció de la barraca sin dejar rastro. Regresó al cabo de unos días y le contó a su marido que había estado en una playa donde una anciana le había vendido un hechizo para quedar encinta. Nueve meses después, la campesina dio a luz a una niña muy hermosa. Sus vecinos recibieron recelosos la noticia. ¿Cómo una mujer tan mayor y tan poco agraciada había podido alumbrar una criatura de belleza tan extraordinaria?, se preguntaban. Pero no se decidieron a denunciar el caso a la Santa Inquisición hasta que la criatura cumplió un año y la intensidad de su hermosura causó el desastre. La campesina fue acusada de haber fornicado con el mar a través de un rito satánico. Las pruebas eran irrefutables, la niña poseía todos los atributos del padre: sus ojos eran del color de las aguas, su pelo negro como el fondo marino, su piel pura como la espuma que rompe en las olas y sus labios rojos como una rama de coral. Quemaron en la hoguera a la campesina, por bruja, y al campesino lo juzgaron, pero le encontraron inocente. Había sido víctima de las malas artes de su mujer, que le ponía los cuernos con cualquier elemento de la naturaleza. Surgió, entonces, el problema de qué hacer con la niña. Después de contemplarla, nadie quería dar la orden de acabar con ella, aunque hubiera nacido de una brujería. Se acordó que la niña fuera enviada a un convento para que creciera bajo el estricto cuidado de las monjas. Sin embargo, ninguna orden religiosa quiso hacerse cargo de una criatura con esos antecedentes sobrenaturales. Así que se la entregaron al campesino envuelta en un escapulario. Él, que se había dado a la bebida, la encerró en el establo junto a los terneros. Pasados unos meses, se presentó en la barraca un caballero ataviado con ropas suntuosas.

»—Si me mostráis a la hija del mar, os pagaré una moneda de plata —le dijo al campesino.

»Éste quedó perplejo. Fue al establo, desató a la niña de la estaca a la que estaba amarrada, le lavó la cara y se la mostró al caballero. La visión de aquella belleza que, irremediablemente, crecía con el tiempo, le dejó tan satisfecho que pagó dos monedas de plata en vez de una. A partir de aquel día, fueron muchos los hombres y las mujeres que se acercaron a la albufera con el único propósito de contemplar a la criatura mitad humana, mitad marina. El campesino dilapidaba el dinero en vino y prostíbulos, mientras la niña, a la que en público llamaba Mar, aunque había sido bautizada con el nombre de Olvido, crecía salvaje entre los animales del establo. Cierta tarde en que una duquesa admiraba a la niña, ésta, que había cumplido ya los doce años, señaló su fastuoso vestido de seda amarilla, y dijo estas palabras:

»—*Lanai ursala.*

»La duquesa le pagó al campesino una moneda más de las convenidas, porque la hija del mar le había hablado en el lenguaje de las olas.

»Por ese tiempo, viajó hasta la albufera un joven y apuesto lingüista procedente de Castilla y, una noche clara, encontró a la niña oculta entre la hierba alta.

»—Estoy buscando la barraca donde vive una muchacha que conoce el lenguaje del mar —le dijo con voz cálida para no asustarla.

»La niña se señaló el pecho con un dedo y respondió:

»—Mar.

»—¿Sabes si voy en la dirección correcta?

»La niña extendió un brazo hacia la estrella más grande de todas las que ardían en el cielo y dijo:

»—*Ursala.*

»Su rostro estaba cubierto de estiércol seco; vestía unos harapos que apestaban a establo y tenía una de sus piernas ensangrentada como si hubiese escapado de una trampa para animales. El lingüista sintió lástima de aquella criatura, sacó su pañuelo del bolsillo de la levita y le limpió la cara bajo la luz de la luna. A ella le gustó su tacto, aunque fuese a través de la seda del pañuelo.

»—Tú eres, sin duda, la hija del mar —le dijo el lingüista admirando su belleza.

»Ella volvió a señalarse el pecho y repitió su nombre.

»—Háblame en el lenguaje de las olas —le rogó.

»La niña señaló la luna y dijo:

»—*Saluma.*

»—*¿Saluma?* —repitió él confuso mientras la niña esbozaba una sonrisa y apuntaba otra vez a la luna.

»En aquel instante, el lingüista supo la verdad. Aquella criatura no hablaba el lenguaje de las olas, sino uno inventado, ya que sufría la necesidad de comunicarse y nadie se había tomado la molestia de enseñarle a hablar una lengua civilizada.

»Durante más de cuatro años se dedicó a darle clases para que aprendiera el lenguaje y las costumbres de los hombres, mientras el campesino permanecía en la taberna o el prostíbulo.

»Pero la tarde en que ella cumplía dieciséis años, se presentó en la barraca el capitán de un galeón pirata empeñado en conocer el secreto para vencer a las tempestades. La muchacha le respondió con un castellano perfecto que ella no podía ayudarle, pues no comprendía el lenguaje de las olas; su padre no era el mar, sino aquel campesino que intentaba engañarle. El capitán se abalanzó sobre él y le propinó una paliza terrible. La muchacha no curó las heridas del campesino, no lo ayudó a acostarse en el catre, no le dio de beber, no contestó a las preguntas agónicas que escapaban de su garganta —«¿Quién te ha enseñado a hablar, perra traidora?»—. Simplemente, esperó a que se muriera. Cuando el lingüista llegó a la barraca para darle clase, ella le contó lo sucedido y decidieron partir de inmediato hacia Castilla.

»Una vez allí, el lingüista comenzó a trabajar en una escuela como profesor, y ella completó su educación con clases de piano y costura.

»Al alcanzar la mayoría de edad, la belleza de la muchacha, que había sido presentada en sociedad con su verdadero nombre, superaba la razón y el deseo. El lingüista, siguiendo sus indicaciones, le había regalado un vestido de seda amarilla, y gracias a algunos conocidos, había conseguido unas invitaciones para celebrar su cumpleaños en un baile de primavera que se celebraba en el palacio del duque de Monteosorio. En cuanto entró en aquel palacio, quedó cautivada por el lujo de sus muebles y sus lámparas, y por las joyas de las damas que danzaban en el salón, pues brillaban más que las estrellas. Por eso, cuando el hijo del duque, don Alonso Laguna, se enamoró de ella nada más verla y le propuso matrimonio, Olvido aceptó.

»Al enterarse de la noticia, el lingüista, desesperado, le declaró su amor. Ella, llorando, se echó en sus brazos y lo besó fervientemente en los labios. Se amaron durante toda la noche, pero a la mañana siguiente, cuando él quiso que escribiera a su pretendiente para romper el compromiso, ella se negó. "Me casaré con él —le dijo—, y tú vendrás a vivir con nosotros, así podremos continuar amándonos y además seremos ricos."

»La boda tuvo lugar unas semanas después en el palacio del duque. Se preparó un gran banquete y un baile majestuoso que duró hasta la madrugada. Asistieron los hombres más ilustres de la ciudad, nobles e incluso un enviado del rey para felicitar a los novios en su nombre. Durante la celebración, Olvido no consiguió apartar de su mente aquellas hebras oscuras del cabello de su maestro que le caían sobre la frente, aquel pecho firme que se escapaba por su camisa de volantes, aquellos labios húmedos de coñac diciéndole adiós. Cuando terminó la fiesta, se escapó de su lecho de novia y cabalgó hasta la casa que había compartido con el lingüista. La recibió la oscuridad de la noche, porque él se había marchado para siempre.

»El tiempo, verdugo de la vida, dio a Olvido diez años llenos de bailes, banquetes y vestidos, además de una niña a la que, quizá, guiada por la nostalgia, puso el nombre de María del Mar. Y, quizá, fue también esa nostalgia, la que una mañana de primavera en que su marido estaba de viaje por negocios, la empujó a emprender un viaje a la barraca de la albufera donde había nacido. Desde la seguridad que le proporcionaba la cortina del carruaje, contempló los arrozales brumosos al amanecer, los campesinos fornidos y el rostro azul y espumoso de su padre. Cuando el carruaje se detuvo frente a la barraca, ella caminó hasta el establo. Echaba de menos sentir en las piernas los hocicos mojados de los terneros y escuchar sus gemidos flacos y suaves. A pesar de que el establo yacía en la penumbra del anochecer, descubrió ovillado en un rincón el cuerpo de un hombre. A su alrededor había varias botellas de coñac. Vestía unos pantalones de campesino y tenía el pecho cubierto de úlceras y parásitos.

»—Salga ahora mismo de mi propiedad —le ordenó.

»—*Salima, ursala* —contestó el hombre con una voz ronca.

440

»Ella buscó los ojos del vagabundo entre las hebras de pelo grasiento que le cubrían el rostro, y halló los del lingüista.

»—¿Qué te he hecho, amor mío? ¿Qué te he hecho? —se lamentó abrazándolo.

»—*Salima, ursala* —repetía él con sus ojos perdidos.

»Olvido Laguna se arrancó del cuello una cadena con una cruz y la arrojó al suelo.

»—Yo —dijo con voz de sepultura—, hija del mar, reniego del Dios que me arrebató a mi madre y le pido a Satanás que maldiga mi nombre y el de toda mi estirpe. Que mi hija pierda su honra y su corazón por el amor de un hombre que le desgarrará la vida, y así su hija y las hijas de sus hijas, que una estirpe maldita de hembras sufra a lo largo de los siglos todo lo que tú, amor mío, has sufrido por mí; hasta la última gota de sangre Laguna vivirá la desdicha.

»Olvido jamás regresó a Castilla. A los pocos años, unos pescadores hallaron en la playa el cadáver del lingüista; tenía el rostro hinchado por el vino, pero sus ojos, siempre oscuros, se habían tornado inexplicablemente azules. El cuerpo de Olvido nunca fue encontrado. Unos dicen que se lo llevó su padre, el mar, y reposa en una tumba de coral; otros, en cambio, dicen que se lo tragó el diablo para que cumpliera en cuerpo y alma su condena de amor.

A Úrsula se le habían ido quebrando las maneras de emperatriz conforme le escuchaba, se le habían vaporizado los ojos en un aire de ensueño, olvidándose de sí misma. La noche tornasolaba el pecho de Santiago, y le escondía en la mirada, abrasándosela, el silencio de un fantasma que parecía haber despertado contra su voluntad. Pero a Úrsula, con el cabello convertido en la trenza de Julieta, todo le sabía a él, la boca, la luna, el eco de sus palabras que aún resonaba en el patio.

—Y así empezó todo. Si te ha gustado la historia, mañana puedo contarte otra, y pasado y al otro. Puedo contártelas siempre.

—Desde hoy serás mi Sherezade, aunque recuerda que si dejan de gustarme te cortaré la cabeza.

—Me arriesgaré.

—Ahora tengo que trabajar, buenas noches.

A Úrsula se le había mondado la piel de inspiración mirándolo, escuchando su historia, y los argumentos de novelas volaban en serpentinas de pellejos por el patio.

—¿Puedo mirarte mientras escribes hasta que me entre sueño?

—¿Ahora me pides permiso?

Él se ruborizó.

—Túmbate y te cantaré una nana que me enseñó mi abuela.

Lo vio alejarse de la ventana con las nalgas cercadas por las estrellas, y echarse sobre las sábanas. El canto del almuecín llamando a la oración alumbró débilmente el silencio del patio, y llegó hasta Santiago en un susurro melancólico. Cerró los ojos. Después de dos noches en vela, se durmió enseguida.

Sin embargo, aquella madrugada, Úrsula Perla Montoya no encontró descanso. El sueño se le borró de la memoria, y se entregó, en carne viva, al frenesí de la pluma de ave. Ya escribía su corazón antes de tenerla entre los dedos, mientras se despellejaba gozando de Santiago sin necesidad de tocarlo, mientras se le confundían los sentidos en el espíritu, arrastrándola al mayor éxtasis literario que le había hecho sentir un hombre en su vida, y que se prolongó horas y horas como el orgasmo de un mastodonte cuaternario.

Escribió más allá del alba; gastó tres tinteros violeta que le mancharon los dedos, el rostro, el pecho con escarapelas de pasiones, y sólo cuando el sol desbarató el cielo de Madrid, tuvo fuerzas para dejarlo; fue a la cocina y desayunó un trozo de pastel por el vicio de seguir teniéndolo dentro. Después, aunque era domingo, telefoneó a su editor y le comunicó que había empezado por fin la novela y no tardaría mucho en terminarla. «Será la mejor de todas las que he escrito», le aseguró. Colgó eufórica, desmenuzando la gloria de su futuro éxito, hasta que, de pronto, echada ya en la cama y con un pie en el umbral de los sueños tras arrullarse con los cantos del almuecín, se le nubló el estómago, y lo sintió vacío como si el pastel se hubiera evaporado, dejándole el malestar de su pérdida.

22

Santiago Laguna soñó con una tormenta. Cuando despertó, vio la mole de nubes grises arremolinadas en el cielo de domingo y se le heló el corazón. La herida de la yema del dedo se le había abierto en una raja de bordes violáceos, y le supuraba un pus como bilis de insecto. Metió la mano bajo la almohada, pero continuó doliéndole. Se acunó con el recuerdo de la nana indescifrable de Úrsula Perla Montoya. Al cabo de un rato, tuvo la sensación de que el cielo se oscurecía aún más y un trueno lo atravesaba de parte a parte. Escuchó el repiqueteo de la lluvia como puntas de cuchillos en las aceras, en los tejados y en las azoteas de zinc. El repiqueteo se fue haciendo más fuerte, hasta que originó un estruendo de desplome del mundo. En cambio, a Santiago le preocupó más que la boca le supiera a whisky en vez de a los ratones de la mañana, que un humo de cigarrillos con emanaciones de cerveza y café irlandés acosara su nariz, mientras decenas de rostros permanecían fijos en el suyo, febril bajo los focos del escenario, esperando algo que no acertaba a comprender. Sólo cuando una de las cristaleras del café estalló después de otro trueno e invadió el local una madreselva gigantesca, se dio cuenta de que estaba dentro de la pesadilla que lo había inquietado durante la noche. Luchó por despertarse. El cielo continuaba gris, y no había caído ni una gota de agua. La mañana de domingo aún se limitaba a paladear la borrasca. Encendió un cigarrillo y se recostó en la almohada esperando que se le pasaran las ganas de abrazar al padre Rafael, de darle medicinas, de velarle las siestas y contarle cuentos con el regusto del vino consagrado. Esperó cinco minutos, diez, hasta que pudo aplacar aquella nostalgia y sustituirla por el deseo en que le sumergía Úrsula Perla Montoya. Toda la habitación se llenó de ella. Le torturaba los genitales la daga de su escote, y el desvarío que señalaba la punta, y se le incendiaba la yema herida con sólo imaginar que la tocaba por primera vez. Arqueó la espalda y contuvo la respiración. El sufrimiento de aguantarse para ella le causó más goce que derramarse como un hombre sobre las sábanas. Cuando consiguió reponerse, la buscó en las ventanas, pero permanecían cerradas con los postigos de cuarterones blancos, así que se metió en la bañera con agua templada, apoyó la cabeza en una toalla y comenzó a leer *Pasiones en el diván del atardecer*.

Las páginas del libro que imaginaba escritas en tinta violeta lo transportaron hasta un palacio de la antigua Persia donde una doncella sufría el maleficio de un genio por despreciar sus proposiciones amorosas. La doncella, convertida en diamante para castigar la dureza de su corazón, estaba recluida en una alcoba a cargo de una esclava que la pulía y sacaba brillo cada mañana para regocijo del malvado genio. Sin embargo, la esclava, que bajo su velo y sus argollas de oro ocultaba las artes de una hechicera, se apiadó de ella. Un día llevó a la alcoba un diván, que colocó bajo una ventana con clamores de fuentes, y que reunía en su seda de damasco el poder de aniquilar, durante los efluvios del atardecer, cualquier embrujo. Así, cuando la alcoba sucumbía a la luz púrpura, la esclavahechicera depositaba el diamante sobre el diván y la doncella recuperaba su forma humana. Acto seguido, abría una portezuela secreta para que entrara su enamorado, un macho del desierto embozado hasta los ojos y con la fatiga de haber recorrido un laberinto de pasadizos, guiándose a veces por la lírica de su deseo, y otras por los estertores de la entrepierna.

En un principio, tuvieron que aprender a amarse atendiendo a la arquitectura de la magia, pues en cuanto una parte del cuerpo de la doncella se salía del diván, quedaba convertida en diamante. El enamorado del desierto se encontraba, de pronto, deleitándose con el sabor de la piedra, y desgreñándose de desesperación y de ruegos a su dios para que le enviara lo más rápido posible el atardecer del día siguiente. Tras semanas e incluso meses de ardores terminados en el brillo de la joya, consiguieron ser unos virtuosos del amor calculado, y retozar sin sobresaltos en el diván. Sin embargo, una noche la esclava hechicera, que los espiaba detrás de un biombo, se extrañó al comprobar que los retozos de los amantes se habían terminado, dejando paso a una tristeza que sólo los mantenía abrazados sobre el diván.

Santiago salió del baño sin terminar la lectura. Se secó fantaseando con lo que haría si Úrsula Perla Montoya se tumbaba en su diván al atardecer, y se transformaba en diamante. Me daría igual, se dijo, estoy dispuesto a quererla adopte la forma que adopte, viva, muerta o en sueños.

Había quedado con Isidro para ir a misa de una en el Cristo del Olivar. Encontró al vigilante esperándolo en el portal con el rostro serio.

—La que va a caer hoy, muchacho, está el cielo que quiere reventar y no sabe por dónde.

—Eso me temo.

Las nubes oprimían Madrid con una obesidad plomiza. La asediaban en cada una de sus calles con una angustia de agua que le perforaba el corazón municipal, y hundía el domingo de aperitivos y misas en la congoja de la espera. Se comían en los bares las patatas bravas y los boquerones en vinagre asomándose a los ventanales para mirar al cielo. «Aún no rompe, aún no —comentaban los labios entre las espumas de las cañas—. Cuando lo haga caerá una buena.» Las copas de los árboles se habían encorvado con jorobas frondosas por el peso del cielo, y los perros orinaban fuera de los alcorques, desorientados por el tufo de una lluvia fantasma.

En la misa del Cristo del Olivar, un grupo de jóvenes tocaba las guitarras y cantaba. Santiago se levantó a encender unas velas por sus muertos: una para la tatarabuela de la que sólo conocía su presencia de encinas; otra para su madre, un nombre de flor; otra para Manuela Laguna, sin remordimientos infantiles de fertilizante de rosas; otra para Olvido, con mano temblorosa, y la última para el padre Rafael que le traía la paz. Se sentó de nuevo junto a su amigo, cantando por lo bajo con la ronquera de grillos que le recordaba su condición de hombre maldito. Comulgó devoto, aunque con el ansia en la tripa del vino de otros tiempos, y rezó bajo la mirada atenta de Isidro, que lo vigilaba por si en las plegarias introducía el evangelio apócrifo de Úrsula Perla Montoya. Después de la misa se fueron a tomar el aperitivo. A Santiago se le había abierto de repente un apetito voraz, que relacionó con la lluvia que no se decidía a caer. Era un muchacho delgado de constitución francesa, y no recordaba haber comido tanto como lo hizo aquel mediodía. Con las primeras cuatro raciones Isidro celebró el hambre del chico —lo consideraba una señal de buena salud y de ausencia de disgustos—, pero cuando él se sintió lleno y Santiago siguió pidiendo gambas a la plancha, champiñones al ajillo y tortilla de patata, entre otros majares que regaba con cerveza helada, comenzó a preocuparse.

—A ver si tienes un parásito de ésos dentro y por mucho que comas nunca te sacias.

—Si se despejara el cielo, a lo mejor se me pasaba el hambre, o si lloviera y sucediese ya todo.

—¿Y qué le va a importar al estómago el clima? —replicó Isidro—. ¿No será el amor lo que se te come todo lo que te cae dentro?

—El amor también.

Siguió comiendo hasta que un trueno rompió la aflicción del cielo. Se le cerró el estómago en ese mismo momento.

—Vámonos —le dijo a Isidro.

Pagó la cuenta y salieron a la calle. Sin embargo, todo continuó igual después del trueno. Las nubes apretaban uno contra otro sus muslos para que no se escapara ni una gota sobre la ciudad, abandonándola de nuevo a la inquietud de los presagios.

Y así permaneció mientras Isidro dormía la siesta en su sofá acunado por los documentales, y Santiago cocinaba bollos de canela y hojaldre. Sobre las cinco de la tarde, Úrsula Perla Montoya abrió los postigos de las ventanas. La brisa fresca con la que amaneció se había ido recalentando tornándose soporífera. Mareadas, las golondrinas buscaban refugio en los huecos de los tejados para abandonarse a las lipotimias; y las palomas se lanzaban empicadas a la espesura de las fuentes.

En ese domingo de letargos y suicidios, Santiago Laguna tocó por primera vez la piel de la mujer que llevaba cinco años buscando. Sucedió al entregarle el plato con los bollos de canela y hojaldre. Lo había recibido en su casa recién salida de la ducha; ella envuelta en un albornoz blanco por encima de las rodillas, y el cabello, en un turbante. El piso aún olía a sueño y a mondas de placeres literarios. Al principio fue sólo un roce en la mano cuando Úrsula cogió el plato, pero él lo convirtió en tacto, en paladeo de carne en el que se demoró mientras le traspasaba la espina de morirse y resucitar a un tiempo.

—Se me va a caer al suelo —le dijo ella sonriéndole.

La soltó y, a través de un pasillo en penumbra, la siguió hasta la cocina.

—Son los bollos de los que te hablé anoche. Me enseñó a hacerlos mi abuela.

Aún brillaban en los ojos de Úrsula párrafos de novela y su mirada lanzaba destellos violeta. Dejó los bollos sobre una mesa. Si probaba alguno, un empacho de su vecino la llevaría a la tumba. Había desayunado más pastel y tenía el sabor de Santiago en la garganta.

—¿Quieres un café o una cerveza? —le preguntó.

—No, gracias.

—¿Querrás, entonces, contarme otra historia o más cosas de ti y tu familia?

—Te contaré lo que quieras, aunque luego me cortes la cabeza si no te ha gustado.

—Pues voy a cambiarme. No sería respetuoso que te condenara a muerte en albornoz.

—Estás preciosa así, con la toalla en la cabeza.

Un calor de síncope les enredaba los sentidos. A Úrsula comenzó a pesarle el albornoz, los brazos, las rodillas. Quiso llevar a Santiago hasta el salón para que la esperara allí mientras se ponía un vestido, pero él le pidió que le enseñara la habitación donde trabajaba.

—Si ya la conoces.

—No es lo mismo estar dentro de ella.

Era más pequeña de lo que parecía a través de la ventana. Dos maceteros con troncos del Brasil custodiaban las esquinas que Santiago no alcanzaba a ver desde su piso. En cuanto entró, comenzaron a cuajarles brotes nuevos. No tenía más muebles que la mesa, la silla, el diván y una estantería en cuyas baldas se arremolinaban, entre numerosos libros, unos pergaminos.

—¿Puedo echarles un vistazo?

Úrsula eligió uno de ellos, y lo desplegó con una veneración que la devolvía a la infancia.

—Son los poemas de mi abuela. Ella siempre escribía en pergamino y con la pluma de ave que yo heredé. Decía que, a pesar de los tiempos, tenía un alma antigua y sólo así lograba inspirarse.

Una caligrafía alargada y puntiaguda discurría por el pergamino.

—¿En qué idioma está escrito?

—Es persa. Mi abuela nació en Irán, en la ciudad de Shiraz, la ciudad de los poetas. Ella me crió.

—¿Aún vive?

—No, y mis padres tampoco. Se pasaban el día viajando, eran actores, y murieron hace años en un accidente de aviación.

—Yo también soy huérfano.

Úrsula le acarició una mejilla. El pergamino se enrolló al tiempo que el corazón de Santiago se sumergía en una taquicardia.

—¿Puedo preguntarte qué ocurrió?

—Te dije que te contaría lo que quisieras. Mi madre se tiró por una ventana cuando yo era un bebé. Tenía mal de amores; son los riesgos de nacer en una familia maldita. Mi padre murió de una enfermedad de los riñones hace unos años.

—Lo siento, eres muy joven.

—Tengo veintiún años. —La miró con su aire francés.

Úrsula desenrolló el pergamino para disimular la turbación.

—¿Sabes hablar persa?

—Mi abuela me enseñó.

—¿Me traducirías el poema?

—Claro, además éste cuenta la historia de un genio que nunca se apiadó de los ojos de un muchacho.

Úrsula Perla Montoya comenzó a recitar versos en persa abandonándose al despropósito de la poesía. Cada hexámetro, aunque impenetrable para Santiago, le sublevaba los sentidos hundiéndole en el calor efervescente de la tarde y en la dicha de estar vivo. Cuando ella terminó, dejó que se enrollara el pergamino, y se puso a recitar de nuevo el poema, pero en castellano y de memoria, mientras sus dedos jugaban en el cabello de Santiago, enredándose y desenredándose. Él no pudo aguantar hasta el final. La besó en los labios profanando los hexámetros. La cicatriz de la muñeca se le abrió en una llaga de lirios. A ella se le cayó al suelo el pergamino y la toalla de la cabeza. Se extraviaron en una tarde insomne. Santiago contempló la daga del escote y dejó descender su boca desde la empuñadura hasta la punta, desatando el cinturón del albornoz y precipitándose por el vientre de Úrsula hasta el fin del mundo. Enloquecieron las cañerías del patio en un sube y baja de agua que atormentó la siesta de los vecinos, se descascarillaron de las fachadas los lunares de moho; cada mueble de la habitación se convirtió en ellos. Úrsula lo desnudó, él la levantó por la cintura y la sentó en la mesa, voló por los aires la novela, se derramó el tintero en un abrazo, Santiago le garabateó los senos con lava violeta, le escribió versos, le pintó palomas hasta olvidar el alfabeto y la fauna, hasta olvidar su propio nombre y sus sueños; se amaron en equilibrios circenses sobre la silla, contra la estantería de pergaminos que bufaban como oro arena del desierto y hechizos de siglos ajenos al tiempo mortal, y terminaron, destroncados de amor, en el diván, aplastando los pavos reales, Úrsula bajo el poder de la criatura extraordinaria con la que vino al mundo Santiago Laguna, saciada sin saciarse del sabor a pastel de su amante, aullando que la inspiración era sólo un juguete, mientras los brotes nuevos de los troncos del Brasil rompían a crecer en

de Nacha Pop, las luces eran tenues, y las llamas de las velas ondeaban hundidas en vasos de cristal. Los ventiladores del techo cortaban el calor como si fuera gelatina.

—Llegas tarde —le dijo la camarera, y le sirvió el whisky que acostumbraba a beber antes de la actuación—. Que sepas que hoy está el jefe, y no voy a poder bajar a la cueva que tanto te gusta, y que sepas también que tampoco bajaría aunque no estuviera porque no has venido a verme en todo el día, y ayer estuviste hecho un borde.

—Ahora estoy con alguien que es muy importante para mí. —Se bebió la copa de dos tragos.

—Sois todos unos capullos —replicó lanzando la bayeta a la pila— y cuanto más buenos estáis, peor.

Las luces del escenario parpadearon y Santiago se dirigió hacia él. Se apagó la música y el dueño del café le presentó como un muchacho que, a pesar de su procedencia de tierra de montes y sierras frías, relataba mejor que nadie historias del mar. Luego le dejó solo y sonaron los aplausos. Un foco blanquecino se cernió sobre la figura de Santiago.

—Cuentan que hace muchos siglos navegaba por las costas del norte un barco fantasma que tenía aterrorizados a marineros y capitanes. Cubría cielo y mar una niebla fría y espesa como cabelleras de muertos, y no se podía saber con certeza si era de día o de noche. —Tuvo que interrumpir la historia.

El cielo de Madrid se había desplomado como en su sueño, y llovía contra las cristaleras del café, contra el asfalto humeante y los tejados con un desahogo insoportable. Los espectadores se quedaron mirando un rato el poder de la tormenta.

—Eran muy pocos los que se atrevían a embarcarse por

aquellos mares —prosiguió—, pero los que lo hacían y regresaban con vida —estalló un trueno— contaban que, de entre la niebla, surgía la silueta monstruosa de un galeón con cañones de sirenas. Todos sabían lo que sucedería a continuación, y se tapaban los oídos para no enfrentarse a la terrible amenaza, una campana roja que brillaba como el fuego... —Se le quebró la voz. Acababa de descubrir, sentada en un taburete de la barra, a la mujer que cubría su cabello con un pañuelo blanco. No la había visto entrar, y habría jurado que cuando él llegó, aún no estaba allí. Hubiera salido de donde hubiera salido, ahora estaba de espaldas al escenario como el día anterior.

Un torrente de truenos y relámpagos iluminó el cielo, y las cristaleras del café temblaron por un instante.

—Un espectro hacía sonar la campana al tiempo que pronunciaba el nombre de uno de los marineros del barco. El capitán tenía que entregarlo, por mucho que éste llorara y suplicara, pues aquel barco fantasma, una vez que sus bodegas rebosaban de víctimas, ponía rumbo al infierno. Un día... o una noche... un muchacho llegó... con unos zapatos con herraduras en las suelas... como si fuera un burro... —Tuvo que detenerse porque sentía una madreselva creciéndole en la garganta.

El murmullo de los espectadores inundó el local.

—Llevaba tatuada en la lengua... la lista de sus hazañas y glorias... y aseguró a todos que podría librarles de la amenaza... del barco fantasma... por tres barriles... de oro. No hay más... que apoderarse... de la campana roja. —Estaba lívido—. Y así lo hizo. Se apoderó de la campana, pero... se convirtió en un galeón... fantasma...

No pudo seguir. Un silencio denso se extendió por las mesas. Entonces la mujer que estaba sentada en el taburete se dio la vuelta, miró a Santiago, con unos ojos idénticos que cargaban una tumba de lágrimas, y a él se lo tragó el pasado. Un aroma a hortalizas comenzó a endulzarlo todo. Ella se levantó, se descubrió el cabello, avanzó viva hacia el escenario y relató el final de la historia.

—El cuello del muchacho se estiró hasta que tuvo la altura del palo mayor y en él quedó colgada la campana como cencerro de oveja. La niebla se disipó y al muchacho-barco no se le volvió a ver hasta pasados cien años, en noches de borrasca, cuando su navegar suena como pezuña de burro y los marineros tiemblan porque hará sonar la campana y les robará el alma.

Estallaron los aplausos como si lo ocurrido formara parte de la actuación, pero Santiago permaneció inmóvil bajo la baba artificial de la luna, absorto en una mueca de pavor.

23

—No llores.

La tormenta había terminado. Las nubes despejaron el cielo hasta que se vieron los esqueletos de las constelaciones. Pero la ciudad olía a lluvia más que nunca. Los alcorques de los árboles estaban desbordados, goteaban las tejas un hipo de sollozos y por el asfalto de las calles descendían torrentes como las lágrimas por las mejillas de Santiago.

—Abrázame.

En los charcos de la calle de las Huertas oscilaba la luz de las farolas.

Ella lo estrechó contra su pecho. La casona roja germinó en el vientre de Santiago y creció hasta ahogarlo en una selva de recuerdos. Regresó a la felicidad de la cocina, a su perfume ahumado y dulce, a los besos en las calabazas nostálgicas, a los pezones jadeantes de mermeladas y masas, a los juegos de harina; regresó a los días de pinturas, madreselvas y poemas cociéndose al sol; regresó a las lecturas de san Juan de la Cruz, a los envenenamientos con rosas para quedarse solos, a las cosquillas de los baños, a las noches alumbradas por la chimenea y el sabor de los cuentos.

—Perdóname.

El abrazo se estrechó aún más, y Santiago regresó al hedor del monte empapado, a la traición de las ovejas, a la ropa fría y los huesos de hielo, al descubrimiento del amor en el cuarto de las encinas, y se volvió fuego, llanto, ceniza, y la garganta le reventó con un quejido de grillos.

—Nunca debí marcharme de ese modo. —Ella le miró a los ojos.

Los escasos coches que subían por la calle dejaban una estela de espuma y barro. Él apoyó la espalda en un portal y agradeció la brisa húmeda que le ayudaba a respirar. En el ambiente cargado del café había sentido que le faltaba el aire.

—¿Por qué me abandonaste?

—Después de lo que pasó, creí que el padre Rafael te cuidaría mejor que yo. Él te quiso como a un hijo. Le hice prometerme que te llevaría a vivir a la iglesia para que no estuvieras solo en la casona roja, o a merced del hijo del abogado o de cualquiera.

—¿El padre Rafael sabía que estabas viva?

—Aquel día, de madrugada, mientras dormías como un niño incendié el establo y me escabullí hasta la iglesia. Desperté al padre y le conté todo bajo secreto de confesión. Mi plan le pareció una locura, y estaba en lo cierto. Me pidió que recapacitara. «Encontraremos otro modo», insistía, pero yo estaba hundida en la desesperación y dispuesta a lo que fuera para liberarte de aquello. «El establo ya arde, padre», le dije, «prométamelo, no hay tiempo, y vaya a salvarle». —Las llamas le inflamaban la mirada—. A él le preocupaba su enfermedad, le preocupaba morirse pronto y dejarte solo. «También he previsto eso», le aseguré. Le di la dirección de tu padre en París para que se pusiera en contacto con él si veía cercana su muerte, y le entregué una carta que había escrito a Pierre rogándole que te acogiera, y diciéndole que le perdonaba.

—¿Que le perdonabas? ¿Por qué habrías de perdonarle? ¿Es que mi padre se portó mal contigo o con mi madre?

La arruga de Olvido Laguna se hundió en el abismo que surgió entre sus cejas.

—No podía seguir haciéndote más daño, debía dejarte libre. Mi afán por protegerte iba a acabar destruyéndote la vida.

—Mi madre se mató porque su sangre maldita hizo que mi padre no la quisiera.

Ella retrocedió en su sufrimiento. El cabello blanco y los ojos surcados por regadíos de llanto.

—Porque me quería a mí, Santiago, a mí. Tu madre lo descubrió y no pudo soportarlo.

Él echó a andar hacia la calle del Prado. Olvido le siguió. Se detuvo a los pocos pasos, puso un pie en una fachada antigua de paredes rosadas, metió las manos entre su pelo.

—¿Y tú le querías a él?

—No. Yo siempre he amado a tu abuelo. La juventud de Pierre me recordaba a él, pero no hubo nada más, nunca le di esperanzas. Aun así tuve que aprender a vivir con la culpa de la muerte de tu madre sobre mi conciencia. Sólo me alivió el consagrarme a ti, el criarte con la voluntad firme de acabar con cualquier cosa que pudiera separarnos, con cualquier cosa que pudiera herirte.

—¿Por qué has vuelto? —Lloraba.

—No podía soportar la idea de que te sintieras culpable por mi muerte. Te había condenado al mismo dolor que sufrí por la pérdida de tu madre.

—Has tardado cinco años en decirme la verdad.

—Cuando me serené y tuve tiempo para reflexionar, ya no supe cómo dar marcha atrás. Hablaba por teléfono con el padre Rafael, también nos escribíamos, y me aseguraba que estabas bien, algo triste pero seguías con tus estudios, no te faltaba de nada porque habías heredado el dinero de la familia, y dudé, he dudado durante todos estos años sobre lo que te causaría más dolor: enterarte de que estaba viva cuando parecía que empezabas a superar mi muerte o dejar que siguiera planeando sobre ti el fantasma de la culpa. Luego murió el padre Rafael, me enteré por el cura nuevo, le pregunté si el muchacho que vivía con él estaba en Francia, y me dijo que te habías ido a hacer el servicio militar. Y te perdí la pista. Creí que iba a volverme loca…

—¿Cómo me has encontrado?

—Por una de estas cosas de ciudad. Una compañera del restaurante donde trabajo como cocinera me recomendó que acudiera a una detective privado, y eso hice. Cuando me informó de que estabas en Madrid, tan cerca de mí, y además eras cuentacuentos, pensé: no podía ser de otra manera. —Le miraba con embeleso—. Estás tan guapo y tan mayor…

—¿Y qué ha cambiado para que te decidas a aparecer? —Encendió un cigarrillo.

—Santiago, voy a regresar al pueblo, a la casona roja. Necesito volver al cementerio, tocar la tierra de la tumba de tu abuelo, tenerla entre mis manos, acariciarla. Necesito respirar una vez más la brisa de los montes, de los pinos, del encinar, y ver cómo se doran las hayas en otoño. Necesito escuchar los berridos de amor de los ciervos, aspirar la pólvora de las escopetas de caza; necesito regresar a mi cocina, nuestra cocina, a nuestro huerto, y aspirar las fragancias del jardín, contemplar cómo engordan las hortensias, los dondiegos, las margaritas, las madreselvas; necesito volver a olerlo todo, sentirlo todo una vez más. También te necesitaba a ti, abrazarte, mirarte a los ojos, pedirte perdón y que me perdonaras, irme sabiendo que eres feliz, que no te sientes culpable por nada, porque el amor a veces se desvía cuando se ama demasiado, pero no deja de ser amor y puede regresar a su cauce. Te querré siempre. —Le acariciaba el rostro con las manos—. Eres mi niño, mi nieto, mi pequeño, y yo soy tu abuela. —Tomó aliento, le ardían las mejillas—. Te estaré esperando en la casona roja para cuando quieras venir a hacerme una visita.

—Y qué podemos hacer. —Dio una calada larga a su cigarro—. Al fin y al cabo todos estamos malditos.

Ella sonrió con tristeza.

—¿Me has odiado alguna vez durante estos años? ¿Me has odiado con todas tus fuerzas?

—Desde que nací sólo he sabido quererte. —El humo del cigarro se diluyó en la noche.

—Tú eres el más extraordinario de los Laguna, el único varón, el único que llegó a ser aceptado por el pueblo e incluso querido; por ti comenzaron a sonreírme a la salida de misa, por ti me invitaron a meriendas, por ti tuve la ocasión de mostrar al pueblo mi mundo, mis recetas, y hasta en algunas ocasiones me sentí comprendida. Eres, sin duda, un Laguna excepcional, no has conocido el odio hacia otro Laguna, ni has conocido la venganza. Durante estos años lejos de la casona roja he entendido que nuestra verdadera maldición fue ésa: odiarnos, no saber olvidar. Dedicamos nuestra vida a la venganza. Tu bisabuela tenía razón, eres el elegido. Conmigo morirá el odio y la maldición de las Laguna.

Santiago pisó la colilla. Un estremecimiento de pérdida le había sacudido el corazón como si estuviera en uno de sus sueños.

—¿Estás enferma?

—Caminemos un poco. —Le tomó del brazo—. Me encanta ir paseo del Prado arriba, paseo del Prado abajo a estas horas de la noche, y más si es domingo. Las luces están tenues, las aceras frescas de los chorreones de agua de los camiones de limpieza, los árboles parecen gigantes, apenas pasan coches, y uno se siente distinto, como si su tristeza desapareciera al pasar por delante de esos grandes edificios. Entonces tengo la sensación de que esta gran ciudad habla, como lo hacen los montes, y ése es el único momento del día en que se la puede escuchar.

—Abuela, te vas a morir. Por eso quieres regresar a la casona roja y por eso has venido a buscarme. —Le abrasaba los labios la llama de un presagio.

—No me hables de muerte. Ahora estoy empezando a vivir otra vez. —Se apretó contra él—. Ahora vuelvo a vivir.

Pasearon desde Neptuno hasta Cibeles, de Cibeles a la estación de Atocha y de nuevo a Neptuno. Ella le contó que había pasado todos esos años en Madrid, ganándose la vida como cocinera en varios restaurantes. Se alojaba en una pen-

464

sión de la calle Echegaray, que pensaba abandonar en unos días y poner rumbo a la casona roja. Él omitió relatarle su episodio suicida con el dedo milagroso de santa Pantolomina de las Flores, y cuando su abuela reparó en la cicatriz, mintió para no herirla más, y la achacó a un accidente en la mili limpiando la bayoneta del cetme. Disfrutaron mientras le describía la primera vez que vio el mar en Valencia. Le aseguró que al estar frente a aquella criatura que parecía una línea de caligrafía en el horizonte, y luego llegaba hasta la playa deshecha en olas, sólo pensó en ella. Le propuso que hicieran un viaje para que lo conociera antes de partir hacia el pueblo, pero el único mar que deseaba ver Olvido a esas alturas de su vida era el que reposaba en el cuadro de su dormitorio, y el que respiró desde niña en los cuentos de su madre. También le habló de Isidro, de los partidos del Atlético vociferando entre bocadillos de tortilla, de los paseos por dalias del Jardín Botánico regándolas con historias, hasta que, de pronto, se sorprendió hablándole de Úrsula, describiéndosela con los torrentes castaños y los ojos de Persia empuñando la pluma de ave que daba vida a sus novelas de amores orientales; Úrsula leyéndole los pergaminos de su abuela, Úrsula recitando poemas en castellano, Úrsula apoyada en la ventana, bajo la luna, escuchando su cuento, Úrsula arrullándole nanas tan incomprensibles como hechiceras, Úrsula abanicándose pavos reales en un diván.

Eran cerca de las tres de la madrugada cuando Santiago, tras acompañar a su abuela hasta la pensión de la calle Echegaray, llegó a casa. Sacó del bolsillo secreto del petate la colección de estampas de santos y mártires y las apretó contra el pecho. Rezaba mientras se le caían las lágrimas, mientras una mueca de tortura dejaba paso a una sonrisa. Guardó todas, menos la de santa Pantolomina, que la metió en el bolsillo de la camisa, tras asomarse a la ventana del dormitorio y descubrir a Úrsula como la vio por primera vez, envuelta en la bata turquesa, escribiendo.

—¿Aún aceptas visitas? —le preguntó.

—No creí que fueras a retrasarte tanto, estoy trabajando. —Colocó un cigarrillo en la pipa larga y aspiró una calada profundamente.

—Todavía no te he contado dónde te vi antes de mudarme a este piso.

—Será en un periódico o un suplemento de literatura, o en las portadas de mi libro, nada interesante. —Aspiró otra calada como si en vez del cigarrillo se estuviera fumando los ojos del muchacho.

—Fue en otro sitio, pero ya sabes que si no te gusta lo que cuento, estoy dispuesto a que me decapites.

—Espero que no arriesgues tu vida en vano —dijo levantándose para abrirle la puerta.

Cuando se encontraron en el recibidor, sólo pudieron besarse. Ella lo guió al dormitorio en cuyas paredes se alzaban cuadros con fotos de desiertos, de ruinas milenarias y llanuras de sal, y sobre una cómoda el retrato de una mujer debatiéndose en los enigmas del blanco y negro y los collares de perlas. Se echaron en la cama, ya desnudos, en un trastorno de caricias que provocaban tormentas de arena y derrumbamientos de columnas de reyes. Él le susurró al oído que la había visto en sus sueños, y a partir de entonces no había parado de buscarla. Sin embargo, ella no supo si le decía la verdad, o era sólo una artimaña para encender aún más el deseo que los transportaba a la gloria de la muerte.

Cuando les sacudió la calma, Úrsula se levantó a por un cigarrillo y vio entre la ropa de su amante, revuelta en el suelo, la estampa de santa Pantolomina de las Flores que se había salido del bolsillo.

—¿Quién es? —le preguntó mostrándosela.

—La patrona de mi pueblo, con su dedo hacedor de milagros.

Entonces Santiago acurrucó a Úrsula en el regazo y le habló por primera vez de su pueblo enroscado entre heladas y montes, su pueblo apestando a setas en otoño mientras se descornaban de amor los ciervos; de las nieves profundas y azules que afilaban las cumbres de las sierras, de las primaveras reventando flores y de los veranos alumbrados por cantos de chicharras. Le habló de la casona roja y de la única mujer Laguna que aún quedaba viva, su abuela Olvido.

24

La casona roja se hallaba sumergida en una batalla de espíritus. Habían asfaltado la carretera y el pinar parecía seccionado por una cicatriz carbonizada. El cartel de bienvenida había perdido el esplendor de las letras de oro que alumbró los tiempos del burdel y del reinado de Manuela Laguna. A través de los barrotes de la verja, hería la visión salvaje y árida del jardín; era un revoltijo de ramas y matojos estériles, retorcidos por los vientos sin alma y el calor amarillento. Las madreselvas se habían convertido en un recuerdo; el castaño, bajo el que se sentaba el padre Imperio, en un conglomerado de huesos; el huerto, invadido por escarabajos y hormigas con alas, en un cementerio de hortalizas; cada hortensia, cada dondiego primoroso entonaban un canto a la desolación. Sólo habían sobrevivido a tal barbarie las margaritas del camino, asomando sus corolas como periscopios entre las lenguas interminables de hojas secas; y en el centro de la rosaleda, una mata de eucalipto. Enrarecía el aire lo que fue y ya no era, adensándolo en una melancolía transparente. Y en medio de todo aquello, los corrales rotos, el establo como una cordillera de ceniza en acto de contrición.

Sin embargo, era dentro de la casa donde se libraba el gran combate. El perfume de las encinas se había escapado del dormitorio de Clara Laguna ocupando la primera planta, y descendía la escalera hasta el recibidor con el fin de adueñarse también de la planta baja. Pero ésta se hallaba tomada por una fina pestilencia a sangre de gallos y rosas mentoladas, cuyas ramas se habían arrastrado desde el laberinto hasta la habitación de Manuela Laguna, trepando por la pared, rompiendo la ventana y colándose hasta el salón. La pugna espiritual por el dominio de la casa era terrible: encinas contra gallos y rosas chocaban en el recibidor, un campo de batalla donde los estertores de los cañonazos sacudían las tripas de los vivos como enjambres de abejas.

—Cada una a su sitio —ordenó Olvido Laguna dando palmadas en cuanto entró—. Ahora yo mando aquí y quiero morirme en paz.

Santiago, que había decidido acompañarla en el viaje y permanecer una semana en el pueblo para ayudarla con su condición de resucitada, sintió que aquella guerra le dejaba sin aire.

Olvido se instaló en su dormitorio. Todo permanecía en su sitio: la cama de metal plata, el escritorio de las lecciones adolescentes, el cuadro del mar, el sillón de muelles, la ventana tapiada. Santiago ocupó el cuarto donde había dormido desde niño, el que había usado su padre, Pierre Lesac, en tiempo del diluvio.

Durante los primeros días se enfrascaron en una limpieza a fondo. Hicieron retroceder a los espíritus a bayetazos y chorreones de lejía y detergente, las encinas se replegaron al dormitorio de Clara Laguna, los gallos y las rosas al de Manuela, junto a la cocina; repararon la ventana y podaron el rosal obligándolo a regresar al laberinto. Pero aprovechando el descanso de los vivos, las contiendas continuaron algunas noches más, golpecitos de rosas achuchando los cristales de la ventana, remolinos con ligas volantes que bajaban por la escalera, mientras intentaban subirla otros atacando con gaznates de gallos.

—Cómo tengo que deciros que en esta casa cada una tiene su sitio, y yo decido cuál es —susurraba Olvido para no despertar a su nieto—. Ya me jodisteis la vida, ahora no me vais a joder la muerte.

Poco a poco, la lucha quedó reducida a pequeños escarceos olorosos que se llevaban a cabo, principalmente, cuando Olvido se encontraba en el jardín arreglando el huerto, al que sometió a un proceso de resurrección semejante al suyo.

La primera tarde que las viejas de negro, abanicándose el fresco en las sillas, la vieron pasar del brazo de Santiago, y reconocieron bajo el pelo blanco y las arrugas a la mujer más bella del mundo, se resguardaron en sus casas santiguándose unas por la visión de un milagro, otras por la del mismísimo Belcebú paseándose tan tranquilo en pleno pueblo.

Su entrada en el almacén, que la modernidad había transformado en supermercado de barrio, causó tal conmoción que paralizó incluso el atardecer de principios de agosto y lo dejó suspendido del cielo en una bocanada de espanto púrpura. Aún se vendían por costumbre en la frutería berenjenas y calabazas de Olvido Laguna, así que los que estaban cerca de ellas se alejaron de inmediato tras reconocerla, como si las hortalizas también ostentaran la condición de fantasmas.

—No se asusten —dijo Olvido sonriendo—, simplemente piensen que resucité antes de tiempo.

Como ese comentario, que se repitió y agrandó durante días en esquinas de la plaza, rincones de callejas, salones y cocinas, se había metido en terreno sagrado, el cura nuevo, un joven petimetre con el pelo planchado de gomina, se vio obligado a tratar el asunto el domingo en la iglesia cuando ella se presentó junto a su nieto.

—Hermanos, los que hoy nos reunimos en este templo estamos y hemos estado siempre bien vivos, todo lo demás son patrañas de mortales. —Tosió con garganta de pájaro.

Santiago se revolvió en el último banco, mordido por los recuerdos del padre Rafael, de la tarima mágica y del dedo de santa Pantolomina.

A partir de aquel domingo fueron muchas las historias que corrieron de boca en boca sobre dónde había estado Olvido los últimos años y por qué se había hecho la muerta. Ella no se molestó en desmentirlas; al contrario, alentaba divertida cada una de ellas. Se decía que un ataque de amnesia, por la impresión del fuego, la precipitó al monte, y allí sobrevivió alimentándose de raíces y animales vivos a la luz de la luna, hasta que se le puso el pelo blanco y le volvió la razón y la memoria un anochecer en que intentaron devorarla los lobos. La población femenina prefería la historia en la que Olvido fingía su muerte para escapar del pueblo, y se marchaba a recorrer el mundo como la amante de un grande de España que residía en Logroño, rico y un poco viejo, pero con la manía de enredarse con las descendientes de prostitutas célebres.

El hijo del abogado, que se encargaba de administrar a

Santiago la herencia de las Laguna, y que arregló en su día los papeles para que a Olvido se la diera por muerta, la citó en su despacho con el fin de legalizar su vuelta a la vida.

—No se moleste —le aseguró ella—, no vale la pena. Para cuando quiera tener listos los papeles nuevos, ya serán otra vez mentira. Deje las cosas como están, pues, en breve, se le arreglarán solas.

Tal y como había hecho con su reaparición en el pueblo, Olvido Laguna no se entretuvo en delicadezas a la hora de reanimar el huerto. Arrancó de cuajo las momias de las calabazas y los tomates, arrasó los escarabajos y las hormigas con un insecticida que pulverizaba nubes rosas, cristalizando los insectos en golosinas de niños, luego abonó la tierra, la mimó, la sembró y se sentó por las tardes a esperar la brisa de su crecimiento. Mientras tanto, Santiago se encargaba de desbrozar el resto del jardín. Barrió las riadas de los otoños, descuartizó esqueletos con una podadora, arrancó malas hierbas, y cuando logró borrar del jardín las huellas de la desolación, la fertilidad perdida floreció de nuevo al calor de la sangre de un Laguna vivo. Las hortensias y los dondiegos se preñaron de yemas, las madreselvas reverdecieron, el castaño reventó de capullos blancos, y la rosaleda permitió el resurgimiento multicolor de la primavera eterna. Entonces llegó el momento de decidir el destino de la cordillera de ceniza que fuera el establo. Él se había dado cuenta de que su abuela lloraba cada vez que se cruzaba con ella. Prolongó su estancia una semana más, aunque pensaba en Úrsula a todas horas y le atormentaba la ansiedad de estrecharla entre sus brazos y, palada a palada, cargó la ceniza en una carretilla, abrasándose la espalda con el fuego de agosto, la sacó fuera de la casona roja y ayudó a subirla en un camión que se la llevó dejando tras de sí una humareda que le hacía cricrí en los rincones del alma.

Durante las semanas que pasaron liados con las resurrecciones y la tregua de los espíritus, el cansancio apenas les permitió refocilarse en recuerdos de rencores y amores prohibidos. Varias noches intentaron reanudar las sesiones de cuentos frente a la chimenea, pero, en el primer oleaje, se quedaron dormidos roncando hasta la madrugada. Tampoco hablaron de la enfermedad de Olvido. Sin embargo, el día en que Santiago regresaba por fin a Madrid, los síntomas se cernieron vorazmente sobre ella aunque trató de disimularlo.

—Aquí me quedo —dijo él metiendo las maletas en el recibidor.

—Esa chica te estará esperando —susurró Olvido con el rostro plomizo.

—Ahora mando yo y digo que voy a cuidarte.

Se ocupó de darle las medicinas, de arroparla y ponerle paños fríos en la frente cuando le subía la fiebre y tenía alucinaciones en las que retornaba a la adolescencia y paseaba por el pinar con Esteban, él mirándose los zapatos y luego las uñas, ella hablándole del caballo negro sin perder de vista las manos del muchacho, tostadas y fuertes. También preparaba las comidas si su abuela no se encontraba con fuerzas para levantarse de la cama, y era en esos momentos de besos de calabazas y caricias de pimientos cuando el corazón le bufaba nostalgia; a veces, creía descubrir en la cocina el hedor a ovejas del traidor, Ezequiel Montes, o su figura, cincelada por el poder de las sierras, recorriendo el camino de margaritas. Pero sabía que eso no era posible. Le contaron que iba ya para tres inviernos que el pastor se había marchado a conducir los rebaños a Extremadura y no se había vuelto a saber nada de él. O estaba con una extremeña amándose en las dehesas, o se despeñó por un barranco.

A quien echó de menos fue a su compañera de pócimas y amores, la nieta del boticario, que se encontraba estudiando farmacia en la universidad de la provincia.

Como había hecho con el padre Rafael, utilizaba los cuentos, además de los calmantes, para distraer los dolores, y cuando Olvido se adormecía entre medicinas y recuerdos, se sentaba en el porche y pensaba en Úrsula, le escribía versos, leía sus novelas. Solía telefonearla entrada la noche, tras resucitar las comunicaciones telefónicas de la casona roja; en muchas ocasiones ella no contestaba, entonces la imaginaba trabajando envuelta en el polvo desértico de los pergaminos. Hasta que una madrugada, cuando llevaba cerca de un mes y medio en la casona roja, se despertó llorando y supo que iba a suceder ese mismo día. Durante la mañana trasladó en brazos a su abuela hasta el claro de madreselvas y, tumbado al sol, le escribió los últimos poemas sobre la pasión de la naturaleza mientras ella leía a san Juan de la Cruz. Luego la condujo a la cocina —Olvido era ya un gorrión alado por la muerte— y se entretuvieron jugando a preparar bollos de canela y hojaldre y conejo encebollado, aunque ella tenía las entrañas cerradas y no pudo probarlo. Durmieron la siesta en los sillones del porche, acunados por el susurro fértil que fluía del jardín, y tras la caída del sol, encendieron la chimenea y él le contó cuentos para que ella relatara el final. Pero el final no llegaba. Santiago se aferró a la esperanza de que sus sueños se hubieran equivocado por primera vez.

—¿Por qué sonríes? —le preguntó su abuela.

Él la abrazó con fuerza, y Olvido vio cómo su vida retrocedía deprisa hasta el domingo en que le succionaba los pechos vacíos en el pinar tomado por el diluvio.

Se acostaron temprano. Temiendo que sucediera cerca de la medianoche, esperó a que su abuela estuviera dormida y le vigiló la respiración desde el silloncito que un día profanó Manuela Laguna. Rezaba a santa Pantolomina de las Flores, rezaba a sus cabellos de lirios con la fe de los desesperados. Pasadas las doce regresó a su dormitorio y continuó con las oraciones hasta que le venció el cansancio.

Por la mañana, la salud de Olvido había mejorado milagrosamente. Se levantó de la cama sin dolores, sin fiebre y en las mejillas el color de los montes.

—Ahora puedes marcharte con esa muchacha —le dijo a su nieto mientras preparaba el desayuno.

Pero él esperó una semana más por si sufría una recaída que no llegó. A pesar de su sueño premonitorio, a Olvido le había sido concedida una tregua entre los vivos. Sus ojos aún debían ser testigos de una última maravilla.

25

Octubre había puesto pálida a Úrsula Perla Montoya. Madrid era un torrente de prisas y cafés con leche. Había amanecido un cielo azul con nubes gordas. Santiago aún olía a tren cuando llegó a la ciudad, cuando llegó a casa de Úrsula y ella le recibió con una náusea en las mejillas y unos sudores impropios del comienzo del otoño. Nada más verla, transparente en su camisón blanco que anhelaba desesperadamente dormir, se dio cuenta de que la habría amado tanto como la amaba en ese momento aunque jamás se le hubiera aparecido en sueños, aunque jamás hubiera salido de su muñeca en un soplido de humo oriental. Se habría enamorado de ella, de todos modos, la primera vez que la contempló escribiendo con la pluma de ave y abanicándose semidesnuda, al verla sonreír comiéndose un sándwich de pollo, al deleitarse con su rostro bajo la luna, al oírla recitar los versos de su abuela. Y si no podía tenerla, pensaba mientras le abrazaba la cintura, seguiría amándola en éxtasis platónicos que no encontrarían antídoto ni en la propia muerte.

—Te he echado tanto de menos… —le dijo.

Pero Úrsula se apartó de él y le abofeteó una mejilla. Santiago, conforme a su educación bíblica, le ofreció la otra, mientras la piel enrojecida le quemaba. Ella tenía manchas de tinta en los labios, en el cuello, en las manos, como si se hubiera revolcado en un lodazal de ausencia violeta; aún le dolían los dedos de la escritura febril de aquella noche y de muchas otras en las que la punta de la pluma se doblaba precipitándose por el deseo de su vuelta. Había escrito como una indígena, alimentándose de la inspiración que él le sembró en el vientre, viviendo por ella y para ella; abrasándose en el hielo de recordarlo y no tenerlo, de esperarlo y que él no llegara. Había escrito cientos de folios insensatos, los mejores de su romántica vida literaria, y los había roto con la primera amenaza del alba por la locura de repetirlos al día siguiente sintiéndole aún más, si es que era posible. Los había roto por el vicio del frenesí, pero también por un temor a perderle, a poner punto y final a aquella novela que le reclamaba su editor, a que el vacío de estar sin ella le vaciara a un tiempo de él, y se lo llevara para siempre al desván de las novelas olvidadas y los hombres olvidados, para continuar su rutina de pasiones que van y vienen, inspiran y mueren. Y sin embargo, una parte de Úrsula deseaba retornar al sosiego de esa rutina que, hasta entonces, le había proporcionado los sobresaltos justos. Demasiado tarde, pensó contemplando los ojos de Santiago, y maldijo el atractivo del muchacho, su juventud absurda, su voracidad desquiciante en el amor, cuyo recuerdo no le permitía dormir, y la ternura al final de la batalla. Maldijo ese tormento que era gozo, ese gozo que era temor, ese temor que la chispeaba de odio. Y le besó en la boca apretándole contra ella, feroz, arrancándose el sueño con las manos, el camisón, la conciencia, mientras la criatura Laguna que le navegaba en las entrañas reconocía el sabor de su padre.

Úrsula siguió escribiendo durante su embarazo, tejiendo con palabras un manto de Penélope que deshacía en la madrugada mirándole dormir sobre su cama, desnudo como un animal exótico. Siguió escribiendo y rompiendo cuando él comenzó a dibujarle animalitos del bosque en la tripa cada vez más abultada, cuando se la cubría de besos, feliz como en sus tiempos mesiánicos; siguió escribiendo y rompiendo tras las jornadas de otoño leyéndole los pergaminos polvorientos de su abuela; siguió escribiendo y rompiendo tras los paseos invernales con un frío luminoso que los arrastraba a los retozos del dormitorio; siguió escribiendo y rompiendo el día de nieve en que Santiago la abrazó por la espalda y le susurró al oído «Cásate conmigo», y ella, riéndose, le recordó la historia de su última novela.

—Un amor sin libertad se vuelve triste. Mira lo que les sucedió a los amantes del diván: tenían que calcularlo todo para no salirse de él y aquella esclavitud acabó con ellos.

Siguió escribiendo y rompiendo a pesar de que él contraatacó con el final.

—Recuerda que, como no podían vencer el maleficio del genio, el hombre del desierto quiso sufrir el mismo destino que su amada. Recuerda que un atardecer la esclava-hechicera llevó al genio hasta la alcoba, y cuando encontró a la doncella echada en el diván con su desnudez portentosa, se encolerizó lanzándole un nuevo maleficio, pero, en ese momento, apareció el hombre del desierto y también se convirtió en diamante. Así, juntos, sufrieron eternamente su destino de piedras.

Siguió escribiendo y rompiendo mientras aseguraba a su editor que la novela estaría lista en unos cuantos meses más, mientras trabajaba en ella, prometiéndose no romperla nunca más, las tardes que Santiago pasaba con Isidro en los partidos del Atlético, y las noches en que actuaba en los cafés.

Pero de nada sirvió. Úrsula Perla Montoya, debatiéndose en un embarazo de casi ocho meses, siguió escribiendo y rompiendo, incluso la tarde de primavera que se quedó dormida sobre los pergaminos y comenzó a soñar con una verja que ostentaba en lo alto un lazo de difuntos dándole la bienvenida, y con una granja de fachadas rojas rodeada por un jardín descomunal y con una mujer muy parecida a Santiago que la esperaba de pie en un recibidor de losetas de barro. Y vio crecerle en el vientre una profusión de margaritas, rosas, madreselvas, y se despertó amasando en la boca un sabor a bellota. Le causó tal desasosiego la repetición de ese sueño —no la abandonaba ni en las siestas, ni en las noches de orines continuos— que una mañana radiante le dijo a Santiago, envuelta en el delirio de los ojos persas:

—Llévame a la casona roja.

Y siguió escribiendo y rompiendo cuando él, conmocionado por la sabiduría de santa Pantolomina bendita, cumplió su ruego para no contrariar al destino. Una tarde de últimos de marzo, con el bebé revolviéndose en su seno ante la cercanía de sus orígenes, vio por la ventanilla de un taxi la plaza con la fuente de tres caños, la iglesia de tumbas medievales donde vivió su amante, el pinar surcado por la cicatriz de asfalto, y sus sueños se le empedraron de realidad: la verja, el lazo, la casa, la mujer en el recibidor que se fundió en un abrazo con Santiago y a ella le besó con ternura la frente.

—Úrsula Perla Montoya, qué nombre tan hermoso. Bienvenida a la casona roja.

—Se lo agradezco. ¿Podría echarme a descansar un rato? El viaje ha sido agotador.

—Te llevaré a la cama más grande que hay en la casa. Ahora ése es tu sitio —le dijo Olvido tomándola por un brazo.

Desde que Santiago la telefoneó para avisarle de su llegada, supo que aquella mujer había ido al pueblo a alumbrar otra criatura Laguna en el lugar que le correspondía. Así fue. En cuanto Úrsula puso los pies en la habitación de las encinas, reconoció su aroma como el que tenía dentro de la boca a todas horas. Olvido retiró la colcha gruesa y la ayudó a tumbarse mientras Santiago las observaba desde el quicio de la puerta. Entonces el vientre se le contrajo precipitándose por la agonía de las contracciones. La criatura no quería esperar más. Pálida, chilló y se retorció sobre el colchón de las venganzas. Abrió las piernas y liberó un torrente de aguas. Santiago, que había acudido junto a su novia cuando comenzó a tener dolores, preguntó a Olvido:

—¿Qué le ocurre?

—Llama al médico, está de parto. Vas a tener una criatura inquieta y muy lista. Sabía el lugar exacto donde tenía que nacer. Y ha sido verse en él y no aguantarse las ganas de salir al mundo. Ni siquiera nos ha dejado cenarnos el cordero con salsa de frambuesa que había preparado.

El médico rubio, que aún existía y albergaba en los secretos de su maletín las purgas de bicarbonato con limón para los celos, y la aguja y el hilo para coser muñecas suicidas, llegó pasadas dos horas. Poseída por la fuerza de las tormentas del desierto, Úrsula Perla Montoya apretó con todas sus ganas mientras Santiago le aferraba una mano y le enjugaba la frente. Y con cada apretón que acercaba el alumbramiento, Olvido se debilitaba. Había asistido al médico, entregándole el instrumental que le indicaba, proporcionándole toallas, agua caliente y paños limpios. Sin embargo, cuando la criatura asomó la cabeza, el pulso comenzó a temblarle, la fiebre le volvió a las mejillas, y los dolores le rompieron otra vez los huesos. Se excusó como pudo, salió al pasillo y respiró profundamente hasta que oyó a Santiago:

—¡Abuela, abuela, ya está aquí!

Tras la última luz del atardecer había nacido la magia de una niña. Tenía los ojos abiertos, lúcidos y clarividentes como los sueños de su padre, pero de un color ámbar semejante al trigo y a los otoños de hayas que hundió el dormitorio en un regocijo de pantalones morunos. El médico la cogió por los talones y le golpeó las nalgas para que comenzara a llorar. La niña no se inmutó. Estaba distraída aspirando el perfume a sangre de gallos que se asomaba por la puerta, y sonrió al escuchar un lamento, en el lenguaje de los espíritus, por la llegada de otra bastarda Laguna.

—¿Se encuentra bien el bebé? —le preguntó Santiago.

—No podía estar mejor, no llora porque no quiere —respondió el médico sorprendido.

Envolvió a la niña en una toalla y la puso en el regazo de su madre. Aún congestionada por el esfuerzo, Úrsula la miró

482

largo rato con curiosidad, y se dio cuenta de que aquellos sueños nunca fueron suyos, sino de su hija, que al fin estaba donde tanto había deseado. Ya podía volver a escribir sin sacrificar un folio más, ya podía volver a escribir una novela quizá eterna como la primavera del jardín.

Santiago se acercó a ellas y las besó delicadamente en los labios.

—Es una preciosa niña Laguna, pero no sufrirá como nosotros —dijo escudriñando la mirada de Olvido.

Ella, que había llenado de agua tibia la palangana de arabescos azules, cogió a su bisnieta de los brazos de Úrsula y la bañó mientras un retortijón le atravesaba en el corazón una duda. Pero no le quedaban fuerzas para nada más. Había llegado el tiempo de Santiago. Le entregó la niña y se refugió en su dormitorio.

No salió a despedir al médico, que abandonó la casona roja cuando el anochecer se apoderó del mundo. Se tumbó en la cama a esperar, y se quedó dormida. A las tres de la madrugada la despertaron las campanas de la iglesia tañendo, enloquecidas, una melodía gloriosa. Se levantó y fue hacia la ventana; la había dejado abierta para que el relente de la noche entrara por el agujero de ventilar las desdichas. La melodía se hizo más intensa, Olvido descuartizó la silla contra la tapia de ladrillos y, con una de las patas, los golpeó astillándose las uñas, descarnándose los dedos, hasta hacerlos añicos. Una bocanada gigante de la brisa del pinar le vapuleó el cabello, y la voz de las campanas se convirtió en un estruendo de amor. En camisón, se dirigió al dormitorio de Clara Laguna, donde descansaba Santiago, con Úrsula y el bebé.

—Adiós, abuela, cuídalos mucho. La niña heredó tus ojos, Dios quiera que no haya heredado también la maldición.

Una risa de oro hizo temblar el dosel de la cama.

Olvido avanzó por el corredor y bajó la escalera. La luz de las estrellas se colaba por debajo de la puerta.

—Adiós, madre —dijo en el recibidor de losetas de barro—. Ya arreglaremos cuentas.

Sintió que un despliegue de lavanda se salía del armario, pero no le hizo caso.

Atravesó el camino de margaritas, una mata de lirios virginales había surgido entre las hortensias y los dondiegos, dejó atrás el lazo de difuntos y se puso a caminar por la cuneta de la carretera, siguiendo el gozo de las campanas. A su paso, el pinar se despedía de ella, ululaban las lechuzas, silbaban las ramas de las hayas y los pinos, las rocas emitían, poderosas, un crujir de líquenes. No tardó en llegar al pueblo. Descalzos, sus pies habían sustituido la enfermedad por la ligereza de los de una muchacha de quince años. En la plaza, asediados por los caños de la fuente, unos cuantos hombres y mujeres aporreaban el portón de la iglesia para quejarse de aquella algarabía de campanas que les sobresaltaba el sueño. Olvido pasó junto a ellos con su halo de resucitada. Algunos no la reconocieron —el cabello se le había puesto negro, el rostro adolescente, la figura de espiga—, y los que lo hicieron, la recordaron hasta que se los tragó la sepultura.

Subió la cuesta que conducía al cementerio, las piedras perladas por una luna semejante a una tiara de boda. Cuando llegó hasta él, encontró la verja entreabierta. La empujó temblorosa y, con la emoción de una novia que avanza hacia el altar sabiendo que todo le ha sido perdonado, se encaminó a la parte vieja del camposanto. Las estrellas le adornaban de azahar las manos, las hileras de cipreses la contemplaban con sus fracs de sombras, las urracas ocupaban, con plumas relucientes, los sitiales de panteones y tumbas. Entonces le vio esperándola de pie junto a su lápida, Esteban, terso como el joven que nunca dejó de ser, el cabello corto, y los ojos de tormenta iluminados por la eternidad. Pronunció su nombre y, antes de entregarse al «sí quiero» y besarlo, sintió cómo un aroma a serrín y virutas de carpintería la embargaba de dicha.

A la mañana siguiente, el sepulturero la encontró muerta sobre la tumba de su amante, con el cuerpo de una mujer de cincuenta y tantos, pero con una sonrisa en los labios que no logró borrarle ni la sobriedad de la mortaja.

Agradecimientos

Agradezco a Clara Obligado todo lo que me enseñó y su apoyo en la vida de esta novela. Y a mi editor, Alberto Marcos, su ayuda y los ánimos que me dio hasta el final.

Gracias también a Belén Cerrada y a Miguel Ángel Rincón, que me llevaron de caza, me salvaron de mi caos informático y me alentaron siempre. Y a mis compañeros del taller por tantas tardes de cuentos que hemos compartido.

Índice de ilustraciones

GUARDAS
«Bouquet» Olaf Hajek, 2014

ILUSTRACIONES INTERIORES

Díptico 1: «Queen flowerhead», Olaf Hajek, 2011
Díptico 2: «Talbotrunhof flowers», Olaf Hajek, 2009
Díptico 3: «Milagros 2», Olaf Hajek, 2012
Díptico 4: «Heart», Olaf Hajek, 2017

Este libro se publicó
en el mes de junio de 2018